宁波大学音乐学学术丛书

遇见音乐剧
流金的青春里除了奋斗还能做什么

俞子正　总主编
梁　卿　著

西南大学出版社
国家一级出版社　全国百佳图书出版单位

图书在版编目（CIP）数据

遇见音乐剧：流金的青春里除了奋斗还能做什么 /
梁卿著 . -- 重庆：西南大学出版社，2022.12
（宁波大学音乐学学术丛书 / 俞子正总主编）
ISBN 978-7-5621-9647-1

Ⅰ. ①遇… Ⅱ. ①梁… Ⅲ. ①随笔—作品集—中国—
当代 Ⅳ. ① I267.1

中国版本图书馆 CIP 数据核字 (2018) 第 254016 号

宁波大学音乐学学术丛书

遇见音乐剧——流金的青春里除了奋斗还能做什么
YUJIAN YINYUEJU——LIUJIN DE QINGCHUN LI CHULE FENDOU HAINENG ZUO SHENME

俞子正　总主编
梁　卿　著

选题策划	王　菱　李　彦
责任编辑	符华婷
责任校对	罗　渝
装帧设计	观止堂＿未氓
排　　版	蒋　燕
出版发行	西南大学出版社（原西南师范大学出版社）
	网　　址　www.xdcbs.com
	地　　址　重庆市北碚区天生路 2 号
	邮　　编　400715
	电　　话　023-68254353
印　　刷	重庆友源印务有限公司
幅面尺寸	170mm×240mm
印　　张	25.75
字　　数	410 千字
版　　次	2023 年 1 月第 1 版
印　　次	2023 年 1 月第 1 次印刷
书　　号	ISBN 978-7-5621-9647-1
定　　价	79.00 元

编委会

总主编

俞子正

副主编

刘缨　王自东

编委

王　蕾　杨红光　王金旋
徐　奋　梁　卿　丁　超
杨振宇　杨建森　廖松清
刘　畅　俞　笛

总 序

在现代文明社会中，大学的主要任务是传播科学精神，培养科学素养。科学精神，即尊重客观规律、实事求是、坚持真理、独立思考、勇于探索、敢于创新、勇于实践、敢于承认和修正错误等，简言之，即："实事求是，经世致用"。科学素养是指参加文化事务、经济生产和个人决策所必须具备的科学知识和理解、创新、实践能力。从某种程度上说，大学以及研究机构代表了该国家或地区的科技发展水平，也是一个国家或地区培养新的科技人才、完善学术梯队建设的主要机构。在现代大学及其学术体系中，科学技术研究成果与开发利用能力是综合评价其学术水平的重要参数，而这个参数又是该大学能否获得国家和社会承认的重要标志。国家在不同的历史时期和不同的发展阶段都会根据社会、经济发展的需要，选择性地支持某些学术、技术水平高的学校以达到优化资源配置、重点支持的目的，进而使这些学校跻身世界一流，从而提高整个国家和民族的科学技术发展水平，"863""211""985""双一流"等，便是发展中的中国大学获得优先发展权的标志或代名词。

宁波大学恐怕是"双一流"建设高校中，获得一流学科建设高校里建校时间最晚的，仿佛初生牛犊，朝气蓬勃。宁波大学音乐学院是2016年刚刚组建的，然而，似乎乘学校"双一流"之风，它在2017年申报的艺术硕士专业学位和音乐与舞蹈学硕士学位授予权，经数轮评审后双双获批，一个崭新的音乐学学科在先贤王阳明的故乡浙东大地诞生了。

一所大学或一个学科的发展与壮大，是需要相应的学术参数来支撑的，获得硕士学位授权点，只是获得了一个发展的平台，犹如获得了一艘"航母"，然而要形成战斗力——航母战斗群或编队，是需要"舰载飞机"和其他相应的

"舰艇"共同配合的,绝不仅仅是一艘孤立的航母,否则,就只能是活靶子。整个战斗群——学术团队,他们的共同发展与共同成长是我们继续发展的内在动力,正是基于这点考虑,我们组织了十多位有战斗力的学术成员——他们大都拥有博士学位,受过良好的学术熏陶和训练,是我们持续发展的中坚力量。我们共同完成了这套"宁波大学音乐学学术丛书"的编写,这是宁波大学音乐学院"航母战斗群"的初次试水,希冀在不久的将来,该战斗群能拥有不俗的战斗力。

"宁波大学音乐学学术丛书"涉及音乐学学科的几个主要领域,诸如创作、表演、欣赏和音乐学研究等,基本涵盖了音乐与舞蹈学一级学科中关于音乐的全部内容。其中既有学术性较强的理论性研究,也有术科性较强的音乐创作技术和表演艺术类研究,更有跨越学科疆界的通识类研究,正如"航母战斗群"中各司其职的不同舰艇。

就音乐创作领域来说,杨红光博士的《影音流金——新时期中国电影音乐创作结构力特征研究》对新中国改革开放以来的电影音乐之创作发展进行了历时性研究,选取了调式色彩、核心音列、创作观念、新音响等作为论域,从结构力角度,阐释其发生、发展的脉络;并结合影片、视频、音响和文献参考资料,以技术本体与画面之间的关系作为切入点,将个别作品的技术分析与三十余年来电影音乐整体性创作的发展规律相结合,呈现给读者一部"本体分析篇"。

刘畅博士的《20世纪中国和声理论与实践研究》使用和声学学科建设的视角,在全面整理文献资料和田野调查获取的一手资料的基础上立论,将20世纪中国和声置于中国历史文化的发展背景中进行考察,围绕其形成与发展的主线,在强调"思想整体性"与"文化联系性"的基础上,从学科发展史研究的提问方式、基本特征、理论取向、论争形态、知识背景等各个方面,对百年中国和声学的整体演进进行思考,试图发现其特定的学术构造,揭示20世纪中国和声学发展的内在成因和本质规律,系统地建构了20世纪中国和声学的历史图景。该著作是本丛书中的"技法理论篇"。

在音乐表演领域,梁卿的《遇见音乐剧——流金的青春里除了奋斗还能做什么》,以作者自己与音乐剧的交流为话语体系,介绍本人与音乐剧的情缘、参演和制作的音乐剧作品,以及他对挂职维也纳歌剧院的工作的许多感悟,是个人体悟式的"美学漫步篇"。

丁超教授的《意大利声乐作品演唱解读》通过对经典作品的文化审美阐释，进行演唱技巧的分析，着意于通过分析这些歌曲的演唱、美化声音、拓展提升歌唱潜能、体悟"belcanto"技术训练的精髓，是声乐艺术爱好者和从业者的良师益友，可以称之为"经典研读篇"。

徐奋博士的《钢琴演奏之三百六十度》首先提出了当下钢琴演奏所存在的诸方面问题，然后针对这些问题，结合不同层次习琴者的潜在需求，提出了不同的解决方案，并通过演奏传统、相关乐理和实际应用等方面的实际教学案例进行详细的解读，接着将所有提出的问题具体地落实到不同风格与不同时期的作品中去，再以演奏者的视角来分享作者的审美体验与感触，完成了"教学指导篇"。

俞笛博士的《弓弦上的火花——论小提琴之演奏与教学》从巴洛克的奏响——巴赫、古典时期的天才——莫扎特、承接古典与浪漫的巨人——贝多芬、近现代音乐的代表之一——普罗科菲耶夫等几个方面介绍和论述了西方小提琴发展过程中几个具有代表性的作曲家和他们的作品风格，然后又介绍了中国小提琴经典作品——《梁祝》的创作过程和艺术特征，最后从小提琴启蒙教学的新途径，论述小提琴教学中的重要问题，可以命名为"弓弦艺术篇"。

在音乐欣赏领域，杨建森教授的《通识教育视野下的西方音乐赏析》通过音乐作品中的文史经典和哲学智慧、音乐中的人类起源和宗教神曲、音乐中的地理杂志和神奇自然、音乐中的历史传奇和唐诗宋词、音乐中的幽默人生和遗憾之美、音乐中的少年维特和侯爵之约、音乐中的浪漫之梦和爱情故事、音乐中的生命礼赞和美洲大陆、音乐中的爱国热情和英雄史诗等多个章节构建了一部为普通大学生提供通识教育的"音乐赏析篇"。

在音乐学研究领域，王金旋博士的《丝路回响——中日尺八传承与流播研究》以尺八为研究对象，将其置于海上丝绸之路的视野下，通过对中国古代尺八和日本尺八的挖掘、梳理、分析与对比，对尺八发展历史进行了微观研究，运用新的材料、观点和方法，突破陈旧的观点和理论，力图解决学术界所关心的几个问题，如：中国古代尺八的历史出处与发展变迁问题、日本现代尺八与中国的关系问题等。该著作收集了大量的原始文献和图像资料，具有重要的资料价值，值得学界期待。该著作在本系列丛书中可名为"中外交流篇"。

廖松清博士的《浙江吹打乐与宗族认同——祭祖、丧葬仪式用乐研究》开启了民族音乐学的研究之门,她通过对浙江奉化和富阳地区吹打乐的人类学考察,将音乐置于宗族仪式中的祭祖仪式和丧葬仪式中,在关注吹打乐如何活用于民间的同时,结合宗族认同阐释其能够活用于民间的原因。同时,通过对浙江两个地区(以村落为中心的宗族社会)的吹打乐在不同仪式中用乐的个案研究,探讨了在历史的变迁中,局内人是如何构建不同仪式中的不同吹打乐类型,从而把握了宗族认同是如何影响吹打乐的音乐建构,以此来观照他们是如何透过音乐活动塑造并维系宗族社会生活的。该研究一方面指向"音乐如何作用于文化",讨论吹打乐是如何运用于宗族仪式之中的;另一方面指向"文化如何塑造音乐",讨论以村落为中心的宗族社会是如何影响吹打乐的传承和延续的。她提出:宗族社会用身份地位以及智商高低等标准来对应不同的吹打乐类型;同时,在宗族的名义下,通过各种标准来划分等级,从而形成各自小的群体,达到维系宗族认同的目的。然而,宗族认同并非一成不变,在它的影响下,仪式及吹打乐的发展在历史变迁中呈现出"变"与"不变"交互的传承。该著作在丛书中可名为"中华文化篇"。

从以上各篇可以看出,该学术团队不仅涉猎广泛,而且方向明确,有望在本体研究和音乐学研究等领域创造出极有价值的研究成果。此外,尚有几部著作正在酝酿中,期待它们为本系列研究丛书的结构性完善做出贡献,更希望拥有了一定战斗力的宁波大学音乐学院这一学术舰队的下一系列丛书的到来。

学海无涯、书山路漫漫,我辈学人当砥砺奋进,勇往直前,修行之路相伴而行,岂不快哉、乐哉!

王自东
2018 年 4 月于宁波

目 录

壹　遇见音乐剧

一、金色的乌克兰留学岁月　　3
二、那些感动和那些歌　　12
三、职业命运的戏剧性转变　　28

贰　遇见音乐剧《蝶》

一、《蝶》之印象　　37
二、流泪看完《蝶》的首演　　41
三、初识音乐剧　　45

四、遇见三宝老师	51
五、那些感动和那些歌	54
六、我的首演——第二届韩国大邱国际音乐剧节	61
七、《蝶》的精神与荣耀	71

叁 遇见音乐剧《断桥》

一、有一种选择叫没有选择	79
二、丝丝一缕香，幻影蝶成双	89
三、遇见大家	95
四、酸甜苦辣的排练过程	107
五、首演的激动与焦虑	123
六、巡演、巡演、巡演	131
七、《断桥》遇见韩国大邱国际音乐剧节	145
八、那次"断桥"的相遇	153

肆　遇见音乐剧《简·爱》

一、这是一次挑战　　　　　　　　　　　　　　　　159

二、剧本与创意　　　　　　　　　　　　　　　　　165

三、《北极星》照耀《心路》，寻访《简·爱》　　　171

四、忙碌而充实的工作映像　　　　　　　　　　　　182

五、名著的魅力与力量　　　　　　　　　　　　　　189

六、又见韩国首尔世宗文化会馆　　　　　　　　　　199

七、巡演的日子　　　　　　　　　　　　　　　　　208

伍　遇见音乐剧《十年》

一、想做一部剧来致敬我们"80后"的青春梦想　　229

二、充满激情的创作　　　　　　　　　　　　　　　235

三、一个月排练后的成功首演　　　　　　　　　　　256

四、音乐剧《十年》的巡演之路　　　　　　　　　　266

陆 遇见首届中国音乐剧演唱大赛

一、缘起·各大赛事中无处安放的音乐剧声乐类别　279

二、必须制订专业、详尽与权威大赛的方案　283

三、简章的修整与参赛选手资格的确认　291

四、赛事映像　296

柒 遇见奥地利维也纳

一、幸福而又美好的维也纳时光　311

二、初识奥地利维也纳人民歌剧院·工作映像　356

三、德奥系原创音乐剧的重要理念　375

四、回国后的业态思考与阶段性的成果转化　383

后记

壹

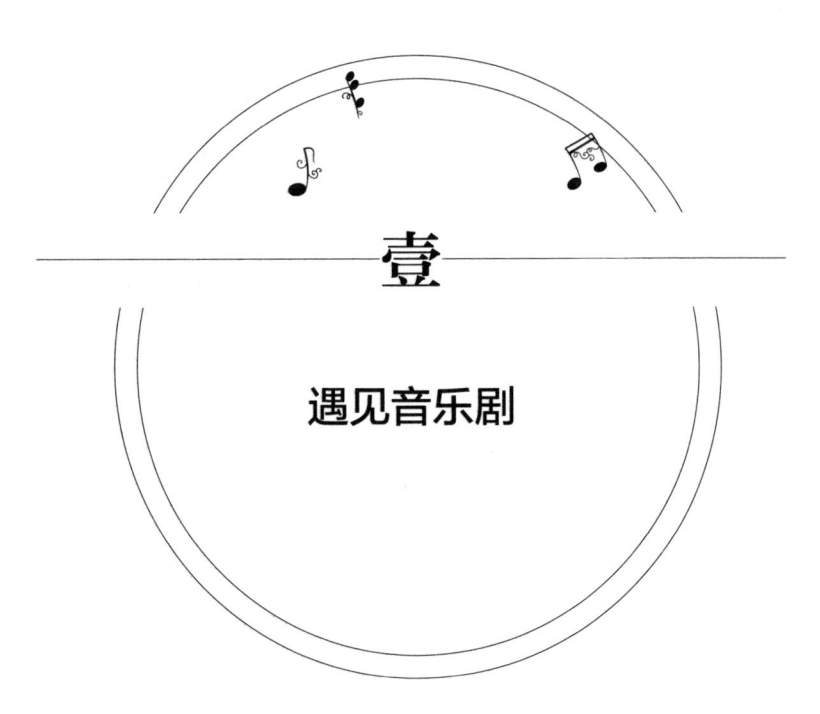

遇见音乐剧

金色的乌克兰留学岁月

"图-154"从北京经停新西伯利亚飞往基辅

时间真的流逝得很快，比我们每一个人想象的都要快。

2002年，刚过完18岁生日的我，坐着现早已淘汰了的苏联老式"图-154"飞机从北京首都国际机场起飞的那一瞬间，仿佛就像是在昨天。这是我人生第一次乘坐飞机，航线是从北京首都国际机场直飞乌克兰基辅鲍里斯波尔国际机场，中途经停新西伯利亚国际机场，"图-154"需要在中转站加油。

那时，我年轻气盛，立志背井离乡求学闯荡的强烈渴望之情完全冲淡了我对即将到来的陌生环境和陌生生活无措的未知感，完全冲淡了"图-154"这架老爷式飞机和气流对抗剧烈颠簸后所带来的不适感与恐惧感，完全冲淡了在北京首都国际机场海关入口处与家人依依不舍的离别感，我几乎是头也不回地走进海关，淹没在人群之中。很多年后，据当时一起为我送行的姐姐回忆说，父母亲看到我那么毅然决然离去的背影，流下了眼泪，一直站在分别的那个地方，站了很久很久，他们不知道我要面对的是一种什么样的生活，他们也不知道我什么时候能够回来，他们只知道，这次我真的走了，并且在很长一段时间里是不会再见到了。

我已记不清坐在飞机上，当时的脑子里究竟在想些什么，或许就只是发呆。忽然，我感觉机身猛地一颤，飞机离开了地面，直冲云霄。"图-154"虽老，但是生猛得很！透过舷窗，我看见首都机场变得越来越小、越来越远，慢慢地只能看见大片大片的山脉，飞机经过几次转向、拉升之后，便只能看见厚厚的云层和蓝蓝的天了。刺眼的阳光照射进舷窗，机舱里忽地一片明亮！"图-154"又一次转向、拉升，然后终于平稳地飞行了，于是一切安静了下来，这一刻，我才真正清醒地意识到：我，出国了！

　　这架老得早已经可以退役了的飞机不知是怎么回事，机身老是发颤，大家都觉得很不舒服，心里慌慌的，很没有安全感。我索性闭上眼睛，可是我的心好像怎么也静不下来，不知道是兴奋还是怎么了，脑海里反反复复地就像放电影一样地闪现着一个小时之前和父母亲告别的场景，好像当时我就只说了一句话："爸、妈，我走了！"说完我就扭头直入海关，通过安检，连电视里经常演的向送行的亲人们挥挥手我都没有做。我不确定那时我是否真的舍不得爸爸妈妈，但是可以很确定的是，他们一定舍不得我！这一走，真的不知何年何月才能再见……我不愿再被这种折磨人的情绪继续困扰，我必须马上切断这样的思绪，否则眼泪就会夺眶而出！于是，我在心里犹如叨念誓言般地坚定默念着："爸、妈，我走了，但我学成以后一定会回来！"

　　飞行了很长一会儿，广播忽然响了！这是我第一次清清楚楚地听到真真切切的俄语，"嘟噜嘟噜嘟噜嘟噜"，完全听不懂啊，不知所云。虽然留学中介公司之前告诉我们说去乌克兰留学不需要俄语基础，在落地之后会安排我们进入预科系专门学习俄语，但是，这会儿突如其来的语言一下子在我的心底形成了一种巨大的不安感和危机感，怎么办？广播里在说啥？我们谁也听不懂。这种对语言无知的感觉让人非常压抑，而且逐渐地涌动起来并快速地向全身流窜，但是，这种不安感和危机感倒是让我暂时忘却了其他复杂的情感困扰。

　　大约又飞了几个小时后，"图-154"由于需要加油而经停在新西伯利亚国际机场。于是，我们全部走下飞机等候"老爷子"加油。这时，我们几个同一个留学中介公司办理留学事宜的同学开始寒暄起来，大家互相自我介绍。我那时的性格十分内向，所以只是站在那里听大家谈论着。在不远处，有一位为了减少行李而在身上裹着多件羽绒服的女生，静静地站在角落里擦眼泪。我能感觉到大家的情绪都很低落，有可能是飞累了，也有可能是和我一样，被各种复杂的思绪紧紧困扰着，无法放松下来。

西伯利亚，这个地名并不陌生，在一些文学作品中经常可以看到它，这个地方好像总是和"发配""冰冻""严寒""游吟诗人""吉卜赛人"等词语相联系，而此时此刻，我们这群年轻的中国留学生就站在这个地方，好像用这些词语来形容当时的我们也是十分贴切的。一眼望去，在新西伯利亚国际机场中转站四周走动的人个个都是金发碧眼、人高马大。我看大家情绪十分低落，于是想找个话题调节一下凝重的气氛。我跟站在我左边的一位山东同学董晓雷和一位内蒙古同学哈图说："你们看，这些外国人的俄语说得真好！"当时神情严肃的董晓雷一下子就乐了，他说："他们不是外国人，我们才是外国人！"而同样高个儿的哈图则说："楞球，额的汉语讲得也好！"当时我们仨靠着柱子站在一起，大家因为我的话题哈哈大笑，马上就把沉闷的气氛打破了。因为等候登机时间比较长，所以我们还一起无聊地谈论着身边其他的一些陌生事物。我不经意间看到了机场里挂着一个电子显示屏，屏幕上显示着跳动的数字，便跟他俩说："你看，人家也用阿拉伯数字。"哈图也回应我："真的呢，这下可好了，起码有一样东西可以看懂了！"董晓雷在一旁哈哈地乐，我们仨就像"逗比"一样地嘻嘻哈哈着，当时其他人一定觉得我们很无聊，但是我们倒觉得起码在那段傻乐的时间里暂时忘记了压抑。我与他俩真的很有缘分，到了基辅后我们居然被学校分在了同一间宿舍，一起住了一年。有了这次在新西伯利亚国际机场议论"外国人在外国机场说外语"的愉快聊天，我们仨的关系也自然比别的同学要亲近许多。

过了一会儿，我们开始被几个警察"赶来赶去"，因为机场的广播里总是在不停地"嘟噜嘟噜"，而我们是完全听不懂的，只好给警察先生们添麻烦了。但是，我们在这会儿听不懂俄语就没有像在北京刚起飞时听不懂俄语那么紧张和恐慌了，反正都已经飞了一半了，而且大家都在一起，相信最终总是能够飞到基辅的。等到了预科系再慢慢学吧,要待7年呢,有的是时间!终于在一次语速比较缓慢的"嘟噜嘟噜"之后,我们在两个"说着流利外语的外国警察"的指引下,再次登机了。

又飞行了约5个小时,"图-154"终于平稳地降落在了乌克兰基辅鲍里斯波尔国际机场,机舱内响起了持久而又热烈的掌声,我们随着"外国人"一起鼓掌,庆贺平安落地!

我们踏上了坚实的乌克兰大地,也铺开了我们崭新的人生旅程。

理工科的预科学习和那条美丽的小路

初到基辅,我们稀里糊涂地被安排在基辅国立建筑工业大学预科系学习理工科的基础课程。说实话,还没来得及调整时差,也还没来得及认识这个国家和适应这个城市,我们就开始了紧张的预科学习,因为乌克兰的教育制度有明确的规定:"只要修满学分、成绩优异并通过国家考试委员会的考核,获取学位可以不受学年的限制。"所以从理论上来讲,拼命学习并以优秀的成绩来争取"跳级"或"一年同修多学分"成了我接下来几年中奋斗的重要目标。

我们在预科系主要学习基础俄语、俄语口语、俄罗斯文学、俄罗斯历史、基础乌克兰语、乌克兰语口语、乌克兰文学、乌克兰历史、哲学、信息学、数学、物理、化学、建筑学等科目,由基础俄语的主课老师担任班主任。我们的班主任叫雅妮娜·尼古拉耶夫娜,是一名到过中国并十分热爱中国的俄罗斯古典文学教授。老太太对我们这群来自中国的孩子格外热情和关心,她精心地呵护着、帮助着每一个学生。我在雅妮娜丰富的教学经验和严苛的教学方法下很快地进入了学习的正轨,每天上午9点到下午5点是系里的课,晚上7点到11点我去教室上晚自习。我清楚地知道语言对于我接下来那么多年留学生活的重要性。经过几个月的高强度学习，我以全 5 分的成绩提前预科结业。

预科的学习生活是十分关键的，因为这是留学生活最初始的阶段，也是新的思维方式与生活方式的养成阶段。我很庆幸的是，在理工类大学学习，整天浸泡在公式、图表、测量、计算中，每天与理工科的教授们和同学们交流、分析，这在无形间使我初步形成了理性思维和团队意识，这对我后来从事音乐剧制作人的工作有很重要的影响。

在我们的预科教学楼里有一个乌克兰老奶奶，典型的乌克兰妇女形象：头上包着纱巾，穿着棉布裙子，平日里她总是伛偻着身子，可是说起话来却声如洪钟，眼睛里常常噙着泪水。老奶奶总是在每天晚上 8 点准时来预科教学楼打扫卫生，等她做完整个楼的卫生后经常来我自习的教室里和我小酌几杯。老奶奶喜欢喝伏特加，而我却喝不太惯，只能浅尝而已，她是我继雅妮娜之后认识的第二个乌克兰人。在一次小酌中，她告诉我，她的先生和儿子是军人，都牺牲了，她一个人生活着，白天做别的工作，晚上来学校做保洁。看得出来她的日子过得十分清苦。老奶奶很喜欢我，我用着才学来的几十个单词在不变语法不变格式的情况下与她海阔天空地"神侃"着，她也尽量简单地回复着。刚开始我不全听得懂，但能猜个八九不离十，后来随着语言的慢慢进步，我们就可以自如地交流了。偶尔我也会帮她干点儿活，就像对自己的奶奶一样。记得那年的新年，她还给我送来她自己做的餐食，非常美味。从这个预科系保洁老奶奶的身上我感受到了乌克兰人的淳朴与善良，分别之后很是想念她，但遗憾的是，此时此刻，我却怎么也写不出她的名字，有的只是脑海里留存的她的祝福和微笑。

在预科学习的时候有一首粤语歌曲一直陪伴着我——《桃花开》，我也不知道为何我会迷恋这首经典的影视歌曲，就是一遍一遍循环往复地听。那时我还没有开始全面地学习音乐，但就是喜欢这首歌，好像从这首情歌中可以汲取到前进的动力。

一般来说，每年 11 月份，基辅就开始进入雪季，而且这雪一下就下到来年的 4 月份。幸好，从宿舍到预科教学楼只需步行几分钟，其间要穿过一小片静谧的白桦林。在这条两边都是白桦林的羊肠小路上，白天的时候经常会有一群群乌克兰的金发美女或帅哥学生成群结队地一边抽烟，一边喝啤酒，一边欢声笑语地行走着。无论是大雪纷飞还是在零下 20 多度或是更冷的天气里，乌克兰的姑娘们好像总是只穿一条超短裙，外面再加一个大外套，她们真的不冷吗？我一直很好奇！到了晚上，这条小路上也会有三三两两的学生情侣在这里谈情说爱，靠着白桦树拥抱接吻，偶尔也会有学生在白桦林里烧烤、喝酒、唱歌、跳舞。一大早，铲雪车和几个乌克兰老大妈一定会在我们上课前把这条小路给打扫出来，并沿路卖一些练习本、笔、热咖啡、小甜食、烧鸡、啤酒等。这条小路我每天都要来来回回地走好几遍，以至于到现在我还时常在梦里重返这条美丽而又浪漫的白桦林小路！

回国后，我经常会唱一首俄语歌——《小路》，对这首美妙动听的歌曲我自然有着只属于我的特别感触、回忆和情怀："一条小路曲曲弯弯细又长，一直通向迷雾的远方……"没错，就是在几天前的夜晚，我又梦到了它！

培养独立的生活能力，最主要的是"心的独立"

时间在无声无息地推进着，我开始慢慢地进入全面的留学生活状态，那么问题来了：每天都会饿，吃什么？天越来越冷，穿什么？会想家，怎么办？遇到学习和生活上的困难，怎么解决？

刚到基辅的一段时间里，我一般会去宿舍边上的小卖部买一种叫"巴东"或"列巴"的面包，再买一点儿番茄酱抹着吃，偶尔会买点儿牛奶或咖啡。

这边的面包是一定不能隔夜的，否则会硬得可以当砖头用；倒是牛奶和咖啡是不会坏的，因为天气足够冷，放在窗外的阳台上就像是放进了"自然冰箱"。这几样东西是我们在乌克兰可以买得到的最便宜的食物了。我那时候俄语掌握得还不灵活，也没有出现像现在智能手机上的导航功能，所以既找不到超市，也找不到菜市场，更是不敢走太远，因为怕走丢之后找不到回宿舍的路。终于有一天，我吃面包加喝咖啡弄得反胃酸，感觉挺严重的，实在是没有办法再凑合吃饭了，最后只得向宿舍里一个高年级的湖北师姐学买菜、做饭。

在师姐的带领下，我学会了坐公共汽车、坐地铁，学会了去位于城郊的"里宾茨卡"中国市场买中国调料。在很短的时间里，师姐教会了我一些可以让中国留学生在乌克兰"生存"下来的"经典菜谱"——基辅的蔬菜中最便宜的是土豆、大白菜和西红柿，所以只要学会了花椒大料炝土豆丝、酱油芡粉炒白菜和西红柿炒鸡蛋，焖点儿米饭再配点儿"老干妈"和腐乳，偶尔去超市再买点儿红肠，奢侈的时候买只烤鸡，这样，"活下去"就应该完全没有问题了。事实上，我在基辅的这些年，也就是靠这几个菜"活着"。当然后面也学会了炒西葫芦、炒鸡翅、鸡腿、鸡胸脯肉，油焖茄子（因费油，不常做），炖鱼汤，炒胡萝卜等一些略微复杂的菜。不管烧什么菜，只要往里大量地添放从中国市场买来的各种各样的调料，再加万能的"老干妈"、干煸肉丝辣酱和"致中和"豆腐乳，最终都会变成一场"饕餮盛宴"。这样一来，吃的问题算基本解决了。

"里宾茨卡"中国市场拥有满足中国人生活的所有必需品，吃的、用的、穿的，应有尽有，位于市场门口"换钱点"的汇率也是很划算的，市场上也可以直接使用人民币。我身上还有一些人民币，但是没舍得用，这是出国前家里大人们给我的，对我而言这已经不是钱那么简单了，而是一种情感、一种寄托，思念得紧的时候，数数红色、绿色的人民币，也算是解了思乡之愁。几乎每个在基辅的中国留学生都会不定时来"里宾茨卡"买东西，因此这里同时也是一个巨大的华人聚集地。后来这里也开了几家味道不错的中国小餐馆，还创办了《乌克兰华商报》，我们一下子感觉到物质生活和精神生活都更为丰富和充实了。说起来真的很感谢这个市场，一方面可以买到东西，另一方面可以听到地道的家乡话。和来自东北或温州的老板聊上几句，仿佛暂时可以忘却自己在他乡。如果没有"里宾茨卡"，这么多年的留学生活真的不知道要怎么样才能够坚持下来。

当生活稳定下来之后，当吃住行不再那么令人发愁之后，埋藏在心底深处的思乡之情就再也无法抑制了。其实，人们对所有情绪的抑制都只是暂时的，只要到了一个"临界点"和一定的时间、地点，这种种情绪就会以各种各样的形式"喷发"出来，眼泪终将迷离视线！特别是到了夜深人静的时候，老家的房屋、泥墙、砖瓦、青苔、石井、屋后的小河、村口的柏油路、村落里的炊烟、田地里的水牛等仿佛可以瞬间在脑海无比清晰地放大，甚至感觉可以闻到老家的味道！好像，只要闭上眼睛我就能回到老家，就能够看到站立在村口等我归还的亲人们，就能够看到凛冽的寒风吹起了他们的衣衫，吹乱了他们的头发！任何一个身边的物件都能够让人联想到老家的点点滴滴，也许这就是常言的思乡之情吧。

想家了，想要打个电话回国，这在当时的基辅也不是一件很容易的事。每次打电话回国需要买两种话费卡，一种是市话卡，一种是国际长途 IP 卡，在市话拨通的基础上需要逐层拨入 IP 卡上的好几串数字，苏联老式的拨盘式电话机很容易拨错和拨不到位，所以每打一次电话都特别地费劲儿。并且话费也不低，所以后来每次通话时，爸爸都会去召集妈妈、弟弟、外公等家人一起听。为了节约电话费，每人只能轮流地说两三句话，一般也就只是问候身体或者说生活费够不够、要不要汇钱这些话题，不会具体谈更多的学习生活情况。所以，写信，成了向家人告知学习生活情况并详尽沟通交流的唯一方式。那时候寄往国内的一封信要走半个月，家人再回过来一封信又是半个月。就这样，一个月只能交流一次。再后来，宿舍有了网络，我当时还没有电脑，所以就只能偶尔去有电脑的舍友那里象征性付点儿"网费"写写电子邮件和回复 QQ，看到电脑那头 QQ 头像的闪烁，听到清脆的"等、灯、登"的声音一度成了我的留学生活中最为期待的惊喜。其实，哪怕后来有了电脑，给家人寄手写信的习惯也一直没有中断过，直到学成回国！因为，只有在分隔那么远的时候才会真正明白"家书抵万金"的深刻含义。在艰苦的岁月里，亲人们的祝福、勉励与支撑是何等的伟大与重要啊！在回国的行李中，我装回了所有家人给我寄去的信件，这是我毕生的精神财富。

家里经济条件并不是那么好，所以我必须节俭，我也曾想过去打工或做兼职，但经过再三考虑之后我决定不打工。我想，一来打工也挣不了太多的钱，二来打工会消耗我很多的体力和精力，这一定会影响学习。所以，我索性就埋头苦读，争取"合修"学分和"跳级"。我认为这是最好的节俭方式，既节约了经济成本，又节约了时间成本。事实上最后我也做到了，七年的本硕连读我五年就完成了，顺利地拿到了硕士学位，这其中节省下来的两年时间是不能够用金钱来衡量的。后来也就是节省下来的这两年时间，彻底转变了我的职业命运。

过了语言、生活、想家这三关，心也会随之成熟起来，漫长的留学之路，最重要的还是要靠真正的"心的独立"。只有心独立了，梦想和意志才会更加坚定，面对一路上遇到的挫折和磨难才不会胆怯、不会气馁，在奋斗的过程中才会拼尽所有的才智和能量，并且这些才智和能量在奋斗中会不断得到完善和提升！

我很清楚，没有人强迫我出国留学，这是我自己的决定。既然是自己的抉择，那么就得坚强地去面对和扛起所有必须面对和扛起的磨难。就这样，一天又一天，一季又一季，一年又一年，我最终在精彩而又灿烂的留学生活中收获了成熟，也收获了种种温暖。

毕竟，在流金的青春岁月里，除了努力、拼搏和奋斗，我又能做什么呢？！

二

那些感动和那些歌

师恩难忘

从基辅建筑工业大学预科结业后，经过命运的层层回转与变迁，我最终选择了歌剧表演作为我的留学主科。

在整个乌克兰的留学生涯中，我前后分别在乌克兰基辅国立柴科夫斯基音乐学院、乌克兰德拉高蒙诺夫国立师范大学艺术学院、乌克兰基辅国立舍甫琴科歌剧院学习声乐，并先后师从四位导师——男低音巴格当·格纳季（Г.Богдан）教授、女高音娜杰日达·库代利娅（Н.Куделя）教授、女高音叶甫根尼娅·米拉诗尼琴科（Е.Мирошниченко）教授和男中音德米特里·格纳久科（Д.Гнатюк）教授，这四位导师的名字在苏联的音乐史上都是金光灿灿的，他们是家喻户晓的歌唱艺术大师，此生能够有幸在不同的阶段向他们学习，是我艺术学习道路上最珍贵的财富。在四位导师的悉心指点下，我的声乐表演艺术学习大致经历了五个阶段：从零开始、歌剧训练、痴迷歌剧、离开歌剧、艺术歌曲训练。

我的第一位声乐导师——男低音歌唱家巴格当·格纳季，是乌克兰基辅国立柴科夫斯基音乐学院的声乐教授，他是真正的"俄式男低音"，每当他练声或演唱时，我感觉整个琴房都在颤抖。当年我跟他上课的时候他还同时在乌克兰基辅国立舍甫琴科歌剧院演出歌剧，他经常演出的有柴科夫斯基经典歌剧《黑桃皇后》（"Пиковая Дама"）中叶列茨基一角，叶列茨基在剧中有一首著名的咏叹调《我深爱着你》（"Я вас люблю"），这个咏叹调对我之后的声乐道路有着重要的意义——2007年

壹

4月我演唱这个作品获得了伊万·法兰克福·玛拉纽科国际声乐比赛的"最佳俄罗斯作品奖"，只因格纳季教授当年在舞台上的表演和演唱深深地影响了我日后对这个唱段、这个角色以及对《黑桃皇后》的认知与理解。

在欧洲声乐界，层次最高、号召力最强、影响力最大的教授们通常是一边在音乐学院任教、一边在歌剧院演戏，而学生们也最喜欢追随这样有丰富实践经验的教授们学习，尤其是我们留学生，更崇拜这些"教演结合"的老师们，以至于后来很多新到的留学生都是先去歌剧院看歌剧、再选老师，而老师们也十分乐意邀请学生们来看自己的表演，这样有利于在课堂上结合舞台实践来进行演唱与表演技术的分析与比对。

我看过格纳季教授主演的三部歌剧：柴科夫斯基的《黑桃皇后》（"Пиковая Дама"）和《叶甫根尼·奥涅金》（"Евгений Онегин"）、古诺的《浮士德》（*Faust*），巴格当高大、英俊、潇洒、霸气的舞台形象给我留下了非常深刻的印象，但风云莫测，就在我跟巴格当学了半年左右的时候，他在歌剧院出演《黑桃皇后》时突发心脏病，倒在了他热爱的歌剧舞台上。老师去世后，我几经波折进入另外一个教授的班上，但巴格当那极为绅士的"帅大叔"形象永远留在了我的脑海里，我至今都还记得，每次上课之前他都会从他的皮箱里拿出一小块巧克力给我吃，一晃巴格当走了都已经有十几年了！

我的第二位和第三位声乐导师都是花腔女高音歌唱家——娜杰日达·库代利娅教授和叶甫根尼娅·米拉诗尼琴科教授，她们分别是乌克兰"师大"和"柴院"的著名声乐教育家，并且她俩都是苏联具有高深艺术造诣和崇高业界地位的花腔女高音歌唱家、歌剧表演艺术家，由娜杰日达老师演唱的《夜莺》（"Соловей"）和叶甫根尼娅老师演唱的《威尼斯狂欢节》（"Венецианский карнавал"）堪称20世纪花腔女高音的典范演绎，她俩的花腔技术炉火纯青，至今都是后来者们难以超越的花腔女高音艺术高峰。娜杰日达教授教我声乐基础课，叶甫根尼娅教授教我表演课和重唱课，老师们的悉心教诲和音容笑貌仿佛就在眼前，长久以来，我常常会回想起慈祥的她们，回想起和她们在琴房里一同度过的那样艰难地行走在基础声乐建造道路上的日日夜夜。

我是从零基础开始学习声乐的。为此，娜杰日达老师专门为我设计了一套全面、循序渐进的训练方案，从最基础的站姿、呼吸、口腔运动开始一直到发出声音。我大一第一学期的声乐课几乎没有发出过声音，一直在做着各式各样的气息训练和其他基础训练，一直到第二学期我才开始唱一些简单的练声曲。最让我觉得"没面子"的事情是每当考试的时候，其他同学都在唱好听的作品，而我在考场上却"汇报"着呼吸和唱着最简单的"Ma、Me、Mi、Mo、Mu"，我感觉自己害臊得就要钻地缝了！由于自己声乐基础差，所以看到班上同学们都已经开始唱咏叹调了我心里就特别着急，我跟老师商量说可不可以唱一些古典小咏叹调，哪怕是很小很小的都行。学声乐的同学大多有一个共同的特点，就是觉得假如手上没有一大批拿得出手并且唱得很像样的咏叹调都不好意思说自己是声乐系的！娜杰日达老师显然看出了我的心思，她告诉我："廖尼亚（我的俄文名），你不要着急，你要去歌剧院看伊万·博罗马年科（И. Пороманенко，乌克兰人民演员，男中音，柴科夫斯基声乐大赛金奖获得者）和罗曼·玛伊波罗德（Р.Майборода，乌克兰人民演员，男中音，威尔第歌剧大赛金奖获得者）的表演，去听他们的演唱，如果你想将来成为像他们一样的好演员，那你现在必须能耐得住性子，能静心、扎实地打好气息和元音基础，基础越扎实，将来你才能走得越远。"经过和老师一起日复一日的艰苦训练，我在慢慢地进步，各项声乐技术也慢慢形成，音质与音色也逐渐显现出来，我想如果当时没有老师的"强势教导"与"坚定控制"，我恐怕是不能静心于枯燥乏味的基础训练的；如果没有扎实的基础，我日后的技术训练定会受到阻碍，遇到阻碍就又得重新"返工"回去继续打磨基础。欲速则不达，所以声乐训练真的急不得，必须得循序渐进、勤学苦练、日积月累。

相比较于娜杰日达老师的声乐技术训练课，叶甫根尼娅老师的表演课和重唱课就显得热闹、有趣得多了，我深深得益于这种声乐演唱技术与剧目片段表演分由两个老师来联合训练的教学方法。娜杰日达老师的女儿奥利格·纳高德娜是乌克兰基辅国立舍甫琴科歌剧院的首席女高音演员，主演威尔第歌剧《茶花女》（*La Traviata*）、《弄臣》（*Rigoletto*）和普契尼歌剧《艺术家的生涯》（*La Bohème*）等顶梁大戏，我在看了奥利格的戏之后向娜杰日达老师询问她是在哪里学习和训练的，娜杰日达告诉我，她女儿是叶甫根尼娅教授的学生，于是我也被推荐到叶甫根尼娅教授的班上学表演和重唱。每次上课之前，由娜杰日达老师给我和女高音同学先做20分钟的开声练习，然后在艺术指导塔玛拉·扎伊丘克（Т.Зайчук）老师的伴奏下，叶甫根尼娅教授根据唱段逐字逐句，一个呼吸、一个表情、一个动作、一个步伐、一个心情、一个思想、一个交流、一个判断、一个反应地带着我去细致地感受、体验、讲解。如果遇到发声技术的问题或者遇到表演与演唱技术矛盾冲突的问题，两位老师与艺术指导会一起商量，再根据我们的实际情况来处理和解决。就这样，我与我的女高音同学们一段段地学习、巩固和演出，积累了一些作品，也让自己的声乐能力从单一的唱变成初步综合的戏剧表演了。

乌克兰与苏联国家的艺术院校，多以斯坦尼斯拉夫斯基（К.Станиславский）的表演训练体系为主要的学习和训练内容，娜杰日达和叶甫根尼娅两位教授也是这个表演体系研究与实践的集大成者，她们在对我进行唱与演的训练过程中，润物细无声地将这个表演体系的技术技巧进行循序渐进的"灌入"。这是我多年以后能够出演音乐剧《蝶》和《简·爱》的技术源泉。

斯坦尼斯拉夫斯基的表演体系是国际戏剧理论界推崇的主要表演体系之一，他的训练核心点是"想象与体验"，所以也称为"体验派"。但事实上斯坦尼斯拉夫斯基的"体验"并不是像某些后人所理解的所谓"单一的体验"，有一些专家学者似乎一定要将这种"体验派"与布莱希特（B.Brecht）的"陌生、间离与技术表现派"或者与梅兰芳的"写意、程式、象征派"从性质上根本地独立、区分开来，但我始终认为这样的所谓"三

"派"划分只是以某种一定的代表性与倾向性来区分的,他们三者都是对人的表演作出的理论研究与技术提炼,只是表述的侧重点与主张的核心观点有着不同的倾向性。所以,直到今天我都认为应该要全面地学习表演的理论,不要孤立地、浅表地来理解和划分自己所属于的"派",应将前辈提炼总结出来的表演理论结合自己实际的表演训练,融会贯通,把自己表演能力的深度、宽度、厚度开发到最大的限度,以保障日后职业生涯的技术支撑。汉语里有个词叫"因材施教",这是针对老师的,那作为学生也应该"因材而学",找到最适合自己的技术训练体系才是事半功倍的途径。

我的第四位声乐导师——男中音歌唱家德米特里·格纳久科是苏联"殿堂级"的艺术家,他的名字是与苏联作曲家肖斯塔科维奇(Д.Шостакович)、钢琴家涅高兹(Г.Нейгауз)、大提琴家罗斯特洛波维奇(М.Ростропович)等并列在一起的。在苏联,这些艺术家都是以"伟大的人民英雄"来尊称的,格纳久科先生就是苏联的"人民英雄"。在研究生学习阶段,我从歌剧表演转为室内乐演唱及音乐教育,娜杰日达和叶甫根尼娅两位教授亲自把我带到格纳久科先生家里,那时他已85岁高龄了,两位老师拜托格纳久科先生对我进行指导,就这样我有幸走近了这位只有在苏联音乐史的书籍里才能看得到的艺术大师。

85岁高龄的格纳久科先生有着一米八七的个子,他英俊、慈祥、伟岸、潇洒!我清晰地记得第一次到先生家中见到先生的情形:这位"帅爷爷"提前准备好了精美的糕点、水果、咖啡和花茶,他把他想听我唱的谱子也放在他那架老式的三角钢琴上了。他握着我的手跟我说的第一句话是:"你好,这位年轻的中国男中音朋友,请唱给我们听!"我真是有些受宠若惊,我也曾见过一些著名的大师,但此次见到格纳久科先生时,我的心脏跳动得格外厉害,到后来我才意识到,每一次这般剧烈的心跳都是印记了自己每一个向艺术高峰攀登的足印。

这一天,格纳久科先生与娜杰日达和叶甫根尼娅两位老师端坐在一起,我将要为他们演唱乌克兰歌剧《塔拉斯·布利巴》(*Тарас Бульба*)、中奥斯塔帕（Остапа）的咏叹调《永别了，兄弟》和拉赫玛尼诺夫（С. Рахманинов）的三首浪漫曲《梦》（Сон）、《别唱了，美人》（Не пой, красавица...）、《这儿好》（Здесь хорошо），当钢伴塔玛拉·扎伊丘克将拉赫玛尼诺夫写就的最后一个和弦弹出的时候，我好像感觉到自己眼角湿了，我也不知道为什么，我一唱苏俄作品就会有一种莫名的激动，而且画面感、人物感、情景感、戏剧感可以一下子迅速集中在声音上，也许这是我与苏俄作品的一种缘分吧。我唱完后，格纳久科先生并没有立即评价，他微闭着眼睛，娜杰日达和叶甫根尼娅两位老师坐在他边上也没有说话，我与钢伴尴尬地四眼相望了一下，气氛好像一下子凝重了起来，这个场景如果放在学校里那就是很高规格的国家考试了——三位大教授审听！不知怎地我顿时觉得紧张起来了，不一会儿格纳久科先生终于开口说话了："廖尼亚，你的语感、发音和音乐语句的线条，完全不像是外国人在唱，我感觉在听我们自己国家的歌者在演唱，你的音乐是从心里流出来的，感谢你这般真诚地来演唱我们的作品！"听完这些话我的心就踏实下来了，能够得到格纳久科先生的认可，我很激动！

说完，格纳久科先生起身走向书柜，他从书柜中找出一本苏联音乐出版社出版的《德米特里的艺术人生》和一套《德米特里的歌唱——原创声乐作品集》及八张CD赠予我，并且在书上签了名，他说这是对我刚才演唱的奖励，并亲自倒了一杯花茶给我喝。天哪！我简直像是在梦中，这是何等珍贵的时光啊，我祈求时间慢点流去！

我和先生是同一声部的，而且音色、音域都比较接近，并且先生的大部分原唱作品我都曾在不同的音乐会上听到过，这些作品的旋律过耳难忘，情感充沛，饱含了对人生、对亲情、对事业、对爱情、对国家的无限热爱。先生赠予的原唱作品集，我如获至宝，花了两个月的时间，我唱会了其中的18首，后来在先生的指导和帮助下，我在基辅"爱乐者之家"音乐厅顺利地举办了"金色的秋天——德米特里·格纳久科经典作品音乐会"，这场音乐会是我对乌克兰作品学习与演唱的一次总结。先生的夫人卡琳娜·格纳久科教授是俄罗斯文学博士，她听完音乐会后激动地拉着我的手说："廖尼亚，我仿佛听到了吉玛（先生的昵称）年轻时候的演唱！"当然，第二天的媒体和乐评褒贬不一：一种是祝贺音乐会的成功，报道称一个外国歌者把乌克兰作品唱得较为地道，把格纳久科先生的作品集中再现，是对乌克兰音乐艺术一次有益的传播，具有国际性的积极意义；另一种是批评的，他们认为在整场音乐会中最直观的感受是歌者对原唱者本人的过分崇拜，这样的演唱复制与情感复制对于这批老作品的推广与发展并没有太大的作用。不过不论怎么评论，我都很知足，能够演唱这批情真意切的作品对我来说最大的感受就是——知足！因为表演艺术本来讲究的就是现场与当下的瞬间体验，其中最关键的就是要寻求跟现场大部分观众在"当下"情感交流瞬间所形成的共鸣，所以，一定不能离开现场，不能离开当下的人与情境，如果有观众在这个情境中被感动到了，或者捕捉、感受到了作词、作曲、器乐和声乐的情感和思想，那作为表演者的二度创作就有了意义。

在格纳久科先生的悉心指导下，我的苏俄作品逐渐拓展，渐入佳境。逐渐地，我演唱的乌克兰作品引起了当地一些领导的关注。2007年4月，也就是在我马上要硕士毕业的前几个月，首都基辅市政给格纳久科先生打去电话，告诉他一个重要的演出任务，当时基辅要接待前来参加2007国际艺术教育大会的各国嘉宾，在接待式上要安排我演唱基辅市的市歌《我的基辅》（"Киеве мій"），这首歌由基辅伟大的诗人卢岑科（Луценко）作词，伟大的作曲家伊格尔·沙莫（I.Шамо）作曲，是乌克兰从苏联独立出来后官方确立的市歌，这首歌曲当年就是由格纳久科先生首唱。

《我的基辅》——先生的这首主要代表作品，其实先前在我的其他一些音乐会上早已经唱熟，但那天先生并没有告知我是什么性质的演出，我以为就是一个常规的音乐会。走进基辅费拉莫尼亚（Финлармония）音乐厅之后，发现安检重重，一直进到化妆间后才得知当时的许多政要都在，气氛十分凝重。奇怪的是轮到我上台，看到坐在台下的那些在电视里看到过的熟悉脸庞时我忽然就变得不那么紧张了，我在很轻松的心境下完成了这首歌。后来先生告诉我，有个领导问了他，说这小伙子的演唱怎么听着那么像您年轻时候的感觉，先生听了自然很是开心，这种深厚的缘分真的是很难能可贵的。

在我留学回国的前夕，先生依依不舍地用已经苍老了的声音为我清唱了一次《我的基辅》，我轻声地和着他的歌声，我知道，他希望我能够永远记住他，记住他这位乌克兰"帅爷爷"，他更希望我回到中国以后不要忘记了这些乌克兰歌曲，希望我能够将这些作品唱给更多的人听！

当然啊，我怎会忘记！我怎会忘记基辅，怎会忘记乌克兰！这里，有我深爱的恩师们，虽然他们已长眠在此！这里有我魂牵梦绕的乌克兰音乐，有我与恩师们一起摸爬滚打在艺术道路上的一年又一年！

时至今日，我只能从脑海中的记忆里去想念和感受恩师们的温暖和只言片语，只能在回忆里去触摸恩师们的脸庞，真的是很想念他们，很想再一次紧紧地抱一抱他们！

师恩难忘啊！

与导师们一次严肃的谈话

我在研究生学习阶段，从本科的歌剧表演专业转到了室内乐演唱及音乐教育专业，这是娜杰日达和叶甫根尼娅两位教授与我经过一次很严肃的关于我职业道路的探讨之后所作出的艰难抉择，我放弃了那时痴迷的歌剧表演专业，转向较为陌生的室内乐演唱及音乐教育专业。

本科毕业后，还没来得及庆祝留学生涯第一个阶段的完结，我就被娜杰日达和叶甫根尼娅两位教授叫到琴房谈话，我心里"怔"地一下，因为几年来，两位老师从来没有这严肃地约我谈过话，而且是在艺术指导塔玛拉不在的时候。

娜杰日达老师先说的话，她说："廖尼亚，我和叶甫根尼娅教你到现在，我们都很爱你，在我们的心里你就像是我们自己家人一样，现在你本科阶段的学习已经结束，我们今天和你探讨一下你接下去研究生学习方向的问题！"

我心想：如果只是关于研究生的学习方向，有必要选择这么一个严肃的谈话气氛吗？

叶甫根尼娅老师搓了搓手说："孩子，你很努力，也很棒，在我们一起工作的这几年你也收获不小，这是我们共同的骄傲，但是，我和娜杰日达老师经过慎重的思考，我们决定研究生阶段不再教你了，你需要转专业，转导师！"

听到这句话，我犹如听到了晴天霹雳，一直合作得很好、很默契的就像奶奶一样的老师们居然决定在我学业进入一个攀峰阶段的时候不教我了，转专业、转导师，用中国话来说就是"逐出师门"啊！我当时整个人都懵了，我想这可怎么办，我到底是哪里做错了？到底是哪里伤害了两位老师，让两位老师同时决定不教我了？我呆若木鸡地低着头坐在她俩面前，稍稍缓过一点以后，我抬头看到两位老师的眼神依然是慈祥的，没有愤怒，也没有厌恶，我心里更纳闷儿了，俩老太太今天怎么就突然做出这么不可思议的决定啊！

过了大概几分钟，娜杰日达老师继续说："廖尼亚，你安静地听我们说，我们是出于对你将来职业发展的考虑才为你提出这个意见的，主要原因有几个方面：首先你现在那么痴迷歌剧，全身心地投入歌剧表演的学习和研究，但是，你在欧洲主流的歌剧界注定是不可能有非常乐观的前途和发展的！因为首先你不是欧洲人，其次你的现有条件、技术与天赋也不可能达到欧洲歌唱家们那样的水准和状态！如果你决定从事歌剧工作，那你唯一能演的是《图兰朵》（*Turandot*）中的大臣或《蝴蝶夫人》（*Madama Butterfly*）中的日本村民，要么去唱合唱，就算将来你获得更高的声乐比赛奖项，那你也只能客座类地演几场歌剧，你是很难走进欧洲主流的歌剧界的。更何况，男中音的声部需要年龄和岁月来累积，你现在才二十出头，根本不可能拿到大歌剧的主要角色，如果研究生你继续学歌剧，我们认为对你将来的从业没有太大的帮助，所以我们希望你转专业、转导师！"

叶甫根尼娅老师接着说："我们建议你研究生专业换成室内乐演唱及音乐教育，我们给你介绍最好的男中音教授，论文也给你找最好的导师。如果你转了专业，你会学到许多文学和音乐本质的内容，也会接触到更丰富的声乐曲，这对你的艺术修养尤其是演唱修养会有很大的帮助，那些室内乐作品都由最经典的诗歌改编而来，如果唱好这批作品你就可以成为音乐会歌者，在音乐厅系统工作，再加上研读教学法，以后你还能有机会去从事艺术教育工作。你如果在欧洲打不开歌剧的事业，你肯定会回中国，中国现在的歌剧发展状况你也有必要去了解一下，是不是会有更多的机会。我们认为你成为一名音乐会歌者更符合你的整体素质与条件，而且将来如果往教育界发展你也具备教学的能力与资格，你好好考虑一下吧。"

这一段严肃的对话直接影响了我的学习历程，也改变了我的艺术命运。如果不是这个决定，也许我就不可能认识我的第四位声乐导师——德米特里·格纳久科先生，也就不会遇见那么多精致、温暖与感人的苏俄作品！那个时候我怎么都不可能想到正是这些苏俄作品会在我未来的艺术生涯里赐予我那么多的机会和荣誉，并在很长一个阶段里成为我依赖的生活来源！

我很感激老师们对我学业和职业的严谨与负责，她们为了我如此地殚精竭虑，这种感恩之情只能用"继承"的方式来报答！对的，继承，就是对恩师们最好的回报！如果有一天我成了音乐教师，我的目标就是做一个和我的老师们一样优秀的音乐教授！

流淌的旋律·与俄、乌歌曲一辈子的情缘

每个艺术生都有自己的舞台梦，能在舞台上把自己的情感和技术通过作品传达给观众，与观众一起经历喜怒哀乐，这是一种无上的幸福！

离开歌剧表演专业后，我便全身心投入室内乐作品的学习中，与钢琴、大提琴、小提琴、巴扬、长笛、曼陀铃等乐器一起合作演唱室内乐歌曲便成了我研究生阶段的主要学习内容。我曾唱过的俄罗斯作品主要有《柴科夫斯基的男中音浪漫曲集》（"Романсы Чайковского"）、《拉赫玛尼诺夫男中音浪漫曲集》（"Романсы Рахманинова"）和《俄罗斯浪漫歌曲集》（"Романсы Россия"）。

相对而言，柴科夫斯基和拉赫玛尼诺夫的声乐作品需要全面的音乐技术，发声与音乐表现需要有高标准的"体系性"和"严肃性"，在声乐作品领域属于"浪漫曲"的范畴，值得一提的是演唱这二位的"浪漫曲"除了考验复杂的声乐技术部分之外，更考验钢琴的演奏技术。所以一般在苏联的音乐学院，在举行类似于这样"学院派浪漫曲"的音乐会时，海报上往往写的是声乐演唱部分某某某和钢琴演奏部分某某某，而不是写独唱某某某和伴奏某某某，因为在以他俩为代表的一批浪漫曲作品里，基本上声乐与钢琴的艺术份量和技术含量是均衡的，歌者必须跟有独奏能力的钢琴家一起协作才能完成好此类浪漫曲，甚至有的作品当中钢琴部分的难度远远超越了声乐的部分，有些作品从另一个角度来说钢琴是"主角"，声乐部分反倒成了"配角"，这是俄罗斯"学院派浪漫曲"的艺术魅力所在，它是器乐与声乐相互融合、相互辉映的一种艺术形式，非常精致且又磅礴、壮美！

根据古典诗歌创作改编而成的浪漫曲在器乐部分比较凝练和细腻，既可以用钢琴弹奏，也可以使用小提琴、大提琴、长笛、吉他、六弦琴、曼陀铃或巴扬等各式各样的乐器演奏，以此形成丰富的"重奏"形式的音色、

概念和效果，在演唱上也相对可以自由一些，给演唱者提供巨大的创作空间，这部分作品可以称为"沙龙派浪漫曲"。我常认为，"学院派浪漫曲"是用来"诠释""描述""再现"的，而"沙龙派浪漫曲"则是用来"创意""发挥""吟唱"的。

我曾唱过的苏联时期的主要作品有《卫国战争歌曲曲集》（"День Победы"）。这个曲集里的歌我几乎是对着目录挨个学的，这些作品都是既充满战争硝烟味儿又充满温情浪漫，激奋人心！我尤其喜欢唱里面的进行曲，特别是《斯拉夫进行曲》（"Славянский марш"）、《歌唱动荡的青春》（"Песня о тревожной молодости"）、《我的莫斯科》（"Моя Москва"）、《胜利日》（"День Победы"）等，虽然卫国战争已过去很久了，但当2015年，我在莫斯科庆祝卫国战争胜利70周年的阅兵仪式上再次听到这些旋律时，依然让人心潮澎湃，激动不已！其中像《莫斯科郊外的晚上》（"Подмосковные вечера"）、《喀秋莎》（"Катюша"）、《山楂树》（"Уральская рябинушка"）、《窑洞里》（"В Землянке"）、《漆黑的夜》（"Тёмная ночь"）、《红莓花儿开》（"С черничным цветом"）、《鹤群》（"Журавли"）、《灯光》（"Огонёк"）等这一批歌曲早已成为我们中国听众心中永恒的情感记忆！

我曾演唱过的乌克兰歌曲主要有《乌克兰民歌曲集》（"Народные песни Украины"）、《德米特里·格纳久科作品曲集》（"Поёт Дмитро Гнатюк"）、《伊格尔·沙莫创作歌曲曲集》（"Песни И.Шамо"）、《阿列克·比拉诗创作歌曲曲集》（"Песни А.Билаша"）。我喜欢这里面所有的作品，每唱一首就爱一首，乌克兰歌曲的主要特点之一就是歌词充满了哲理性并如诗一样的精美，乌克兰语自身的语言特点就非常具有律动感和音乐性，加之这个民族独有的忧愁、飘渺和深刻的旋律气质，让人唱得雄壮、洒脱、揪心和飘逸，其中我印象最深的是《黑色眉毛棕色眼睛的少女》（"Чорнії брови, карії очі"）、《金色的秋天》（"Осінеє золото"）、《我亲爱的母亲》（"Рідна мати моя"）、《第聂伯河在咆哮》（"Реве та стогне Дніпр широкий"）、《红与黑》（"Два кольори"）等几首由德米特里先生首唱的作品，在先生的指点下，我的确和这些作品"活在一起"了。

如今，当我一次次在琴房里翻开这些泛黄的谱子和我一次次将这些谱子交到音乐会钢琴演奏者手中的时候，我就知道我的一生将与这些作品同行，我给这批作品制作了一个专场音乐会，并取了一个诗意的名字——"流淌的旋律"，随着旋律，这些作品流淌在我的血液之中。

遇见钢琴家鲍蕙荞

谈起我的"乌克兰"，有几位中国音乐家不能不提，他们对我的学习给予了极大的帮助和鼓励，其中一位就是我国著名的女钢琴家鲍蕙荞老师。

我是在 2003 年基辅霍洛维茨国际钢琴比赛中认识鲍蕙荞老师的。记得在比赛现场，我看到一位中国女士，穿着大红色的套装，披着略卷的长发，她高贵而又端庄地坐在音乐厅的座位上，神情专注地看着台上一个孩子的演奏，坐在我身边的其他几个留学生在议论，这不是钢琴家鲍蕙荞吗！我对钢琴界不是太熟悉，但我曾在一个视频上看到过鲍蕙荞老师和二胡演奏家宋飞合作的《梁祝》，所以有些印象，但看到真人时，我感觉这个老师神情好严肃啊，一定很严厉！其实我那天是陪一个钢琴系的师姐来"凑热闹"看钢琴比赛的，没想到见到了许许多多的钢琴界名人，在比赛间隙我上洗手间走出来的时候听到这个比赛的组委会的工作人员在和鲍老师她们说一个事，这位工作人员是说乌克兰语的，英语也不是很熟练，看到鲍老师她们好像不是很理解她在说什么，我就上去帮她们翻译了一下，说完事后，鲍老师亲切地问我是留学生吗？是学什么的？她的声音十分温柔，和我之前想象的那个"严厉"的形象完全不一样。鲍老师刚才和工作人员是在交流关于乌克兰著名作曲家斯捷潘年科（M.Степанеко）的一个钢琴作品的问题，并且鲍老师也很想采访这位作曲家。我告诉鲍老师，我可以帮着去打听这位作曲家。没过几天，我便联系到了斯捷潘年科先生，并约在基辅作曲家协会的办公室见面，鲍老师也顺利地完成了对他的采访，并收录在《鲍蕙荞倾听同行》一书中，就这样我与鲍老师成了"忘年之交"。

后来只要鲍老师带学生来乌克兰比赛或演出，我就会和他们在一起，帮着做些翻译的事儿。我曾陪着她们去过哈尔科夫等地，比赛期间只要有空余的时间，我都会带着鲍老师和学生们一起去游览名胜古迹，那些年在乌克兰的春天总是会与鲍老师和她的学生们相聚，而每次鲍老师给备赛的学生们上的"大师课"我也自然能够零距离地聆听到，我也因此对钢琴作品产生了浓厚的兴趣，鲍老师对钢琴演奏技术、演奏风格、音色线条、学派特征、艺术思想甚至参赛技巧都会通过某段曲子的某个部分给学生讲解，这是我听到过的最生动、最有趣、最清晰的作品分析了，在日后的很多"学院派浪漫曲"的演唱中，我也借鉴了很多鲍老师的钢琴演奏理念，尤其是对钢琴部分的演奏我会格外要求和关注。在比赛间隙有空的时候，鲍老师也会帮我弹一些声乐作品的伴奏，我唱完后她与学生们也会和我一起交流声乐的歌唱性与钢琴演奏的歌唱性的异同，与"鲍家班"在乌克兰春天的"钢琴聚会"成了我每年都会期盼和向往的一项固定活动了。我回国以后，乌克兰发生局势动荡，乌克兰的那些青少年组的几个大型比赛也受到局势的影响，停办的停办，晚办的晚办，就是举办了大家也不太方便去参加了，再加上当时"鲍家班"的几个孩子也都逐渐长大，他们都要去参加其他国家成人组的比赛了，所以，慢慢地就减少了去乌克兰的频率。但是，那些年乌克兰春天的钢琴聚会时光十分美好。

一直到今天，只要我和鲍老师、和"鲍家班"的孩子们见面、聚会，我们都会无限地怀念在基辅的那些日子，怀念那里的山、河、水、教堂，更怀念那个让我们痛心的、长得像李斯特的乌克兰钢琴家卡琳娜·米克松女士（К.Миксон）。米克松非常赞赏鲍老师的教学体系，非常爱鲍老师的学生们，遗憾的是，她虽为杰出的钢琴演奏家，但终斗不过生活的贫穷与困苦，于几年前结束了自己的生命，每每谈到米克松，我们总是无限地惋惜与哀叹。

我毕业回国后，鲍老师也十分支持我的音乐剧事业，她看过我的一些音乐剧，每次看完都会给予我很多的指导和建议，我们在北京时经常见面，只要我每次去看望鲍老师，总是会遇到"鲍家班"的孩子们，有些认识有些不认识，我也像一个"大叔叔"一样地与他们聊俄罗斯的音乐，聊和他们的师哥师姐们一起于那个年代发生在浪漫乌克兰的趣事。

遇见翻译家薛范

薛范，这个名字是与苏俄歌曲紧紧联系在一起的，我们所熟知的歌曲如《莫斯科郊外的晚上》《窑洞里》《鹤群》等都是薛老师翻译的，可以说没有一个学俄罗斯音乐的人是不知道薛范这个名字的！我十分崇敬薛老师，希望有一日能见到他。回国以后，我一直在努力地联系薛老师，希望通过各种关系能找到他。我认为，在中国，必须让薛老师首肯了我演唱的苏俄歌曲，这才算是合格。

心心念想，必有回应。2010年的一个冬日，我终于收到了薛老师的一封电子邮件，他要来北京检查身体，约我见面。我当时心里既兴奋又忐忑不安，于是温习了几首作品准备唱给薛老师听。那日，我照着薛老师给的地址准时找到他所在的宾馆，我敲了敲薛老师的房门，薛老师应了我一声："稍等一下！"可是过了好久门也没有开，我在想，会不会薛老师在写东西，是不是我打扰到他了？大约过了5分钟，门才被慢慢地打开，我被眼前所见到情形震撼到了，一时不知怎么言语。薛老师跟我说："小梁，不好意思啊，助理去买药了，我只能自己给你来开门，时间有点长，让你久等了！"薛老师应该是从床上爬起来艰难地坐到轮椅上来给我开的门。此时，我的心里噙着眼泪，《莫斯科郊外的晚上》的音乐盘旋在我的脑海中，那么多年来我曾无数次地想象着跟薛老师见面的场景，我认为能翻译出那么多浪漫作品的薛老师应该是有很多种可能性的形象，但我怎么也没有想到是我今天所见着的那样一个情形，在这么艰苦的条件下薛老师能翻译创作出那一批批温暖一代又一代人们心灵的作品，我顿时感受到了什么是"伟大"，什么是"力量"！

　　薛老师住的房间有点小，他把我迎进去后快速整理了一下床铺，我坐在床沿上，我们终于开始了这场我期待了近8年的对话。我给薛老师唱了我准备的歌曲，当时我完全无法用自己原先准备好的情绪来唱，我此时此刻觉得那是多么肤浅的情感，断然不能表达出薛老师译作的精神，但我又无法立刻重新调整，于是我就眼望着薛老师，叙事般地唱完了我准备的歌曲，薛老师听完后十分激动，他说他之前没有听过用我这样的方式来唱这些作品，他希望找机会能够听到更多。于是，我们共同策划了一台"流淌的旋律——薛范、梁卿经典苏俄歌曲私享音乐会"，薛老师任艺术总监，这个音乐会在东莞、长沙、杭州、哈尔滨、太原等地巡演。特别是在杭州剧院的这场演出，薛老师不顾长途劳顿，从上海赶来现场亲自指导和支持我，并在演出结束后上台讲话，我能感受到薛老师的开心与兴奋，他听到了他喜欢的一种诠释苏俄作品新的演唱方式，或许他也觉得苏俄作品有了新的继承和传播力量。

　　后来，我偶尔有空会去上海约薛老师见面，在一个非常简陋、狭隘的书屋里，有一片书的海洋，薛老师坐在书海之中，笔耕不辍，继续着他的音乐译作梦想，而我，只能静静地唱，唱出源自薛老师心中最神圣、最纯洁的那一句句如诗般的译词，那就是薛老师的全部世界！

　　不论我做音乐剧有多么忙，我都要分出一部分的精力和时间来不断地演唱这些给予我力量、给予我荣誉、给予我艺术生命的苏俄作品，因为这些作品一直在哺育着我的艺术灵魂，激发着我以更大的创作动力去探索更多的音乐剧剧目。苏俄音乐作品充实丰沛的精神内核以及一代代音乐家为此努力奉献、百折不挠的精神力量时刻鼓舞、激励着我在中国原创音乐剧的道路上克服重重困难，不断勇往前进。

职业命运的戏剧性转变

卡门不是一座门

法国作曲家乔治·比才（"Georges Bizet"）的经典歌剧——《卡门》（"Carmen"）是我到乌克兰后去基辅国立舍甫琴科歌剧院观看的第一部歌剧作品，剧中斗牛士"埃斯卡米里欧"（"Escamillo"）的咏叹调《斗牛士之歌》（"Toreador"）也是我学会的第一首男中音名作。我看的那个歌剧版本是由多年后我的研究生导师德米特里·格纳久科老师导演的，而且剧中的女主角之一"米凯埃拉"（"Micaëla"）是我后来的声乐老师娜杰日达的女儿奥利格·纳高德娜女士扮演的，种种这些，"预示"着我与《卡门》好像有着一些缘分。

当我与几位同学第一次走进金碧辉煌的歌剧院准备看戏时我都还不知道要看的是哪部戏？要看的这部戏讲什么内容？音乐会不会好听？我是否能看得懂……这些"业余"的问题一直盘旋在我的脑海里，我想这不仅是那时候的我和我的同学们所困惑的问题，可能也是现在的一些观众在看一部歌剧之前会有的问题和顾虑。我心里一直在想，卡门是哪座门？现在想起来真的是一个业余的大笑话,卡门,并不是一座门!

2007年春节后,国内的一个朋友通过邮件告诉我北京正在制作一部音乐剧叫《激情卡门》("The passion of Carmen"),当时正在海内外招聘演员,他让我发资料试试。我拜托这位朋友帮我找找剧组的联系方式,后来他只告诉了我说网上都有帖子,让我自己去搜,于是我就搜到了音乐剧剧组的招聘邮箱,把我的个人资料发了过去。

这次应聘是我人生当中一次"谜一样"的经历,不知道这封应聘邮件是经历了一个怎样的时空隧道——当时我搜到的邮箱地址其实并不是音乐剧《激情卡门》剧组的邮箱,而是当年另一部原创音乐剧《蝶》("Butterflies")剧组的邮箱,当然我的应聘资料自然也就发到了《蝶》剧组,与《激情卡门》就这么"戏剧性"地擦肩而过了!直到2009年我与当年《激情卡门》剧组的主演张咪女士聊起此事的时候才得知,他们剧组在成立不久后由于投资方与外国主创意见不合而暂停了工作,之后几次想恢复制作也没能成功,事实上项目已流产。我在唏嘘的同时也深感庆幸,上天真的是眷顾我,给了我"谜一样"的指引与护佑,让我事业的起点没有受挫。

遇见我的"音乐剧之父"——李盾

说起那封我"误发"的、决定了我命运的"应聘邮件",不得不感恩于它,正是因为它被"误会"地发送到《蝶》剧组,这才顺利开启了我的音乐剧职业生涯!

当《蝶》剧出品单位——北京松雷文化集团的总裁助理陈珺女士收到我的"应聘邮件"之后,她打印了出来,与其他几位应聘者的资料一起送到了著名音乐剧制作人李盾先生的办公桌上。据李总后来告诉我,当时他马上有一个演讲,只有看一封应聘资料的时间,他随手拿起一份,就是我的！看完我的资料后，李总让陈珺联系我并安排合适的时间通电话。

由于基辅和北京有六个小时的时差，北京时间晚上七点左右，李总打来了国际长途，他说他现在要去机场，北京比较堵车，所以他是在车上给我打的电话，想在电话里了解一下我的情况，我那时还不知道李总是《蝶》剧组的，所以我一直是按《激情卡门》的概念在与他对话，现在想来真的也是缘分！我先后唱了包括《斗牛士之歌》在内的 3 个唱段给李总听，李总很满意我的声音，我的身高、体重也符合他们剧组的招聘要求，他问了我是否在乎角色大小？我说："不在乎，能参演就行！"他又问我薪资目标如何？我说："刚回国发展，不在乎薪资标准，但希望能够有地方住！"他告诉我剧团是半军事化管理，集体食宿；他问我巡演是很辛苦的事，需要不定期地全国各地跑，能否接受？我心想：太好了，我就喜欢巡演，这才是演员的生活嘛！当然连忙同意。他问我能否 7 月 26 日回国后直飞深圳，到东莞剧组的基地报到？我算了一下拿毕业证的时间，应该差不多，于是就立刻同意了。我们经过近一个小时的国际长途"谈话面试"，李总基本确认录取我了，并告诉我他会交代陈珺继续与我联系，同时把谱子寄给我，让我趁回国之前的时间先把"梁山伯"的唱段学起来。

"梁山伯"？不是"卡门"吗？

李总听到我那么惊讶的疑问，便细细地给我介绍起来我将要加入的音乐剧项目：大型中国原创音乐剧《蝶》，由松雷集团投巨资联合法国著名音乐剧《巴黎圣母院》（*Notre Dame de Paris*）的团队共同打造，作曲是中国的著名作曲家三宝，将来的演出是由三宝老师指挥交响乐团与台上的演员一起完成，首轮将在保利院线演出 100 场。男角色有"流浪诗人"梁山伯、"蝶王"老爹，女角色有"蝶公主"祝英台、"姐妹"浪花、"枯叶蝶"老醉鬼，这部音乐剧的灵魂源于《梁祝》，表现的却是现代人的思考和内核，整个故事充满浪漫的迷幻色彩。"梁山伯"与"祝英台"的爱情故事、"老爹"与"老酒鬼"的恩怨纠葛、"浪花儿"的风情万种、"蝶人"们的彷徨无助，都将在一个命名为"世界尽头"的空间里展开。

我终于听懂了，我要去的剧组是关于"梁祝"的！我的热情一下燃烧了起来，"梁祝"，这是永恒的经典啊！我渴望立刻、马上看到剧本和谱子！李总激情洋溢、仔细全面的介绍让我第一次领略到这位优秀职业制作人——被业界公认为"音乐剧之父"的无限个人魅力，从而也坚定了我要跟着他做中国音乐剧的决心！

不知不觉间我与李盾先生竟然通了近两个小时的电话，在挂电话前李总很温暖地说了一句："梁卿，希望你能如约到东莞剧组报到，我在东莞等你，希望中国原创音乐剧能成为你毕生的事业！"

就这样，我回国的工作确定了，虽然不是国家事业单位，也不是那种意义的著名歌舞名团，但仅仅是"蝶""梁祝""三宝""北京""保利""音乐剧""巡演""管吃住"等词语已经让我向往不已。我知道回国找工作的不易，能在国内找到体面的演出机会更是不易，登上职业的戏剧舞台对于我们这些新海归们那基本上是一个遥不可及的梦想，但命运之神眷顾了我，这个宝贵的机会终于降落到了我的头上。此时，我向着我心中的那个神圣的舞台又实质性地走近了一步，虽然我还不是很了解我所要从事的这个事业，但我的舞台梦想开始逐渐地清晰起来。

我遇见了我的"音乐剧教父"——李盾先生，此时，我，便真正遇见了中国音乐剧！

北京，我回来了

当人们倾尽所有精力和情感专注地做着一件事情的时候，心中便会产生一种"庄重感"与"仪式感"，并且随着时间和进程的推移，这种"庄重感"与"仪式感"会越来越强烈。

随着乌克兰国考和学位论文答辩的顺利完成，意味着毕业的时间即将来临。同学们都开始纷纷寻找工作，有的去高校应聘老师，有的去歌舞团应聘演员，也有的留下来继续读博，由于我已和北京松雷"蝶之舞"音乐剧剧团的李盾先生谈定了工作，所以这段时间对我而言也就相对地轻松一些，我一边准备我的告别音乐会——"再见了，基辅"，一边有计划地再一次游览基辅的景点与古迹。

"再见了，基辅"这场告别音乐会主要演唱这些年我自己最喜欢的一些抒情作品，主要是与基辅的师友们再聚一次，因为有些朋友已经很老了，不知何时能再见，或许这一别就是永远，所以我从情感上很重视这场音乐会，但技术上相对比较轻松，这些作品都已经在不同的场合很多次地演唱过。我特别感动我的两位好朋友蓝信君和胡星玫把我的这场"告别"音乐会变成了"庆祝"音乐会，她们说告别太伤感，应该是庆祝，庆祝毕业，庆祝正式走上职业演艺道路，蓝信君和胡星玫是我在基辅最重要的两位朋友，她们现在都已经做了妈妈，也是我为数不多的一直保持着紧密联系的乌克兰同学。

似乎一切都是那么的顺其自然，音乐会结束后，我顺利地拿到了硕士学位证书，于是立刻飞奔中国驻乌克兰大使馆办理学位登记和回国证明，第一时间完成了所有手续的办理，打车飞奔到乌克兰航空公司把当时出来留学时的那张"返程OPEN票"做了"OK"。2007年7月24日，我乘坐着顶替了老"图-154"的波音新飞机从基辅鲍里斯波尔国际机场起飞回国。我的行李只有两件，一个托运行李箱，里面装的全是谱子和书，一个随身背的书包，里面是护照和毕业证。我相信每个毕业回国的同学都会和我一样，紧紧地抱着装有毕业证的书包，一有空就打开毕业证看了又看，估计都已经记住毕业证上所有的文字了，但就是看不厌，一刻也不让毕业证离开自己的视线。这也是可以理解的，那么多年的奋斗，这张毕业证如同是我们的全部、我们的生命了，就是把自己弄丢了也不能把这张毕业证给弄丢了！

我是和蓝信君、胡星玫她俩一起回国的，在鲍里斯波尔国际机场，我

壹

们拥抱了前来送我们的艺术指导塔玛拉·扎伊丘克。塔玛拉教了我们很多年,是一位严谨严肃严厉的钢琴家,但在海关她也忍不住落泪了,我们也很舍不得,但是学业结束了,新的事业就要开始,我们今日的分别是希望有朝一日能够再相见。

飞机起飞了,当飞机"噌"地一下离开坚实而又英雄的基辅大地时,我的脑海中立刻浮现出当时踏上这片土地第一脚的情形,我把我最美好的青春岁月留在了这个国家、这座城市!

告别基辅,告别乌克兰,对我而言也就是告别了自己的青春,在流金的青春岁月里,我很庆幸自己为了自己当初的梦想努力拼搏了、艰苦奋斗了,很庆幸在这些流金的年月里我并没有碌碌无为!

感恩我的第二故乡——乌克兰!感恩,我的基辅!感恩留学的这些年所有帮助过我的老师、同学、朋友们!乌克兰,基辅,我走了,我也同样发誓,我一定会回来看你的!

北京,那一年秋天我们说好的,今天,我回来了!

贰

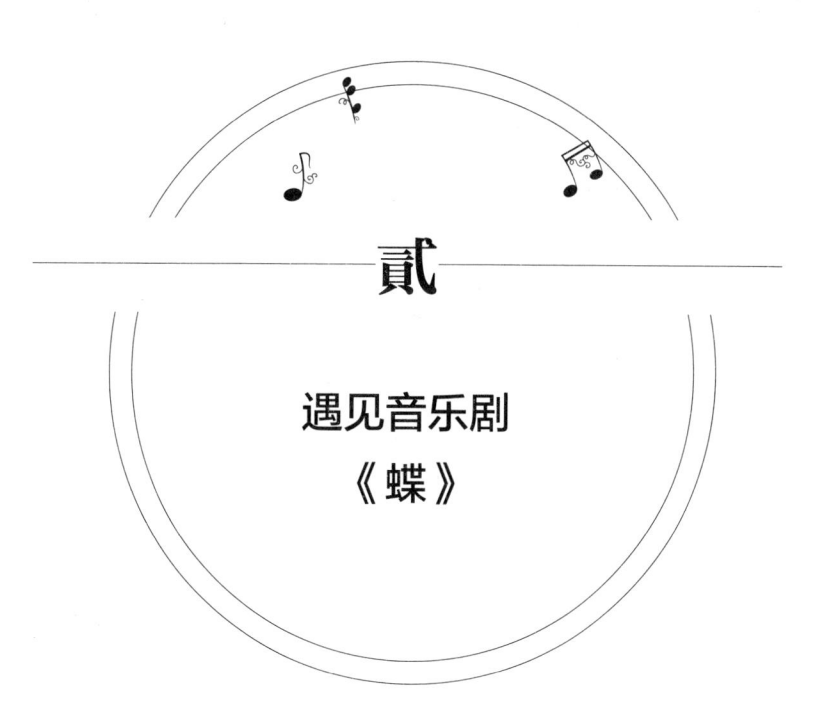

遇见音乐剧
《蝶》

一

《蝶》之印象

《蝶》·卷首语与主创团队

翻开音乐剧《蝶》那本精美无比的节目册，在扉页上写着这样一段充满戏剧力量且让人浮想联翩的卷首语，并附超豪华阵容的主创团队简介和故事梗概。

"很久很久以前，或者就是现在，
有个你没有去过的地方，叫作世界的尽头！
少女祝英台就要出嫁，可是，
这时候，不速之客突然闯入，
他说，他叫梁山伯，他要带走新娘！
于是，一切都乱了——
有人醉了，有人疯了，
有人被诅咒了，有人失踪了，有人死了！
祝英台的新婚之夜，
爱情，阴谋，癫狂，诱惑，迷醉，谋杀，逃亡，审判——全都出现了！！！"

出品人：曾庆荣（北京松雷文化集团董事长）
制作人、艺术总监：李盾（著名中国音乐剧制作人，代表作：音乐剧《白蛇传》《西施》）

编剧、作词：关山（中国著名编剧、词作家，代表作：音乐剧《金沙》、电视剧《刀锋》）

作曲、指挥：三宝（中国著名作曲家、指挥家，代表作：音乐剧《白蛇传》《金沙》等）

总导演：吉勒·玛鸣（Gilles Maheu，加拿大著名音乐剧导演，代表作：音乐剧《巴黎圣母院》等）

导演、编舞：韦恩·福克斯（Wayne Fowkes，法国著名音乐剧导演，代表作：音乐剧《巴黎圣母院》等）

舞美设计：苗培如（中国国家一级舞美设计师，代表作：歌剧《木兰诗篇》等）

灯光设计：阿兰·洛尔蒂（Alain Lortie，太阳马戏团著名灯光设计师，代表作：音乐剧《巴黎圣母院》等）

服装设计：韩春启（中国国家一级服装设计师，代表作：舞剧《情天恨海圆明园》等）

《蝶》·第一幕故事梗概

曾经想要变成人类的蝴蝶，因为遭到诅咒，变成以非蝶非人的方式苟活于充满危险、压抑、阴暗迷宫中的蝶人。为了解除诅咒化为人类，蝶人的首领老爹筹划了一场婚礼的"阴谋"——在"世界的尽头"将蝶人中最漂亮的祝英台嫁给人类，而祝英台对这场婚礼却表现得极为冷漠。

在城市的边缘，四处漂泊的浪荡诗人梁山伯从一个衣衫褴褛的老醉鬼那里得知："世界的尽头"那场能够解除蝶人诅咒的婚礼，隐藏了更多的秘密与诅咒。这更引起了梁山伯强烈的好奇。在老醉鬼的指引下，梁山伯来到"世界的尽头"，很快与一个希望变成人类与母亲重逢的小女孩成为朋友，他们玩起找新娘的游戏。梁山伯的潇洒深深吸引了蝶人姑娘浪花儿，但当祝英台一出现，梁祝二人立即被对方吸引，梁山伯走到祝英台面前亲吻了新娘，打乱了婚礼的筹备，害怕计划被破坏的老爹立即准备驱逐梁山伯。

梁山伯依然困惑于婚礼的阴谋，这时老爹找到梁山伯想要弄清梁山伯的来历，试探他破坏婚礼的原因。梁山伯与老爹互相试探，彼此猜测着对方的意图。被老爹质问的梁山伯突然声称要带走新娘，碰巧在一旁的祝英台听到了这个消息后，自言自语，手足无措。在蝶人们的骚动中，老爹果断而粗暴地表示要采取措施，制止梁山伯。

祝英台独自询问梁山伯为什么要带她走，梁山伯玩世不恭的回答令祝英台十分失望。为了取得对方的原谅，梁山伯送给祝英台一首诗作为新婚的贺礼。诗句的奇特魅力使两人有了共鸣，两人开始有了情感上的表达，彼此产生深深爱意。

此时，老爹听到浪花儿倾诉对梁山伯的爱意和无能为力，心生一计。他准备了一杯毒酒，让浪花儿送给梁山伯，而浪花儿并不知情。这一切被一直躲在暗处的老醉鬼看得一清二楚。已经知道真相的梁山伯和老醉鬼准备一起揭穿老爹的阴谋，但此时浪花儿已经喝下毒酒。最终，奄奄一息的浪花儿，在既为自己死于老爹的阴谋而感到悲伤，又为自己为情欲而死的自豪绝唱中，死在梁山伯怀中。此时，蝶人们纷纷赶来，心中充满悔恨和愤怒的老爹顺势指控梁山伯是杀人凶手。梁山伯被关进了牢笼。

《蝶》·第二幕故事梗概

在老醉鬼的说服下，心情矛盾的祝英台打开牢笼，并跟随梁山伯带着小女孩一同逃离了"世界的尽头"。他们和小女孩最终迷失在迷宫般的充满危险的隧道里，疲惫地停下来，被追来围捕他们的蝶人们抓到。

此时，已经死去的浪花儿早已变成蝴蝶，这一切只有小女孩才能看见。她借着小女孩之口讲出了她死亡的真相，在老爹追赶小女孩的途中，小女孩被推下悬崖。老爹来到法庭，主持对梁山伯的审判，只有老醉鬼和不见其形的浪花儿成了梁山伯的辩护者。丧心病狂的老爹不顾一切，判处梁山伯死刑，而所有蝶人都赞同，他们宁愿成为这场谋杀的同谋，也不愿意放弃自己成为人的机会。

就在蝶人准备给梁山伯执行火刑的时候，老醉鬼脱下了邋遢的外衣，露出她作为女人的真实面目，原来，老醉鬼是一个叫枯叶的女蝶人。20年前，蝶人们也曾有过同今夜一样化身成人的机会，枯叶正是蝶人们选出的新娘。而枯叶与老爹早已相爱，并偷偷生下一个女儿。为了所谓的信仰，老爹背叛了真爱，向首领告发了枯叶，蝶人们因为枯叶已经有过孩子不能出嫁而气急败坏，要求处死枯叶和她的女儿。老爹承诺等女儿长大替母亲充当新娘的角色，才使他们的女儿——祝英台得以活命。枯叶逃走了，为躲避蝶人的追剿，她隐姓埋名，伪装成老醉鬼。面对20年后突然出现的枯叶，已身为蝶人首领的老爹意识到她才是自己心中的魔鬼。此时，知道一切真相的祝英台更加绝望，宁愿为梁山伯殉情，也不嫁给人类，成为阴谋的牺牲品。老爹一面命令蝶人们举着火炬阻拦祝英台殉情，同时下令点燃火刑架。

浪花儿为此时的僵局感到绝望。为了梁山伯和祝英台能够拥有永恒的爱情，她不惜牺牲自己的真爱，掀起激情之舞。用她最后的蝴蝶的生命，换来祝英台与梁山伯的化蝶双飞，而浪花儿自己却在凄绝的歌声中化为一片燃烧的粉尘。

流泪看完《蝶》的首演

回到北京·直奔东莞玉兰保利大剧院

我从乌克兰基辅直飞北京的飞机降落在北京首都国际机场的时候已经是 2007 年 7 月 25 日的凌晨四点了,天还没有完全亮,我走出机场的那一瞬间有一股熟悉的味道迎面而来,这股味道只有北京才有!好开心,我学成归来了!我先寄存了行李,然后进城吃了早饭,接着置办了些必需品,等差不多上班了的时间我买下了当晚从北京飞深圳的机票。

回到北京的第一顿早饭我狼吞虎咽地吃了两个煎饼果子、一碗豆汁儿,感觉还不够满足,又去沙县小吃美美地喝了一碗排骨汤馄饨,然后找到了一个公用电话,给家人打了电话,告诉他们我得先去东莞《蝶》剧组报到,只能先工作再抽空回家了。爸妈很支持我的工作,只是没想到真正的职业演艺生涯就这么快地开始了。电话那边妈妈说赶紧去办一个银行卡,刚回国肯定有很多东西要添置,他们马上打点钱给我,我心里沉重地想,希望这是我此生最后一次拿爸妈的钱!

下午应鲍蕙荞老师的邀约,去她家小聚,我也趁机稍微休息了一下,准备晚上飞深圳。傍晚时分,我与鲍老师告别,再次打车前往北京首都国际机场,这次是飞国内了,陌生感就不那么强烈了,但是机场高速堵车的路况着实让我惊讶,原来在国外时听大家形容的"首堵"是真的很堵,怪不得上次李盾先生可以堵在路上跟我电话聊天 2 个小时。在出租车上,我拨通了北京松雷文化公司陈珺经理的手机,告诉她我已经赶往机场准备飞深圳,她告诉我《蝶》剧的舞美设计师苗培如老师和我是同一班飞机,到深圳后会有车来一同接机,并且要我随即给李总回个电话,告诉他我已顺利回国,并约第二天见面的时间。我打通了李总的电话,李总很高兴地说欢迎我归队,没想到他用的是"归队"这个词,顿时一股暖流涌上心头!

经过3个小时的飞行,飞机终于盘旋在深圳的上空了,随着飞机的下降,我也逐渐看清了灯火辉煌、霓虹闪烁的城市地面。不知不觉间,我心里第一次泛起一种距离感,我莫名地开始担心一些事情了,没有具体担心的内容,只是一种隐隐约约的感觉,或许每一个在国外生活多年之后回国的人在创业初期都会有这么一个适应和调整的过程吧。事实上我已经算是极其幸运的了,直接有单位接收我,避免了在一个城市四处递简历、四处面试的尴尬境地。后来经过一段时间之后,我再回想起从北京飞深圳飞机上的这种忧虑感,其实应该是对即将来临的崭新工作环境和崭新生活环境的未知与兴奋所形成的一种焦虑心情,因为这既是我留学生涯的终止,也是我职业生涯的开始,可能每一个人真的是必须要经历完所有源自心的磨砺之后才能真正地成熟吧!我在心里默念着自己长久以来的某种经验,于是,便不再那么慌张——"不管前方风雨如何,我自拔腿先走再说!"

落地以后,与苗培如老师一起坐着前来接机的宝马车飞奔东莞。到达东莞已是深夜三点,入住玉兰保利大剧院附近的美高美艺术酒店,这个时候时差感来临,于是我在昏昏沉沉中睡去。回国的第一天就在这样疲倦、奔忙、忧虑和兴奋中度过了。

一场在"世界尽头"的庄严婚礼

从酣睡中醒来的时候已经是7月26日的中午时分,收到陈珺短信,让我下午四点左右去剧院找她,先看演出,逮到李总有时间了就见个面,我心想首演这么大的日子李总肯定忙于各种事务，不一定能够见上面。

下午时分，一看时间差不多了，我就简单收拾了一下准备出发去剧院。走到楼梯口按下电梯按钮，不一会儿电梯门开了，一个熟悉的人影映入眼帘，他戴着墨镜，很潇洒地双手插兜，我一直在想这位那么眼熟的人是谁呀？直到电梯口他身边的助理告诉他要稍微等一下车，我才知道原来是饰演"梁山伯"的"宝哥"——沙宝亮。

东莞玉兰保利大剧院是一座新建的大剧院，很漂亮，十分宏伟，从美高美艺术酒店走过去大约七八分钟。这个建筑物从远处看像一个起舞的弗拉门戈裙摆，走近后，看到了各个单位前来祝贺音乐剧《蝶》首演成功的气球与条幅飘满整个广场。虽天色未暗，但早已华灯初上、灯火通明，多款《蝶》的巨幅海报矗立在广场上。走进剧院，工作人员就往每个人的臂膀上贴一个蝴蝶的纸贴，一下子就把人带进了剧目的氛围中。在大厅里，我远远地就看见了李盾先生，他在热情洋溢地接待着来看戏的领导和嘉宾，他比我想象的要清瘦，但比我想象的要和蔼、亲切。我不想这么轻易地就去见他，还是安心看完演出，等明天他稍微空闲一点的时候再去找他吧。于是，我远远地注视了一会儿这位未来的老板，然后就按照路标指示走向了二楼。我是二楼中间的票，视觉效果非常好，看得很清楚，离演出前估计不到一刻钟，观众席就坐满了，大家都很安静地等待着大戏开幕，没有嘈杂声，我对东莞市民的观戏习惯与素养感到钦佩！

最后一遍铃声响过，场灯渐暗，只见乐手们全体起立，指挥家、作曲家三宝入场。三宝老师顶着一头标志性的卷发，潇洒地与观众致意，待完全安静后，在三宝老师的指挥下，乐队奏出了强有力的前奏音符。音乐一下子点燃了观众的热情，开场的合唱遒劲有力，把一群生活在"世界尽头"的蝶人们的追赶、期待、渴求、孤独等因素全都表达了出来，演员们的合唱与现场管弦乐融为一体，我在这个开场合唱中不由自主地爱上了这部音乐剧。

第三场戏是"蝶人们"布置婚礼现场的一场群体戏，英国舞蹈编导的创意让整个婚礼现场热闹、生动、丰富、有趣，每一个蝶人对这场婚礼的渴望犹如打了鸡血一般，大家翻腾着、跳跃着，迎接着改变命运时刻的到来。在8个低重音后，突然一个男中音传来，声音苍劲浑厚、气宇轩昂，透着一股潇洒的霸气。我很喜欢这个角色，心想这个角色恐怕比我之前准备的梁山伯更适合我吧，我是男中音，理应更适合尝试这个角色，我预感我将来有可能会改为演这个角色，所以我仔仔细细地看着这个男中音歌唱家的表演，他成熟、权威、帅气，散发着大家的风范！后来看了节目册才知道，这位演员是我国著名的男中音歌唱家、上海歌剧院国家一级演员杨小勇先生。

音乐剧《蝶》，讲述了"一个晚上、一场婚宴、一群怪物"的癫狂故事：梁山伯，从一个浪子诗人到一个为爱疯狂的男子；祝英台，从一个大家闺秀到一个与爱人私奔的女子；浪花儿，从一个风情万种的女孩儿到一个为爱牺牲的孤苦灵魂；老爹，从一个族群的霸气领袖到一个内心撕裂绝望的苍凉老人；老醉鬼，从一个落魄乞丐到一个美艳的复仇王后；这些生动的、有血有肉的角色深深地吸引了我，我的思绪也深深地被这个故事吸引住了！三宝老师写下的音乐太美了，有些旋律美得让人窒息，尤其是当《梁祝》的主题动机在层层递进后的一个迸发渲染，我的泪水就止不住流了下来。

就在这场"婚礼"之后，我也成了一名新生的"蝶人"，我自然也将和大家一样，去历经重重的苦难，去走过"寒冬的地球"、走过"荒凉的旅途"、走过"身体的褶皱冰凉的额头"、穿过"世界的尽头"，最终到达这个庄严肃穆的婚礼现场，站到人群的中央。

三

初识音乐剧

闭门不能造"驹"，只能牵出一头"驴"

熟悉或认识音乐剧制作人李盾先生的人应该都领略过他那惊人的口才和非凡的艺术家气度，我常常说李总的语言是自成"体系"的。闭门不能造"驹"，只能牵出一头"驴"，这是李总的一句名言，也是日后对我产生很大影响的一句从业警示明言。

在《蝶》首演后的第二天下午，李总安排了一个小时的时间约我谈话。

我怀着十分忐忑的心情敲开了李总的房门，虽然通过电话与短信已经沟通过很多回了，我们已并不陌生，但是在昨晚观看了那么精彩的音乐剧现场演出之后，在我即将要正式地走进这个作品、要正式地加入这个团队、要面对这位给我职业机会又对我充满信心的领导之时，我心跳的速度不由自主地迅速加快。

"梁卿，你好！欢迎回国！欢迎加入我们松雷·蝶之舞音乐剧剧团！"李总开门见山，非常直接。

"李总好！"我颤颤抖抖地回答，"不好意思，我有点紧张和激动！"我深呼吸了一下，继续说："昨晚看了演出，非常感动，散场以后我在玉兰保利大剧院门口坐了好久，心情一直十分激动，不能平复，今天见到您本人就更加紧张，心跳都加快了。"

"心跳加快就对了，心跳要是慢那是留给死人的，我们做音乐剧的人就是要高速地心跳！"

这是我听到的李总说出的第一句值得收集进"语录"的话，我当时差点儿笑了出来。

我回答:"那我还是做活人吧!"

李总忽然"哈……哈……哈……"地笑了几声,这几个笑声是有具体的音高的,之后我也经常听到李总的笑声,我总觉得他的笑声是可以在钢琴上找到具体的音的。我怎么也没想到原来神情严峻、不怒自威的李总是一个这么爽朗的人,于是气氛不再那么尴尬,我们开始轻松地聊天,自然我也顺利地拿到了第一份职业演员的工作合同。

李总待我如子,他包容我的缺点,发掘我的长处,在准备上台之前他一个动作一个动作地给我纠正、示范,不论他多忙,总会在一段时间之后专门抽时间前来听思想汇报和工作交流,他很关心我,给了我在团里算是最优厚的生活待遇了,在他的倾心培育之下,我在音乐剧的领域里迅速成长起来。

在跟随李总的这几年里,他不断地创造着他的"经典语录",即便遇到风风雨雨,他都在那标准的四个音高点上发出爽朗的笑声,这笑声鼓励着他自己,也鼓励着我们这些后辈。我尊称李总为"老爹",此生与"老爹"的情缘太深,无以回报,只有坚定地沿着他的脚步行走在中国原创音乐剧事业的道路上!这条路,就是我们这一代音乐剧人的新长征路!

谈一谈我的理解——什么是音乐剧?

冠以《蝶》剧的定义词是"大型中国原创音乐剧","大型""中国""原创"都好理解,那么"音乐剧"怎么理解?它与歌剧、话剧、舞剧、秀、戏曲有什么样的概念区别呢?这个问题不仅是当时我的一个疑问点,我想可能一直到现在也仍然是许多观众在看音乐剧时经常会问到的一个问题。

那么,究竟什么是音乐剧?

音乐剧，用英文来说是"Musical"。

时至今日，我从业音乐剧工作已十年整，我却仍然无法用几句定义性的话来陈述出什么是音乐剧，但是通过这些年的实践与研究，让我逐步对音乐剧这一艺术门类的本真学术特征有了一些自己的理解和观点。

我个人认为，音乐剧是一个综合性极强的艺术种类，它的业态横跨音乐、戏剧、文学、舞蹈、美术、科技、传媒、营销、美学、管理等多重复合领域，确实很难用几句话语来形容、陈述、概括或定义，并且音乐剧的风格与样式十分丰富，每一个制作团队的审美情趣与侧重点都不尽相同，所以制作出来的音乐剧也各有特色、各有风格。随着时代的进步、社会的变迁、科技与意识形态的发展，音乐剧这个艺术种类与行业领域也在日新月异地不断变化着、发展着，正是因为这样与时俱进的变化与发展，音乐剧才让人为之钟情、为之痴狂！

在中国原创音乐剧发展的现阶段，我认为制作一部合格的原创音乐剧作品，一般要求力争做到以下几点：

1. 戏剧故事和情节的合理性、完整性与普遍代表性。

力求做到无逻辑硬伤，不无病呻吟，应以"通过合理、顺畅、深刻的代表性人物与代表性事件的发展、变化，来刻画与表达人性深层次的内涵与力量"为音乐剧故事创作的主要基本点。唱词与台词的创作应加强"诗化意象"式的叙事化特征与功能。

2. 音乐的叙事性、层次性与传播性。

原创音乐剧的音乐语汇应基于整体戏剧的行进与发展需求来设计和创作，既要有能入耳的动人旋律，又要具备不断推动戏剧发展的功能；既要有独立鲜明与立意清晰的层次性主题，又要有在每一个单元片段主题音乐里每一个代表性人物性格特征体现与变化的清晰脉络；既要有音乐学术与技术上的严谨与合理，又要有广泛传播的功能性。

3. 舞台美术的创意性与功能性。

音乐剧的舞美既要诠释出设计者们对该戏剧作品创造性的理解，表达出艺术的智慧与灵感，又要很好地考虑到作品推广和巡演时的实际需求。舞美的变换应该随着戏剧的发展紧紧落实在音乐的变化与节奏的发展之上，这种视听觉切换的功能性非常重要，从而形成统一的、在音乐行进中的适当的与创造性的视觉呈现。

4.高科技的实用性与艺术性。

高科技的运用可以使观众获得更多、更丰富的戏剧信息，并使观众感受到更逼真、更强烈、更直观的感官冲击，但往往高科技的使用也容易造成冲淡或削弱音乐剧作为戏剧本身的戏剧性和艺术性这两层负面影响。所以对于高科技的运用，一定是要根据音乐剧项目的实际需求和艺术审美来设定方案，在不影响观众主体戏剧注意力的最大限度前提下，来帮助增进音乐剧舞台美术及感官特效上的体验与感受。

5.舞蹈的叙事性、意象性、语汇性与戏剧性。

舞蹈在音乐剧中有着很重要的作用，音乐剧的舞蹈更加要强调叙事性、意象性、语汇性与戏剧性，不能为了舞而舞，也不能脱离人物与戏剧而舞，应是一种恰当的、合适的肢体展现及肢体语汇的综合性戏剧表述。

6.管理、传播与营销的专业性、系统性与架构性。

通过对音乐剧剧目的创意、执行、管理、传播与营销，使得音乐剧的商业属性发挥到最大化，在专业性、系统性、架构性的运行体系支撑之下，音乐剧剧目的艺术性得到根本性的发挥与保障。通过大量的演出实践从而不断地扩大剧目的品牌效应，为后期建立起切实可行的投融资平台与投融资模式、知识产权交易等商业行为而奠定扎实的技术性及原发性基础。

如果简单地来聊聊音乐剧与歌剧、话剧、舞剧、秀、戏曲的异同，我个人认为可以从它们的主体呈现、本质属性与美学导向等若干个方面来谈。

1.与歌剧比较。

对于一般的观众来说，歌剧应该是最容易与音乐剧发生概念纠缠的艺术种类，且先不去谈及歌剧的厚重历史与发展变革，就从本质特征规律和美学导向上来说，往往可以有以下理解。

我们通常所指的歌剧是以莫扎特、罗西尼、唐尼采蒂、贝里尼、普契尼、瓦格纳、威尔第、柴科夫斯基等为作曲家代表的正歌剧作品。这是一种主要或者完全以"歌唱的艺术"来表现、表达和演绎故事剧情和塑造角色人物形象的戏剧种类，歌剧的表演对于演员来说要求其具备极为全面、系统和高超的歌唱技术，除复杂、艰难的咏叹调外，就连道白、对白的部分，作曲家也会写出严格的音高和节奏，以宣叙调的形式呈现，如果没有过硬的唱功是无法完成这个歌剧表演工作的。不管当今的歌剧行业进行着何种变革与发展，大部分的观众仍然是以欣赏演员"严格、系统、专业和具有显著传统声乐学派特征的高水平、高规格、难技巧的演唱功力"为走进歌剧剧场欣赏歌剧的主要目的和诉求，所以一般对歌剧往往冠以"听"这个动词，听歌剧，主要就是听演员的歌唱能力。

高水平、高规格、难技巧的演唱在一定程度上会影响演员在舞台上进行大幅度的表演调度和"表演行动与动作群"的行进，所以，一般剧中角色在演唱主要唱段的时候，歌剧演员往往会选择站在原地以基本不动或小幅度地调度来进行表演和演唱。后来，部分歌剧发展到要求主演也必须具备大量的肢体与表演能力，有时偶尔还会需要有大幅度的肢体展示与肢体刻画，不论如何发展，对普通的观众和消费者来说，基本上仍然还是以判定演员的声音能力与演唱能力为主要内容，大部分的观众一般不会去过分苛刻一个歌剧演员的肢体展现，而是去追求他们的声音塑造角色的能力。

另外，正规的歌剧向来不允许扩声，所以演员的歌声必须具备足够的音量控制能力，使得声音能够穿过乐池中乐队的声音屏障从而保证送达剧院最后一排观众的耳中，为了这样的声音质量，往往演员很难照顾到细致入微的人物本身的声响效果，如喘气声、呼吸声等，当然这样的声响效果在古典声乐学派中往往也是被作为演唱的毛病而被杜绝的，但作为音乐剧这些恰恰都是极其重要的人物塑造要素。歌剧演员必须完全遵循作曲家的谱面进行演唱，不允许有即兴的发挥或改变，在音乐剧的表演中，作曲家往往会给予一定的自由度，让演员的能量和光彩在一定的基础与范围里可以有更大的创造、发挥空间。

2. 与话剧、舞剧比较。

话剧、舞剧和音乐剧的核心区别在于它们之间的主要表演手段：一般来说，话剧以台词语言为主要表演手段来塑造人物形象、演绎戏剧故事，舞剧则以肢体舞蹈为主要表演手段来塑造人物形象、演绎戏剧故事。虽然时至今日的话剧和舞剧中都有借鉴或加入一定数量的音乐剧手段与气质，但总体来说这三者的本质美学特征还是具有非常明显的独立性的。

3. 与秀的比较。

秀，是一种现代都市时尚的表演样式，往往以商业性、娱乐性为主，以最大众化的方式吸引人们的眼球，它需要调动各种舞台科技并综合各种艺术门类于一体，形成自己的特色与卖点。一般来说，秀，主要在于追求人的感官刺激和感受，高级的秀也会顾及艺术性和戏剧性，但观众看秀的主要心理还是为了寻求艺术科技的创意和感官的刺激与满足。

4. 与戏曲的比较。

在理论界和学术界，关于戏曲与音乐剧之间的艺术关系一直是研究的热点，一直以来就有一些观点认为中国戏曲就是中国的音乐剧，并且此种理论思潮几经波折、变幻，至今仍然是仁者见仁、智者见智。

我个人是这样认为的，虽然两者之间有着一定量的所谓戏剧样式与艺术精神的似同之处，但戏曲绝不可能与音乐剧画等号。中国的戏曲源远流长、博大精深，已经在广大人民群众中扎下了坚实的基础，每一个剧种的美妙与伟大都是根植于其艺术本体，在一定量的强化性元素的支撑之下而显现，这些强化性元素构建了每一个剧种的生命。音乐剧与戏曲最大的区别在于音乐剧元素的宽泛性、融合性、多样性、丰富性和包容性，不需要受任何程式、任何审美要求以及任何固定语汇、戒律等条条框框的束缚。同时，音乐剧的原创性特征是其区别于戏曲的根本性因素之一，无论是音乐剧的故事、音乐还是舞美，都具有强烈的原创性，而这种原创性恰恰是传统戏曲艺术所欠缺的（注：这里指的戏曲是传统戏曲，不是指当下的经过华丽包装之后的戏曲），所以我认为：戏曲绝不可能与音乐剧画等号。但是我们在音乐剧的创作实践中深刻地体会到，在某些具有特殊因素和特征的原创音乐剧中，适度地去借鉴、汲取和融合一些与音乐剧内容相适应的戏曲元素，往往会有意想不到的效果，那样所形成的多层空灵与写意空间会使戏曲元素更具象、更唯美，从而给音乐剧增添许多妙不可言的效果。

事实上在每个音乐剧从业者的心中都会有属于自己的音乐剧美学观点和概念理解，人们对音乐剧的认识是百家争鸣、百花齐放的！正因为这样，如今创作出来的音乐剧才各有各的特色和各有各的长处，所以以上的这些关于音乐剧的理解和表述仅仅是代表我个人在目前这个阶段对音乐剧的一些认知，仅供大家参考，并谨以此与大家分享、交流。

四

遇见三宝老师

你是这样的人

三宝老师，他是这样的一个人——是一个我在电视里才能看得见的著名音乐家，是一个只能在 CD 和手机软件里才能听得到其作品的作曲家，是一个只能在书本里或曲谱上才能读得到的名字。早在从业以前他就是我内心崇拜的音乐家之一，时至今日！

　　三宝老师曾写就大量的优秀音乐作品，从电影《我的父亲母亲》到《嘎达梅林》，从歌曲《你是这样的人》到《暗香》，从音乐剧《新白蛇传》《金沙》《蝶》《三毛流浪记》《王二的长征》《钢的琴》《聂小倩与宁采臣》到《虎门销烟》，无论三宝老师是以作曲家身份还是以指挥家身份，或者是以音乐剧导演、艺术总监的身份，他都牢牢地坚守着自己内心深处坚定的艺术思想和艺术理念，他写着自己喜欢的音符，挥着自己喜欢的音乐，排着自己喜欢的戏剧，这种纯粹的、遵循内心深处最真实感受的艺术创作品格，让我钦佩不已！

　　在当下的岁月里，能够这样坚持独立自我的艺术思想同时又能够深受广大观众喜爱的艺术家并不那么多，这也更加阐明了一个问题：如果你连自己都不坚持你自己，那么还有谁会来真正地支持你？！三宝老师坚持自我、坚持实事求是的艺术本真精神深深地鼓舞着我、影响着我。

　　三宝老师的音乐作品有着自己明显和独特的风格与印记，我认为他的音乐在厚重的古典情怀中交织着浓郁的民族浪漫色彩，在淳朴简洁的旋律中浸透着浓厚的伤感与澎湃，在丰富的现代音乐语汇中舒展着多层次的哲理与思想。不论何时何地，只要他的音乐响起，准能让人一耳就辨出，这就是"三宝老师"的作品！

"宝爷"的第一次考核

　　在李总的安排下，我于7月27日面见"宝爷"，接受《蝶》剧作曲家的考核，只有通过了作曲家的考核之后才能确定音乐排练作业和戏剧排练作业的日程。

我如约来到了位于东莞玉兰大剧院五楼的大排练厅，走进排练厅的时候远远就看见三宝老师坐在一架三角钢琴旁，弹着一些旋律。我当时有一种很奇特的感觉，说不上是一种什么样的情绪，紧张？激动？抑或是恐惧？我想以我今日之性格应该不会那样，但这一次见三宝老师确实感觉有些特殊，有些说不清、道不明的情愫，这个场景好像在哪里见过似的。我时常觉得在梦里会见到一些场景、一些人，而这些场景、这些人在一定的时间里又会真的出现在我眼前，今天这种情况好像就是这种梦境的真实再现。

我走向三角钢琴，做了简单的自我介绍，"宝爷"跟我握了手便开门见山地开始了正式的考核。"宝爷"先问了我的音域，我告诉他我能用的声音就只有两个八度左右，从低音 #F 到高音 G，他说音域够了，然后听我唱。他直接打开了剧中老爹最难的唱段《判决》的谱子，我当时准备的是另一个唱段《感谢你诅咒》，而《判决》我还不是很熟悉，于是我就现跟伴奏，现场识谱演唱。《判决》这个唱段是非常复杂的一个作品，前半段宣叙，后半段咏叹，最后要连续坚强有力地唱出 5 个 #F，这对于男中音来说是有一定技术难度的，而且是要在歇斯底里的状态中用镇定的情绪和音色来表现。我也不记得当时具体唱得如何，脑子有点懵，因为当时我还分了心——是作曲家本尊三宝老师在给我弹伴奏，我也是服了自己，在那么紧张的情绪之下我居然还会分出一部分注意力去看他弹琴！我想这一次《判决》的表现不会好。

《判决》唱完之后，"宝爷"没有马上发表意见，我心里也很忐忑，内向的我一时也不知道该说什么，该怎么办。这时在一边聊天的中方导演王婷婷和"宝爷"助理张旭向"宝爷"建议让我再唱一下《感谢你诅咒》，"宝爷"同意了。他翻开另一本谱子，遒劲有力地弹下了前奏——那串被我们称为八个"咣"的和弦。这个唱段我准备得比较充分，所以我能够带着人物和情境，带着戏和演唱设计来唱，特别是唱到最后一句"蝶人的领袖，新娘的父亲，我，感谢你——诅咒！"，我使用了格纳久科先生教我

53

的俄式胸声，尤其在"咒"字上我发了全力。由于唱得太投入，唱完之后我无法从唱段的情绪中一下子走出来，大约过了十几秒我才平静下来，于是我看了一眼"宝爷"，他的表情比刚才听我唱《判决》的时候轻松多了，他起身跟王婷婷导演说："这哥们儿一听就是从国外学回来的，声音不错，也许有戏！"这么一听我的心顿时就踏实了。

这一次的选角考核是我人生中第一次以"懵"着的状态却又饱含"崇敬"的感情来完成的，也是唯一的一次，我想最主要的原因就是因为考官是"宝爷"本人吧，而且又是他自己给我弹伴奏。过了很久以后，尤其是和"宝爷"慢慢地熟悉了以后，我们再聊起面试这件事的时候，他说："看你那天紧张的劲儿，我都不敢给你弹了，不过还行，咱们也是缘分！"我想这天我除了紧张还有期待，我期待得到作曲家的认可，希望能够跟他合作，因为从他身上能够学到更多的职业音乐戏剧技能。

这是考试，是我在迄今为止的职业生涯中参加的唯一一次选角考核。日后，当我自己坐在评委席上去遴选其他年轻演员的时候，我也会尽量地多给他们一点鼓励与支持，因为站在那里的演员说不定就是未来将与你一起策马奔腾、纵横天下的亲爱的战友们！

五

那些感动和那些歌

谁不曾是一个流浪的人？

在李总和"宝爷"的帮助、支持下，我迅速融入剧组，用最短的时间学完了《蝶》剧中"老爹"的所有唱段与场景。《蝶》剧在东莞玉兰大剧院首演之后就开始了全面的修整工作，备战北京保利剧院那场真正意义的全球首演，所以剧组所有的工作重心就是修整、备战。大家都很忙，于是我就基本以自习为主，我被分在蝶之舞音乐剧剧团的5号琴房，白天我就坐在排练厅看演员们排练，晚上就到琴房里自己练习。

"宝爷"希望我们暂时没有被安排排练的外围储备演员们能够加入合唱部分的工作，以增强北京保利演出时合唱的力量与气氛，由我来当这个合唱组的"小组长"，所以拿到合唱谱后我就组织起我们这批"储备演员们"开始"铺天盖地"地学了起来。

为什么用"铺天盖地"这个词来形容学《蝶》剧的合唱？其实这是当时的一种"阵势"，光是这个"阵势"就已经很令人振奋了！《蝶》剧中除了有极为精彩的角色独唱唱段外，还有更为严谨、复杂、庞大、壮美、威武的大量合唱唱段，随便翻开谱子就能看到四声部、八声部、十二声部的合唱，篇幅都很大，所以我在日后训练新演员的时候经常说，学《蝶》剧的合唱，首先要摆开"阵势"！

在学习合唱的过程中，我常常被关山老师的词和"宝爷"的音乐感动到，关山老师的词非常有画面感，充满了诗意，充满了戏剧的张力和文学的厚重，他所用的词藻既华丽又朴实，我经常是唱着唱着就跟随音乐"入画"了，"宝爷"和"关爷"所营造出的这个"世界尽头"，尽管是荆棘密布，有着化不开的血腥、拨不开的浓雾，在看似邪恶的影像里充斥着一半是蝶一半是人的这种被命名为"蝶人"的怪物，我却是很喜欢这样的世界尽头，也很喜欢这样的怪物。在我的想象当中，这样被驱逐、流浪的世界里蝶人们的生活其实很简单，目标很明确——就是要成为人！我常常在想，假如我是其中的某一个"蝶人"，我才懒得去斗争呢！做个蝶人，有情有义，待真正化为人类，走进大厦林立、看到黄金铺地，就真的会满意、会幸福吗？倒不如宁愿在这个世界的尽头，撑着一叶扁舟，流浪在浓雾中，让那个所谓的诅咒去轮回也好、去蔓延也罢，我只握着我的晚风，抚摸着我的溪水，随地摘下花朵折一个花环，遇见心爱的姑娘就请她跳一支舞。

其实，自从我入画后，我的"流浪"情结就种了下来。在人生的漫漫长路中，又有谁不曾是一个流浪的人呢，又有谁不曾是一个漂泊者呢？！

慢慢地，经过世事变迁之后的我学会了从另一些角度去思考问题，所以，"关爷"笔下的世界尽头，听着恐怖、无助，实则祥和、美好。我一向都觉得"牛鬼蛇神"倒比"正人君子"更可爱！如果把这层意思换成《蝶》剧的思想，就是这些"打了鸡血"想成为人类的蝶人们其实并不知道，他们想要成为的那种所谓"明天高贵的人"实际上不一定就比被诅咒了的今天的他们更可爱！我认为这是我对音乐剧《蝶》的另一种感受，当然这个理解与我的表演无关，只是个人的一个观点，相信我这样的感受和解读制作人李盾先生和编剧关山老师应该是不会批判的，缘由就是我真心地向往那个蝶人的世界，向往他们建造的那个世界的尽头，向往那种流浪的孤独与美丽，我想假如有一天我触摸不到这个情怀了，那真的要为自己的麻木而遗憾了。

在学习合唱的过程中，我常常和剧组其他几位男女主角的储备演员们在一起练习，我很快地学会了《蝶》剧其他独唱部分的钢琴伴奏，所以会经常给他们弹伴奏，成了一名钢琴伴奏，有时候还会给他们一些演唱上的建议，所以在互相学习中大家都相处得非常融洽，大家也开始愿意和我这个新来的，还没有被领导正式介绍过的新团员交往了。

在《蝶》剧组里和在我后面自己带的几个剧组里，好像最后能够真正融合到一起的人，其实都是事先并没有刻意举行过一个所谓的介绍或入队仪式的，就这样不知不觉地，润物细无声地成了团队里的一员。我似乎也很快找到了自己的新定位，先做一个钢琴伴奏和合唱组小组长，和大家一起开心地唱着！

遇见维维姐

有一天，我在东莞玉兰大剧院的琴房里练习剧中"浪花儿"的唱段《欲望之酒》的钢伴部分，忽然有一位女演员敲了我的门，我以为是我占用了别人的琴房，起身道歉并准备离开。这位女演员对我说："老师，我正在练这个唱段，你能帮我弹一下吗？"我欣然答应！她的演唱吸引了我，她中声区柔和温暖，高声区通透有力，唱得真的很好，我把我的一些建议告诉了她，她也很乐意接受，并约着晚上继续一起练习。我喜欢听她唱歌，于是我们成了朋友。她给我留了名字和电话号码，我第一次读到她的名字：谭维维——后来的《蝶》剧中"浪花儿""祝英台"的扮演者，也是我回国后结识的第一个新朋友。

在后来的巡演过程中，维维姐与我们剧组一起走过了北京、上海、广州、深圳、首尔、大邱等许多城市，成为我音乐剧事业上非常重要的一个合作者，舞台上的她或是"女儿浪花儿"，或是"女儿祝英台"，但在生活中她是一个真正意义上的姐姐！就这样，在东莞玉兰大剧院的琴房，我以"钢伴"的身份认识了维维姐。

维维姐很照顾我，我也喜欢给她弹伴奏，一是她唱得好，每次都那么投入，而且一次比一次成熟；二是那时候我还没开始领工资，维维姐每次来练歌都会带来一些好吃的和好喝的分给我，我第一次喝的星巴克咖啡就是维维姐请的。

我印象最深的是维维姐对待工作的认真与勤奋，从东莞回到北京以后我才知道维维姐在国内的流行歌坛已很有成就了，看到她为了《蝶》剧这么努力这么拼命地练习，我很感动。在北京演《蝶》的时候，维维姐和雪漫姐也参加到了我们合唱"小组"，我们一起在"小黑屋"卖力地唱合唱。有一次中场休息，"宝爷"从指挥台下来"视察"我们合唱队，他看到我们几个时说："我听到你们的声音了，阵容豪华啊，不过声音需要再控制一点，因为这是合唱，你们大家也加油，尽快登台！"那时候舞台上的阵容星光璀璨，而舞台侧面的合唱"小黑屋"同样是星光熠熠，所有要准备上台演出的角色演员都必须先经过合唱团的洗练，后来，"唱过合唱才能出演角色"成了剧组一个不成文的规定。

北京首演后，剧组的工作重心就是开始训练储备着的第一批角色演员，"宝爷"因病无法前来指导，李总就把这个任务交给了我，让我来负责音乐部分的训练工作。我的第一个任务安排就是帮助维维姐正式完成《蝶》剧所有的音乐练习，我太希望她能尽快登台演出了，我们一起准备了"浪花儿"和"祝英台"两个角色，我有预感，维维姐是可以两个通演的，而维维姐也十分配合，非常努力地练习着。有时候她从别的城市忙完其他演出任务后便直接赶回北京松雷蝶之舞剧团，在二楼我的5号琴房里一句句地整理、设计、体验、揣摩，真的非常辛苦，但这一切很快就有了回报。在北京保利剧院首演结束以后，《蝶》剧组准备开赴松雷集团在哈尔滨的大本营演出20场，这时，维维姐的"浪花儿"一角已准备得非常成熟，我清晰地记得她第一次登台演这个角色的情形，在喝完毒酒之后的那一段缠绵悱恻、撕心裂肺的《欲望之酒》，我站在侧台都能看见她不停地在落泪，所有的跪、爬她都是光着膝盖真实地表演。下来后我问她，不是排练好的吗，怎么演出的时候不用技巧呀，那么真实地演膝盖得多疼啊！她回答说："就这样真实地演，把浪花儿和我最真诚的一面带给观众！"

和维维姐还有一个特别深刻的缘分就是我首次登台演"老爹"的那场，就是维维姐演的"祝英台"。记得上台之前维维姐特意来到我的化妆间拍着我的肩说："加油，弟弟！你准备了那么久，肯定没问题，雄起！"这个鼓励我至今印象深刻。在我人生最低落与消极的时候，维维姐以大姐的身份站在身边鼓励我，帮助我重新建立信心。我后来做的几部音乐剧都非常希望能够有机会邀请维维姐来参演，但是总是因为档期合不到一起而遗憾错过。在音乐剧《简·爱》于北京天桥剧场演出的时候，维维姐与雪漫姐、吉杰兄特意赶回北京前来捧场，让我十分感动！我相信不久的未来，一定能再与维维姐合作，一定还能在一起唱歌、演戏。如今看到维维姐的歌唱事业蒸蒸日上，作为弟弟的我真的十分高兴，希望这位善良、真诚、豪气的姑娘能够幸福、开心，并给大家带来更多优秀的作品！

祝福你，亲爱的维维姐！

从这里到舞台，只有五米！

从北京保利剧院演出开始，舞台的上场口处就多划出了一个区域，这个独立的小区域就是我带领的"合唱队"所在，是用来增强现场舞台上的合唱力量的。

《蝶》剧的合唱部分非常重要，三宝老师考虑为了更好的效果，安排由我带领一批剧组的见习演员、实习演员、梯队角色演员、预备登台的群众与主角演员们在这里唱合唱。《蝶》剧的音响总设计师、香港著名音响设计师林环小姐给我们取了一个形象的名称——"合唱小分队"。我是"小队长"，这个"小队长"我一做就是一年，这个区域还有着一个别致的名字——"小黑屋"。

在每个演出的晚上，我领着大家在这间"小黑屋"里工作，我们自己操控着调音台，一边听着音乐一边唱，像个DJ一样，大家都很开心。除了合唱，我们还有一个更重要的任务就是要时不时跑到五米之外的侧幕条去站着看舞台上的表演，我们要抓紧每一次机会熟记调度、熟记唱词，因为我们要尽快地从"小黑屋"走到五米之外那个真正的舞台上去。

音乐剧的合唱不能纯站着"傻唱"，必须将身体的运动融入音乐中唱，同时还得和台上的演员一样去完成合唱角色的塑造。虽然我们的工作不会被现场观众看见，但是这个工作的真实性和配合性很重要，如果我们不是在身体的运动中戏剧性地唱，那么我们四平八稳的声音就会和舞台上剧烈运动的演员们的声音形成差异，这样就会造成很不好的效果。记得有一场结束后，"宝爷"特意走到"小黑屋"跟我们说："合唱队状态好起来了，声音的痕迹不那么明显了，只是你们有些地方可能怕声音太炸而唱了低八度，这样听起来不舒服，你们还是按谱子唱，我让音响师处理好平衡就行。"当时我与几个演员愣住了，一方面我们被"宝爷"那"神奇"的听力所折服，另一方面我们也很受鼓舞，我们一直以为自己只不过是合唱，只要用心去完成了就行，应该不会被那么关注，唱低八度也的确是为了避免因我们音量过大而和台上演员形成声音差异的问题，没想到宝爷的听力如此敏锐。从那以后我们"小黑屋"的人就定了"规矩"，按谱子来唱，台上怎么唱我们就怎么唱！

"小黑屋"是一个很神奇的地方，每一个人走进来时都充满期待与兴奋，离开时又都依依不舍，并且台上的演员在演出间隙也都会时不时来探望"小黑屋"里的我们。剧团的演员队队长冬哥就经常过来和我们一起唱合唱，其他的角色也会在演出AB组调休的时间偶尔来帮唱一下，"小黑屋"的工作也是制作人李总非常关注的。我一直认为，我们"小黑屋"的精神在于从这里"培养"出了一批批走向《蝶》剧舞台中央的演员，包括我自己！所以，想要登上《蝶》的舞台，先要从"小黑屋"里开始。

回想起来，曾经在"小黑屋"里一起战斗过的战友们有坚毅的维维姐、温婉的雪漫姐、风趣的王滟辉、优雅的子岚姐，还有许许多多后来的兄弟姐妹们。真的，在这个"小黑屋"里，照亮谱子的只是一盏不太亮的发着黄光的小台灯，但照亮我们灵魂的却是宽阔的、神圣的舞台之光，从这里到舞台，仅仅只有五米，我们为了音乐剧的梦想，踏踏实实地走过了这段不长不短但永生难忘的"五米"！

忽然，很怀念与伙伴们一起在"小黑屋"里唱合唱的欢乐时光，那时的我们只有一个目标，穿过"小黑屋"，走过这段五米路程，去站到舞台的中央！

非常棒，我们都做到了。

六

我的首演——第二届韩国大邱国际音乐剧节

梦想，差一点就坚持不住了

《蝶》剧从北京保利剧院首演结束以后就直接奔赴松雷集团的大本营——哈尔滨，在哈尔滨环球剧场连演20场，之后随即奔赴上海大剧院演出，然后又沿着"保利院线"到深圳、泰州、武汉等地巡演，直到第二年的6月再次回到哈尔滨。在这第一轮的整个巡演过程中我一直没有机会上台演出，只是坚守着那个"小黑屋"，我很羡慕从"小黑屋"里走出去的一个个角色演员或群众演员，他们都演到了自己心仪的角色，可是我什么时候才能有机会啊？我不会就这样一直做这个合唱组"组长"了吧？我心里开始对未来有些踌躇和彷徨。

2007年10月，宝爷突然生了一场大病，其余的主创人员也在首演之后相继离开，但《蝶》剧的音乐训练不能停滞，必须继续大力加强剧目的音乐训练，尤其是合唱部分，随着时间长了、新演员增多了，合唱部分如果不加以训练达到首演时的标准，那会影响整个剧的音乐品质。制作人李总很着急，经过慎重考虑他决定把团里所有演员的日常音乐训练和合唱训练的工作交给我。那天当李总把我叫到办公室跟我谈话的时候，我还以为是他要给我安排排戏呢，后来一听是让我做音乐指导和声乐老师时我还一下子没反应过来，过很长一段时间我才回过神来，我深感这个任务担子太重了。说实话，在我的心里宝爷的音乐是神圣的，是要怀着对生命的敬畏之心才能去张开嘴唱的，除了老爹的主要唱段和合唱部分宝爷曾经指导过我，提出过一些具体的演唱要求外，其余的角色唱段我都还没来得及跟宝爷交流，我想平时与演员们一起探讨一起交流是可以的，但是作为一个职务性的工作来全面负责我起初是没有信心的，更何况我的目标是演"老爹"，而不是当声乐老师！李总看出了我的担忧，他跟我说："儿子，宝儿已经病倒了，团里的音乐训练不能停，我们要保住宝儿的音乐品质，我相信你一定有这个能力来承担这个工作，这个任务我就交给你了，你好好仔细研究首演的录音、录像，就根据录音、录像的标准来训练吧！我也会让大家配合你！"李总是噙着泪水跟我谈的话，我看到他对我的这般坚定信任，便诚惶诚恐地答应了下来。

我没有想到的是，当我第一次站到剧团排练厅最深处那架宝爷写下《蝶》剧音乐的YAMAHA三角钢琴前时，所有的同事们都站立着给我鼓掌，这种鼓励和信任一直到现在都激励着我！《蝶》剧为什么能够像丰碑一样地挺立在中国原创音乐剧的历史上，原因就是当年演出的每一位演职人员都在用自己最大的能量与真诚捍卫着作品的品质与审美，这种团结的凝聚力深深地感染着我、影响着我！

在团部的日常工作日里，我每天带着演员们练声、巩固合唱，带着新进的演员们学合唱、背合唱；在外出演出的日子里，带着我的"队员们"走进那间"小黑屋"快乐地唱合唱。日子一天天地过去了，好几位我一直领着学的演员们都陆续登台演角色了，他们都穿上了戏服站在了神圣的舞台上，可是我一直没有得到正式排戏的工作安排。

曾经有一度我处于非常强烈的矛盾和徘徊中，团里为什么不排我呢？难道真的就要我做声乐老师了吗？如果我没有了上台演出的机会，那我将如何继续坚定音乐剧这个梦想？等合同到期我是不是就得另找工作了？这样消极的情绪一直"流窜"在我的身体里。

合唱的日子遥遥无期，一年的合约却即将到期，我该何去何从？一方面，剧团的梯队演员需要继续培养，如果我此时离开肯定会让剧团措手不及；另一方面，我该如何来平衡和考量自己入职的初衷？我那时候还不善于与领导们沟通自己的想法，有什么问题都自己瞎琢磨、瞎消化，我相信以我当时的工作状况和态度，只要向李总开口说我一定要上台，我相信李总是绝对会安排的，但是我又不忍心去搅扰他，他的工作压力太大了，我不想让他再为我的事分心，咋办？有一次我实在憋不住了，我就把自己的想法和"梁山伯"刘岩大哥说了，岩哥跟我讲："老梁，一定要坚持住，好好准备，到时候咱争取一上台就不再下来！"

我咬咬牙继续坚持，但是真的有一股莫名情绪的涌动，让我有点儿压抑，甚至不安，我感觉到登台演戏的梦想似乎太沉重、太遥远，我快有点儿坚持不住了。

突如其来的上台机会

2008年的整个春天我都被"能演还是不能演""继续等还是不等"的思绪折磨着。很快，北京的天就热起来了。有一天李总带着一群韩国客人来到排练厅看排练，排练结束后，在一个华裔的翻译下我们得知了《蝶》剧被邀请参加第二届韩国大邱国际音乐剧节（"DIMF"）闭幕式演出并参赛的好消息。这是一个令人振奋的喜讯！中国原创音乐剧《蝶》走出国门，应邀到音乐剧发达的韩国去参加演出和比赛，这是中国音乐剧历史上划时代的大事件！大家都沉浸在喜悦之中，真的为《蝶》剧能出国演出感到骄傲和自豪，我作为其中的一员，虽然只是一个声乐老师和一名老"预备演员"，但也感到一种强烈的荣誉感。

只是我的荣誉感很快就消退了。同事们理所当然应该兴奋和高兴，因为他们可以带着中国的原创音乐剧作品走向韩国的舞台，而之前我说的我距离舞台只有五米之遥，可现在那真是遥不可及了。在我心情失落的时候，突然有一天，演员队队长冬哥告诉我：A组"老爹"的扮演者杨老师临时有工作安排，不能前往大邱参加《蝶》的演出。这下组里缺"老爹"了，我当时隐隐约约感觉到我的脚底一种麻麻的热量在传递，而且是不受控制地迅速扩张到我的大脑，我想可能这回我上台的机会要来了吧？果然，不一会儿，手机响了，李总打来电话说："儿子，我决定了，这次韩国大邱你来演'老爹'，让团里立刻给你安排全面排练，你全力准备，一定要让韩国演出获得成功！加油！"电话这头的我听到李总的这个工作指令，既激动又高兴，好像连句"谢谢"都没说就挂了电话，一头扎进排练厅开始准备排戏。

李总的这个电话我好像很熟悉，我似乎在哪里听到过这样的声音，也许就是在"小黑屋"里唱合唱的那一个个夜晚。

蝶人的力量

音乐剧《蝶》里有一个很壮观的悬挂道具，就是由几千只银色铁蝴蝶凝聚在一起形成的一只"大蝴蝶"。我从来都是把这个道具看作我们《蝶》剧的精神图腾，这种凝聚与集结的钢铁般的力量绝非是单薄和静止的，我认定它是充斥着迸发的爆炸力量的，这种集结的坚定意志力就是温暖着、佑护着我们每一位"蝶人"的精神源泉。

由于我早在大半年前就背会了所有唱词和舞台调度，所以当真正开始排练起来的时候从基础技术上来说已没有什么大问题，主要的工作重点就是加强与各位对手的配合与磨合。在表演老师肖天的指导下，我逐个与角色们对戏，与我合作的这几位都是非常有经验和实力的音乐剧演员，他们一直不断地帮助我、鼓励我，是这个团队的力量让我快速成长。

"梁山伯"的扮演者刘岩，不仅是国家一级演员，而且在演音乐剧之前就是一名卓有成就的舞蹈家，是我们演员队里最年长的大哥，我们都尊称他为"岩哥"。第一次去哈尔滨巡演的时候，他连续演出19场，这样的实力让我钦佩不已！《蝶》剧里有一个后来被各大音乐学院音乐剧系视为音乐剧男高音声部必唱的一个唱段——《心脏》，这个唱段的分量相当于歌剧《图兰朵》中男主角卡拉夫的《今夜无人入睡》（*Nessun dorma*），位于整个剧的结尾部分，在演员体能消耗得差不多的情况下来完成这么一个大段的唱段，无疑对演员的技术、心力、体能都是一个极大的考验。岩哥的19场连演，技惊四座！《蝶》剧中，"老爹"有近一半的戏份都是跟"梁山伯"在一起的，"老爹"是祝英台婚礼庆典的策划者，他将带领族人进入上流的"人"的世界，从而摆脱"一半是蝶一半是人"的诅咒，而这位放荡不羁的流浪诗人"梁山伯"闯入蝶人世界，声称要带走新娘，这让"老爹"的谋划受到威胁。他十分不安，亲自质问、设计、毒害、审判、执刑，这一连串的戏剧行为组织起了"老爹"与"梁山伯"的人物关系，是中国原创音乐剧里难得的为两个男声角色专门创作出的具有强烈戏剧冲突的作品。我与岩哥无数次在排练厅里走戏、磨戏，岩哥当时已经演了好几十场了，其实我也是每次都从"小黑屋"里走出来看他和杨老师的表演，但真的是百看不如一排，百排不如一演，真当自己上手了才发现完全不是当时"看"的那个意思了，我为什么要行走，为什么要低头，为什么要欲言又止，为什么要气势汹汹、来势凶猛，为什么神经紧绷、苟延残喘，这所有的一切问题都要熔化到戏里，化到表演和演唱的每一个细节中，在戏中去找到诠释的手段，岩哥一个动作一个动作地与我研究、讲解、磨合，这让我至今回忆起来都十分感激。

"祝英台"，在那个阶段主要由维维姐和丁子玲轮换着演，维维姐的表演很真，无论是排练还是演出都是全情投入，而且她的唱功了得，声音极其扎实，很有渲染力。子玲天生拥有一种古典的静态美，纤瘦的身材、齐腰的长发都十分贴切祝英台的气质和形象，而且作为电视台主持人出身的她还能够说一口流利的法语，这更加让她的气质优雅、从容，她俩也不断地帮我分析表演，在我和其他角色演戏的时候她俩会帮我盯着看，下来之后再和我分析哪里不好，哪里需要再调整。

"浪花儿"由刘杨、刘陆和魏雪漫轮换饰演。刘杨是我见过的所有音乐剧演员中最执着的一位。我一直说杨姐的执着几近执拗，但是毕业于音乐学院声乐专业的她有着很强的女高音的演唱技术，但是"浪花儿"这个角色需要的却是中低声区扎实的音色和很好的舞蹈底子，这一点从我认识杨姐开始就看到她在不停地揣摩、练习。她对音乐剧事业的执着和热爱是我们每一个同事都很感动的，至今她都坚定地走在这条清贫的音乐剧道路上，初心不改。刘陆是一个舞蹈功底很强的音乐剧演员，她饰演的"浪花儿"以形体为主的人物塑造见长，每次看到她领着一群蝶人从舞台深处"涌出"，就会在视觉上有非常大的冲击力。阿雪姐饰演"浪花儿"虽然次数不多，但她对艺术的敬业精神给我留下了深刻的印象，与她一起在琴房里做音乐功课的时候我们会有很多的交流，阿雪姐有很独到的声音及艺术理念，每次交流我都会有深的感触和收获。

"老醉鬼"，是由胡矿和孙晓燕轮流演的。用矿姐的话来说，"老醉鬼"是一个非常有戏、非常有"嚼头"的角色。她是一个隐藏了20多年的"复仇者"，在她的血液中充斥着几近变态的仇恨与怒火，她被迫化装为一个"装疯卖傻"的醉鬼来潜伏于世，等待复仇的时机，但事实上她又是蝶王老爹的"前妻"，是蝶人的"王后"。矿姐版的"老醉鬼"把"复仇"这个核心关键词诠释得淋漓尽致，晓燕版的"老醉鬼"则把"蝶后"高贵、优雅的一面解释到位。在巡演的过程中，大部分时间都是由我和矿姐一起演出的，所以每次出行的火车上我们都被安排在同一个卧铺车厢，一坐定，打开饮料、水果、泡面、香肠、腐乳等，我们就像旅游一般休闲地吃吃东西，聊聊戏，偶尔也谈谈对于音乐剧的理解等。她比我大一些，但我们很聊得来，那时候我们常说，能在火车上聊戏是很幸福的，以后想起这段日子会很怀念。的确是这样的，现在出行基本是飞机或高铁了，已经很少乘坐卧铺火车，所以想起来那时候的巡演日子也是一种难得的回忆了。

"小女孩儿"，由年轻的"白玉兰奖"获得者赵鸿英扮演，她是剧中唯一一个没有替补的演员，从首演一直演到收官谢幕。在《蝶》剧组里，最"囧"的就属我与鸿英在戏里的关系：她演的一路寻找妈妈的"小女孩儿"被"老爹"误害的"浪花儿"附体而当众揭露"老爹"杀害"梁山伯"的秘密，"老爹"为埋葬秘密而把"小女孩儿"推扔至深井之中，被残害的"小女孩儿"继续用灵魂在揭露"老爹"的罪行。这样复杂的关系很容易看出"老爹"与"小女孩儿"起码差两辈，但事实上鸿英还比我大一点儿，所以媒体的宣传上常常"揭秘"剧组的这些信息，在哈尔滨演出时有一篇报道说的是"戏中小女孩儿生活中的姐，戏中老爹生活中的弟"。我和鸿英都没有想到的是在几年之后我们还会有一次合作，我邀请她出演音乐剧《简·爱》中的"小简·爱"和"阿黛尔"，鸿英的塑造与表演十分成熟，也是继《蝶》之后我有缘再续合作的首个《蝶》家族成员。

我们所有的演员在剧组里都十分谦逊、敬业，《蝶》剧组所在的北京松雷蝶之舞音乐剧剧团位于南三环的刘家窑地铁站边上，我们所有的演员同事吃在一起、住在一起、排练在一起、学习在一起、演出在一起，建立了非常深厚的情感。在这个团队里没有那么多的人情世故，每一个人都是靠自己的专业技术技能获得大家的认同与尊重，并且都能彼此互相帮助、共同进步，这是我感受到《蝶》剧组最伟大的特点，也深深地影响了我。后来当我自己在建设剧团的时候，我也沿袭着我们当年的要求与风气，这种凝聚的"蝶人"的力量不仅在做演员的时候鼓舞着我，直到现在，回忆起当年的点点滴滴或者见到当年的兄弟姐妹们，那种亲人般的情谊都会油然而生，互致最深情的问候和拥抱。毕竟，那是在我们追梦的青春岁月里留下的深刻记忆！

我终于站在了那里，一直到落幕

经过一年的观摩、学习、等待、再观摩、再学习、再等待，我终于站在了第二届韩国大邱国际音乐剧节闭幕演出的舞台上——我，登台了！

我曾经无数次地幻想过我会以怎样的一种心态和心情来完成我的第一次表演，我曾想过我可能会很忙乱：一会儿化妆，一会儿翻箱倒柜地找衣服、找道具，一会儿找这个演员对戏，一会儿找那个演员复习调度，或者是一个人站在一个没人知道的角落里练声背词，我已经不太记得清我当时究竟想象过多少种的可能性。然而，最后的情况是这样的：在首场演出的那天下午，我结束了日常性的舞台热身和排练以后，在大邱歌剧院的 VIP 化妆间里美美地睡了一觉！当时真不知是从哪里来的从容和淡定。

睡饱后，我走到剧院底层的化妆间找耆娜老师化妆，时间不偏不倚，刚好前面一个画完，当我坐定下来，戴好隐形眼镜，耆老师便开始在我脸上打底色，慢慢勾画，我看出来耆老师想试着跟我聊天，但可能又怕惊扰到我，于是我就先跟她聊了起来，我问她有没有去逛街买东西，耆老师说："哈！原来你不紧张啊，我都没敢出气儿，怕吵到你。"我们一直边聊闲事儿，边看妆面，时间过得还是很快的。耆娜给"老爹"设计的妆面很创意、很形象，也很复杂，需要一层层铺垫，一遍遍勾勒，最后上油彩描绘，在她的巧手之下经过一小时左右我由年轻的自己变成了"蝶王老爹"，当我穿好衣服走出去的时候，好几个演员说："杨老师！"我自己照了照镜子，还真的挺像杨小勇老师的，或许也是缘分，一直到好多年以后，我在另一个剧组合作的时候见到《蝶》剧服装设计师韩春启老师时，我给韩老师看我的剧照，他也说："这还挺像我们当时想象的那样的。"所以，有了服装和妆面的支撑，我的角色信念感就更强了。

演出前我分别与岩哥、维维姐、矿姐、刘杨、鸿英、冬哥、鲁源、中坚等演员分别再对了一次戏，同事们的信任与鼓励给我最后打了一剂强心针。时钟一分分地走着，我想着今天是参加比赛，在这么重要的演出前李总应该过来跟我们说点儿什么吧，再说我也是"新角儿"上台，是不是会再交代一些什么呢？不一会儿舞台监督安东尼过来催场了，他和翻译转来李总的话，李总说希望我放松一些，不要紧张，正常地好好地演完就行，并祝我首演成功！我隐隐约约感觉到李总应该还是挺忐的，也确实是，从来没有演出过的新角一上来就在这么高标准的舞台上表演，哪个制作人会不紧张啊？事实上，这样的情况在我日后自己做制作人的时候也是经常遇到。

倒计时10分钟左右，大家都分别到位了，我是在下场口候场，这时岩哥专门过来拥抱了一下说："台上见！"维维姐穿着白色连衣裙优雅地走过来拥抱了一下说："老爹！"刘杨手里玩转着她衣服上的穗带，走到我面前也说了一句戏里的词："老爹，你叫我来有什么吩咐？"矿姐穿着她的大长袍子经过我的身边，用犀利的眼神横扫了一下我，"哼"地一声摇晃地走去。冬哥和鲁源见到我，马上以剧中角色"点头哈腰"地给我搬凳子，让我坐下。这就是我第一次上场前我的同事们给我的帮助，他们都在极力地为我营造出最接近演出的身份与气氛，在所有同事的帮衬下，在那八个威武的"咣咣咣咣"的节奏中，我迈着坚定的步伐出场了。

一切按照计划进行着，站在舞台上看观众席，这是一种奇妙的感觉，自己做观众的时候看到舞台上是透亮透亮的，能够看见舞台上每一个细微的变化，而此时我站在舞台上看观众席，看到的却是黑漆漆的一片，几乎看不到任何人的脸，就这样安静地与剧场一起呼吸着。演出很顺利，两小时后，谢幕了。当我跑出去的时候掌声四起，我能感受到韩国观众的那种热烈和真诚，这种被认可了的感觉是幸福的，我以为我会很激动，但事实上我却很平静。我行完礼后请出排在我后面的"祝英台"和"梁山伯"，最后大家拉手唱完《我相信，于是我坚持》，观众席的灯打亮了。这时响起了此起彼伏的喊叫声、掌声，热情的观众还往舞台上献花，我们不得不在乐队指挥下再唱一遍主题歌。现场是有韩文同步翻译的字幕的，观众一定看懂了我们这部剧要表达的含义！千言万语，皆化为了最后的咏唱，当我们唱出最后一句"我相信，于是我坚持！"时，现场再度沸腾，我这才慢慢地回过神来，和《蝶》剧一起，和中国原创音乐剧一起，我的国外"处女秀"成功了！

大幕落下后，我向每一位同事拥抱、致谢，感谢他们长久以来的支持与帮助。下台之前，我仰望了蝶的"图腾"——那只巨型的大蝴蝶，我感受到了一种强大的力量，同时我也感受到了肩上的压力。那是一种责任感，我要守护这只蝶，守护这部音乐剧！值得骄傲的是，最终我做到了，实现了这个承诺！我自从这一天登上《蝶》的舞台开始，就没有下来过，一直演到了2010年上海世博会上的最后一场！

在去大邱酒店庆功宴的路上，我看见了李总一行。李总径直朝我走来，一把拥抱住了我，说道："儿子，很棒！祝贺成功！这是在韩国，你成功了，我们大家都成功了！"我能感觉到李总的激动，他苦心经营打磨了十年的作品终于在音乐剧产业高度发达的韩国获得认可，这是对他来说最高的荣誉与回报，我也从心底里衷心地祝贺他！过了很长一段日子以后李总告诉我，他当时在看我演出的时候非常紧张，生怕我出错或者哪里忘了，到了谢幕，他坐不住了，起身走到场外，他生怕韩国观众不认可，一直听到我出场谢幕的音乐点——谢幕音乐转调的时候，场内掌声四起，他这才放下心来迅速走进场内，他说当时他手心全是汗，他猛力地鼓掌，为我、为我们团队的成功呐喊！多年后，我也这样为我的音乐剧演员们鼓掌呐喊，或许这就是一种传递和继承。

从2007年我开始看《蝶》、排练、唱合唱、教声乐一直到站在舞台上，我花了一年的时间。随后从2008年起，我又继续演了两年，共演了近百场。我们曾到过韩国首尔世宗文化会馆、香港文化中心以及国内保利院线的大部分剧院，一点点打磨，一点点进步，直到最后一场。

日子一天天地向前奔走，大家都还觉得没有演够，都还觉得很多地方还可以再精进一些，再生动一些，再好一些，但时间已经所剩不多了，就这样，最终《蝶》剧还是走到了辉煌的落幕时刻，我们也只好随着大幕的落下而结束我们的演出行程。

但是，我们对这部剧的情感太深了，对于《蝶》，我们已经将她融化进了自己的生命里，融化进了血液里。我经常和朋友们说，此时此刻，只要音乐一旦响起，就算不温习，凭借着记忆我们也都能够完整地唱出所有的唱词和走出所有的调度，因为，她就在我们的身体里！

我是多么希望能有一天再次仰望那个蝶的"图腾"，再次走进蝶人的世界里，尽情地享受《蝶》的舞台上那一段段喜怒哀乐与悲欢离合，我想这一定也是我们所有当年演过《蝶》剧的同事们的心愿吧！希望这一天能早日来临，真的很怀念！

七

《蝶》的精神与荣耀

"蝶图腾"

如果我不曾遇见音乐剧《蝶》，我的职业会是什么？

如果我不曾遇见李盾与三宝，我的艺术生命会是什么样子？

如果我不曾遇见松雷文化——北京松雷·蝶之舞音乐剧剧团，那么回国以后的我会在哪里漂泊？

如果我不曾走进"蝶人"的世界，如果我不曾遇见这些可爱的"蝶人"们，我的艺术品格又将会是一种怎样的形状？

如果我不曾在《蝶》的百场巡演中锤炼，那么我的艺术品质和职业意志又会是一个什么样的状态？

如果我不曾拥有与《蝶》共舞的这些年，如果我不曾遇见这个"蝶图腾"，我的生命信仰又在何处？

…………

我曾无数次地反思和回望来时的路，我常常告诫自己，只有清楚地知道自己从哪里来，才会更坚定地知道自己要到哪里去！

真的，上面的这些如果都发生了的话，我想我的艺术生涯一定不会像今天一样这般充实、遒劲，我是多么的幸运啊，从芸芸留学生中脱颖而出走上职业的音乐剧舞台；又是多么的幸运，一接触音乐剧职业就接受到最专业的熏陶与训练。我一直坚定地认为，职业不是"找到"的，而是"遇见"的，我感谢"蝶图腾"，让我遇见了《蝶》，遇见了——音乐剧！

离去，是为了更精彩地再次遇见

我一直到现在都清晰地记得我们在《蝶》剧最后一场表演时的情景。

那是2010年上海世博会期间，我们应邀在世博园的"综艺大厅"里连演9场，其实那时候我们心里都很清楚这就是我们的落幕表演了，大家都舍不得《蝶》剧结束，因为结束后我们就会劳燕分飞、各走天涯。但是不论如何，毕竟天下没有不散的筵席啊，这些年的相处与共事终会告一个段落的。我们扶着熟悉的铁架，踏着熟悉的地板，脱下服装，折叠好，最后亲吻服装上的"铁蝶"，因为这一次脱掉戏服再穿上就不知何时了！

在演下半场《判决》的时候，在蝶人们"捕获、囚禁、惩戒、消灭"的深沉悲愤合唱中，我开始了我在《蝶》剧中的最后一次演唱：

"并不是我如此残酷冷血
并不是我能决定这一切
我只是你们孤独的老爹
对我的责任我无法推却
并不是我如此残酷冷血
并不是我能决定这一切
我也曾度过不眠的长夜

我也游走在无边的旷野

　　在上天的掌心我们无法妥协

　　在诅咒的面前我们甘受惩戒

　　蝶人的烙印我怎能消灭

　　那人类给予的恩赐

　　我们又怎能够拒绝

　　那沉重的往事我们无法忘却

　　那心头的仇恨我们甘受惩戒

　　残酷的战役我一路推却

　　看这场人类的搏斗

　　该是我们最后的一劫

　　在这世界的尽头这世界的后半夜

　　你听他们的声音那就是最后的判决"

　　至此，"老爹"的主要唱段全部结束，唱完之后，我已泪流满面，我小心翼翼、仔仔细细地唱着每一字，生怕哪里没有唱好留下终身遗憾，但最后的音符总会到来。终于，泪眼婆娑的我们迎来了谢幕，当岩哥最后说出"再见"二字的时候，我们每个人都控制不住了，泪水止不住地往外流，真的留恋，也真的无奈，毕竟到时间了。

　　记得在香港文化艺术中心演出的时候，总导演吉勒·玛鸣（Gilles Maheu）特意从澳门《ZAIA》秀场赶来看我们《蝶》剧，在演出之前吉勒先生来到后台看望演员，他跟我说，"老爹"这个角色之于男中音音乐剧演员来说就像是一份巨大的礼物，我很高兴你一直坚持从开始演到现在，我也很期待在香港看到你的表演，希望你能把这个角色坚持开发下去、研究下去，毕竟对于男中音音乐剧演员来说能够遇见这么好的一个角色真的是太难能可贵了。吉勒先生这番话正如我所感受的那样，从韩国演到中国，直到今天《蝶》剧落幕在上海，最后一次看到观众鼓掌的情景，内心实在复杂，虽然今天是最后一次表演了，但是我作为男中音音乐剧演员，一定要把"老爹"这个角色继续研究下去。如果说在音乐与表演上我已经基本掌握了这个角色，那么接下去就应该带着角色的使命走进生活，让生活来提炼、提升对于角色的理解，让时间来净化、沉淀对于角色的情感。

我记得三宝老师在给我们录音的时候我就与他说过，假如十年以后我再回来演唱，一定会唱得更好。确实是这样的，角色只有交付生活，才会有更加生动与丰富的呈现，我在想，将来某一天我一定会再以男中音音乐剧演员的身份，重新演绎"老爹"这个角色，让"老爹"重新附体，让他重生与回归。因为"老爹"，是我音乐剧职业生涯的第一个角色，意义深远，所以才爱得那么透彻、那么深刻，也许这就是演员与角色之间一种深刻的缘分吧！

演出顺利结束，卸妆、整理服装，我把衣服捋直了，小心翼翼地折叠好，放进了衣箱，我知道这一次关上箱门，再打开时不知何年！我只能对着箱子说："再见'老爹'，再见，《蝶》！保重！"

留在剧组的人参加新剧了，要远赴东莞塘厦排练，我没有太具体的打算，也没有特别的规划，只得走一步看一步，我也随新剧去了东莞塘厦，继续担任新剧的声乐训练，我每天只需要上半个小时的班，固定的时间给演员们练声上声乐课就可以了，新剧没有我合适的角色，我也没有太多兴趣与美国的团队合作，所以我决定辞职离团。

我找不到一种合适的方式来告别自己深爱的集体和团队，就只好给李总写了一封信，表达了去意与感谢之情，并交给当年把我引进剧组的陈珺小姐和十分照顾我的剧团财务京津小姐，拜托她俩把信交给李总。在临走前，我与冬哥谈了一次，希望他将来有机会告诉李总，我爱这个团队，爱这个团，只是到了分别的时间了，我需要重新规划我的事业轨迹和发展，所以不得不离开，冬哥很支持我的决定。

在没有告别的一个深秋的下午，演员们在剧场排练，我上完声乐课，只身离开塘厦前往深圳宝安机场。历史是如此地巧合，几年前我从北京飞来，落地深圳宝安机场驱车来到东莞，而今天，我又从东莞转道深圳宝安机场飞回北京，不论是那年的来，还是今天的去，都是缘分的使然。带着无比的热情和希冀，我遇见了我的"图腾"，带着无比珍贵的回忆与荣光，我又腾飞离去，当飞机离开深圳宝安机场的时候，我清晰地意识到，我离开了，但我会带着《蝶》的祝福和荣耀，继续坚定地行走下去。

我为自己加油鼓劲：

要自信！因为我是制作人李盾和作曲家三宝培养出来的中国原创音乐剧的从业者。

要光荣！因为我是从中国音乐剧的"黄埔军校"——北京松雷·蝶之舞音乐剧剧团走出来的职业演员！

带着《蝶》馈赠与我的丰富技能，带着百场演出的实战经验，带着对"蝶家族"的无比眷恋，我坚定地告诉自己：离去，是为了将来更加精彩地再次相遇，我想一定会的！

繁华落幕，《蝶》，再见了！

2007年到2017年，弹指一挥间，音乐剧《蝶》也满十周岁了！道一声：生日快乐，我的《蝶》！

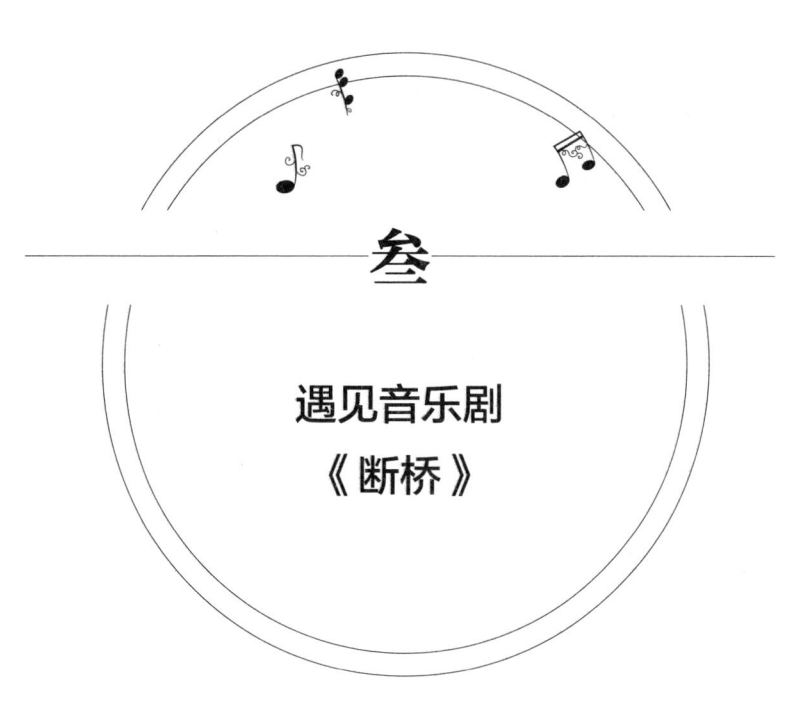

叁

遇见音乐剧
《断桥》

一

有一种选择叫没有选择

又到秋叶飘零时

离开《蝶》剧组之后，在很长一段的时间里我都没有再接触新的音乐剧表演工作，在这段我自称为"蛰伏"的时间里，我主要在整理思路和考虑今后职业生涯的规划。期间也有一些希望合作的音乐剧来找我，我都婉拒了，一方面是对于《蝶》的留恋太深，另一方面也确实是很难再有与《蝶》相同品质的作品能够吸引到我。

我在北京与人合伙的公司正如火如荼地制作、运行着一部小型原创音乐剧《愁女》，我也参与其中，我一边给年轻的音乐剧演员们一些职业上的指点和帮助，一边也联系着一些演出商和剧场，希望音乐剧《愁女》能够成功地推广出去。

很快就到深秋了，总感觉离开《蝶》后的那个秋天特别萧瑟，特别印证了此句——"离人心上秋"！这句诗是外公第一次给我寄到乌克兰信中的第一句话，现在想来特别感同身受。我租住的北京东三环百子湾苹果社区附近的一排排杨树都开始落叶了，以前在松雷集团工作的日子里，每一个秋天的早晨，我都会踩着落叶乘车去南三环的刘家窑上班，现在不用去上班了反而觉得空落落的，只能隔着窗户看着灰蒙蒙的天空中飘落下金灿灿的树叶。又到秋叶飘落时，一种压抑感和忧郁感慢慢在心中滋生。

音乐剧《愁女》的进展情况不太好，没有达到预期的效果，问题主要出在资金不够，仅仅是凭借着一群年轻人对音乐剧的热爱之情而在现实生活中执着和狂热地表演着、坚持着。随着天气越来越凉，《愁女》终因资金链断裂，在山西榆次合成演出后而宣告中止。

这个失败无疑给合伙公司带来了重创，磨损了我们团队的信心与斗志。这个失败用"教训"的方式击碎了我们那个飘缈的音乐剧艺术梦，现实与梦想之间的距离犹如隔天隔地，如果没有厚实的资金保障，只是用自己的积蓄去冲动地做音乐剧，那是注定难以成功的！就这样，我们26岁的创业梦在那一年破碎。

一直到做完后期的音乐剧《断桥》《简·爱》《十年》等，我才慢慢地意识到一些现实的真相，才慢慢地为我们当初合伙投资做音乐剧的决定感到后怕与唏嘘，但是，我也着实地为我们当时那个年轻团队的锐气、志气与追求梦想的动力、意志力而感动！

人，在长大以后再回看自己的来时路，往往都不会感到后悔，但是会心疼。真的！心疼当初的自己怎么就这么的血气方刚！当然了，没有当初的殊死拼搏，也就不会有未来成功的起点。

我总结起来，关于音乐剧《愁女》项目失败的主要教训有以下几条。

1. 经验肤浅、资源缺乏，心理素质不扎实，目标过于理想化；
2. 运营能力、推广能力、资金运作能力薄弱，没有品牌效应；
3. 对于作品的主观意识把控过于强烈，脱离市场；
4. 整体团队与项目的管理过于感性；
5. 过于信任某一演出代理商，没有寻求到健康、科学的合作模式，错过了关键的宣传、推广时间；
6. 没有真正做到从艺术家到企业经营管理者的转型；
7. 心太急，梦太大。

这七条是血肉模糊的教训，但是我们都经历了！现在看来我们当时是多么的幼稚和不成熟啊！但我清晰地记得当时《愁女》建组的时候，我们丝毫没有因上面的七条"教训"而影响我们的热情与豪情，只是现在回想起来的时候，特别心疼当时的我们！当然了，话又反过来说，如果没有那时的冲动、付出、执着与拼命，哪来现在的这一切呢？只是代价太巨大了。

世间的一切都是辩证的，与上述七条"经验教训"相对应，我们在受到现实"反击"的同时当然也收获了现实的"经验馈赠"。

1. 我们终于更加清晰地知道了我们真正的梦想是什么，终于知道为了实现心中的梦想有时是需要付出生命代价的；

2. 我们感受到了团队的温暖和力量，不论经历怎么样的艰辛与困境，团队的成员都紧紧地团结在一起，没有人掉队，也许大家力量都不大，但是大家一直牵着手走到最后；

3. 我们知道了现实的残酷与无情，所以为了将来梦想的实现，我们必须做好足够的心力与智力的准备；

4. 我们明确地知道了，如果要实现那么大的梦想，就需要我们不断加强必要的技能学习和知识储备，必须具备能够支撑住这个梦想的技能体系与知识体系；

5. 我们深刻地知道了，如果要实现那么大的梦想，必须要重组自己的心理架构，必须去真正认识这个行业的客观规律，并通过不断实践，去游刃有余、熟练地掌握相应的技能与技巧；

6. 我们也更加清楚了，只有依靠团队的合力，发挥每一个团队成员的积极性和主观能动性，并保护和保障好团队每一个成员的情感与利益，才能实现那么复杂与庞大的梦想；

7. 我们更加清晰地意识到坚持的重要性，坚定了梦想，就要朝着这个梦想不断地努力奋进。冷静一些，客观一些，科学有效地用正能量来坚持梦想，通过不断持续地努力，梦想一定会实现！

因为失败，所以我们开始舔舐伤口；因为失败，我们在磨难和逆境中成长与坚守；无论最后是否能够收获梦想的成功，但一定可以收获心智的成熟。其实，到了最后，心的成熟远比梦想的实现更有意义！

令人难以捉摸的是，梦想和欲望有的时候是会混淆的，只有当心智足够成熟的时候，梦想才会丰满和清晰，才会与欲望区分开来，在通往梦想的道路上才会汇聚无数的正能量，并在时间的推进中逐步地登上当初设定的那个伟大梦想的一个又一个制高点。

流淌的旋律——梁卿经典苏俄歌曲私享音乐会

几个月之后，天生喜欢忙碌的我无法再忍受漫无目标地虚度光阴了。《愁女》应该很难在短期内有实质性的起色与转机，而合伙公司急需维持运转的资金，我们几个商议了一下，我决定结束"蛰伏"，"复出"赚钱。

"复出"，谈何容易！我究竟又能做些什么呢？

我们目前的状况不适合做长线的项目，只能用"短平快"的方式尽快让公司有现金收入，能够让公司运转起来。想了很久，我们决定推出一场我的独唱音乐会，起名为"流淌的旋律——梁卿经典苏俄歌曲私享音乐会"，主要演唱经典的苏俄歌曲，使用俄中双语演唱，以钢琴、大提琴、小提琴、曼陀铃、巴扬和男中音的室内乐组合形式来表演，并由讲述者串联所有的演唱歌曲。

确定了内容和形式后，我马上邀约了当时还在中国音乐学院作曲系读研究生的好朋友程佳佳小姐，由她来给我逐一遴选我所有唱过的苏俄作品并担任钢琴伴奏，最终选出了《山楂树》《莫斯科郊外的晚上》《红莓花儿开》《喀秋莎》《窑洞里》《灯光》《海港之夜》《漆黑的夜》《鹤群》《歌唱动荡的青春》《小路》《三套车》《黑色眉毛褐色眼睛的乌克兰少女》《汉佳姑娘》《我亲爱的妈妈》《金色的秋天》《红与黑》《我的基辅》这18首苏俄作品进入曲目单。佳佳在繁忙的学业中抽出时间给我编配了重奏谱，除了《鹤群》《红与黑》《我的基辅》三首由纯钢琴伴奏外，其余的均重新编曲，在钢琴、小提琴、大提琴的衬托下，曼陀玲与巴扬的独特音色和韵味儿显现得淋漓尽致。那天彩排，当我用俄文在几位老师的伴奏下第一次唱起来的时候，大家都沉浸在纯粹的音乐之中，忘记了疲惫，忘记了苦恼。

担任音乐会曼陀铃演奏的老师季节先生是原东方歌舞团国家一级演奏员，他的曼陀铃演奏技术高超，乐感极强，经常给我带来句法与音乐表现上的惊喜和创意。担任巴扬演奏的龚易男老师也是一位非常优秀的青年演奏家，情感细腻、力量浑厚，把巴扬特有的音色和力量演奏得大气磅礴。曼陀玲和巴扬是苏俄歌曲的灵魂音色，只要这两个音色出现，音乐的色彩和味儿就正了，这两个特色乐器的渲染对"流淌的旋律"音乐会的成功起到了至关重要的作用。

在大家的努力下，音乐会很快就制作完毕，我们把节目资料快递到各大演出机构和剧院，很快我就接到了湖南大剧院的邀约。我记得那一天北京气温非常低，傍晚时分我到百子湾路口去买饭，在回家路上接到了湖南大剧院黄蓉经理的电话。黄经理十分热情，我们也谈得很顺利，很快就签约了，并第一时间支付了预付款，这样公司就又开始运转了。

长沙一行很顺利，演出也非常成功，我们感受到了这个小投入、小成本的音乐会具有很强的操作性，而且回钱也快，所以我们的信心又一点点地建立起来了。因这场音乐会的缘分，我们与湖南大剧院也建立了深厚的友谊，特别是黄蓉经理，我们成了很好的朋友，不论我之后的哪部作品诞生，蓉姐都是第一时间祝福。在蓉姐的帮助下，音乐剧《简·爱》也有幸到了长沙演出，而由蓉姐经营并由好友邓男子主演的魔术脱口秀《男子曰》也经常来杭州演出，长沙与杭州两家剧院互动起来了。

长沙，是我独立职业生涯的起点，直到今天，只要说起准备去长沙演出或者出差，我总是怀有一种特殊的感慨和激动，当时在经济最困难的时候，是蓉姐帮忙接了我的这场音乐会，让我们有了喘气的机会。那时我想，反正是我自己独唱，我的身体也不错，船小好调头，那就不停地开音乐会吧！

那时在我心里的压力，除了来自于合伙公司的本身运作外，也来自于亏欠《愁女》这帮孩子们的一份情感，孩子们也理解我们，除了时不时问候一下，也想看看是否还能等到复排或者演出的消息，遗憾的是那个时候我们并没有给到孩子们这个希望，我们只能继续唱我们的苏俄歌曲。

说到这里，我不得不感恩这批苏俄歌曲，当时在学它们的时候，我是发自内心地热爱这批作品，所以在基辅跟着我的那几位声乐老师一字一句地把作品做到精致。回国后直到音乐会前，又找到薛范老师和鲍蕙荞老师再次提升品质与格调，这都是出于一个歌者对作品的一种情感，但是我万万没有预见到的是，这批我所深爱的作品，会在我陷入经济困境的时候给我带来精神温暖和物质保证。

所以，每一位从事艺术的人，都要热爱自己的作品，只要你深深地热爱自己的作品，也许某一天，这批作品就会给你带来无穷无尽的支持与力量。因为，艺术是有灵性的，我们必须像信仰宗教一般来信仰自己心中的艺术！

遇见出品人

做音乐剧《断桥》事实上是源自于一个很偶然的原因，很多人都曾经问过我为什么会做这个音乐剧，是不是有什么背景渊源？其实真实的缘由并不是像之后外人对它赋予的那么神秘。

早在2008年的时候，我随音乐剧《蝶》来杭州剧院演出，那是我第一次回家乡演出，机会很难得，所以想请父母和其他家人来看演出。我一直有一个理念，自己的演出一定要自己买票请亲友们看，所以我在演出前的排练间隙去杭州剧院的售票处买票。在票房门口我对着工作人员说我要买12张票，并告知我是这部剧的主要演员，我们的对话被当时正在票房里指导工作的老总听见了，他问我："你是主演，怎么不问剧团要票呢？"

叁

其实当时我如果去问制作人李盾要票说请我父母看戏，李总是一定会给我票的，但是我想着这样讨票是不妥的，还是自己买吧，自己参演的剧目难得演到家门口，也算是对家人的一个汇报吧。《蝶》剧的票价一般定得不低，我买的数量有点多，我那时经济状况也没那么宽裕，所以只能买楼上的座位，我想着老总在，是否可以争取一个折扣。于是我告诉他我是浙江籍的演员，是这部剧的主演，因为想要请家人来看戏，买的票有点多，而且价格比较高，所以希望能有一个折扣。老总同意了，给我打了一个九折，并互相留了联系方式，就这样，我第一次与这位老总认识了。

我的家人看完演出后随即就回去了，但接待方在西溪湿地举办了一个庆功宴，那时的我还不会喝酒，所以就没有去楼上领导的包厢敬酒，只是和其他演员一起在酒店的大厅里吃饭。直到做了《断桥》之后我才知道，这顿庆功宴是我们后面《断桥》合伙人之一张总安排的，并且也是张总和杭州剧院一起联手把《蝶》剧引进到杭州的。由于没有上去敬酒，所以这一次未能与张总他们见面。

《蝶》剧离开杭州后我们又转战别的城市，再次见到杭州剧院的原老总是两年之后《愁女》的首演了。

《愁女》是在山西榆次文化艺术中心首演的，我想着《愁女》要往外推广必须要请有经验和有分量的演出商来帮忙，我划拉着自己的手机联系簿，看看演《蝶》的时候积累下的有多少可以合作的演出商能够请来榆次观摩演出。我仔细地一个个翻过去，翻到了这位老总的电话号码，一开始我不敢冒昧地打电话，我只是先发了一个短信，把《愁女》的演出信息告诉了他，没想到他立刻回复说那几天他正好在太原，可以带几个演出商去榆次一起看演出。

根据约定，我提前一天从榆次赶去太原见他们，在太原青年宫演艺中心我见到了他们几位，正好他们是在谈太原市歌舞杂技团的歌舞节目《唱享山西》的观后感，我一直等他们开完会我才进到贵宾室与几位老总见面，并当面邀请了他们来榆次看我们音乐剧《愁女》的演出，除了这位老总以外，还有来自湖北、河北和山西剧场方面的几位老总。夜宵期间，这位老总提议说能不能由我们这支团队为杭州量身打造一部原创音乐剧，以西湖、断桥等这些充满杭州地域特色的爱情元素为主题概念！于是，音乐剧《断桥》的创意在太原的这次夜宵上第一次提出了。

在《愁女》进入休眠期后，我们开始着手创意和编写《断桥》的剧本。深秋的一天，我赶赴杭州去商议立项等事宜，并拿到了少量部分剧本的稿费。

在这次杭州的会议上，我第一次见到了其他几位出品人：本应早在《蝶》剧演出时候就该认识的浙江鸿艺影视文化公司的张总、具有道骨仙风的儒雅艺术气质的承香堂卢总、福建大剧院张总、浙江传媒学院音乐学院的李书记，加上杭州剧院原老总，这样五位出品人就聚齐了，我任制作人，很快就确定了主要的合作框架。我调整了手上的工作，一方面构思、创作音乐剧《断桥》，一方面继续我的"流淌的旋律"苏俄音乐会，继续推广和演出，赚取生活费。

那个阶段，我满心期待着音乐剧《断桥》的合作，想象着它未来各种各样的可能性，因为受杭州的邀请做杭州的原创音乐剧，我很激动，也很光荣！

承受生命之重

事实上音乐剧《断桥》的整个初期创意过程还是很快乐的，起码在对一个新项目的期待过程中，我们暂时淡忘了因公司经营陷入困顿所带来的折磨与不安。作为特约编剧的田丁，也是发挥了其所有的想象力和艺术才华，一直写到我去湖南长沙开音乐会。第一稿完成，我立刻向杭州方面交了第一稿，等待具体的修改意见。

叁

在整个《断桥》剧本初期创作的这个过程中,我基本上是一天读一场,每天上午看邮箱,都能读到编剧发来的在前一个晚上写出来的内容。《断桥》剧本的形象逐渐地清晰了起来,但编剧的健康状况却越来越糟糕,几次劝他去医院检查治疗,他一直都不同意,他一定要坚持写完剧本拿到稿费再去医院慢慢看病。说实话,那个时候钱的确是我们最大的困扰,对于编剧自己来说最快的方式就是他写完剧本拿到稿费,就有钱了。有几次我敲开他的房门时都能看到他写剧本的电脑旁零散地堆着一堆阿司匹林、鼻炎喷剂等药品,我感觉他在发着烧,心里有一丝惶恐,我再三劝他去医院治疗,他一边打字一边说:"完了,就快完了!"顶着高烧一直在不停地写、写、写……

很快就过了元旦,杭州方面也反馈回来意见说剧本整体感觉还可以,符合他们想要的气质和感觉,但在故事上还要调整,所以稿费不能结!我一听就慌了,稿费不结我们怎么过年啊!所以我只得迂回地与那个老总再谈,我准备再飞去杭州一次,根据大家的意见回京再作剧本的调整和修改。我的本意是希望尽快结到剧本稿费,但当时看起来好像有些难度,于是,我只好计划先让田丁去看医生,安排好治疗事宜之后我再飞去杭州处理创作与稿费的事。由于实在腾不开手,于是喊了田丁的妈妈前来北京帮忙照料。他妈妈来京后觉得情况不好,决定联系医院住院治疗,费尽周折地托了各种关系,终于在北京同仁医院找到了床位可以安排住院。但十分突然的是,2011年的1月17日晚上5点,我和他妈妈正在给他收拾第二天住院用的衣物,忽然见他坐在那里神情恍惚,他妈妈是护士出身,看出了不对劲,叫我马上打120,我想打120肯定来不及了,于是我直接打通了我们经常坐的"黑车"司机的电话,当时司机大哥正在吃晚饭,我告诉他情况紧急,司机大哥很仗义,立马放下饭碗飞奔而来。傍晚时分路很堵,我们只能先去不远处的通州医院挂急诊,通州医院的医生觉得情况严重,让我们立即转院,我也没有做过这些事儿,不懂怎么弄,一个急救医生立即帮忙联系了医院的急救车,他叮嘱我,立刻转院,立刻!此时,他爸爸也正在赶来北京的路上，他爸爸马上约了在卫生部工作的姑姑安排了朝阳医院进行急诊。其实这一过程都好像是冥冥之中安排好的一样，就像是哪里见过，救护车一路呼啸地从通州飞奔到了朝阳医院，已经在医院等候我们的医生马上实施了抢救，医生给他插上了呼吸机。至此，他已经只能用眼神来跟我们交流了，很快在一阵阵躁动和撕扯中，他向死神妥协了，在凌晨时分去世。

我们谁也不知道在那个不安的夜晚我们竟然是在和死神赛跑，但终究我们没能战胜死神，一个艺术青年的生命从此凋零。在去世后几个小时，病理报告出来了：急性淋巴癌。我们都常常认为生命的落幕应该伴以阴天、狂风或者雷雨，但此时恰恰相反，北京天气格外地好，阳光灿烂，只是温度冷到了极点。当天下午我们在朝阳医院的太平间为他举行了简单的告别仪式，我特别感动李盾先生为此特意从深圳飞回北京，电话那头的李总坚定与温暖的安慰至今让我感动万分！维维姐和雪漫姐也从外地赶回北京前来陪我，老俞等兄弟一直帮衬着我打理各种事情，《蝶》剧组、《愁女》剧组的亲友们也都陆续赶来送别，这是我人生中第一次主持追悼会。

第二天在西郊殡仪馆火化后我和他父母一起把他送回了老家，一个鲜活的生命就此定格了，我来不及吞噬和消化这种痛失战友的悲伤，拿着《断桥》的剧本飞回杭州，我发誓，一定要把这部作品做出来，而且要做好！

丝丝一缕香，幻影蝶成双

一路《相知》

2011年北京的冬天是寒冷的，杭州似乎更冷。

我回杭州后没有先回家，而是先跟随承香堂卢总去了灵隐寺，拜会了光泉法师。光泉法师跟我简单地聊了几句，他说："挺年轻的，很可惜，但是留下了作品，就是延续。"说完法师赠送了我一本《金刚经》。在席间卢总也表示，我们一定要把《断桥》做好，这是一部有灵性的作品！在寺庙中，我的心慢慢宁静了下来。从灵隐寺回来后，我跟随鸿艺公司的张总下部队住了几天，并演出了一场，每天在军号声中起床、洗脸刷牙、看士兵们训练，业余时间给他们排练新年晚会，演出结束后在庆功宴上我第一次喝多了，第一次有了"断片儿"的经历，我在此之前从来是滴酒不沾的。我说，我是在世界上"最安全"的两个地方度过了我一生中最艰难的日子！我感恩灵隐寺光泉法师的开示让我有了振作起来的精神源泉，我感恩部队那种威武阳刚的士气让我有了振作起来的力量！

春节前，杭州剧院邀请我举办"流淌的旋律"经典苏俄歌曲音乐会。于是我在春节不停地复习作品，在音乐中逐渐化解淤积的悲痛。在这场音乐会上，钢琴演奏家程佳佳来了，曼陀铃演奏家季节来了，手风琴演奏家龚易南也来了，我们一起与浙江大学文琴交响乐团的孩子们合作演出，音乐会取得圆满成功，大家鼓励我：老梁，一定要唱下去！

我在音乐会上首唱了后来作为音乐剧《断桥》主要唱段之一的《相知》。《相知》这个片段充满了一种浓烈的悲壮情怀，正好与我们后来对

《断桥》的角色情感定位相吻合，在起头部分再特意配以于右任的一首诗，形成一个完整的戏剧场景，从另一个意义上来说，《相知》事实上代表了音乐剧《断桥》的精神灵魂：

相知
锦绣家山万里同，
寻诗处处待髯翁。
今朝稳坐滩头石，
且看云生大海中。
　　　　——于右任

明月照出人倚楼
看出相思点点愁
破晓唱完了离歌
眼泪装满了轻舟
你的话语凝成霜露尽在送别酒
你的红豆煮到心里熬成相思粥
你的笑容我的回应怎么都不够
待到归时方始休
擦肩而过只为今生的因果
蓦然回首情已汇成河
纵然就此一别天涯各自奔西东
幸福互换在你我手中

夕阳映出空等候
只能相识不相守
桃花潭水空自流

不见昔日君归游

你的话语凝成霜露尽在送别酒

你的红豆煮到心里熬成相思粥

你的笑容我的回应怎么都不够

待到归时方始休

擦肩而过只为今生的因果

蓦然回首情已汇成河

纵然就此一别天涯各自奔西东

幸福互换在你我手中

梦中相见只为今生的诉说

芳华老去思念心头刻

那年那天一别许下生死的承诺

人生过客在心中停泊

  我们都没有想到，于右任的这首诗配上《相知》这个词能够碰撞出这样一种壮怀激烈的情感火花。在日后的《断桥》演出中，每演到这个场景观众们都会感慨万千，每到这一段，都能深刻地感受到观众心中对主人公命运的唏嘘。

  自从在音乐会上唱开这首歌之后，每次出品人聚会或者洽谈音乐剧《断桥》的合作，都会要求我现场清唱一次，我就把餐桌当作舞台，一遍又一遍地唱着，不论是被说成"餐桌歌手"也好，还是"艺术家公关"也好，我都无所谓。同时，不论这一桌人会不会支持和会不会关注《断桥》我也无所谓。但我相信，我真诚的演唱总能让他们感受到一种纯粹的音乐力量，至于别的其实都不重要。事实上，我正处于人生的最低谷，想要改变状况就必须要把自己的心压到极限的低，所谓艺术家的高贵就先暂时收起来吧，活下去比什么都重要，否极才能泰来。

就这样一遍遍地在不同场合演唱《相知》，终于把《相知》唱到了2011年6月11日的"平湖秋月·大型原创音乐剧《断桥》新闻发布会"上。发布会是浙江卫视的好朋友席文先生主持的，出席发布会的嘉宾有著名作曲家陈钢先生、著名导演王晓鹰先生、上海国际艺术节的领导、山西与浙江两地的领导，以及我们音乐剧《断桥》剧组的主创团队和演员代表，还有几十名关注音乐剧《断桥》的观众及新闻媒体。在这一次意义特别的演唱中，我似乎清晰地看到了音乐剧《断桥》的精神轮廓，她映着西湖顶上夏雨后的一片片祥和云光。

西湖·北山路33号——春色"如庐"，如诗如画

在西湖断桥边北山路上的一绿叶青葱处有一排不高不低的白墙，白墙中间有一座古朴的山门，上书"如庐"二字，这里离西湖仅十步之遥。开门进入，有两只大白鹅相迎，拾级而上，眼前一片开阔，郁郁葱葱间静静地矗立着一座民国时期的小别墅，爬山虎覆盖着大半面墙壁，门前的老井中山泉在汩汩地冒着，好一片自然、祥和、静谧的氛围！很幸福，《断桥》的筹备工作是在这间典雅、朴素、庄重的小别墅里进行的。

这幢别墅是承香堂的主楼，承香堂是音乐剧《断桥》的出品单位之一，如果说谈及音乐剧商业属性的话，那么我想在中国的原创音乐剧里能将硬广告"如此柔和地"植入戏剧之中，音乐剧《断桥》应属是一个很好的实践。我们经常议论，承香堂与音乐剧《断桥》的关系不是简单的商业植入，"承香堂"和"沉香"早已是《断桥》的魂、《断桥》的根了。

承香堂与音乐剧《断桥》的碰撞我想应该是一种冥冥之中注定的缘分，当我们决定不再用民间小说《白蛇传》的神话故事作为《断桥》的表达内容后，我们就着力去设计男女主人公定位。作为出品单位之一的承香堂，

我们对其产品及企业文化进行了戏剧化包装、宣传。承香堂堂主为我展示了各种各样高端的香料和香制品，不经意间我在承香堂的一款"如庐观烟"的产品中看到了香与烟的多姿形态，这种形象让人浮想联翩，就像是折射和浓缩了人生的百态与无常、生命的美丽与脆弱，当即我们就确立以"沉香为媒"，将女主人公设计成为承香堂的大小姐，以她一生曲折、动人的爱情故事来折射出人世间真爱的光芒和力量：

女一号，从"白蛇"幻化而来，生在承香堂这个富贵人家，美术学校西画系的学生，蕙质兰心，取名"白兰"。

女二号，由"青蛇"幻化而来的"苏青青"，姓乃指"上有天堂，下有苏杭"。

男一号，由保安堂药铺大夫"许仙"幻化而来的国民党军医"许风"，风一样的男子，随败退的国民党军队漂泊异乡。

男二号，由诵经念佛的"法海"幻化而来的国民党上校"钱海"。

《白蛇传》的主要角色全部"幻化"为崭新的形象，为了更加突出情感的丰厚，又加了两名男演员，一位是苦守"白兰"、忠厚诚信的"王忠恒"，一位是"白兰"的西画老师，被学生们尊称为"谭老师"。

就是这样的一群人，围绕在西湖断桥边，展开了他们多姿多彩的生命画卷，充满了悲欢离合，尝尽了人生的千滋百味、酸甜苦辣。但是，唯一不变的是彼此间灵魂尖上的那个信念与信仰，在战火纷飞的年代里，人世间还有什么能比这个更美丽、更难能可贵呢？

我们在思索，该用怎样的一段词来表现女主角"白兰"——这位成长在承香堂的大小姐在百岁高龄时对爱情的独到理解呢？恐怕唯有沉香寄情吧！于是，在静谧的"如庐"里，写下了女主角的这首开篇吟唱：

沉香情

丝丝一缕香

幻影蝶成双

朝朝暮暮伤与创
只为化芬芳

摇摇一缕香
幻影蝶成双
浮浮沉沉道情殇
只为品芬芳

幽幽一缕香
幻影蝶成双
家家户户开门窗
只为闻芬芳

就在"如庐",我一个字一个字地读着剧本,小心地修改着台词与唱词,窗外春色如许,鸟语花香,草长莺飞,音乐剧《断桥》的生命在充满沉香味儿的书房里浸透着、成长着。

三

遇见大家

遇见导演王晓鹰·话剧《深度灼伤》中的一首俄文歌

音乐剧《断桥》立项后最先确定的主创人员就是总导演王晓鹰先生。

王晓鹰，时任中国国家话剧院常务副院长、中国戏剧家协会副主席，国家一级导演、导演学博士。我是从话剧《简·爱》《荒原与人》《肖邦》《霸王歌行》等作品中认识并熟知王导的，王导"诗化意象"的戏剧风格给我留下了深刻的印象。看王导的话剧，犹如看电影一样，他作品的戏剧性自不用说，更令人惊讶的是王导对音乐的运用和把握居然也那么的精准和恰到好处，并且每一部作品除了戏的本身之外所有的谢幕都处理得别具匠心，非常精致与隆重，成了作品不可分割的场景和延续。

在《断桥》的立项会议上，我坚定地提出邀请王导来出任总导演，断桥，那么唯美的一个词语、一个地点、一个故事，一定会在王导的手下幻化成浪漫感人的舞台剧作！于是，北上，正式邀约！

我与王导约在老国家话剧院见面，那时王导正在排新剧《深度灼伤》，于是我就坐在排练厅看王导排戏，忽然王导与音乐总监程佳佳商议，需要男主角唱一首俄语歌——《斯拉夫进行曲》，佳佳说："太巧了！老梁就唱过这个歌，我给弹的伴奏，让老梁来教！"我欣然答应，这对我来说不是一件困难的事。第二天我就加入了话剧《深度灼伤》剧组，教著名表演艺术家张秋歌老师唱俄文版的《斯拉夫进行曲》。秋歌老师学得很快，也很仔细，三天我就顺利完成任务。

在《深度灼伤》的排练间隙期间，我与王导讨论了音乐剧《断桥》的戏剧架构、人物线索、表现手段、呈现风格等，我第一次与王导合作，第一次听他说戏听得入了迷，王导的阐述，已经把《断桥》推演了一遍。只是我们在纠结，断桥这座桥究竟以什么样的形式和功能来呈现，这时我们开始酝酿舞美总设计和灯光设计的人选，王导推荐了著名舞美设计师、空政文工团的国家一级舞美设计师戴延年老师和浙江籍的被誉为"灯光诗人"的著名国家一级灯光设计师周正平老师来为《断桥》做美学设计。主创架构在慢慢构建中。

与王导一起做《断桥》的日子是难忘的，这是我第一次接触国内顶尖级的导演，在和王导一起工作的过程中我感受到了他对戏剧的睿智、敏锐与果敢。我心想，能给这样的导演做演员，能在这样的导演的执导下表演，该是一件多么幸福的事啊！当然，能为这样的导演做制作人更是荣幸之至。

遇见青年作曲家祁峰·《木兰香》

2011年的情人节前夕，杭州下着鹅毛大雪，我正在浙北山区的安吉老家准备着开春后的"流淌的旋律"音乐会，忽然接到杭州剧院的电话，希望我赶回杭州参加2月14日的情人节音乐会。由于雪太大，出门不便，我纠结了很久去还是不去，最终想想还是去吧，听一场音乐会，顺便与几个出品人再谈谈项目推进的情况。

我到了杭州，时间还早，无事之际一时兴起打了一个出租车行驶到北山路的断桥边，想看看真正的"断桥残雪"美景。那天的雪越下越大，越下越密，路上只有少量的车在开，都开得很慢。到了北山路的头上，我让司机靠边停了一下，下车走上断桥，果然桥的两头雪比较厚实，而桥的中间雪比较薄，从高处看也许这就是断桥的"断"的形象吧。雪一直不停地

叁

下，越来越大，司机向我按了几下喇叭，我赶紧上车，开回剧院。

音乐会结束后，剧院宴请演员吃宵夜，我也出席了，席间大家自我介绍，坐在我右手边位置的一个戴眼镜的高个儿先生介绍说他叫祁峰，毕业于比利时布鲁塞尔皇家音乐学院作曲系。我眼前一亮，我们那时候正在为音乐剧《断桥》合适的作曲人选苦恼，有可能是出于第六感，我总感觉这是天意，踏破铁鞋无觅处，得来全不费工夫，隐隐约约我似乎从身边这位戴眼镜的高个儿先生的气场上感受到了《断桥》的音乐气息。

在一个音乐剧的核心创作团队中，遇到每一个"对"的合作者首先就是气场要合，我对"祁峰"两个字的读音并不陌生。2007年从基辅回到东莞进驻《蝶》剧组的时候，我曾去过东莞城郊的旗峰山上的黄旗古寺，后来这两个名字都有同音名字的人出现，成为我的挚友，一位是浙江资深的声乐教育家黄琦教授，另一位就是青年作曲家祁峰——我几部原创音乐剧的曲作者。

席间，慢慢与祁峰热聊了起来，他和我一样，也是属于海归回国创业，他也在寻求合作的项目和团队。我告诉他我们在做音乐剧《断桥》，需要一位作曲，希望他能发一些他的作品给我，我想听一听他的作品是否与我们希望的风格相吻合并争取有机会合作。祁峰随即发了一首由他作曲、王凌云作词的电影《花木兰》插曲《木兰香》给我，从这首歌的第一句旋律响起，我就认准了《断桥》的作曲就他了！祁峰的风格就是我想要的《断桥》的风格，他的音乐里饱含着中国古典浪漫情怀的旋律，用古典而又现代的创作技法支撑与呈现音乐戏剧形象，我喜欢！

我向来认为，音乐剧的音乐，一定要旋律！旋律！旋律！一般的观众不会去听和声、织体什么的，大部分观众的耳朵只进旋律，所以应该把作曲技法"隐"起来，突显悠扬、婉转、悦耳、动人又符合戏剧情境的旋律。我心里所期望的《断桥》，其音乐必须把中国音乐的魂牢牢地把握住，然后在戏剧发展的过程中逐步向观众输送好听的旋律，不管什么样情绪的音乐，旋律都一定要能够入耳。祁峰毫无障碍地听懂了我的要求和期望，他告诉我,这也是他追求的音乐剧作曲理念:大隐技法,突显旋律。

百余场的巡演事实证明,大部分的观众对《断桥》的音乐还是挺认可的,这里面浸透了祁峰大量的辛劳与心血。

遇见焦刚·"我一定做到我的最好"

焦刚,我神交已久的一位朋友,首批毕业于中戏音乐剧专业的学生,后研修于日本四季音乐剧剧团多年,现为我国著名的舞台剧和影视剧导演、演员。他在电影《立春》《姨妈的后现代生活》《致青春》《万箭穿心》《黄金时代》等影视剧中都有极为出色的表现;他在日本的时候曾在著名的四季剧团主演过《美女与野兽》《妈妈咪呀》等著名音乐剧。早在北京工作的时候我就曾在音乐剧《白蛇传》的女主演周子岚的引荐下见过"刚子",一起在东直门一家巴基斯坦餐厅吃过饭。在交流的过程中,我很欣赏刚子对音乐剧的理念,也十分钦佩和羡慕他在日本研修的经历,当时我就想,假如有机会能与他合作就好了,很快,这个机会就来了。

在《断桥》的筹备过程中,需要给总导演安排一位副手,我和王导不约而同地想到了焦刚,于是王导马上打电话给正在浙江拍戏的刚子,对接好后我们约在萧山国际机场见面。再次见到焦刚十分亲切,刚子很爽快地接受了我的邀约,并初步核对了工作时间。我把剧本交给他,他说:"梁,我一定做到我的最好!"这一句话让我十分感动,确实,在之后的整个排戏过程中,无论遇到多大的困难,刚子他的确做到了他的"最好",让音乐剧《断桥》在晓鹰导演的总设计下一步步落地,一点点转为舞台的呈现。刚子的这句话是对朋友的一种责任和担当,他做到了,这句话也影响了我,在未来的职业生涯中,我也一样要坚持做到我的最好。刚子就像大哥哥一样,在我管理能力还没有长成的那段艰苦岁月里,帮着我慢慢地带领队伍，他用自己的专业和能量影响着、提升着队伍。在他工作的过程中我时常跟在他的旁边，学到了很多很多。

遇见老戴、正平兄、耆娜、东霖、老俞

戴延年，我们都亲切地称呼他为老戴，是我国久负盛名的舞美设计大师，曾经担任过大型歌剧《江姐》《蝴蝶夫人》《太阳之歌》等重大舞台作品的舞美设计，也是我们都熟悉的电视情景喜剧《我爱我家》等影视作品的舞美设计。老戴总是烟不离手，平日也喜欢喝一点，每次只要看见老戴默默地一个人坐那里对着图纸抽烟冥思，基本上他就很快又能设计出一场戏了。我与晓鹰导演对老戴有一个特别的要求：首先，我们从数量上只能接受两辆9.6米的道具车，一车装灯光音响设备，其他所有的景片道具都必须在另一车里装下；其次，在艺术风格方面，我们提出了几个关键词——浪漫、抒情、空灵、唯美、血淋淋。估计这次设计是老戴非常费神的一次，但是凭借着深厚的功力和创造力，老戴设计出了唯美的半轮月亮加两座可开合的桥体。半轮月亮的里是一道湖面水幕和一道荷花肌理幕，根据不同的场景需要交替使用，而两座可做各种造型及轨迹运动的桥体是主要道具，在后来的实际演出过程中，地面的桥和天上的月亮、湖面、荷花交替配合，非常形象且唯美地完成了作品的表现与诠释。这些舞美加上另外的一些地面辅助道具，刚好够9.6米满满当当的一车，真的难为老戴兄长了，但这是《断桥》将来能全国巡回演出百余场的决定性因素。虽然这样的车数限制对设计者来说是十分为难的，但是当今的演出市场的确如此，大部分演出商们只能承受两辆9.6米道具车的运输费用，所以我们必须在这个标准框架下完成预期的艺术呈现。

如果说我们给舞美设计老戴设置了高要求的话，那对于灯光设计来说

就更加为难了，舞台上比较空旷，没有太多的景片和道具，只能靠灯光来丰富、填充和做效果。当然这对于我国著名灯光设计师、被誉为"灯光诗人"的周正平大师来说并不困难，周老师在国际灯光设计界都享有很高的地位，经常有世界各地的灯光师前来拜师学艺。在《断桥》的灯光设计中，周大师很好地"再现"出了一个如梦似幻的西湖美景。为了营造和渲染出各种丰富层次的效果，周大师一点点设计和雕刻放在灯具里的LOGO片，在他的"神手"下，舞台上的两座桥被各种样式的光影包围着，浓浓的色彩，浓浓的情感，为演员提供了非常真实的环境效果。除了渲染大环境，周老师对具体角色的晕染、勾勒也是十分精细。灯光是一种诗意的戏剧语言，周老师为《断桥》达到了这个视觉美学要求。每次演出结束后，观众总会说，灯光太漂亮了，就像在西湖边一样。正平兄的最厉害之处就是他能非常敏锐地捕捉到每一个角色的情绪和形象，并用最简洁、立体的光影再现出来，整个舞台上干干净净，十分丰富、灵动。舞美和灯光这两个最主要的视觉设计，出色地呈现了晓鹰导演与我所期待的"浪漫、抒情、空灵、唯美、血淋淋"的美学效果，演员在这样的环境氛围下动情地表演，感动着现场的观众。

奢娜、东霖和老俞是一直合作的伙伴。音乐剧《断桥》的人物造型设计师奢娜，是《蝶》剧给我设计"老爹"造型的著名青年造型师，非常有才华，是一位艺术创意很强的温婉女子。我们在《蝶》剧中曾有近百场的巡演合作，互相非常了解和默契。音乐剧《断桥》的服装设计师阳东霖，是著名青年服装设计师，也是在《蝶》剧组认识的，当时在东莞看《蝶》首演的时候剧团给我们安排在邻座的位子，互相交流中我初识了这位非常有艺术思想并具有绅士风度的青年艺术家。俞炜锋，一位像火一样的导演，他是扬州大学应用数学系的高材生，本可以继承家业经商，但为了实现自己的艺术梦想北上求学，在北京电影学院导演系进修。他拍摄有电视剧《康熙秘史》等，后任音乐剧《愁女》的导演，在《断桥》中任巡演导演，我们一起经历了风风雨雨，一直合作到现在。

在经费并不宽裕的《断桥》制作过程中，这几位友人给予了充分的理解和支持，兄弟们毫不计较，宽容相助，他们为《断桥》奉献出了自己的全部热忱和力量，这对于作为制作人的我来说是十分感动的，希望日后能有机会继续与老友们合作！

遇见"白兰"·"心中的婚礼只能有一次"

每一部作品主角的遇见往往都有着不一样的经历，音乐剧《断桥》也是如此。其实这部剧是根据邀约演员喻越越的舞台形象和表演艺术风格而量身打造的，她毕业于上海音乐学院音乐戏剧系，是一位成熟的职业音乐剧演员。

远在2009年5月，喻越越的音乐剧《云冈》在山西榆次文化艺术中心演出，当时正好我与编剧出差在榆次，于是我们就观摩了这部剧，那次给我们留下最深刻印象的就是这部剧的女演员唱功扎实，扮相俊美。回京后，一次偶然的机会在国话好友刘端端的介绍下我认识了喻越越。那次我是推荐越越去面试音乐剧《蝶》女一号"祝英台"，我认为她的声线与气质十分符合祝英台的人物形象，但由于当时越越已经接到新剧《二泉吟》的演出任务，所以遗憾地错过了《蝶》。我们去观摩了《二泉吟》的首演，越越的唱功与演技再次打动了我们，于是我们便约了一个休息日一起聊音乐剧《鹊桥》项目。记得当时我们约在东三环百子湾一家江西餐馆内，聊天时才知道越越是江西抚州人，也是巧合了，那时我们正为音乐剧《鹊桥》做策划，想要有主演先期进入团队共同探讨。我们第一个就想到了越越，后来由于项目策划得太大，所以决定先做一个小剧来试试水，于是便推出了《愁女》。在合成阶段的时候越越来看过排练，并给演员们很多的指点与鼓励，但《愁女》因各种问题搁浅，然后就遇见了《断桥》。《断桥》

立项后，我立刻约见越越，希望她能出演音乐剧《断桥》女一号"白兰"，越越坚定地对我说："老梁，如果《断桥》要搬上舞台，我肯定演！"

　　2011年6月，越越参加了在平湖秋月景点举办的《断桥》项目新闻发布会并正式进组，在总导演王晓鹰和导演焦刚的执导下她迅速塑造起了"白兰"一角。有一次我看她排练，当唱到"心中的婚礼只能有一次，只有你的誓言能让我坚持"时，她情绪激动，泪流满面，无法继续，焦刚只得停下排练，请她平复情绪，我记得越越当时说了这么几句话："对不起大家，作为职业演员我不该失控的，但是唱到这里我实在无法控制自己了，《断桥》情感太深，我想起了很多，我会尽量调整好自己！"这个场景我至今记忆十分清晰。

　　在《断桥》之后四年的漫漫巡演路上，越越与其他两位"白兰"的扮演者江南、莫海婧分区域地搭配着演，不论是在哪个城市，不论是与由郑棋元、姜彬、陈韬扮演的哪一位"许风"合作，她都严格要求艺术质量，精益求精。越越的生日比我早几天，但我比她大两岁，都是处女座，所以对待工作的细枝末节会很纠结，正因如此，她的表演日渐成熟，获得了专家及同行们的认可。中国音乐剧协会主席王祖皆曾在研讨会上说："《断桥》的主演们唱得好，演得好！"音乐剧《断桥》之所以能完成超百场全国巡演，就是得益于全体演职人员的不懈努力与精诚合作，这中间，作为主演的喻越越起到了很好的榜样作用，而越越本人也在2012年第六届韩国大邱国际音乐剧节上因出演《断桥》女主角"白兰"而获得本届"最佳女演员奖"的荣誉，这是中国音乐剧演员在国际音乐剧节上斩获的一个分量很重的大奖。

遇见老艺术家·87版《红楼梦》王夫人——周贤珍老师

考虑到年龄的真实与表演的分量，我们商议决定老年白兰的扮演者需要请一名老艺术家来出演。为了遇见这位老艺术家，我们也是煞费苦心，年轻的演员比较容易找，但要找到能合适演"老年白兰"这位知性、淳朴、大气，并且年龄横跨百年的世纪沧桑老人，却是一件难度很大的事情。我们先罗列了一排排还在影视剧中出现的老艺术家的名字，然后挨个打电话和接触，有的艺术家必须在北京排练，不能离开家庭，有的不是档期不行就是身体状况不好，无法保证为期较长的排练及演出，各种各样的问题让我们有点灰心了。我也向导演打了预防针，恐怕此角难找，但再三考虑后还是一致要求一定要想办法找到可以合作的老艺术家，这样不仅能对整个戏的开场和结尾起到稳、重的作用，也可以提升作品的深度与品质，于是我们又继续分头去找。

忽然有一天，经介绍得知在杭州有一对老夫妻艺术家也许有可能可以合作，先生是原文化厅的老领导顾天高老师，夫人是原浙江话剧团国家一级演员、浙江儿童艺术剧团团长、87版经典电视连续剧《红楼梦》中"王夫人"的扮演者周贤珍老师。

我深深地记得第一次见到两位老人的情形，周老师和顾老师住在西湖边上，就在武林路尽头的一个安静的小区里，我们很容易找到了他们的家，门一开，我立刻被眼前这位慈祥的奶奶"吸引"了，这不就是我们想找的"老年白兰"吗！周老师铿锵有力、字正腔圆地对我们说："你们好，欢迎欢迎！请进！"我想眼前这位哪像是已经八十多高龄的老人呀，她目光炯炯有神，声如洪钟，我们进入客厅落座后，周老师说："你们稍等，我去把电脑关一下，刚才在看股票来着。"我是看着周老师关闭的股市软件和电脑，动作十分娴熟，转身又说最近股市不好等，我当时有些惊讶，我原以为"王夫人"应该是那种威严、冷峻、不可接近的样子，没想到周老师是那么可爱，那么时尚！

当我们正式开始交流的时候，周老师与顾老师仔细地倾听着我的讲述，为了让两位能更直接、更形象地了解《断桥》，我给两位老师清唱了《相知》，听完后两位老师很激动，说浙江要出一部好戏了，他们十分愿意参与，二老欣然答应了邀约，一起出演"老年白兰"和"老年许风"，这让我们几位去邀约的同事很兴奋，有"王夫人"周老师坐镇《断桥》，我们又往成功迈了一大步。周老师告诉我们，她与台湾也是渊源深刻，这部剧也寄托了她的情怀，她一定会全力以赴。在《断桥》演出中每当最后两座桥"合起"的时候，桥上的两位老人深情拥抱在一起，雪花伴随着音乐声飘落，观众总会情不自禁地落泪并报以热烈的掌声。

《断桥》先后共演出百余场，周老师基本上都参加了，她跟随剧组从南到北、从西到东，乐此不疲。我印象最深刻的是在广西的那次，巡演的几个城市之间相隔距离比较远，我们都是乘坐大巴赶来赶去，周老师总是一到车上就端坐着开始看书，她总是说："活到老学到老，作为一个演员一定要不断充实自己。"周老师每次上台之前总是一个人静静地在舞台的角落里默戏、候场，一到灯光下就迸射出无限的能量与激情，每次看周老师的表演，我心里总有一种暖暖的感动，毕竟舞台上这位演员已年过八旬，因为爱这部剧，跟随着我们年轻人一起颠沛流离，走南闯北，快乐地巡演着。我想周老师应该创下中国演员年龄最大、巡演周期最长、演出场次最多的"80后"艺术家记录了吧！

每当在我疲惫、困顿的时候，周老师都像奶奶一样亲切地鼓励我，给我加油打气，她会真诚地跟我分析问题，给我提出可行的意见和建议。因为周老师曾经也是团长，曾经也是带团四处演出，也遇到过我现在正在遇到的一些情况，所以她很理解我。每次坐火车卧铺赶路的时候，周老师总是愿意跟我分享她年轻时做团长的一些故事和她在电视剧《红楼梦》剧组的往事，真的是受益匪浅。

周老师一直参加到《断桥》在北京梅兰芳大剧院的最后一场演出，演出结束后，周老师过来拥抱我，说谢谢剧组又让她多演了那么多年的戏，她也祝福我带领音乐剧越走越好，年轻的演员们都排着队和奶奶拥抱告别，大家都舍不得，毕竟在一起那么多年了，就和自己的亲奶奶一样！很怀念我们和奶奶一起颠簸巡演的那些日子，在那段时间里，奶奶以高标准的自我要求感染着我们每一个人，影响着我们每一个年轻的舞台工作者！

我时常感叹，《断桥》剧组就是因为有着这样德艺双馨的老艺术家坐镇，才有了属于我们这个剧组的"家风""精神"与"标准"！

遇见"桥友"们

音乐剧《断桥》的演职人员彼此之间有一个亲昵的称呼——"桥友"，无论是演员还是舞美人员，我们都彼此昵称为"桥友"。《断桥》的主体道具是A，B两座桥，每座桥里分别由一个"桥长"带领3位舞美人员一起完成桥体的推动表演，在两个小时的演出过程中，这8位师傅就"猫"在桥洞里，根据音乐不断地变化着42个不同的桥体造型，演员们一次次从他们用肩膀扛起的桥身上奔跑而过，他们掌舵着桥体，完成着一半的表演，他们这些"桥友"已经不是单一的舞美师傅了，而是真正意义的演员，谢幕时观众热烈的掌声当中有他们的一半！

我们的这些"桥友"们并不是专职的推桥师傅，他们在装台期间是灯光师、机械师、音响师、道具师、舞美师、电工等，在演出的过程中他们又"兼职"推桥，应该算是两份工作，但大家都毫无怨言，开开心心地演到现在。他们常常说："我们在《断桥》中演断桥！"有一次晓鹰导演来指导《断桥》，他专门提出表扬说，"桥"演得不比人差！想起来，这群兄弟们真是不容易，应该给他们一个大大的赞！

我们几乎每到一个城市的剧院演出都只有一天的装台时间，第二天就要对光、合成、演出，所以整套流程必须迅速完成。记得两次进深圳保利剧院的时候都是当天凌晨装台晚上演，舞美师傅基本是通宵达旦地工作，就是这样高强度的工作量锤炼出了一支极其难得的巡演舞美队伍。假如要问《断桥》有什么财富，那么《断桥》的主要财富就是这支能打胜仗，能打持久仗的舞美和演员队伍，我们紧紧地团结在一起，从2011年一直走到2015年。

《断桥》的演员是来自于四面八方的，我在招聘的时候不问出处，只看表演，只要表演水准能达到基本标准，就可以进入试用期，在试用期内只要没什么原则性的问题，能处好团队关系，有团结协作精神，能勤奋刻苦工作就能被正式录用。有的时候哪怕业务水平稍弱一点，但只要肯吃苦训练、有目标有理想，我也会吸收进来，给他们一个站上舞台的机会，因为演员的另一半课程训练是在舞台上完成的，任何没有经过舞台磨砺的演员只能说是表演专业的学生，而不是真正的演员。那时候的演出比较密集，看着演员们一步步成熟起来，我也十分欣慰，总是希望让他们在能够演音乐剧的青春岁月里，真真正正地和舞台在一起。令我欣慰的是，在艰苦的巡演过程中，他们渐渐地在长大、成熟，从一个个的可能走向了另一个个的惊喜。

养一个团是很艰难的，但是我们《断桥》就是迎难而上，在集体的生活、学习、训练、演出、工作过程中建立了深厚的信任和友谊，只要"那次断桥的相遇"旋律一响起，我想每一个曾经在团队里来过或者待过的"桥友"都会感动，因为在这个音乐里，大家融入了自己的青春和血泪，这座桥也成了他们心中的音乐剧"图腾"。

四

酸甜苦辣的排练过程

白手起家的艰难·用音乐与戏剧来度一切苦厄

音乐剧《断桥》剧组自 2011 年 2 月开始正式筹备，于 6 月 11 日在平湖秋月成立，用"白手起家"这四个字来形容《断桥》的创业是最合适不过的。如今回忆起来，虽然当时我们《断桥》没太多的钱，但是我们有出品团队的信念、制作团队的坚毅以及全体剧组人员的意志力。

《断桥》属于民营企业创制的原创音乐剧作品，资金是不那么充裕的，从制作的第一天起，我作为制作人就是考虑各种缩和减。本身巡演的版本就有总量控制的要求，但是资金的短缺始终像"诅咒的厄运"一般，从《断桥》项目的一开始持续到最后，在此期间所有的环节都因缺钱而变得一定要用情义和坚持来透支般地支撑，这也许就是白手起家的定义所在吧。在资金不足、自身实力不强的日子里，我们锤炼出了超人的抗压力和创造力，回过头来看，这样条件的职业初始未必是件坏事，因为有钱的项目谁都能做，如何在仅有的资金里尽量做到项目效果的最大化，这才是需要真本事的，挺着这个信念，我们全力以赴。奇怪的是，有的时候我们会疲惫不堪，甚至绝望，但是最终总是能化险为夷。

在没有基础的创业初期，首要任务就是规划好现有资金的使用，留出一定的空间给将来运作。其次是要找一个可以"安家"的大本营，演员招聘来了需要有地方住，需要有地方排练，需要有钢琴、空调等必备条件。我们首批招聘了 26 名演员，其中一部分是我之前《愁女》剧组的，他们大部分毕业于北京现代音乐学院音乐剧系，此次集中"南下"也是一次"追梦之旅",我们《愁女》未完成的舞台梦一定要在《断桥》中圆满;一部分是从浙江传媒学院音乐剧专业通过面试招过来的,他们对舞台有很强烈的渴望,并且都能身兼多职;还有一部分是来自上海音乐学院、上海戏剧学院的演员,他们专业能力较强,能担任一些有难度的角色。

年轻的演员团队组成了,由于来自全国各地,所以需要统一团队的气质和风格,尽快形成属于音乐剧《断桥》剧组独有的婉约、唯美气质形象,为此,我们决定让全体演员统一吃、住、行,这样"半军事化"的管理可以让团队在最短的时间里融合成为一个整体,提高团队的协作性。

音乐剧《断桥》的制作与巡演就是我自己的修行之路,在这条布满荆棘的道路上我用音乐和戏剧来渡一切苦厄。

难忘寄宿在华虹光电的日子

剧组成立后为解决团队的住宿问题,我们想过很多办法。一开始考虑在郊区租几套房子,但是一般房子起租就是一年,那时大家还都不太吃得准《断桥》会是一个怎么样的发展状态,所以很难去预见是否要租一年。经研究后最终放弃了租房这个方案,改为从身边的企业家朋友处寻求帮助。最终,华人集团的董事长王渊龙先生慷慨相助,将其集团旗下位于杭州下沙的企业"华虹光电"的整一层员工宿舍提供给了我们住。于是,我们大部队于6月20日浩浩荡荡地搬进下沙,真正开始了艰苦卓绝但终生难忘的"断桥之旅",我们聊以自慰地给这个地方取了一个颇有纪念意义的名字——"HHGD"(华虹光电)。

为了方便管理团队,我也入住了"HHGD",我住顶楼四楼的中间,演员们住我两边,这样有什么事情就比较方便处理。那年的夏天特别热,热得没有办法忍受,尤其是我们顶楼的房间,到了晚上就像蒸笼一样,我晚上就索性睡在地上，而我们第一批来的几个演员都睡在屋顶的空地上，后来实在太热无法坚持，剧组只得咬咬牙买了空调。楼下的餐厅是为工人准备的，我们也和他们一起用餐，大家在一起热热地吃着、热热地住着、热热地在华虹光电门口排队打车去传媒学院排练。

陆陆续续演员多起来了，我的房间要安排给他们住，于是王董把他的一间位于走廊尽头的休息室给我腾了出来，我就搬了过去。宿舍里的公共洗澡条件有限，而且人又多，我只好把我房间里的那间浴室让出来给演员们洗澡用，基本上一个夏天我都是在水汽腾腾中睡过去的，最后终于皮肤上起了疹子。医生坚决让我搬出那个潮湿的房间，可是我也没处可去，只好24小时开空调除湿，但是效果不是太好，晚上演员们挨个儿洗完澡后屋子里又起了浓浓的水雾，而那时我早已睡去，所以我的疹子起得越来越厉害，但也无奈。

《断桥》的整个排练制作期我们都是奔波在宿舍、排练厅和剧院之间，演员们的热情、苦涩、快乐都交织在了这个机电行业的宿舍中，大家已经多少年没有住过集体宿舍了，但是为了同一个梦想，也都坚持过来了。有时候想想其实在一起的集体时光是很美好的，这是缘分，我们来自五湖四海，汇聚在下沙开发区的一个厂房宿舍里，做着美美的中国原创音乐剧梦。

在中途，我们曾搬离过"HHGD"一次，但大家似乎在搬走前都有一种冥冥之中的感觉，好像还得再回来。果然，当我们搬到位于西湖边华北饭店旁一个山坡上的宿舍后，由于黄梅天，房间里潮湿不堪，期间正好赶上我们外出巡回演出，等一个月巡演回来整个屋子都水汽笼罩，衣服鞋子更是都长了长长的毛，干燥盒里都积满了水，江南梅雨季节那浓浓的气息迎面而来，一种让人走不进屋的感觉。剧组为了安抚大家的情绪，安排大家当天乘车去梅家坞农家乐二日游，这边马上再与华虹光电的领导商量大部队搬回的事宜。我清晰地记得那天我临时在景区打电话叫车把演员们送去梅家坞，后来旅游公司居然调来了一辆奔驰商务车，大家坐上车后开开心心地就像小学生去春游一般，还打开车窗跟我挥手告别："梁老师再见！"我能想象得出整个车厢里那欢腾热闹的劲儿，似乎大家早已忘掉刚才进门看到发霉的被絮和衣物时那种懊恼的心情了。也好，用短暂的淡忘来调整一下吧！我这边与张总、王董他们紧急商议好后确认将大部队再度搬回华虹光电，落实好一些手续我也赶到梅家坞农家乐，与大家一起开心地过了一个周末。两天的时间过得很快，坐在回华北饭店的车上大家都沉默不语，这和去梅家坞时的兴高采烈完全不一样了，我们要面临的是第二次搬家。后来搬家时，大家互相帮衬着一起装完车后，大伙儿坐在车厢里，透过车窗看着车驶离华北饭店，慢慢地开在北山路上，路过岳庙，路过曲院风荷，路过如庐，看见断桥，心里很感慨，断桥啊断桥，你可知为了让你能够在舞台上精彩地展示，我们是如此地"动荡流离"啊！我们团队的每一位演职员都感觉这座桥是有灵性的，只要遇到困难，遇到无法跨越的艰辛，我们只要来到这座桥旁，静静地和它说说话，什么困难都能迎刃而解，而且这种深深的情分与缘分在碧波荡漾的桥畔就像电影画面一样——舒展。

我们入住的华北饭店的后面有一个很大的坡，尤其是女生需要费很大的力量才能把行李拖至住处，很感动在整个搬和撤的过程中，男演员们展示出了非常绅士的形象，帮着女生一个箱子一个箱子地拖扛。我们的化妆师也是开着自己的宝马车前来帮忙搬运，当时许多华北饭店的工作人员说，这是一个从来没有见过的搬运情景！大家虽疲惫不堪，但还是始终乐呵呵地搬着，可能我们每一个人心里都这么想，一辈子或许就这么一次，坚持坚持就过去了！

可以说，"一辈子就这么一次，坚持坚持就过去了！"这句话曾经无数次地鼓舞着我们、激励着我们，让我们从华虹光电的宿舍将音乐剧《断桥》搬上杭州剧院，搬到上海国际艺术节，搬到韩国大邱国际音乐剧节，搬到北京梅兰芳大剧院，直到2013年11月《断桥》第一阶段巡演工作结束。

后来，鉴于团队的发展需要，我们彻底搬离了"HHGD"，住进了暂租的楼房，但是在"HHGD"的日子是我们终生难忘的，那种潮湿、闷热的感觉伴随着音乐剧《断桥》的逐步成型，永远地镌刻在了我们的记忆当中，在这个地方流下的汗、流下的泪，都成了美好的回忆。

搬走后的第二年，传来消息，"HHGD"也搬走了，改成了快递公司，我们在"HHGD"的那段生活痕迹也就被彻底地抹去了，但我记得应该还有一套《断桥》的景片仍然留在那里，不知被处理了没有，就让这套景片伴随我们的回忆在那片土地上自由地歌唱吧！

现在每当有机会路过下沙，我都争取能够去"HHGD"原址看看，到了跟前，我会摇下车窗，让师傅减速慢行，再多看一眼我们曾经奋斗过两年时光的地方，看到了"HHGD"，我就想起了那时候青涩的我们和涌动着青春脉搏的《断桥》，好像还能听到大家高唱的声音和看到小伙伴们矫健的身影。

假如一辈子只有一次机会住机电工厂的宿舍，那么这次在华虹光电的停泊应该就是我此生唯一的一次了。

浙江传媒学院下沙校区的创排时光

音乐剧《断桥》剧组在下沙的那段日子里，除了我们住的"HHGD"宿舍之外，还有一个重要的地方，就是名扬四海的浙江传媒学院。

浙江传媒学院是音乐剧《断桥》的联合出品单位之一。根据合作约定，学校为我们提供了音乐学院里两个最大的排练厅，一个用于排戏，一个用于排音乐。正好《断桥》的创排期赶上了暑假，学生们都不在，所以我们在酷暑中潇洒自由地唱着、跳着、演着。

在传媒学院的排练主要由焦刚导演按照王晓鹰总导演的设计和要求，来完成戏剧部分的排练和场景、舞蹈部分的编创，同时作曲祁峰和歌词修改王凌云一起在另一个排练厅里进行音乐的提升创作和片段的试唱。经过实践，我认为这样"由导演主导，作曲、作词、编剧和演员一起配合试验创作，根据效果共议后再提升与修改"的音乐剧创作模式是符合音乐剧的艺术规律的，也是科学有效的。

音乐剧的音乐创作是确立一部音乐剧主体品相的核心部分，所以每一个小节、每一个音符都要达到音乐与戏剧的美学标准，这一定是要通过集体磨练才能达到的结果，（所有音乐上的创作最终都是要通过演员的演唱和表演去融合灯光与舞美的展现，以这样一种综合性的感官体验给予到观众的面前。）音乐在整个音乐剧的表演中起到"指挥"的作用，音乐掌控着舞台上的节奏与呼吸，引导着演员的表演及舞美的表演。我们主创团队不约而同地认识到了这一点，所以祁峰每天根据不同的角色试唱调整推送每一个唱段，他与王凌云每天会去排练厅看排练，根据排练的戏剧状况再回来写音乐。慢慢的，《断桥》音乐的架构与形象在不断的调整打磨中日趋成熟。

祁峰是一位写电影配乐出身的有着深厚古典音乐修养的青年作曲家，同时也写过大量的流行歌曲，所以他给《断桥》写就的音乐既有古典主义的厚重感，也有时尚清新的流行气质，同时又具有强烈的戏剧性，我认为这是音乐剧《断桥》能被观众接受和欢迎的主要因素之一。

音乐与戏剧

在第二幕"夏"中，"苏青青"的丈夫"钱海"追捕泄露国军秘密的"白兰"，在这一场戏中原剧本只有追捕的表演，没有唱，焦刚与祁峰、凌云经过商讨后认为这里应该有段三重唱，要通过三重唱把每一个人在追捕时候的戏剧心理刻画出来，我认为建议非常好。于是第二天凌云的词就写出来了：

奔
白兰：奔，狂奔，我奔向未知的旅程，带着你给我的信任，心如疾风。
苏青青：奔，我奔，我甘愿做你的替身，要挣脱命运的灵魂，摆开迷阵。
钱海：夜色深沉，破开裂痕，专注眼神，瞄准敌人，热的仇恨，冷的战争，子弹残忍，奔跑他是本能。

祁峰马上根据歌词写出了旋律，通过基本的概念性编配，交给舞蹈编导和三位角色的扮演者，舞蹈编导马上听着音乐编出了一段完整的、舞蹈性很强的"追捕"场景，三位演员马上根据谱子和戏剧要求唱出了追捕时的内心活动，当演唱、表演、舞蹈融合在一起的时候，大家觉得效果很好，老祁根据现场效果又加重了配器，让一连串的鼓点和渐弱渐强的音效渲染出场面的气氛和节奏。

在"钱海"开完枪之后，我们设计有两个版本，一个是，"钱海"开完枪后直接离去，主要考虑留给"苏青青"这个角色一个抒发自己心情的机会，歌词是这样写的：

呼吸
苏青青：呼吸它变轻，像一颗尘埃，阳光帮你慢慢地升起。亲爱的孩子，来不及第一声哭泣，我陪你远离悲凉欢喜。爱模糊了，思念成追忆，自由是目的地，在天堂里，奔，奔向光明！

老祁写的这段旋律十分符合"苏青青"在中枪之后的情感表达与人物刻画，她捂着伤口慢慢地唱，逐渐断气，闭上眼睛，这本身也是一个很凄美、很血淋淋的场景，符合我们对《断桥》的美学定义，也正好接上了上一场"奔"的意义：我甘愿做你的替身，这是一种信仰与信念，是对自由与光明的追寻！"苏青青"的角色一下子高大了，她作为母亲带着孩子一起奔向天堂，充满了英雄式的悲情。

给"苏青青"这样的一个结局虽然符合了我们的立意要求，但是，这对于整体的戏剧要求来讲还是有说不通的地方的，比如"钱海"开完枪后难道不验尸就走了吗？整个追捕小组都不管对捕杀对象的确认吗？在集体讨论后，我们认为，固然第一版本的"苏青青"咏叹离去很凄美，但是在戏剧逻辑上有漏洞，所以我们得根据戏剧的逻辑要求再改一版。

经过集体商议，我们决定严格按照戏剧逻辑来写，当"钱海"发现自己打死的不是传递情报的"白兰"，而是自己的妻子"苏青青"时，他必悲痛欲绝，这个时候这个唱段应该写给他，由他来唱出内心的悲痛与悔恨，于是修改为：

钱海：青青，怎么会是你青青！
苏青青：钱海，答应我，告诉他们，你打死的是白兰！答应我！
钱海：不！我打死的是我的青青，青青！
苏青青：钱海，答应我！
钱海：【不语，默认】
苏青青：【摸着肚子】钱海，来，抱抱我们的孩子！

可悲的女人
钱海：可悲的女人，做什么圣人？子弹的残忍，会熄灭你的体温！
　　　可哀的女人，你是我的爱人，你的躯体灵魂，应该由我保存！
　　　是谁给了你信念守候永恒，傻傻地为谁做了替身！
　　　谁会怜惜你的幼稚和愚蠢，苦苦地坚持和认真！
苏青青：少女的心思层层叠叠，心中的身影浮想联翩，渴望来世再与你相见，完成人生完美的爱恋！【抽搐地唱完，断气】
钱海：青青！！青青！！！【悲痛欲绝地】

叁

是谁给了你信念守候永恒，傻傻地为谁做了替身！

谁会怜惜你的幼稚和愚蠢，苦苦地坚持和认真！

可悲的女人，你是我的爱人！

可爱的女人，来世与你永恒！

报童：新闻！新闻！承香堂大小姐白兰被枪杀！承香堂大小姐白兰被枪杀……

做了一个这样的修改，深入刻画了"钱海"作为一个丈夫和一个军官的双重矛盾，同时也把"苏青青"的牺牲自然化、高级化了，最后"钱海"把"苏青青"抱走，了却"苏青青"的心愿，告诉了外界，他打死的是"白兰"，这样"白兰"就被保护住了。这样的处理符合了戏剧逻辑，让人物有血有肉，有深深的情感了。老祁给这段写了十分悲壮、凄美的旋律，同时又把第一幕中"苏青青"的《少女的心思》主旋律再次显现，起了点睛的推动作用。在"钱海"和"苏青青"的两个主题音乐中交错，很有听觉效果，也有感染力，经过演员们真挚的表演，配合着断了的那半座桥在血红色的灯光下静静漂移，让人感动、唏嘘、落泪！

选择凄美的"苏青青"逝去，还是选择"钱海"与"苏青青"的真情实感的交织，当时是有过争执的，难以取舍，其实两个场景都很好，只是一定要选择其一，最终得我这个制作人来为难地决定。其实制作人就是要面临各种各样的抉择，这是没有办法的，不可能几全其美，最终我在这两个都很喜欢的场景中选择了后者。这样一来，前者的唱段和词就搁浅了，直到今天写这段回忆的时候，我也只记得几句，最后由演员通过微信把词发给我，这才记录下了当时的《呼吸》，虽然观众没有看到那个片段，但是《呼吸》是一个很适合音乐剧女演员用来训练演唱技术的选段，它有复杂的戏剧要求，也有复杂的声乐控制技术，所以我在回忆这段的时候，还是要把这一段写出来。后者的《可悲的女人》显然是一段水准较高的音乐剧男演员的唱段了，所演之处必有掌声，整个戏剧在这里进入转折，可以说这场戏是《断桥》的"腰眼"之处,为了这一段,主创们费了很多心思。

继续跟着戏走,当"钱海"抱着"苏青青"离去,他为青青守住了秘密,了却了她的心愿。不久,"许风"看到报纸新闻得知了自己的爱人"白兰"被枪杀的消息,悲痛欲绝!而"白兰"在逃亡的过程中也从报纸新闻上得知好姐妹"苏青青"为掩护自己而被枪杀的噩耗,肝肠寸断!于是,逃亡路途中的"白兰"、出差外地的"许风"和已在天堂的"苏青青"在舞台上构建起一个三重唱——《就是这一刻》,三个不同的地点,三个不同的人物,三种不同的心绪,演绎着各自内心的深刻痛悯:

就是这一刻
白兰:就是这一刻
许风:就是这一刻
白兰、许风:就是这一刻
许风:你滴下的血
　　　化成漫天的繁星
　　　融化成夜间的露水
　　　湿透我的衣襟
白兰:就是这一刻
许风:就是这一刻
白兰、许风:就是这一刻
白兰:我落下的泪
　　　撒在冰冷的土地
　　　不能冲去把你抱起
　　　温暖你的身体
白兰:就是这一刻
许风:就是这一刻
苏青青:就是这一刻

　　　　别为我哭泣
　　　　请记住我的微笑身影
　　　　不停追逐爱的足迹
　　　　才会懂得生命的意义
　白兰：你将随风而远去
　　　　为信仰奉献生命
　许风：我们短短的相聚
　　　　寒流这么快来袭
苏青青：红颜多薄命
　　　　我不信宿命
　　　　一心渴望自由天地
　白兰：断桥是再生之地
　　　　我在远方为你守灵
苏青青：就在这一刻
　白兰：就在这一刻
　许风：就在这一刻

　　祁峰给这段三重唱写下了非常哀怨的旋律，三个角色唱的都是同样的旋律，但是具有不同的情绪、节奏和层次，这是一种深刻的悲悯之后显露出来的一种痛，配乐上也是，在压抑的弦乐衬托下，二胡勾出了无比哀伤凄惨的色彩，描绘出最痛的舞台场景与最悲凉的心理场景。

　　演唱中，"苏青青"消失在月亮与湖水的倒影之中，"白兰"继续启程逃亡，"许风"接到紧急撤退台湾的任务需要立即登船，自此，阴差阳错，阴阳相隔，在一阵大提琴沉闷哀怨的旋律中，《断桥》真正的悲剧开幕。

　　"许风"在南京紧急撤退时无法去核实爱人被枪杀消息的真实性，也无法去杭州告别爱人，带着肝肠寸断的哀痛，他踏上了驶往台湾的轮船，这一走就是几十年，浅浅的一湾海峡，阻隔着这头与那头，承载着多少的痛与爱！"许风"在船上用歌声向爱情告别，向故土告别，他又怎知，被枪杀的是好友"苏青青"，而他的爱人"白兰"尚在人间！

思念
许风：还记得那一缕沉香
　　　就像是我们的情爱
　　　每当渴望紧紧把握
　　　却四散离开
　　　还记得那一缕沉香
　　　是我们青春的色彩
　　　你的结局映入我眼帘
　　　为了自己的信念
　　　你的灵魂化作那青烟
　　　为了自己的宣言
　　　思念
　　　我的思念
　　　悲痛的思念
　　　哀伤的思念
　　　纺织出的缠绵
　　　在回忆里熬煎
　　　思念
　　　我的思念
　　　可悲的思念
　　　自由的思念
　　　雕刻出的依恋
　　　在星光中飞天

在一阵鸣笛声中，船开走了，落幕。

所以这是一连串紧凑的戏剧创作，无论是音乐、唱词、台词，还是导演的调度，抑或是舞美及演员的表演等，都是严丝合缝的流畅与连贯。我们的团队就在传媒学院这个排练厅里，一边用扇子挥舞着驱赶蚊子，一边细细地抠每一个字、每一个音、每一个细节。

其实到现在，我们都很怀念在传媒学院创排的时光，天是那么的热，蚊子是那么的多，但我们依然很开心，和大家一起沉浸在音乐剧创作的愉悦之中。说到底我们还是艺术家，比较感性与乐观，但是作为制作人的我，一方面为作品的日趋成熟而感到激动与兴奋，另一方面来自各方的压力和首演的具体重任都倾泻而来，我不得不暂别排练厅，来回奔波于剧院与下沙之间，协调、落实、保障首演的各类事宜。

排练厅的合成之夜

在后期的排练过程中，由于王晓鹰导演的进入，工作显得更为高效，尤其是当主创们集结于下沙排练厅的合成阶段，《断桥》的整体形象越来越清晰了，此时基本上团队兵分三路：在传媒学院，由王晓鹰导演和焦刚导演带领全体演员不断地调整戏剧部分；在杭州剧院，由舞美设计戴延年和灯光设计周正平带领舞美团队装台、装景和做光；在福建大剧院，由作曲祁峰和歌词修改王凌云在紧锣密鼓地录制音乐；除了老祁和凌云外，其余人员每天都回到下沙看联排和开协调会。

首演日益临近，一种蠢蠢欲动、呼之欲出的"躁动感"开始显现在整个团队之中：在这个酷热的夏天，我们坚守在下沙，现在终于暑假要结束了，我们的作品也要问世了，大家都逐渐兴奋起来，这对于一部新作的首演前夕，是非常好的一种状态，可能进了剧场还会有很大的调整，但是团队的气场开始真正往首演这个目标聚集了,这种聚气的过程实际上就是大家高度融合与团结的过程,是非常难得的团队协作精神。

最后一次合成排练的时候正好是杭州灵隐寺向香客们布施月饼的时候,承香堂的卢总给大家送来了灵隐寺的月饼,鸿艺张总带来了台湾朋友和演出商朋友,杭州市宣传部门的领导也来了,杭城的媒体也来了,这最后一次合成排练升格为汇报演出了。经过两个月闭关排练的《断桥》会是怎么样的一种形象?大家都翘首以待。

当八十多岁的周贤珍老人开场一张嘴,顿时排练厅静得连一根头发丝儿掉下都听得见,大家屏住呼吸,看着周老师用浑厚的嗓音塑造着一位坚守爱情的百岁老人。由老人开场,转向抗战的那年,风光旖旎的西湖边,低垂的柳叶,成双成对的鸳鸯,不声不语的断桥,年轻的艺术青年们,是年的"白兰""青青""许风""忠恒""谭老师""钱海",在断桥边枪声响起的那一刻,所有人的命运就融入了滚滚的历史潮流中……演员们全情投入地表演着,在场的客人们全神贯注地注视着,到了周老师最后一场戏老年"白兰"与老年"许风"在断桥上再度聚首的时候,随着音乐的推进,演员们及在场的客人们眼睛湿润了,在这样的年代里,相信爱情,坚守爱情是一件多么美好而又奢侈的事啊!

这一场合成排练结束时已经晚上十点左右了,全部的人聚集在传媒学院的排练厅,我想如果当时有航拍的话,恐怕方圆几千米之内只有这处是灯火通明的吧。王导就刚才的合成排练进行分析,我与出品人在另一个排练厅听取领导与媒体的意见,不论什么样的建议和意见,都是大家对《断桥》的关注与期许,我们不能够辜负所有支持《断桥》的人!

会议结束,我们坐上回"HHGD"的车时已经接近午夜,大家都很兴奋,一是看到了劳动成果,吃到了异乡的月饼;二是喘了一口气,歇一个晚上我们就要转入浙江艺术职业学院的小剧场去练舞美了。《断桥》的表演,一方面是演员,一方面是桥,所以我们在浙江艺术职业学院将有一个周的磨合训练。当我们与桥磨合好了,才真正具备了演出形状,才可以到剧院的大舞台上去合景合光了。

虽然很累，很疲惫，但是大家都很开心，我们在回华虹光电的大路上，用喊叫和高歌的方式释放着自己内心的压力。此时，夜深，路上无人，只有一群追梦的年轻人在橘黄色的路灯照耀下坐着简易的当地社区幼儿园的小面包车驶回简易的住处——"HHGD"。

浙江艺术职业学院·与桥的艰辛磨合

《断桥》，断桥，桥是灵魂道具。为了与这座桥磨合，我们租借了浙江艺术职业学院的小剧场，全体人员的排练搬至位于杭州滨江的浙江艺术职业学院，由从杭州爱乐乐团租借的大巴车接送我们早出晚归。

其实想想真的挺不容易、挺辛酸的，我们一无所有，去哪儿都是租用、租借或者蹭用，来回颠来颠去，当我看到演员们向爱乐乐团大巴车投去羡慕的眼神，我猜他们心里一定是在想，我们剧组什么时候有自己的排练厅、自己的宿舍、自己的车呀？这其实也是我在羡慕和希望的，实现起来谈何容易，话说直到五年后的今天，我仍然还没有做到。事实上也是，一个没有政府支持和资助的纯民营剧团，能维持住正常的运转，能发出工资和演出费就已经很不容易了，哪里还有什么能力去建设排练厅、宿舍及交通等硬件设施啊！

在大部队进驻艺术职业学院的小剧场时，先前的舞美工作人员已经把桥拼好了，焦刚导演开始带着舞美熟悉调度。断桥分为A桥、B桥两部分，每个部分桥里钻进去4个人，前部2名工人主前进及方向，尾部2名工人主推力及摆尾。剧场里有点热，钻进桥洞里更热，但是没有办法，这就是《断桥》的主体视觉，是灵魂所在，所以必须先练习好桥的姿态与运动，然后再配合演员登桥一起表演。

经过细分，桥的训练有慢速地直线前进、直线后退、左转、右转、以某一个人为圆心转、在旋转中前进等。我钻进过桥洞，那里面黑漆漆的啥也看不见，这8名舞美师傅是凭着直觉在推动，桥虽然推动了，但是走得歪歪扭扭的，不好看，可我心里清楚第一天能够推成这个样子已经很不错了。为了让他们能更快、更熟练地操作桥体，唯有让他们一遍遍地练习，苦苦地练习，这样才能知道如何发力、如何使用巧劲儿以及4个人如何配合默契。

　　最后考虑到桥的运动路线复杂和桥洞里光线不足，我们想出了用荧光纸剪成细条在舞台上贴出轨迹图的办法，这样可以让"桥友们"在黑暗中看清方向和目标，后来师傅们在有了标记的轨迹运动中越推越顺，越推越流畅，桥的标记贴满了舞台的地板，大大小小、密密麻麻，暗场的时候望去犹如星辰点点。

　　当演员们登上桥之后，舞美师傅要特别注意A桥与B桥的连接处，绝对要顶住演员带来的冲力，不能让演员的冲力把桥冲开，几次训练都不尽如人意，又是经过很长一段时间的苦练与配合，才保证了稳定性，演员们在桥上的表演动势也下意识地减弱一些，逐步地，桥体能够自如地载人行进、后退了。每次排练完，当师傅们浑身湿透、满头大汗地走出桥洞时全体演员都会报以热烈的掌声，表示感谢。这也是一种团队精神，只有桥和人合体了，音乐剧《断桥》才有了灵魂。

　　几天合桥训练之后，团队再度进入疲惫期，此时的疲惫一方面是体能上的不支，一方面是心理上的不支，加上天热，暑气逼人，有人出现中暑恶心等症状，排练进度和效果出现缓坡。另外，我内心担忧的一件事情也终于发生了。

　　那天下午的第三次合桥训练时，忽然B桥不动了，从桥洞里传出痛苦的叫喊声，下令暂停排练后我们几个飞冲上舞台时，看到一个舞美师傅被其他2人搀扶了出来，他说他有点气闷，一晃神，在摆尾动作的时候不小心扭到了脚，还没来得及站起来，正在行进中的动力让一个轮子压过了脚面，现在脱了袜子，明显看到红印痕并且浮肿了起来。我马上找车派人把师傅送去医院拍片检查，结果是轻微骨折，要修养一个月，真是没有办法了，关键时候倒下一个师傅，好不容易练好的动作，马上要进剧院合成了这可怎么办！我和焦刚十分着急，立刻召开舞美会议商量如何解决，这时舞美队里一个最小年龄的孩子说他愿意顶上来，他原来是管道具的，看到团队紧急状况他自告奋勇地要求进入桥洞工作，这个小师傅很让我们感动。B桥重新练习，第二天就恢复了原样，团队渡过了一个关口。这次"压脚"事件对我们管理层敲响了警钟，我们必须保证演职人员的休息，让他们有充沛的精力和体力，并且要更加科学和优化训练手法，坚决杜绝此类安全事故的再次发生。

经过一周左右时间，演员和桥融合到了一起，在音乐的带动下，一开一合，演员在桥面上用自己的表演演绎着这一浪漫唯美的爱情故事，团队也从浙江艺术职业学院搬回杭州剧院，进行真正首演前的技术合成。

五

首演的激动与焦虑

戏剧的灵，舞台的神

我一直坚定地认为，戏剧是有灵的，舞台是有神的！

作为一个职业的舞台剧演员，应该有一条直接通向戏剧最深处"灵"的部位的道路，应该有一种可以与舞台之神"对话"的方式与渠道。职业的舞台剧演员应该能够走进戏剧"灵"的部位，把最本质、最核心的内容找见，用自己的心理技术与表演技术将这个内容结合舞台之神赋予的力量，以最直接、最质朴的方式传递给观众，这样的观演关系是我认为的最佳状态。有人说我是"迷信"，但我从不在意这种说法，我坚信我的理念，我按照我的戏剧与舞台信仰工作着。

常常在装台前或者演出前，我都会组织演职人员向舞台敬香、鞠躬，对外我总是说通过这样的一种"拜台"方式，可以让演员的心里消除浮躁，能够快速地沉静下来，因为只有在宁静的状态下才能感受到舞台之神的力量，才能真正地走近和走进角色，才能进行真正的表演创作，这样的办法可以帮助演员下意识地从"我演谁"变为"我是谁"。通过拜台，还能够增进演员与舞台、与剧场、与空间的关系，舞台虽空旷，但到处散发着艺术的气场，每一个剧场都曾经登上过大量的艺术家并成功上演过大量的作品，这些作品成功的背后都经历了无数的磨砺，也都赢得了观众真诚的掌声，这种磨砺与掌声在演出结束之后会幻化成为一种其他的肉眼看不到的"质"的形态，在空气里，在大幕上，在台口处，在座椅间，在这个剧场的每一个角落里，这种"质"的形态无处不在。我们每一次在当晚的演出，随着时间的流逝也会幻化成这样一种形态的能量而存在，所以我们应该沉静下来，观照自己，通过与这种正能量之间的对话与交流，提升自己在接下来的戏剧创作过程中的品质与品相。

每一个部门，每一个演职人员，只有越好、越出色地完成了自己的本职工作，才能越多、越明显地感知到这种被正能量充斥和包围着的感觉，做好自己的本职工作，与戏剧之灵、舞台之神交流、对话，将给作品带来无限的创造性与精彩。

在空旷的剧场里，随着演员的进入，随着灯光的亮起，随着音乐的响起，这种"质"的能量开始吸收聚拢，最后将以最大的限度、最大的力量去走进有缘前来剧场观看演出的观众们的心灵里，这是我们工作最重要的意义所在。

叁

大雨滂沱，但总是如期顺利地演出了

在浙江艺术职业学院合成结束后，大部队终于聚齐在杭州剧院，进入最后一道工序——总合成。

总导演王晓鹰以其灵敏、睿智、强大的导演能力一点点地把所有的舞台元素融合到一起，祁峰带回了从福建大剧院用管弦乐录制的音乐，这版音乐与之前代用音乐相比简直就是脱胎换骨了，音乐带来的新的刺激让全体演职人员兴奋。音乐剧、音乐剧，音乐如果立住了，那就成功一半了。

剧院的合成时间只有四天，总导演抓紧每一分每一秒与灯光师周正平、舞美师戴延年一起一场戏一场戏地磨合。我们都没预想到，这座其貌不扬的断桥，在"灯光诗人"周正平老师的晕染下居然能如此地诗意，他设计出来的每一个灯光场景都是灵动的戏剧语言，这样的视觉呈现帮助了演员更形象、更直接、更立体地传递戏剧信息。第一场戏，在波光粼粼的映照下，在一层层叠加和勾勒的西湖春色中，《少女的心思》前奏响起，桥匀速持续微微移动，一种清新的美感迎面而来。第二场戏，"许风"与"白兰"家中告别，主题音乐响起，断桥被断开，灯光呈现出网格状，提亮，将"白兰"内心的痛楚与许风内心的不舍意象化了。每一个场景通过灯光的补充和渲染显得更加生动、形象，在大家的辛苦之下一点点磨合，进程十分顺利。

转眼就是首演之夜。

关于首演之夜至今我都有着两个非常清晰的记忆：一是因为当时我住的华虹光电房间由于提供给演员洗澡而湿气巨大，一直处在雾气中休息外加紧迫的工作压力，使得我的皮疹全面爆发，苦不堪言；二是首演当天异常闷热，下着滂沱大雨。我身上的痛苦很快随着住宿条件的调整就消退了，但是这滂沱大雨，给《断桥》带来了一个标志性的符号，在之后的所有的演出中，几乎每场演出前所演的城市都会下雨，那时候我们笑称中国演出界有两个"雨神",一个是萧敬腾,一个是音乐剧《断桥》,似乎这部戏可以把西湖的风、西湖的雨带到任何所演之处。

演出本身的过程是很顺利的,观众也特别安静,在最后合桥的时候观众报以热烈的掌声,我似乎感受到了一种台上与台下融合的磁场,当字幕打出"谨以此剧献给天下所有相依相爱的有情人"时,掌声再次掀起高潮。无论现实有多么的不容易和艰辛,但藏在人们心底最柔软的部分总还是惦念着爱情,相信着爱情,这不是很美好的一件事吗?我们音乐剧就是要唤醒人们心中最柔软的那一根弦,拨动它,让它振动的力量通过身体的共鸣腔体而无限放大,我们一定得清晰地知道:爱,是我们活在世间的唯一情由!

不论《断桥》首演前的雨是西湖的水,还是有情人的泪,这都不重要,这些晶莹剔透的水滴,能记录下人们心底的温暖,这与西湖美景与西湖气质是吻合的,毕竟,我们身处爱情之都,无论笑靥与泪滴,都是理所应当的一种映衬。

第一场演出结束后,按照惯例,我作为制作人上台致辞。我是向来不会在台上讲制作或排演过程如何如何艰辛,如何如何不容易等之类的话来博取观众的理解和同情的,观众既然走进剧院来看表演了,这已经是对我们最大的支持了,我们所需要的只是把作品演绎好,把想要与观众交流的信息都在作品里面讲清楚,而不是在演出之后再由制作人来解释一番,如果是在演出之后还要再作补充解释的话,我想这样可能观众会厌烦吧,或者从侧面反映了我们的戏仍然表达得不清楚?

所以,自第一次踏上舞台以制作人的身份向观众致辞以来,我一般只讲三个方面,这也成了我演后致辞的固有风格:一是代表出品人感谢在场的每一位观众,感谢剧场的工作人员以及为实现演出成功而付出过努力的每一位同仁;二是感谢舞台上的每一位演职人员,向他们真诚而又辛勤的劳动表示敬意,并致谢与祝贺;三是拜托现场的观众多多为我们的作品做些宣传和推广,哪怕只能传递给身边的一个朋友,那都是我们所期待的。

这样三个方面的表达,听着挺官方,但的确是演完以后想对观众说的心里话,因为,每一个走进剧场来支持我们作品的观众都是我们必须要尊重与致敬的人,没有观众就没有我们的事业。

庆功宴上的焦虑·身份再次转换成为"大管家"

很快,首演的8场演出圆满结束,我们为之奋斗了整整大半年的作品如期问世,也得到了观众的基本认可,虽然大家觉得尚有这样那样的不足与缺憾,但也都在首演结束时为自己认认真真地鼓了一次掌。有些女生在谢幕后哭了,大家纷纷在微博上晒合影,发心情。的确,一个夏天的辛勤付出,换来了一夜的掌声,这是真的值得庆祝的!大家在庆功宴上开心地喝着,互相鼓励着,我也不知道自己是从哪里来的冷静,按常理来说我应该是这个晚上最激动的人,所有人都认为我会哭,可是我并没有。我好像就是这么一个人,感觉总不会轻易表露自己的极端情绪,也许这是处女座性格的某一方面吧。我看着演员们在舞台上演绎着我们创作团队曾挑灯夜战一字一句写下的文字,心里十分感慨,毕竟《断桥》的诞生之路是那样的坎坷和崎岖,可以说这支队伍里的每一个人都是以惊人的耐心与意志力说服着自己、支撑着自己、鼓舞着自己,我知道在这个过程中出现的所有问题、困惑与矛盾,自然也早已清晰地预见到将来的艰辛。

我焦虑了!我心里在想,娃儿诞生了,但我们做好了养育她的准备了吗?这个问题就像一个紧箍咒一样从首演的第一场起就念了起来,我自己觉得虽然娃儿生出来了,但是我没有做好当爹妈的准备。

庆功宴的尾声大家就在议论和询问,我们接下来怎么弄,是继续待在剧组,还是另寻工作?在欢乐的庆功气氛中隐藏和夹杂着很多不确定的、离散的声音和模糊的气息。我心想,赶紧结束这场筵席吧,我们出品方必须要马上商议、部署下一步的打算和计划了，但似乎大家都不想在这一天再负荷运转了，所以我也只好继续与大家一起喝酒、庆祝。

我曾想过首演之后可能会出现的几种状况：一种是成立一个固定的剧团，我们走南闯北地去表演，用演出收入来养活剧目、养活自己；一种是和演职员签订临时的演出协议，演一场算一场，演出时把大家集中，不演出时大家各做各的；还有一种是慢慢演着演着就散了。我不希望出现最后一种，至于是第一种还是第二种，只能与出品人仔细研究了。其实我想在推杯换盏的筵席上大家的心里一定和我一样都急切地想知道这个答案，这毕竟是自己付出那么多的情感和努力才降生的小娃娃，我们都希望陪着她长大、成熟，但是否会有这样的缘分和机会呢？我们谁也不知道！毕竟那时的中国音乐剧市场很不景气，想要巡演，谈何容易！想到这里我就坐立不安，我与出品人提议，要求立刻召开股东会商议《断桥》的发展与走向。大家似乎看出了我的不安与惶恐，决定于次日就开会研究，地点仍然定在北山路断桥边上的如庐，而演员们则放假两周在家等待回杭州的通知。

让我安心的是，在演员放假之前，我们把所有的排练费和演出费全部结清了。未曾想，其实结清劳务费这件事情在不远的将来会是那么艰难。

在演员休假的这几天，我们出品人聚集如庐，详尽地规划着《断桥》的未来发展路线。巡演！巡演！让《断桥》进行全国巡演是我们的唯一目标，也是我们唯一的路子。

那么问题来了，要实现一部刚刚首演完的大型原创舞台剧作品能够进行全国巡演，需要多少的机制保障和技术支撑啊，目标与前景是美好的，但是真的实现起来一定是困难重重：首先是要保证能够演，其次是要保证能有地方演。

要保证能够演，这就需要有一支长期签约的、稳定的演员队伍、舞美工作人员队伍与行政队伍，是在首演的基础上成立，还是另行招聘？如果建立队伍就要成立剧团，则团员的薪资待遇、五险一金、衣食住行等都要进行全面的统筹与安排；要保证能有地方演，这就需要有一支强有力的宣传、营销、策划、推广团队，能够非常好地去谈定合同，落实执行合同，并能科学地进行成本测算与控制。

可是我们当时是零散的队伍，没有主心骨，更没有品牌与团队意识，事实上当时的我也不具备这样的综合管理能力，在艺术上我可以统筹安排，但在团队的管理方面我也是束手无策的。

经过讨论，大家认为由我来负责艺术管理，再外聘一位行政团长来负责管理行政，我很担心新来的行政团长是否能够与我们配合好，因为对于音乐剧的剧团来说，不是靠行政手段就能解决问题的，并且在我们并没有太雄厚实力的现阶段，也无法用纯企业人力资源的那套常规办法来管理演出团队。不能怎么做，我们是清楚的，但应该怎么做，我们尚一头雾水。

很快，新的行政团长来了，由于她不了解音乐剧的艺术规律和团队的现实情况，很快团队里就矛盾四起，我夹在中间也是左右为难，最后我们之间也起了正面冲突，这发生在张家港永联村，当时我们正在演出，才刚刚开始巡演，我们整个团队的情绪就因与行政团长的"水土不服"而陷入消极的状态，此时，演员代表与我交流了一次，我也与出品人深谈了几次，终于下定决心，自己正式开始摸索和学习团队管理的知识和技巧，结合音乐剧的艺术规律，在这个基础上尽快制定出一个行之有效的音乐剧剧团管理模式。说实话，我做艺术总监的话，是可以把大家当成兄弟姐妹，只谈艺术，不会牵涉太多的利益，但做了管理者，那就不得不变成一位严肃的"家长"，这个转变的过程很矛盾，但是没有办法，后来只好这么想，如果我不做管理者，那我就只好带着大家去接受别人的管理，事实已经证明那样是行不通的，所以只得我来转型，把问题与矛盾集中到我这里来处理，总比把问题和矛盾集中给外面的人处理来得好。就这样，硬着头皮上，我又进行了第二次的身份转变，从制作人和艺术总监转向剧团管理者。

我知道做了管理者，在裁决一些演员或舞美的具体工作问题上必须要做到公正、严明与符合"团情"，这样一来，与大家的关系也发生了微妙的变化，但这是必然的，也只能是这样的。不久，我们就成立了"杭州断桥文化艺术发展有限公司",重整巡演队伍,将演职人员签到公司里统一管理,由我总负责、总协调,直接向出品人汇报工作。

  刚开始我简单地以为只要通过我行政管理与艺术管理的"双管齐下",就一定能带领着大家保障利益、实现梦想,事实上我们并没有逃脱大环境的影响,只能说我们在一定的范围内做了很有意义的积极探索与努力,为原创音乐剧摸索出了某一种的经营办法,但最主要的还是我们本身的实力不够,无论是经济、艺术还是其他方面。后来,无论发生了多么艰难的境遇,我们几乎都是凭借着我们那一股子追梦和奋斗的猛劲儿,才闯过了一个又一个的难关。

  也许是初生牛犊不怕虎,又或许是所谓的后生可畏吧,我一路上坚定地前行着,直到今天我坐在办公室反思我带领小伙伴们曾经所走过的那条路,依然是——虽不悔,但后怕!不悔的是在这条路上我们所经历的种种喜怒哀乐都将是我们人生的宝贵财富;而后怕的是,我们实在是行走在悬崖峭壁上,如果不是一个团队的坚强团结和一个团队的坚定信念,但凡有一点点疏忽与松懈,我们都有可能走不到最后,甚至万劫不复。

六

巡演、巡演、巡演

最南·穿梭南粤

音乐剧《断桥》在杭州的成功首演受到了2011年上海国际艺术节组委会的关注，时任艺术节领导特意来杭州审查、调研剧目，并向剧组发出邀请于10月参加第十二届上海国际艺术节的开幕演出。音乐剧《断桥》一出杭州就进到上海并且亮相于艺术的顶级殿堂——上海大剧院，这是非常漂亮的起始！为了在上海的首秀能够顺利，焦刚与我一起整理了主演的戏剧部分表演，在下沙通过俞炜锋与韩笑的调整，群众场面与舞蹈部分也更为精练。前来观看这两场演出的观众非常多，把整个上海大剧院坐得满满当当，在最后谢幕的时候观众的反映让我感到既欣慰又担忧，我们知道上海是演出业的大码头，几乎所有知名的作品都来过上海，并且就在我们演的上海大剧院也上演过几乎所有世界经典的音乐剧作品，所以我们作为刚刚开演的中国原创音乐剧新作，还存在着很多不成熟的地方，上海的观众给予那么热情的掌声这是对我们的包容和鼓励，我们应该要更好地打磨作品，十年磨一剑，《断桥》加油吧，在接下来的巡演中不断成熟与精进。

经过杭州与上海的成功亮相，《断桥》开始在业内声名鹊起，开始接单了，这对于我们团队来说是十分兴奋的事。随着巡演的序幕拉开，大家开始憧憬未来的职业演员生涯，一方面，大家可以通过密集的演出提升自己的业务能力；另一方面，通过演出也可随之增加收入，并且巡演的时候可以不用住在华虹光电宿舍而住在酒店了。

广西是《断桥》大规模巡演的始发站，在广西旅投集团的帮助下，我们在南宁、柳州、崇左、百色、贺州等地进行巡回演出，所到之处的观众好多都是第一次看音乐剧，他们不太知道音乐剧是什么样的艺术形式，也不太清楚我们的剧是讲什么的，这引起了主办方的关注。其实为了让观众在看演出之前能有一个轮廓的印象，我每次都会配合主办方做一些主题讲座来宣传，这样的讲座效果还是挺不错的，既宣传了剧目，也在当地的观众心中播下了音乐剧的种子。

我们从柳州入桂，当时天气已很冷，剧院接待人员告诉我们柳州很多年都没有这么冷过了，一般在柳州就算是到了冬天也不会太冷，所以酒店里并没有暖风暖气设备，但正好这股突如其来的寒流让我们遇到了，大家在安排的酒店里盖两床被子仍觉得很冷，当天下午就有几位演员感冒了。我一看情况不妙，立刻与剧院商量，能否更换酒店，不管什么样的酒店只要有台热空调就行。后来我们全体搬至如家，如家虽是一家快捷酒店，但总还是有冷暖两用空调，就这样我们避免了一场大范围感冒的危机，后来如家快捷酒店就成了我们巡演过程中默认的指定酒店了。

到了主场——南宁，我们被广西旅投集团铺天盖地的宣传给震住了，我们在杭州和上海首演时其实未曾投入过太多的户外宣传，因为这种宣传费是特别巨大的，而这次旅投集团则在大半个南宁城都投放了宣传广告，出租车上、公交车上、公交站台上、市中心几块大LED屏上、报纸上、广播上、电视上、网络上，人们在不经意之间就能见到《断桥》的影子，南宁剧场附近更是悬挂了大面积的海报、用剧照做成围挡和大幅宣传画等，这是我们在众多的巡演过程中，唯一一次感受到主办方在宣传上"烧足了钱"，演员们从一下火车就感受到了这种氛围，十分兴奋。

南宁剧场的第二场演出结束后出现了一个动人的画面，当主演喻越越向观众问好的时候，坐在第一排的一对白发苍苍的老夫妻站了起来向台上挥手，越越看到后就现场"采访"了这对老夫妻，原来这对爷爷奶奶已结婚五十年，这一天是他们的结婚纪念日，他们相约来看音乐剧《断桥》，听到这里，越越和周贤珍老师一起把手上的花献给了这对老夫妻，

叁

并祝福他们健康长寿。现场一片温馨,令人动容!南宁的两场演出十分成功,主办方也十分满意,这儿给我们大家留下了非常美好的印象,大家都很珍惜并享受《断桥》带来的荣耀与温暖,而我们唯独能做的就是要更好地表演!

从南宁出发去贺州需要7个小时的大巴车程,我们穿梭在广西大地上基本靠大巴,这种长途奔波的日子是十分难忘的,我们团队近五十人,集中在一个大巴车上,有说有笑,累了就睡、醒了就发呆、吃东西、聊天。其实长途路程对我们年轻人来说其实还好,但是对于老艺术家周贤珍老师来说我们还是有些心存担忧,毕竟周老师八十多岁了,我们担心老人会吃不消这般长途跋涉,但是令大家惊讶的是,周奶奶的精力比我们都还要旺盛,她稳稳地坐在位子上,既不晕车也不浪费时间——她在重读《红楼梦》!作为演过这部电视剧的演员,周老师自然对这部名著有深厚的感情,在音乐剧的巡演道路上重读这部作品应该是一种很难得的体验吧!接送我们的大巴车很舒适,车上空间很大,差不多2个小时就可以休息一次,大家可以下车缓解一下疲劳。一路上,我们可以看到犹如小时候课本儿里写的"桂林山水甲天下"一样难得的美景。的确,征途上好风光!我时常看着窗外想,也许这些景色一生就只能路过一回吧,那么好的山,那么好的水,真希望能全部收入记忆中!看着窗外宜人的风景,不经意间就会陶醉地睡了过去。

崇左,是《断桥》去过的最南边的一座城市了,如果不是因为过来演出恐怕我们一直不会知道还有这座叫崇左的城市。崇左地理位置比较偏远,靠近越南边境,大家都很兴奋的是演出之余还能去边境转转,因为这次过来演出是广西旅投集团接待的,所以旅投集团领导请大家去了几个主要景点,如德天瀑布等。我们演出的场地——崇左人民礼堂相对而言条件就比较艰苦了,化妆间在二楼,从楼上走下来四周的墙壁转角处是漏电的,时常闪着火花,还有水,我们都十分谨慎,几次叫剧场的人来处理也一直比较慢,大家都小心翼翼地行走在楼梯上。但是到了晚上,礼堂里却座无虚席，我们的表演得到了崇左观众的认可和欢迎，他们久久不愿离去，一直站在那里给台上的演员鼓掌。这一刻我们都深深感动了，有个观众激动地告诉我们，从来没有音乐剧作品到过崇左，这是他们看过的第一部音乐剧！其实应该说在这里平时连演出都不太多的，所以他们很希望能有机会多看到一些既看得懂、又好听好看的音乐剧和其他演出。也有年轻的观众告诉我们，此次别后他们会很想念《断桥》，不知何日能再见！其实这样的场景我们遇见的并不少，每每看到观众期待的眼神，我们总深切地感受到身上的责任，更感受到我们巡演的意义。我们就这样一个点、一个点地去播撒中国音乐剧的种子，让这些种子能在广袤的中国大地上生根发芽，我们唯有努力演出，认真演出，这样才能真正地不辜负广大观众、不辜负广大音乐剧爱好者对我们的殷切期望。

最西·印象巴蜀

"蜀道难，难于上青天。"我们在四川地区巡演，算是真正体会到了这一句诗的含义，但是，进川，总是让人兴奋！

不知道是什么原因，"巴山蜀水"这四个字总能让人感受到一种特别的亲密无间和浮想联翩。很多演职人员和我一样，"品川菜"是我们来到这里最期待的内容了，寻找舌尖上的川味儿是点燃我们对这片热土向往之情的主要缘由。我们自上一站驶来，并从火车齿轮与铁轨碰撞的清脆声响中疲倦地醒来，到达成都后，一到酒店几乎所有人都开始出去寻觅自己向往已久的喜欢的食物。行走在街巷之间，亲切无比的四川话让人感觉到此时此刻真的是在"天府之国"。走到街边，我迫不及待地让老板给我做一碗红油抄手和切一碟腊肠，吃罢，未解馋，还得再吃一碗燃面，到成都后的整个早晨都忙在吃成都的早餐上了。

吃完早饭，我们不能和当地人一样晒晒太阳、掏掏耳朵、搓搓麻将，享受那种只有成都特有的"安逸"，我们必须按时回到剧院卸货、装台。

《断桥》到成都，我还有另外一个"心愿"和任务，那就是陪"王夫人"周贤珍老师去见她的"宝贝儿子"——87版电视连续剧《红楼梦》中"贾宝玉"的扮演者欧阳奋强先生。还在上一站的时候，周贤珍老师就已经按捺不住心中的小激动了，我也是一样，对于我们80后来说，没有人不知道"贾宝玉"——欧阳奋强的，我们几乎每个暑假寒假就是看着这部剧度过的，那首凄美的《枉凝眉》几乎是童年记忆里最悲情的歌曲了。在火车上，周老师给欧阳奋强打电话，我能听得到欧阳先生在电话那头也是十分激动，因为对于他来说，也是难得的机会能够见到他戏中的"母亲"，而对于周老师来说，那更难得的是还能以音乐剧主演的身份来成都遇见这个"宝贝疙瘩"。周老师告诉我，欧阳奋强在第二天宴请她，还没等我举手说主动要求参加"贾府盛宴"，周老师就看出了我的心思，说欧阳先生电话里特别嘱咐让我也一定参加。那天夜晚在火车上，我辗转反侧，脑海里回荡的全是《红楼梦》的音乐，那种悲悯的旋律夹杂着宝玉、黛玉凄美的画面，如诗如画，多少辛酸事涌上心头，也许是入了境，我才得以入眠。

成都锦城艺术宫里由舞台监督带领着大家正常地装台，我交代好工作后回到酒店，周老师已经在大堂等我了，她说欧阳先生马上到，我心里想，"宝哥哥"还亲自来接？还没等想太多，周老师电话响了，我们一起走出门去，欧阳先生的车已经停在马路边上了，他打开车门，从驾驶室下来，绕过车身箭步走上前，紧紧拥抱住周老师，周老师喃喃地说着："儿子！你好！你好！"看到这个场景，我被深深地感动了！分别那么多年，这对荧屏母子再次相聚，虽然此时酒店门口的马路上车水马龙，但是我满脑子里都是作曲家王立平老师在《红楼梦·葬花吟》中的音乐："天尽头，何处有香丘？天尽头，何处不风流！"我就呆呆地站着一直看着这样的画面，我想路人们应该是怎么也体验不到这种情感的，待他们情绪平复一些后，周老师介绍了我，我与"宝哥哥"握了手，简短地寒暄后，我们就上车了，周老师坐在"儿子"的边上,深情地望着已经两鬓斑白的宝玉,眼神里透露出来的那种深厚的爱意与情感是外人难以形容和传达的,也许在《红楼梦》之后他们都分别演过其他很多角色,但是无论欧阳先生还是周老师,《红楼梦》对于他们来说都是隽永流长的金色记忆,这让我不得不想起自己曾演过的音乐剧《蝶》,自己又何尝不是那样的情深。我想若干年后,今天在舞台上演《断桥》的孩子们一定会同样深情地回望这座古桥而感怀,这也许就是人性最温暖的地方吧!我一直认为,怀旧的人才更懂得昨天的不易,才更珍惜今天的美好,才更能汲取力量,向着明天的太阳不断奋进。

自贡,是我们音乐剧《断桥》演出史上值得标记的一站,这是我们唯一一次在体育馆里演音乐剧,还没到自贡时我就已经很期待这个城市了,在来自贡前,我与维维姐和郭敬明老师分别"报告"了,自贡是他们的家乡,他们也很高兴我们音乐剧《断桥》能够来自贡演出,他们很好奇我们是怎么来的自贡,又将要在哪里上演?在策划筹备自贡站的演出时,自贡广播电视台的朋友就告诉我,他们很希望也很欢迎《断桥》来自贡,但是我们去哪里演呢?这是个问题。后来经过好朋友朱龙凛再三研究,最终决定放在自贡体育馆进行演出,当朱总把这个决定告诉我时我一开始还没有概念,体育馆演音乐剧这意味着:没有舞台、没有吊杆、没有固定表演区域,还有怎么解决演员表演穿帮的问题、怎么解决馆内灯光和音响的设计问题等,我想到的和舞美队技术部门反馈上来的一样,我们实在没有十分的把握能演好这一站。但是,邀请方的真诚让我们必须打消那样的消极念头,在几个星期前他们就已经精心策划宣传和运作了,演出当天还将有很多观众"慕名而来",因为很少有江南地域的戏来到自贡,而且是原创音乐剧,观众都很期待!所以,我们只能演好她!

没有退路了,硬着头皮演,经过多次与主办方和承接方沟通后,终于决定多给我们三天的装台和调试时间,并请外面力工支援。就这样,我们活生生地在体育馆中央搭建出一个舞台来,用龙门架倒是解决了挂灯的问

叁

题，但是景片是无法上下运动了，只能用最后的三道景一直演到底，其他的只能靠地面道具来变化，但是搭建的舞台面有些坑坑洼洼，两座桥和船难以匀速前进，只能不断练习，尽量达到最平稳的效果。灯光和音响部门基本重新做方案，尤其是音响，设备有限，但要适应整个空旷的体育馆，调试到合适的听觉还是非常有难度的，我们的音响设计师沈龙祥老师可是愁坏了，巧妇难为无米之炊啊，而且"锅还那么大"，"客人又那么多"，经过几天的不断调试，音响终于调试到能力范围的极限了。当满场响起《断桥》的音乐时，我不禁听得毛孔都张开了，好享受！体育馆的声响魅力和体验跟在剧场里的声响体验是完全不同的，而且这么大的空间，让声音释放得更丰富、更清晰，许多细致的东西都显现出来了，我终于听出了作曲家祁峰在福建录制管弦乐的精致层次了，这是一个意外的奇妙享受，非常惊喜。

　　自贡演出进行得非常顺利，只是演员无处躲无处藏，几块黑幕无法包裹住所有的空间，只能给观众营造一个假定性的剧场效果了，希望观众多关注音乐和演员演唱的本身。忽然在第二幕的时候，有一个四十多岁的男子在演员表演过程中大摇大摆地走上了舞台，还想去跟演员说话，后来被工作人员拦下，原来这位男子想去洗手间又不知道怎么问路，他想站在台上的人总是知道，所以就上台去问演员了，好在被工作人员及时引导开，不然就影响到演出了。这一站的演出观众们坐得离舞台都很近，有的小朋友直接坐在地上，有的站着，有的蹲着，还有一些女观众和老人们抱着孩子，虽然我们在两边支有现场同步直播的大屏幕投影，但是大家都还是喜欢往舞台上看真人表演，所以就形成了非常亲近的观演关系，我想这是有史以来离观众"最近"的一次。虽然一开始不适应，但是后来台上的演员越来越适应这样的观演关系，反而更加融入了，观众在演唱结束后的叫好声让大家兴奋和感动，有着浓郁口音的川普听着那么亲切！自贡体育馆的每个角落回荡着《断桥》的音乐，我们与自贡的观众也只有一步之遥，这里没有高高的舞台，只有平视的观演角度和距离。演出结束后，领导亲切接见演员，告诉大家，自贡的媒体和观众都喜欢《断桥》，两场太少了，希望多演。我们说有机会一定再来自贡，下次去自贡我们还是希望能够回到这个熟悉的体育馆。

自贡结束后，我们继续行走，来到了达州。那时已经快圣诞节了，到达达州后，所有的电视台都在滚动播报一则新闻：朝鲜最高领导人去世。达州的演出在一个会堂的五楼，卸货很困难，每一件货物都是抬上去的，十分费劲，会堂不是很大，没有顶上的空间，所以很多景片无法装上，最后终于把桥硬塞了进去，动弹不得，根本无法做调度的变化，前边的表演空间也很小，船也取消了，只得靠演员自行发挥了，所以很遗憾。达州这一站没能把《断桥》的气质很好地展现出来，是"最憋屈"的一次简易演出，受场地的限制也无法进行调度上的创意，无奈，只好将就地演了，好在演员的投入最终还是打动了观众，但是我对达州这样"将就"的演出呈现心怀亏欠，看着观众如此期望的眼神，而我们并没有展现出来完整的效果，真的感到十分对不住观众，希望将来有机会能再给大家表演。散场时，一位观众在离席的时候说："断桥没断嘛，西湖也没得船嚯，不过音乐不错，唱得好。"面对这样的观众感受，我心里很不是滋味！

达州演出完我们需要坐大巴车转道重庆坐火车去广西，这一路上的颠簸我至今都记忆犹新。我们决定在达州演出结束的当夜直接出发，这样经过一个晚上的行车，才能保证第二天下午到达重庆顺利地坐上傍晚的火车。演出结束后，我们紧赶慢赶地出发了，但计划赶不上变化，一出城我们就惊呆了，刚才还好好的天气，怎么就忽然起雾了呢，这是赶路最忌讳的天气，雾天必须停行！但是我们第二天要在重庆赶火车去广西，怎么办？我与领队韩磊大哥心急如焚，这么一个大团队假如错过火车班次那是很难再买到票的，我们与司机商量后决定先走国道，看看走一段国道能否避开雾地，大约开了两小时，我们便开到了下一个高速口子，这个口子也封闭了。剩下的国道司机不敢走了，他建议我们在口子上等天亮雾散后再上高速，我们只得停了下来。车子一停车厢内就温度骤降，大家都感觉非常冷，司机为了节约汽油又不能供热风，这时候大约已是凌晨三点了，离上高速还有三小时，大家只能节约体力，倒在车上睡着，男生们有些憋不住了，三三两两围着大巴车抽烟聊天，我一夜没能合上眼睛，约到凌晨五点过后，感觉雾气逐渐散去了，高速口子忽然打开了，于是我们向着重庆火车站全速奔驰，最终还是到晚了，没能赶上火车。我们将大家临时安顿在火车站附近的一个小旅馆，我与韩磊去售票处退票和换票，还好退了一部分钱，但实在没有那么多直接去下一站的票了，无奈之下我们只好分成三批，乘三趟不同车次的火车，有的直达，有的经停，有的绕远路，但最后都能到目的地，我们也只能这样继续行走了。虽然没有赶上火车，但是人在重庆，大家似乎没有被耽搁的行程影响太多的情绪，稍事休息后我从微博上发现大家都去吃火锅了，并署标题"重庆一日游"，想想我们也是充满了革命的乐观主义精神，我们原以为这次与重庆的相遇能够给《断桥》带来演出机会，但一直到最后《断桥》也没能如愿走进重庆的剧院，这是个遗憾。

最东·江浙赣闽

在东边江浙赣闽一带的演出相比较于巴蜀之地的演出要顺畅和方便得多，客观上这边的交通条件、剧场条件等都要好很多，城市与城市之间的高速公路也四通八达。无论是上海、南京、太仓、南通、盐城，还是我们浙江省境内的湖州、温州、宁波、桐乡、柯桥、绍兴、仙居、余杭、嘉兴等，我们足足行走了一大圈，都留下了《断桥》浪漫抒情的声音与身影。

让人十分"费解"的是，只要《断桥》演出就下雨，这显然已经比天气预报还要灵验了，无论哪一个城市，都没有落空过，这使得那年演出界都在说，雨神喜欢听萧敬腾的歌、喜欢看音乐剧《断桥》。

南昌的演出在江西艺术中心进行，眼看马上就要开始演出了，天空忽然下起了瓢泼大雨，我与紫瑜经理急得团团转，本来剧院就在高新区，离市区有一定的距离，现在下这么大的雨，万一观众来不了那可怎么办呀？果然在演出前一刻钟，剧场里还是没有多少观众，我们决定往后推迟一点演出时间，最终陆陆续续在七点半左右到齐，上座率约九成。演出结束后我很激动，破例走上舞台感谢观众的支持，这些冒着大雨来看演出的观众，真的是真爱啊！南昌一站，因大雨而感动满满。

　　2012年8月29日，我们巡演至福建大剧院。福建大剧院是音乐剧《断桥》的联合出品单位，故我们对《断桥》走进福建大剧院十分重视，大剧院的张总也十分热情，吃住行都安排得非常贴心与周到，演出结束后剧院招待演职人员聚餐，席间张总忽然向我与行政团长李彩芬祝贺生日快乐，我俩这才想起来，原来是我们的生日。我与彩芬阿姨是跟着《断桥》走南闯北的老战友了，我负责艺术她负责行政，我们合作得非常默契，一开始我只知道她也是处女座，她喜欢吃的食品我也喜欢吃，所以她经常多买一份，一直到有一天买机票时才发现我俩居然是同月同日的生日，这一点真的是十分巧合，彩芬阿姨一直跟我在剧团合作到2015年5月，足足四年，她见证了《断桥》与剧团一路的兴衰风雨。

　　绍兴，一直是我很有感觉的一个城市，对绍兴的印象主要还是集中在上学时候鲁迅的文章当中。我总感觉绍兴雨巷的青石板路上布满青苔，黄昏时分，忽地划过几只摇橹船，飘来茴香豆与黄酒的香味，似乎这就是我对这座城市的大致轮廓与印象。此次《断桥》来到绍兴演出依旧是伴随着雨丝风片。绍兴的观众对音乐剧的喜爱和欢迎一点儿不亚于越剧。其实《断桥》本身所具备的这种江南独特的气质是符合江浙一带观众的审美格调的，尤其是《泛舟西湖》的场景，荷花、雨丝、薄雾、舟行、桨动，这样的江南色彩与情境是饱含了情怀的，特别是当演到越剧与音乐剧四重唱的那一段时，更是让绍兴的观众掌声雷动。所以，在江浙一带巡演的时候我们会更加强调演员在"韵味儿"上的注重，"最美"江南必须是"醉美"的江南。

最北·温情东北

《断桥》参加完国际演出交易会后，经由济南"闯关东"至大东北。

到了沈阳又是大雨相迎，我们住在辽宁大剧院后面楼上的酒店里，在这里是可以通过建筑体内部直达剧场和餐厅的。雨实在太大了，我们好像就没有离开过这个建筑体。这次来东北我们特意选派了两位沈阳籍的音乐剧演员来演出：饰演"白兰"的江南与饰演"许风"的郑棋元。能够让演员带着自己的作品回家乡"汇报演出"这是我们剧组一个不成文的惯例，演员演出结束后要发表感言，并邀请家人、老师或亲友前来观摩，这样既能促进演员的积极性，又能让演员向家乡汇报自己在外闯荡、拼搏的成绩，这是很难得的机会，剧组一直坚持着这个惯例。有许多演员曾经告诉我他们外出那么多年都没有机会回乡演出，更不用说是带自己主演的音乐剧作品来演出了，所以能够在他们"梦想开始"的地方演出音乐剧，一定是这些演员们从艺道路上一段非常难能可贵的经历和珍贵的记忆。

历经沈阳、长春、营口等地，我们来到了美丽的海滨城市——大连。我记得我们是坐大巴车从营口直奔大连的，我们之于大连的印象最主要的还是：大海、女骑警、海鲜、美食等，团队所有的人提起大连都兴奋不已。我们将在大连人民文化俱乐部连演两场，此次接待我们在大连演出的是在演出界被同行业人尊称为"大姐"的张荣荣女士。荣荣姐是一位豪爽、果敢、有魄力且优雅的女士，在演出界影响力很大，她经营的大连人民文化俱乐部好戏连连，并成功创建"亿达之声"演出品牌，我们《断桥》此次来到大连就是作为"亿达之声"的邀约作品前来表演的。大连人民文化俱乐部的剧场是俄式古典风格的豪华建筑，由郭沫若题写院名，座椅都是非常讲究的老式座椅，非常舒适且又高级，观众席的视角效果很佳，可以在任何一个角落看到舞台上的表演。在大连人民文化俱乐部的两场演出得到了时任大连市领导的认可与赞扬，他们为《断桥》折射出中华女性对爱情忠贞、坚守的精神而感动，并再次邀请我们有机会再回大连表演。演出结束后荣荣姐设"黑啤宴"招待大家，这让我们全体演职人员感动不已。大连人民文化俱乐部对于我们杭州剧院的音乐剧作品来说还有一个特殊的纪念意义，《断桥》与之后的《简·爱》都是从大连出港运往韩国，开启韩国的梦想之旅的！

《断桥》和之后的《简·爱》《十年》，这三部剧都曾登上过大连人民文化俱乐部这个舞台，所以我们剧组对这个舞台充满感激之情！我细数了一下，我们三部原创音乐剧分别亮相于同一家剧院的情况并不是很多，目前而言只有大连人民文化俱乐部、上海文化广场、江西艺术中心、南通更俗剧院和成都锦城艺术宫这五家，这是多么深厚与温情的缘分啊！

我们必须再接再厉，把作品带到更多的地方，就像播种机一样，播撒下星星之火，期待燎原之时！

来自《孔雀》的祝福——难忘2012年中秋夜

这一年的中秋之夜，是最令人难忘、最值得记忆的！

2012年8月1日，国务院下发通知，同意执行《重大节假日免收小型客车通行费实施方案》，根据通知，今后春节、清明节、劳动节、国庆节等四个国家法定节假日上高速就不用交过路费了，通知之后迎接的第一个节日就是国庆节，正好2012年的国庆节前一天又恰逢中秋，两节并在一起，出行的人猛然倍增。

当时我们是在广东中山大剧院演出，这是那一轮巡演临时增加的最后一站演出，原本在规划演出路线的时候就考虑到要避开节假日，所以起初我们是安排提前回杭的，后来由于中山大剧院的盛情邀请，加之我们就在佛山、潮州一带演出，所以临时新增了一场演出。为了能够多演一场我们

叁

决定改签火车票,但是临时要在国庆期间改签近 50 张火车票谈何容易啊,等我们到了火车站时,工作人员说一张票也没有了,只好把票直接退了,我们从总部杭州调了一辆大巴车开到中山来接我们。演出成功落幕的时候我们顾不上喜悦和兴奋,心里不禁开始隐隐不安了,我们对第二天的"回乡之路"好像显得毫无把握。

我们于 9 月 30 日中秋节当天上午 8 点准时从中山酒店出发,绕了很久终于到了高速口子,看到被大车小车堵得水泄不通的景象,我们基本已经明确地知道这一趟回乡路肯定要一路"堵"过去了。原本从中山到杭州只有 1400 千米,大巴按正常速度开,大约 16 个小时能到,但这一下子高速堵车,那真的是不知道啥时候能到了。在高速上停停走走大约过去了 5 小时,杭州总部打来电话给司机问路况和大约行程,司机"一语道破天机",他斩钉截铁地说了四个字:"遥遥无期。"这个"遥遥无期"让车上的我们几近"绝望"。司机与我商量,与其在高速上被堵着,不如就近下高速走国道,我同意了司机的建议,在高速上看着漫无尽头的车辆长龙,这不仅堵车,更堵心!我们选了一个口子下了高速,果断走国道。虽然走国道会比原计划的时间多出很多,但是觉得总是能走,只要动起来就不会堵心。在国道上走了几小时也开始堵了,我们只好走省道,就这样一点点往前拨动,眼看天就要黑了,我们都还没有走出广东省,而此时司机已经很疲惫了,大家都开始疲惫了,人在囧途的滋味越来越浓。

伴着夜色,我们走在一个不知名的村镇上,四处炊烟袅袅,能听到狗叫声,夜色愈来愈浓。那时候 4G 网还没开始启用,微信也没开始用,大家只是在微博上不断刷新着思乡的情愫。中途找了一个加油站,大巴车要加油,于是大家下车也乘机凑合吃了点东西,晚风吹来身体感觉有些清凉,大家围在大巴车旁发表着自己的感受,唯一同样的感受就是或许这个村庄,我们一辈子就踏足这一次吧。想到这里,我们心里也就坦然许多,既然一辈子只能来一次,又是在中秋之夜,我们就好好度过这简短的休息时间吧。

忽然我的手机响了，是鸿艺张总打来的电话，他知道我们奔波在回杭州的路上，他让我告诉大家他正带着著名舞蹈家杨丽萍老师在杭州剧院演出大型舞剧《孔雀》，他给我们留了第二天的票请我们所有演职人员观看舞剧《孔雀》，并择机安排与杨老师合影。这个消息一下子在大巴车旁炸了锅，大家跟打了鸡血一样兴奋了起来，全然暂时忘却了旅途的疲惫与劳累，全然忘记了我们走了一天还没有走出广东省。大巴车内气氛忽然高涨了，微博上的信息开始更新了，从疲惫的感慨变为对《孔雀》的期待，我想当时的心情真的可以用"乐观主义"来形容，总之，我们有了奔头。随着大巴车不断前进，虽然有些慢，慢得似乎可以听见车轮滚动的声音，夜色越来越浓，大家沉沉睡去。这一觉睡得有点重，醒来时发现已经在南昌了，真是《孔雀》带来的吉祥啊！但愿《孔雀》保佑我们早点到达杭州！

大家再次醒来的时候已经进入浙江界了，经过衢州、龙游等一路往杭州行驶。终于在下午四点左右大巴车进入德胜高架，到了德胜收费站时，所有车内的演职人员鼓掌喝彩，很是热闹，近30多个小时的大巴车程，我们每一个人都挑战了自己的乘车极限，假如说我们所到的广东的那个小村庄是我们一生只有一次的经历的话，那么这30多个小时的大巴车程，应该更是我们每一个人一生难忘的独特记忆。虽然我们脸肿了、脚肿了，蓬头垢面的，但是当我们到达杭州剧院大门口的一刹那，似乎所有的疲惫都烟消云散了，看到剧院门口浓郁的"孔雀"氛围，我们都发自内心地喜悦！

晚上，杨老师的舞剧《孔雀》准时开演，舞台绚丽多姿，杨老师的表演更是技惊四座，在全场喝彩、尖叫与感动中舞剧《孔雀》华丽落幕。看着杨老师在舞台上用生命在舞蹈的时候，我们《断桥》剧组的每一位演员都感受到了这位伟大艺术家的艰辛与不易，艺术的道路从来是坎坷的、多舛的、奔波的，这一年的中秋夜，我们真切地感受到了，这对我们每一位演职人员来说都是珍贵的回忆与激励。

直到现在，每到中秋，我都会回想起那一轮皎洁的明月，悬挂在不知道是广东哪个村镇的高空当中，月光如银子般洒满大地，一群怀揣梦想的年轻人坐在一个不那么高级的大巴车里颠簸在路上，一路向前，向着目标，向着梦想，向着远方！

难忘，2012年的中秋之夜。

七

《断桥》遇见韩国大邱国际音乐剧节

缘起·筹备

早在当年跟随音乐剧《蝶》去韩国大邱演出的时候，我就有一种强烈的预感，大邱这个城市我一定会再来。那年是2008年，果然四年之后，被网络渲染成"末日年"的2012年，不经意地，我又再次到了这个城市。我想如果不是在冥冥之中与这个城市有缘，应该是不会那么快就故地重游的，而且这次还带来了自己的剧目。

2012年春节过后，杭州西湖畔草长莺飞，那时候我有一个习惯，每当稍微有一点点空闲的时候，我都会来断桥上走走，沿着苏堤一直走到平湖秋月，再走回来断桥，去北山路上的咖啡店小坐一下，喝点东西，吃点水果。在4月一个很平常的周末上午，《断桥》刚从上海文化广场结束首届优秀华语音乐剧展演季演出回来，我正在断桥边散步，接到鸿艺张总电话让我火速前往新龙宫饭店，和他一起接待韩国的客人。我心想韩国的客人？难道《断桥》要去韩国演？如果真的能去韩国演出，那真是激动人心了！

等我到酒店后，大家已经都到齐了，还没等张总介绍，席间一位先生站起来径直朝我走来与我握手拥抱："杨卿杨卿，好久不见！"（韩语一般把"梁"音发成"杨"音），我还没反应过来，他自我介绍道："我是大邱国际音乐剧节组委会的郭钟奎，音乐剧《蝶》是我接待的。"我想起来了，我和郭代表在大邱的时候见过面，但我那时只是演员，也就没有太去接触外围的人，也就是在场面上和大家一起打个招呼罢了，但没有想到郭代表居然还记得住我。等我们坐下后，在张总主持下，大家一一自我介绍，除了郭代表外还有另外三位男士和一位女士在席。坐我右手边一位半长发的高个先生先自我介绍，他说他是新华社驻韩国大邱的代表，名叫何传乾，山东烟台人，在韩国居住。何先生为我们介绍了另外两位先生，一位个子不高的男士，他是时任韩国大邱国际音乐剧节组委会主席朴显淳，还有一位戴眼镜的文质彬彬的男士，他是韩国大邱资历很深的演出商金钟奎，还有一位女士是在威海做文化产业的老总车萍。

张总致简短欢迎辞后，那位个子不高的朴主席开始讲述来访的目的，由何传乾先生翻译。朴主席开门见山地说："我们这次来中国，是为了给第六届韩国大邱国际音乐剧节（DIMF）挑选闭幕大戏的，我们去年在上海国际艺术节的时候就开始关注你们的《断桥》，这次我们的观察员又特意在上海文化广场再次观摩，经过DIMF组委会讨论，决定邀请《断桥》赴韩国大邱演出，参加闭幕演出与闭幕大典，所以这次秘书长和我一起来杭州希望与你们具体接洽赴韩事宜，共同促成《断桥》的大邱之行。"

就这样，《断桥》的韩国之行就确定了下来。当天下午，我与郭代表一起做了基础的工作，把档期、成本、法务、运输等信息做了梳理和交换，傍晚左右，朴主席一行赶赴浙江传媒学院，去探班正在下沙排练的演员们。演员们也不知道来的是什么样的客人，是因为什么样的事，后来据说他们看到我脸上洋溢着不一样的喜悦和兴奋，就猜想到了肯定是好事，所以大家为客人们精心展示了《今天是我们开心激昂的青春》《猜新娘》《四季的眼泪》《断桥不断》等片段。表演结束后朴主席做了讲话，并正式在演员面前向出品人之一张辉老总颁发了邀请函。从这一天起，团队的工作重点转向了赴韩演出的筹备工作，剧组成立了专门的工作小组，协助我一边继续开展国内巡演，一边办理各类出境事宜。

从货物清点、申报ATA单证、协调运输与海关申报、办理团签、行程设计、机票预订到字幕翻译、细化宣传资料、细抠表演及作品细节，一步步提上日程。随着入夏的节奏，气温慢慢回升，剧组的工作也随着气温的上升而快马加鞭，大家都抑制不住自己内心的一种激动，团队很多的成员都是第一次去韩国，所以充满了期待。演员们所要做的就是在排练厅一遍一遍地强化与细化表演，而舞美要做的就是在华虹光电的操场上顶着烈日一遍又一遍地推景片走节奏。这样的工作状态十分辛苦，但是没有一个人叫苦叫累，团队的凝聚力与战斗力达到了一个高点。

在戏剧本体部分，除了强化熟练已有的表演外，我和总导演王晓鹰商议后要求作曲祁峰修改两处音乐：第一处是我们在制作起初就想要一个"音乐剧与越剧融合性"的重唱唱段，希望将江浙一带唯美的越剧元素与《断桥》的凄美气质进行融合。我请了通晓越剧的青年作曲家张斌和杭州越剧院的青年演员颜巧娜帮忙设计两条越调唱腔，越调的唱词与音乐剧的唱词是一样的，同样的词在两种截然不同风格的声腔当中交织在一起，显现出来另外一种空灵和穿越的美感，后来加之灯光渲染与勾勒，这段《泛舟西湖》的片段成了全剧最为华彩的部分；另一处是《四季的眼泪》的提升，我们决定采用"戏剧表演+音乐剧演唱+现代双人舞三组+越剧身段展现"的综合表现形式，让老年"白兰"饱含热泪地穿梭在三对身穿白色飘逸服装的现代舞双人舞之中，走过青年，走过中年，走过老年，走到歌唱着的年轻"许风"与"白兰"之间，映衬着月亮里的越剧"许仙"与"白素贞"，漫天大雪，让人在冰冷的气氛中感受到心中有爱的滚烫。这两处的调整一下子让《断桥》平行蒙太奇的戏剧性和电影式的美学气质提升了许多，因为我们希望让美更接近美，让真挚更接近真挚，果然在后续的几年演出中证明了这样的修改是有效的，受到了观众的认可与欢迎。

天气越来越热了，距离我们赶赴大邱的日子也越来越近了。行前我们为每个团员做了统一的团服，一下子团队的形象就提升了，大家个个精神抖擞，等待着飞行的那一天。

赶赴·鏖战

我带领着舞美团队和企宣团队先行出发，到达釜山机场后何传乾大哥前来迎接，这是我第四次到韩国，感觉十分亲切，期待着即将来临的"鏖战"，既兴奋，又担忧，但总是兴奋大过担忧。

到大邱后，在组委会的安排下我们入住太子酒店，何大哥带着我们找了一家餐馆，简单而匆忙地就着著名的韩国泡菜吃了几口面条，因为时间不多，我们必须马上赶到我们的演出地——韩国大邱歌剧院。一方面，我们需要尽快与韩方团队确认和沟通一系列的舞台技术问题，大邱歌剧院我倒是并不陌生，2008年来演了近一周的《蝶》，可是那时候只是演员，只需管自己表演的这部分，没有太多地去关注舞台上的一些技术参数、硬件情况等。中国与韩国的舞台技术及管理有很多不同的地方，实施要求与操作流程上也有着技术性的异同，虽然赴韩以前我们已经做了充分的功课，但没有看到现场具体情况时还是会很担心哪些问题被忽视和遗漏，所以我的心一直悬着，生怕在舞台技术的磨合上消耗太久的时间。另一方面，组委会盛情地安排我们观摩当天下午正在大邱歌剧院演出的优秀韩国原创音乐剧《图兰朵》，他们也是本届音乐剧节的参演剧目，原本是晚上演，因为《断桥》要装台，所以他们改成下午场。组委会秘书长郭忠奎先生告诉我，这次配合我们舞美技术的韩方工作人员就是《图兰朵》的团队，听到这个消息，我一直悬着的心顿时就松了下来，因为《图兰朵》团队我是很熟悉的，总导演刘希声先生是我好朋友，他也是著名韩文版音乐剧《莫

叁

扎特》《伊丽莎白》《乱世佳人》的总导演，人非常随和，会说英语和一些中文，沟通起来很方便，并且他非常职业，具有很强的领导力与号召力。他手下的舞台监督张承铉先生（我们都叫他安东尼）是韩国音乐剧界著名的舞台监督，经验丰富，人也很热情，当时《蝶》来大邱演出也是他来具体协调的，所以有刘导和安东尼的保障，有关舞台技术保障是不用担心了。记得当时我很感慨地和何大哥说，在这个行业中，能够有一些朋友和同行听到他们的名字就可以让人放心与信赖，这是一件多么奢侈的事儿啊，就像这次在大邱听到刘导和安东尼的名字一样！何大哥爽朗地笑着说："因为有缘。"

在刘希声导演和安东尼监督的帮助下，舞美顺利地开始装台了，我在工作会议上跟大家说，我们多提高一些效率，早一点结束装台与设备调试，这样就可以给灯光师多留出一点时间修整灯光程序，多一点时间用于演员和舞美之间的配合，难得国产音乐剧来参加国际赛事，一定是要照着精品的严苛标准来要求团队，每一个细枝末节的问题正是反映了一个团队的水准，所以必须严格严格再严格，苛刻苛刻再苛刻。第二天，演员到位，我们一个细节一个细节地磨合下去，当时我请了一个摄制团队进行跟拍，我后来观看录像的时候自己都觉得后怕，我当时怎么会那么"折磨"人，一遍遍地来，简直是强迫症，但是没办法，只有这种强度才能保质保量。

大邱歌剧院首演的这天，下起了小雨，一看到雨，我心想，这下妥了！似乎见雨即见顺意，大家也不断地说，下雨了，吉兆！首演，是在我的焦虑与忐忑中开始的，我在演出前的动员会上尽量以平和的语气鼓励团队，但是大家似乎都看出了我既紧张又激动的情绪，最后大家击掌的时候我似乎预见到了成功。夜幕降临，剧院亮起了华丽的灯光，观众们陆续进场，来自十几个国家的观众、专家、同行们和韩国观众们一起坐在剧场里安静地看演出。我守在灯光音响席，一直盯着舞台上的一举一动，大家的表演显得很兴奋，演出的气氛特别好，尤其是主演喻越越和郑棋元以近乎完美的表现完成了所有的唱段，在最后断桥聚合的时候，现场响起了热烈的掌声，我也兴奋地鼓起了掌，祝贺大家这一段时间以来的辛勤付出。到谢幕的时候，出乎意料的是当百岁"许风"和"白兰"走上舞台时，全场起立鼓掌，还有一些观众擦拭着眼泪。我想音乐是无国界的，我很高兴中国的《断桥》在韩国能受欢迎。

韩国 KBS 等媒体在演出结束后采访了我们团队，我告诉记者，这次回来大邱歌剧院就是想带回来源自中国原创音乐剧的温暖和力量！第二天果然大邱广域市的报纸就以"《断桥》带来了中国音乐剧的温暖和力量"为题作了大篇幅的报道。

有了第一场的成功启幕，后面三场也就有信心多了。时间好快，一下子就演完了四场，好像所有的人都是同样一个感受，希望时间过得慢一点，我们还想在大邱歌剧院的舞台上多演演，再待久一些。

亮相·获奖

最后一场演出结束后组委会安排我们去观光旅游，我们去了曾拍摄过电视剧《大长今》《善德女王》等韩国著名电视剧的影视基地。韩国的旅游业和文化产业的发展水平是处于亚洲领先的地位的，产业与服务都十分到位。我们边走边看，虽然说不出有什么具体的体验，但就是感觉在这里玩得很尽兴、很开心，这里没有某些特别的主题或内容强制性地灌输给游客，而是用线索引导的方式让游客自己去感受和捕捉大量的细节，这是韩国文旅业的高招儿！

在我们回大邱的大巴车上，何大哥接到一个电话，他们用韩语说着，但是我能感觉何大哥的激动，大家都期待着何先生一会儿可能给大家带来的好消息。过了几分钟之后何大哥合上手机起身跟大家说，我告诉大家一个兴奋的消息。咱们的《断桥》获得本届韩国大邱国际音乐剧节组委会最高大奖——"最优秀剧目奖"和"最优秀表演奖"。话音未落，车厢里响起了欢呼声和掌声。在我的记忆中有关于音乐剧《断桥》有三次较为有意义的乘车经历：一次是因黄梅天房子发霉之后大家乘车去山庄过夜时那犹如春游般的潇洒，一次是那年中秋从广东中山坐大巴赶回杭州三十几个小时的悲喜哀愁，还有一次就是这次在大邱了。

到达酒店后我立即被叫去组委会开会，研究颁奖细节，在会议上，韩国著名乐评家、戏剧评论家元中源教授说："《断桥》讲述的故事，对于我们韩国的民众来说也是有深切的体会，多少年来我们国家许多人也生活在思乡思亲之中，这些共同的情感记忆和体验构成了音乐剧《断桥》的最大精神内核，坚守、坚持、坚强是一种难能可贵的精神。《断桥》用唯美、空灵、诗意并带有浓郁中国风格的艺术方式讲述了一个美丽动人的故事。"以上是何大哥给我逐字逐句翻译的，我听了很激动，一部文艺作品，一定要清楚地知道在说些什么，一定要让看了她的人满足到了些什么，感受到了些什么，《断桥》得到韩国音乐剧界专家的认可这是我们团队的努力成果，也是中国原创音乐剧的一份光荣。

第二天即将举行盛大的颁奖典礼，音乐剧《断桥》作为本届音乐剧节特邀的闭幕剧目和获奖剧目要走红地毯并上台接受奖杯。当我们全体《断桥》的演员在出品人之一张辉老总的带领下行走在红地毯上的时候，一种作为音乐剧演员的光荣油然而生。这一天大家都用心地打扮了自己，我们都说，这才是音乐剧演员应有的气质和形象。典礼之前大家各种合影刷微博。女主角扮演者喻越越作为演员代表上台接受"最佳表演奖"，我作为制作人代表全体剧组上台接受"最优秀剧目奖"。当我从本届韩国大邱国际音乐剧节组委会朴显淳主席手中接过奖杯时，我原本准备好的感谢词居然全忘掉了，一句也想不起来了，我说得不是很多，但是翻译却一下子翻不出来我的很多词汇，所以我说完之后翻译只是紧张地翻译了一些主要句子，从翻译慌张的神情中我大概知道她可能没太听懂我说的意思，但是她翻译完毕全场热烈鼓掌，我想我的心情和意思观众是感受到了。真的，有些时候语言虽然很重要，但是做艺术的人们相聚在一起，有很多的情感其实是可以用感受得来的。在大家的掌声中我领完奖走下台时心里暗暗告诉自己，一定要学韩语，万一下次有机会再站在韩国的音乐剧舞台上，我一定要自己用韩语来致辞。

颁奖典礼后组委会举行庆功酒宴，大家都很高兴，欢唱着，欢跳着，欢饮着！这次酒宴，我喝多了，好像醉了，不太记得是怎么回的酒店，这好像是我做《断桥》以来第一次敞开痛饮，为了《断桥》的阶段性成功，干杯了，忽然觉得一种音乐剧从业者的豪情油然而生。

第二天，朴主席代表组委会向我颁发了"韩国大邱国际音乐剧节组委会特聘专家"的证书，这是源自《断桥》的荣誉！大邱给我们留下了太美好的印象，也给我们《断桥》烙上了美丽的烙印，带着对大邱满满的感恩之心和对韩国观众、同行、专家、友人们的感恩之情，我们返程回杭州。

我们回国后不久，从大邱朋友那里得知噩耗，何传乾大哥突发心脏病去世了，事发突然，我来不及办理签证前往送别，只能远在杭州默默地为大哥祈祷。时隔多年，每每想起《断桥》的大邱之行就会想念起敬爱的何大哥，没有他就没有我们《断桥》如此的顺利之行，故人远去，心永怀念！

我永远地记得何大哥的热切鼓励和殷切期望，我会努力的，至今我未再去大邱，只待新作与新缘，大邱，我想我肯定还会带着新作再来。

八

那次"断桥"的相遇

五年·光阴

从 2011 年 9 月首演到 2015 年 4 月在珠海华发中演大剧院的"杭州剧院中国原创音乐剧展演季"的最后一次亮相,音乐剧《断桥》屹立在中国音乐剧的演出市场上整整横跨五个年头,这在原创音乐剧中是不多见的,且不说曾经去过的城市,演过的场次,单单从"存活"下来的"寿命"来说已然是可圈可点了。当珠海站最后一场《断桥》演完之后我心里在感慨,当年一起首演的那批剧目现在可还在继续演出?事实上,当年和《断桥》一起推出的音乐剧到了 2015 年几乎没有再在演出了,而今天,音乐剧《断桥》也迎来了真正落幕的时刻了。

从开始制作《断桥》算起至 2015 年,已有五年了,公司经历过三届董事会,更换过三任董事长,历经"杭州市政府特别扶持与奖励""浙江省精神文明建设'五个一工程'奖""韩国大邱国际音乐剧节最优秀剧目奖及最佳表演奖""中国演艺风云奖"等荣誉,但最终,2011 版的《断桥》还是走完了她的厚重历程,终于在 2015 年春暖花开的季节里用最体面的方式谢幕了。虽然还有着各种解不开的疙瘩,但是相信总有一天会因岁月的流逝而释然的,因为在陪伴《断桥》的五年时光里,我们感受了一种奇特的力量,似乎这座"不断的桥"有着她特殊的力量,她似乎无所不能。

五年,我们成长了,团队也成长了,演员也从当时的小不点儿成了身经百战的老演员,舞美也是成了一个生活、工作在一起五年的大家庭,大家在音乐响起的时候,已经不是在演戏了,而是在生活、在娓娓道来,用熟练的程序与语言，诉说着一个感人的故事。戏过百场，气质已沉淀，当年很多不顺的、生硬的或者不符合情理的似乎经过舞台的打磨都没有了棱角，再看《断桥》的时候已经是去感受一种情怀和记忆了。

不遗憾，我们每一个桥友都可以很自豪地说，我的五年与《断桥》在一起，那是又一段青春的记忆，那是一段与中国原创音乐剧有关的岁月。那时我们都年轻，每一个人都是那么青涩，我们从梦想的起点走来，行走了五年，我们回身望去，我们没有忘记当时出发的初心，我们也会依然沿着当年出发的目标，继续以"苦行僧"的姿态行进在中国原创音乐剧的道路之上。

我等着你回来

有时候一个戏的谢幕和一个人的谢幕是一样的，可以选择不战而退，可以选择急流勇退，亦可以选择在最光辉的时刻戛然而止，而《断桥》不是，《断桥》一直用她已经被压弯了脊梁的身躯顶扛着观众们的期待。舞台上大家可以看得到的这座桥已经被拆拼、拼拆了不少于200次，桥身上的每一道伤痕都是一个个真诚而又洪亮的掌声，都是观众在西湖薄雾中闪烁着的泪光。

直到今天——2018年，我的好多朋友还在谈论着《断桥》，他们还期待着有天能再看到她。我说很遗憾，《断桥》封箱了，短时间内应该不会再演了，大家都诚挚地说，我们一直记得《断桥》！我的大姐，曾经帮助把《断桥》引进上海国际艺术节开幕演出的陈敏杰女士对我说过："梁卿啊，《断桥》真的挺不错的，我脑子里至今都对她的旋律记忆犹新，挥之不去，一定不能丢掉，一定找机会升级、再演出！"我想我会遵循大姐的教诲，其实大姐也是代表了许多曾经被《断桥》感动过的观众，只要有观众期待，待时机成熟之时，我想音乐剧《断桥》应该会以更美的姿态"涅槃重生"的。

借用剧中一句唱词："我等着你回来！"是的，音乐剧《断桥》——我等着你回来，你也等着我回来！人世间最美好、最唯美的就是信约，来自彼此心灵的信约，不论最终是喜悦或是悲伤，都只得去坚持与坚守，这也是《断桥》的核心意志。

因为有约才有希望，有希望才有信念。

弹指一挥，《断桥》，再见！

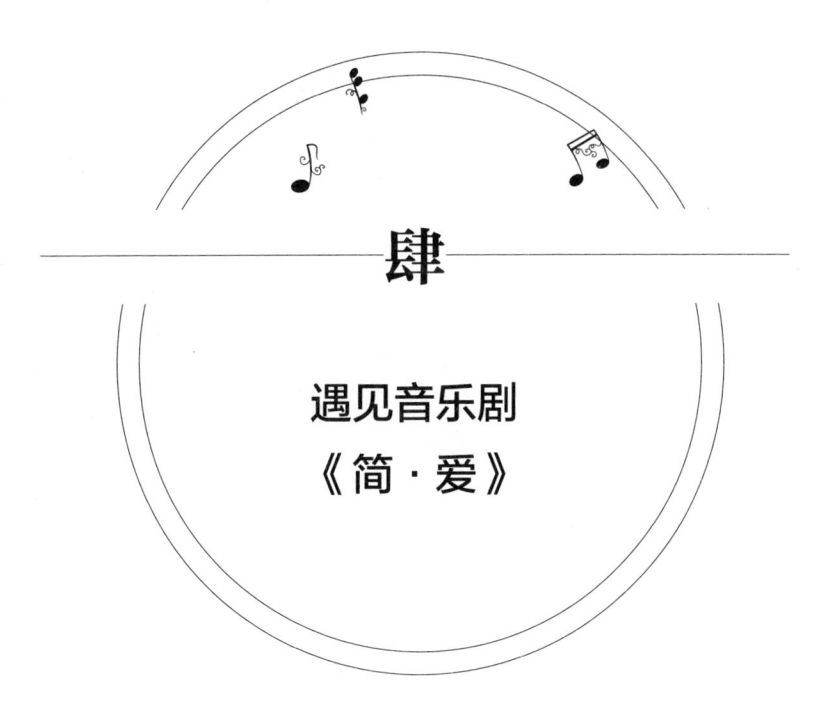

肆

遇见音乐剧
《简·爱》

这是一次挑战

话剧、舞剧、越歌剧的版本都有了,音乐剧的版本也应该有

早在2008年我随音乐剧《蝶》剧组来杭州剧院演出的时候,我就曾在剧院的大堂里看到过越歌剧《简·爱》(*Jane Eyre*)的海报,那时我的家人前来看戏,我们还十分巧合地在越歌剧《简·爱》的海报边上合了影。当然,那时并没有刻意要把这张海报拍进去,纯属不经意之举,但是多年以后翻看这张照片的时候惊奇地发现这张海报就在我们的身旁,我想这应该就是最初的缘分吧!

因音乐剧《愁女》的合作需要,我于2010年的夏天再一次走进原杭州剧院,谈话间老总告诉我,杭州剧院在三十年院庆之时曾出品过改编自同名经典小说的"越歌剧版"《简·爱》。他给了我碟片并让我回去有时间看看视频,他很希望把这版越歌剧改成音乐剧,所以让我回去考虑一下创意。这是我第一次真正遇见《简·爱》,不是看小说,而是看越歌剧的碟片。杨小青导演和她的主创团队创造性地把世界名著改编成越歌剧,用吴侬软语的越腔越调来演绎这个来自英国的经典爱情故事,这本身就是一个很有意义的创举,但我作为音乐剧的制作人,对于将此版本改编成原创音乐剧的这个提议,一方面没有十足的把握和信心,另一方面在我的脑海里尚未显现出具体的舞台形象。我给老总回了话,婉拒了他的邀请。

随着改编越歌剧《简·爱》的方案搁浅,之前说好《愁女》的合作也随之放下。世事变迁,我与他们开始了原创音乐剧《断桥》的合作,而《断桥》第一期一做就从2010年做到了2013年。在这些年里我注意到:

《简·爱》在国内演出市场持续升温，尤其是由王晓鹰导演执导的国家大剧院话剧版《简·爱》在"话剧女神"袁泉和"百老汇第一华人"王洛勇的演绎下，所到之处场场火爆、一票难求；邻近的上海芭蕾舞团出品的原创舞剧《简·爱》亮相上海国际艺术节，也获得了海内外媒体的一致好评；而就在杭州，著名导演杨小青戏剧作品回顾展上由杭州剧院出品的越歌剧《简·爱》连演两场，引起了剧场界的高度关注。我心里默默地想：话剧、舞剧、越歌剧的版本都有了，那音乐剧的版本也应该有！

在《断桥》艰难的后阶段奋力寻找出路

2013年的春天，经营了三年多的音乐剧《断桥》不断地出现运行危机，团队的经营与运转到了一个非常困顿的时期。那时候有大量拖欠的费用没有出处来支付，其中包括后期的一些演出费与团队的工资等。大家几经商议，希望通过版权交易或寻求冠名等方法来解决现实问题。但是那时的《断桥》已经过了最火热的时期，该得的奖也得了，该去演的城市也都去演了，加之三年前创作的版本多少也有些陈旧了，基于目前的状况和模式经过大家的努力确实已无法吸引新的资金进入，我们面临着团队解散的危机！如果解散团队，那么债务怎么处理？如果没有妥善处理债务，那么遗留下的一系列问题将如何面对？大家通过三年含辛茹苦创立下的口碑与品牌如何维系？这些问题一次次叩问着我们的心。不论用何种方式解决问题，保留团队和品牌是我们的心愿，最终我们决定一边推出新剧，一边继续寻找解决债务的方式，用新剧的制作来换取我们解决问题的时间和空间。就这样，制作原创音乐剧《简·爱》就真正提上了议事日程。

制作音乐剧版《简·爱》有几个问题需要厘清：首先是出品单位及版权的归属问题——决定此次制作由杭州剧院独家出品，在原越歌剧的基础上做修改与提升；其次是演职人员即演出团队的组成问题——决定以向杭州断桥文化艺术发展有限公司借用演职人员的形式来接手原音乐剧《断桥》留下的原班人马；最后是主创团队、运行管理团队及创作资金来源问题——为了上马音乐剧《简·爱》项目，杭州剧院召开了多次专题会议，最后决定于2013年9月在第二届中国演出商大会开幕之际推出该剧，同意了演出团队的借用方案，并要求主创团队原则上以越歌剧的团队为主，同时服装、舞美、道具、灯光等继续沿用越歌剧的版本，最大限度降低投入成本。

为了便于对剧组的管理，杭州剧院决定通过和浙江雷博人力资源公司签约的方式聘任我为杭州剧院的艺术总监，主抓音乐剧《简·爱》的创作、制作，并配备行政团长一名。就这样我与剧院返聘的退休职工李彩芬老师继续合作。资金方面，由剧院垫资，然后向上级有关部门申请专项补贴，同时以我为首的"艺术制作中心"与剧院签订《年度项目经营目标责任制协议书》，明确了我一个年度的经济效益责任指标和社会效益责任指标，若没有完成指标则视为年度考核不合格，要进行降职降薪的处罚。对于这些条款我当时想都没想，信心满满大笔一挥就签下了协议书。就这样，几个大方向一确定，也没啥特别的仪式，我们便风风火火地开干了，中国原创音乐剧《简·爱》的创作和制作正式启动。

在《断桥》最困难的阶段，因为《简·爱》的出现，大家不再那么慌乱，我们一边做新剧《简·爱》，一边奋力寻找《断桥》遗留下来的各类问题的解决方案。

我走进了杭州剧院

我是2013年春节后正式入职杭州剧院，任艺术总监的。具体的日子记不清了，其实在音乐剧《断桥》的整个工作期间，我一直在杭州剧院"借地办公",与剧院上下的工作人员几乎全都熟悉,所以对于我个人来说,在工作习惯上并没有感受到什么特别的地方。而剧院的同事们对我也并不陌生,办公室还是那个办公室,团队还是这个团队,无非就有一个变化——三年以来我终于开始领工资了!之前做《断桥》的近三年时间里,由于我是所谓技术股东,象征性地占有一点股份,老总们决定我不能领取工资和演出补贴,所以这三年以来我生活上基本是靠吃演《蝶》时积攒下来的老本,吃空了我就去开"流淌的旋律——经典苏俄歌曲私享音乐会"赚取生活费。此番入职杭州剧院,我便开始有了一份固定的收入了。

对于杭州剧院,我一直觉得我与它是有深厚的渊源和情缘的。

当年出国留学前,我坐车来杭州买去北京的火车票,我坐的155路公交车路过武林广场,那时候的杭州剧院没有现在这么漂亮,但是也很吸人眼球,我想等将来有机会来这里看看演出倒是挺不错的。到了正式去北京的时候,我们打的出租车又经过了杭州剧院,那天下着蒙蒙细雨,我还摇下车窗特意看了一眼它,这是我第二次注视这座剧院。再后来有一次我回国探亲,当出租车路过杭州剧院时,我看到剧院门口的广场上张灯结彩,有腰鼓队秧歌队在表演,那时我已学习声乐,我心想将来若有机会能来这座剧院开音乐会,那该有多好啊!后面几次经过杭州的时候我都会经意或不经意地路过剧院,每次向剧院投去的眼神都会在心里烙下一个印痕。真的就像人们常说的,意念的力量可以积攒并无穷增大,终于在2008年,我首先以音乐剧《蝶》演员的身份登上了这座剧院的舞台,实现了与这座剧院的第一次亲密接触。

一座剧院是一个城市的文化名片、文化窗口和文化会客厅,我希望走进这座剧院后能留下一些好的作品,为这个城市的名片建设、窗口建设和会客厅建设做些贡献。

这是名著，音乐剧版要怎么弄？

剧院将音乐剧《简·爱》正式立项之后，我便开始"地毯式"地搜索一切有关于《简·爱》的信息，无论是各种小说版本、电影版本、电视剧版本、舞台剧版本还是相关评论、延伸资料等，只要能淘到的资料我都收入文件夹中。作为制作人，在立项之后的第一件工作就是要全面了解该项目的内容，裁定我们所需要截取与使用的部分。

音乐剧是一种有着自己独特艺术审美要求的舞台戏剧形式，无论从戏剧架构、音乐框架，还是从舞台的场景衔接与切换等方面来说，它都有着音乐剧自己的本体要求。越深入研究就越发现，如果只是简单地按照剧院刚开始设定的那样，把越歌剧的版本改成普通话来演绎，是完全行不通的一个方案——首先是越歌剧与音乐剧所属艺术领域的审美完全不同，其次是所诠释的元素的功能性也完全不同，所以要想做音乐剧版的《简·爱》，必须重想、重写、重做！

我在剧院工作会议上仔细阐述了我"重想、重写、重做"的观点，虽然没有遭到反对，但剧院也给我提出了几点要求：一是舞美、服装、道具之前能二次利用的尽量二次利用；二是之前的主创团队原则上要保留；三是尽快做出投资预算表，总额不得超过剧院之前划定的范围。我想这也许是最好的一个结果了，这样为音乐剧争取了重新开始的空间与可能。

我马上给我的几个紧密合作伙伴打电话商议创作事宜。

我跟编剧、作词王凌云说，现在我们须打破之前所有的条条框框，重新设计剧本构架。我们相约每周的周六上午在上海虹桥火车站COSTA咖啡店碰头，一点点推进工作。

我跟作曲祁峰说，音乐要全部重写，包括戏剧部分的音乐，所以在剧本出来之前请先构思音乐的架构与主要角色的音乐形象，等剧本出来后调整与研究。

我跟驻团导演俞炜锋说，要开始训练演员的人文气质和英格兰气质，于是剧组下达任务，全体演员阅读原著、观摩经典版电影《简·爱》和热播的电视剧《唐顿庄园》，努力去寻找、去接近那个时代。

摆在我面前的还有一个棘手的困难就是我基本沿用了音乐剧《断桥》的创作团队，那如何去和杨小青导演的越歌剧团队磨合是一个要加紧沟通的工作，因为这是完全不同艺术风格和概念的两个团队，要磨合起来不一定是件容易的事。我想不论怎样，剧本先行！一切等剧本出来以后再说。

通过各种渠道我找来了7个不同翻译家翻译的小说《简·爱》、百老汇音乐剧视频1部和曲谱1套、各个不同出品机构制作的电影5版、电视剧1版、中文话剧1版、芭蕾舞剧1版、越歌剧1版、有关原著作者的书籍与书信集5套、有关各界的评论文章30多篇，我花了近两个月的时间，把所有的资料全部读了一遍，每一份资料都是创作者经过不断审视与创意而形成的结晶。我在这些成品的资料库里尽情地吸收着养分，我期待着通过对这些有关《简·爱》信息的研读能够再次形成我对《简·爱》的独到感受和理解。我从这些资料库里选取了由美国著名影星苏珊娜·约克（Susannah York）、乔治·斯科特（George C. Scott）主演的，由上海电影制片厂著名配音演员李梓、邱岳峰中文配音的经典彩色电影《简·爱》和译林出版社出版的由上海籍著名翻译家黄源深教授翻译的小说译本《简·爱》作为给团队主要学习研究的两个资料。

我有一个清晰的认识：对于我们来说，要改编和演绎一部影响力如此巨大的世界名著，我们只有反复地研读原著、反复地分析研究成功改编创作的案例，在这样反复的过程当中来形成、建立我们音乐剧版《简·爱》的形象和概念。

剧本与创意

音乐剧的"换化"与"创意"

对于音乐剧《简·爱》的版本来说,关键的第一步就是对故事重新进行梳理,在成熟的小说上进行元素提取,这绝非易事,唯有充分熟悉小说,才有可能寻找到好的灵感和创意。

我在网上和书店里分别搜集并购买到了小说《简·爱》的7个不同翻译家翻译的版本:

黄源深译本,由译林出版社出版;

祝庆英译本,由上海译文出版社出版;

宋兆霖译本,由京华出版社出版;

付悦译本,由百花洲文艺出版社出版;

张承滨译本,由北方文艺出版社出版;

马亚静译本,由上海三联书店出版;

迮洁译本,由长江文艺出版社出版。

入手后,我全部的精力便投入通读这些译本之中,一本本看,再一本本比较,每版译作都是通过精心翻译的,字里行间个性十足、文采飞扬。我最后阅读的是黄源深先生的译本,加上前面6个译本的阅读印象,我忽然在这第七次阅读中脑海里开始有了音乐剧版的具象结构,同时"简·爱""罗切斯特"等这些主要人物形象也越来越鲜活,故事脉络也越来越清晰,并且我想要截取的音乐剧中的场景与戏剧部分也逐渐显现出来。于是我在书中不停地划着,批注着,生怕漏掉了可以进行"音乐剧换化"的内容。

小说，毕竟是文学艺术，要把一个个文字和一个个标点符号"换化"成音乐剧的舞台语汇是需要非常谨慎而又创意性的整理与布局的，我把我认为可以成为换化音乐剧的素材分别用独立的纸片整理好，以待将来看完视频材料后再调整和增补。看得多了、久了，我似乎发现对《简·爱》来说我有了一种"直觉"，事实上在这之后的所有关于这部戏的创作和制作我都是根据这个无法用语言来形容却又十分清晰的"直觉"在推进着、决策着。

看完最后一稿译本已经临近春节了，我又一口气看完了找来的几个视频，有电影版也有电视剧版，这样就意味着把《简·爱》的种子种在了心里，假以时日我想她定会很快地在我的身体里发芽、成长。春节按部就班地欢度着，有一天，阳光明媚，我坐在院子里晒太阳，不经意之间我又拿起了黄源深先生的译本重读了标注过的几个重要片段，忽然有了些困意，于是不经意间打了个盹儿，我做了一个奇特的梦：

我梦见一个英格兰优雅的女士捧着一本书向我走来，站在我的面前，她说她就是《简·爱》的小说作者夏洛蒂·勃朗特（Charlotte Brontë），她很高兴我们那么喜欢这部小说。在梦里她清晰地告诉我《简·爱》就是她自己的人生缩影，很多地方就是她自己的切身经历，所以她说如果能够以她的名义来演绎这个故事一定会很精彩。

其实就是打了一个盹儿的时间，但我感觉好像过了好长的时间，我醒来后不断重复和回忆这个奇特的梦，以我以往的经验，若是晚上做的梦早晨醒来大多会忘记掉梦的内容，但是这个梦我不但没有忘记，反而随着时间的推移越发地清晰，清晰地连梦里的细节都记得清清楚楚，我始终没有琢磨透这个梦的含义，究竟是我看小说看久了，亦或是人们常说的日有所思夜有所梦？不论怎样，既然小说作者"托梦"于我了，我一定要想办法实现这个梦的内容。

我想了很久，以小说作者的名义来演绎这是个创意点，但如何设置？突然，我想到了一个办法，全剧为何不以作者夏洛蒂·勃朗特与其笔下人物简·爱的书信交流作为线索来串起整个故事呢！这样既可以丰满简·爱的人物形象，又可以创造性地塑造出历史上第一个夏洛蒂·勃朗特的舞台形象。有了这个创意，此版《简·爱》完全可以与所有《简·爱》其他的艺术作品区分开来，并以结构性的创造改编脱颖而出。我按捺不住心中的激动，于是马上打电话给编剧王凌云告诉他我的想法，凌云也十分赞同我的创意，这样这个经典的小说就有了新的视角、新的内核与新的层次。我与编剧一拍即合，于是我们马上乘热打铁在春节期间就开始创编，让作家夏洛蒂·勃朗特以"秘密笔友"的身份重新贯穿起《简·爱》这个传世的经典爱情故事。

我想能够获得这个创意除了"梦"的本身，应该也是因为通读了各个译本、通看各个影视版本，在不知不觉中产生了一种文学艺术与音乐戏剧的"化学作用"，正是这样的"化学作用"才让音乐剧版《简·爱》能够在众多的同类作品中有了新进的一步。

在这次音乐剧《简·爱》剧本创作的实践中我再次深切地体会到文学的重要性，戏剧作品的核心灵感与创意一定是从坚实的文学作品本身中得来！

在虹桥火车站的 COSTA 咖啡店谈剧本

春节假期还未过完我便迫不及待地与编剧王凌云开始碰撞，我住杭州，他住上海，我们就决定折中——约在上海虹桥火车站到达处的 COSTA 咖啡店碰头。基本上我们的创作例会一开就是一天，我上午乘坐高铁从杭州到上海，晚上再乘坐高铁回杭州，这样基本隔几天就见一次，编剧凌云一写完某部分的初稿就约我见面商议，等基本形成统一的基础意见之后马上发给在北京作曲的祁峰。在不具备很好的创作硬件条件时我们只好用这样的方式进行沟通与交流，好在现在网络发达，视频会议也是十分方便，但我还是希望主创们尽量多在一起磨合，进行不停地、全方位地思想碰撞，隔得太远的交流始终还是会丢失掉很多的信息，当然在目前的条件下我们也只好这样克服了。

好在我与编剧凌云还是有很多机会能够见面详细沟通，那个时候的我们也还都能有全情投入的精力，我们坚定地认为这样慢慢打磨出来的作品将来一定能让观众感受到我们在其中所下的功夫。在虹桥站的创作例会上，我与凌云除了交流《简·爱》这个故事本身内容外还十分注重探讨音乐剧的"换化"与"呈现"。那个时候还没有最后决定请哪位导演来执导，所以在没有导演的创作初期只好是制作人与编剧先来设计一些基本框架元素了，包括舞美、灯光、造型等，以便日后可以给导演提供一些可以参考的意见。

凌云在大学时代是学习美术专业的，但他热爱讲故事和喜欢写歌词，多年下来的创作积累已经让他具备了较强的编剧、作词能力，由于他的创作有着原专业的技术映射，所以我经常说他的剧本与歌词是有很强的"可看性"的。一个好的原创音乐剧文学剧本在没有音乐的情况下，如果仅仅能读到剧本表象的"戏与词"那是远远不够的，还需要能够看到那种"戏与词"背后的"立体色彩"。我对文学剧本赋予演员表演的"戏与词"背后那种"诗意化叙事"的立体色彩十分敏感和关注，因为这种"诗意化叙事"的立体色彩将来要与舞美、灯光、布景、服装、道具及综合舞台调度去融合，在这个融合的过程中必须要具备审美的统一性，而这种"统一性"的基础就是源自于这种"诗意化叙事"的"戏与词"。

我很清晰地记得我们最后一次在虹桥站碰面创作的情景，那天我们在谈夏洛蒂·勃朗特与"简·爱"的最后一个空间交流——"简·爱"婚礼失败后的出走与"桑菲尔德"的火灾。这是一个最关键的衔接点，也是全剧最高潮的部分，所以我们必须花更多的心思在这里。我们尝试地想着这场大火应该与这两个女人有直接的因果关系，戏剧发展到这个地方已经不必再藏着掖着了，不如直接让夏洛蒂·勃朗特与"简·爱"她俩心中的那团熊熊烈火来引燃吧，COSTA 的座位空间不太大，在狭小的空间我们两人说着说着一激动打翻了水杯，水杯落在地板上摔碎了，于是我笑着对凌云说："对的，就应该是这样的彻底！让她俩心中的那团火焰彻底地燃烧吧！让她俩的情绪彻底地爆发吧！烧个透彻，烧个爽气，烧完了爱恨情仇就烧尽了人生过往！"告别时，我拿手机拍了一张 COSTA 咖啡店的照片，我想，音乐剧《简·爱》的剧本诞生于此，应该好好纪念它，希望《简·爱》能尽快来上海。

果然，心之所念，必有回响，音乐剧《简·爱》是我几部原创音乐剧中来上海次数最多的一部，也是在上海取得的票房成绩最好的一部，因为音乐剧《简·爱》与上海有剧本诞生之缘！

写意英国女作家——夏洛蒂·勃朗特

夏洛蒂·勃朗特，对我来说本是一个很陌生的名字，但我们因音乐剧《简·爱》而结缘，她成为我日后很长一段时间挂在嘴边最多的一个外国人名。

决定在剧中塑造一个夏洛蒂·勃朗特的形象，这毫无疑问是一个创新之举，但具体怎么来塑造？怎么样才能让她成为一个主要的线索人物，既要与"简·爱"互融胶着，又要独立成角？我认为，不能让夏洛蒂·勃朗特成为一个贴牌符号，更不能让她成为一个简单的串场人物，如果只是贴牌符号或串场人物那就会变得像一般性演出的主持人一样，这就没意思了，不能让这么好的角色创意成为单薄的惊鸿一瞥，所以给她写戏的手法和角度就显得很重要。

创作夏洛蒂·勃朗特一角还有几个需要引起我注意的地方，除了不能单薄化和符号化，也要注意她与"简·爱"的内核关系以及戏剧量化的分配比例，还要注意她与小说故事本身的内涵关系与结构层次，毕竟我们要做的和观众所期待的是著名的《简·爱》，而这个情感基础是源自于名著的本身，所以夏洛蒂·勃朗特的出现需要起到更进一步诠释原著内容和精神的作用，而不能成为一个臆想和杜撰的部分。这些问题都是摆在我们面前需要一而再再而三地谨慎考量的，否则这个创意就会变成画蛇添足。

编剧凌云从上海图书馆借来了一本夏洛蒂·勃朗特的书信集，我们一起读这个书信集，从中获得许多珍贵的信息，了解了勃朗特在创作、出版、评论小说《简·爱》时各种不同的境遇与心态，这对我们塑造她这个角色人物来说有十分重要的作用，看完书信集后我更熟悉这个女作家了，也更爱她了！她对小说《简·爱》倾注了自己全部的心血和情感。我能够感受到她是含泪滴血地写下的这部传世之作的，这也许就是这部小说之所以经典的原因所在吧！夏洛蒂·勃朗特与出版商、资助者的情感交集引起了我的注意，从她的书信中可以捕捉到大量这方面的信息，之前我一直有个疑问，为什么在每一版译作的扉页上显著地写着："谨以此书献给雷萨克（Lysacek）先生。"是什么样的原因致使她要将一部这么浪漫的爱情小说如此高调地献给一位默默无名的先生？一定要探个究竟，这样才能更了解这位有血有肉的神奇女作家！

到了真正落笔勾勒夏洛蒂·勃朗特的时候了，我们急需要为她设计出场的位置和确定出场的功能，她的每一次出现是以什么样的形象、怀着什么样的心境、带有什么样的目的？她出现时对整个戏剧发展的功能又是什么？她的出现与笔下人物"简·爱"的命运走向有什么关联？与小说创作的本身和创作时她作为作家的本身又有什么样的关系？想得越深入我便越感到创作的难度，因为这中间任何一处不恰当的设计或不准确的设置都会影响最后的呈现效果。"不辜负这个女作家，不辜负她的信任"成为激励我们主创团队前进的力量，每当我觉得难不可挡的时候，这个信念就会给我无穷的力量！

可不是吗？我们面对的是世界经典名著，本就应该怀揣着诚惶诚恐的严谨态度！

《北极星》照耀《心路》，寻访《简·爱》

与晓鹰导演再度牵手

音乐剧版《简·爱》的导演应该是一个充满诗化意象，对名著本身有强大的解读、解构和音乐创意能力的导演，我脑海中毫不犹豫地蹦出来：晓鹰导演！决定邀请王晓鹰导演来执导音乐剧《简·爱》不仅是因为我们之前有过音乐剧《断桥》非常愉快的合作，更因为我是他话剧《简·爱》的忠实粉丝。

王导对戏剧、对音乐有惊人的敏锐力和创造力，他往往可以在大家束手无策或者迷茫无形的时候给出一个个创造性的、经典型的解决方案。王导在执导的时候有一股坚定而强大的吸引力，所有的主创们在他的把握与指导下可以很快地统一思想，形成一种属于本作品应有并独有的艺术风格。王导与我们彼此都很熟悉，所以他在创意和构思的起初就会站在我们团队的角度来为我们考虑有关成本投入限度、巡演运输便捷等客观问题，他会根据这些现有的条件来确立适合我们的创作方案，这一点让我非常感动！

很快，我就约到了与王导见面的时间，那段时间王导正好在复排话剧《简·爱》，电话里他先约我在人艺附近的一个餐厅见面简单聊一下情况，然后约我去国家话剧院看第二天话剧《简·爱》的排练。我没有整理行李就行色匆匆地从杭州飞赴北京。那是初夏了，有一点点闷热，赶到人艺边上的餐馆后不久王导和夫人黄文就来了，这是我第一次见到王导的夫人黄文博士。我们非常热烈地讨论着音乐剧版《简·爱》的种种可能性，我向王导汇报了我的一些创意和思考，王导十分认同，他尤其赞同我们把夏洛蒂·勃朗特作为剧中角色的这个创意，他说让他好好想一想，如何让这个人物的功能性更加突出，让戏剧的矛盾更加突出。我把祁峰已经写好的一小段《北极星》的音乐放给王导听了，他觉得较《断桥》而言，这一次的音乐更加古典化，更贴近戏剧的环境，黄文老师看我们聊得那么开心，举起相机"咔嚓"一声给我们合了个影。黄文老师是新华社著名的"战地女记者"，曾经作为中国第一位前往国际战场的女摄影记者赴南斯拉夫联盟，参加了科索沃危机、南联盟战争及北约轰炸中国驻南联盟大使馆事件等一系列的战地报道，也是一位传奇式的人物，能够得到黄老师的关注与拍摄，我想音乐剧《简·爱》一定能开个好头！

第二天的探班话剧《简·爱》是我最为激动的一件事，为此我整整兴奋了一夜，因为在明天我不仅可以看到这部曾经让我感动不已的作品她最质朴的那一面，更令我振奋的是我可以零距离地欣赏到我心目中的"话剧女神"——袁泉姐姐和著名表演艺术家王洛勇老师的精湛演技，同时可以看到这两位极其优秀的演员在晓鹰导演执导下工作的全过程，这对音乐剧版的《简·爱》来说是一个十分难得和宝贵的学习观摩机会，不能不说，我是最幸福的《简·爱》粉丝！

遇见女神：话剧版"简·爱"——袁泉姐姐

袁泉，中国话剧舞台上最耀眼的明星之一，是我心目中的"话剧女神"，也是我最钦佩与欣赏的青年表演艺术家。2013 年，她以话剧《简·爱》《青蛇》《活着》"三剧同演"而震惊剧坛，这三部话剧风格迥异，袁泉以自己最真诚的表演彻底征服了观众，我就是追着看这三部剧满城跑的粉丝之一。

早在2008年的时候，我第一次在国家大剧院看话剧《简·爱》，当时我完全没有去想过有一天我会去做音乐剧的《简·爱》，记得当时我还逗趣儿地跟同行的朋友说：做《简·爱》可是个苦差事啊，去哪儿找这样的演员去！可当我看到袁泉扮演的"简·爱"站在舞台上，随着约翰·汤纳·威廉姆斯（John Towner Williams）创作的经典电影《简·爱》主题音乐响起，她屈身拎起一只行李箱孤零零地行走在寒风中时，我大吃一惊，天啊！这不就是"简·爱"本人吗？我与现场其他的观众一样，都认为袁泉就是"简·爱"，她清瘦而又倔强，淡淡的忧郁之间透露着浓烈的热情，目光如炬，坚毅无比。

现任中国国家话剧院的音乐总监、话剧版《简·爱》的音乐设计程佳佳是我的好朋友，这一天，在她的带领下我诚惶诚恐地走进话剧《简·爱》的排练场，那个氛围熟悉而又陌生，王导正在准备着排练前的工作，他让佳佳招呼我找位子坐下。

我静静地坐在导演席的后座，环顾四周，很容易地就看见了袁泉，她独自在排练厅的把杆上静静地做着热身运动，我一直看着她，她非常认真地沉浸在排练前的准备工作中，差不多快开始了，她离开把杆，披上代用服装，戴上帽子，在候场区静静地候场。当王导命令排练开始时，她起身，在音乐声中缓缓走到中央，随着音乐的推进拎起一只行李箱，慢慢地抬头，开始了她的表演。我能感受到她的饱满情感和对人物的掌控，那一刻或者更早，她就是"简·爱"了，她不是在表演，而是在真实地再现。袁泉的台词虽然不是很大的音量，但是掷地有声，非常坚实，她语言的节奏、音色和句法都十分考究，她的表演细致入微，细致到都能听到她的呼吸，光看排练就已经让我深受感染了，这是我继2008年看过剧场版后再一次看《简·爱》，感动依旧。

我叮嘱一起来看排练的编剧王凌云和作曲祁峰，我们要好好关注一下袁泉在《树下告白》这一段的表演，因为我们音乐剧的创作在《树下告白》这个地方遇到了一个很纠结的困难，这一个段落的台词非常经典，几乎每一个"简·爱"迷都能倒背如流：

"你以为我会留下来成为一个你觉得无足轻重的人吗？你以为我是一台机器？一台毫无感情的机器？你以为我贫穷、低微、矮小、平凡、不美，我就没有灵魂没有心吗？你错了，罗切斯特先生！我的灵魂跟你一样，我的心也跟你一样，假如上帝赐予我一点美貌和财富，我会让你难以离开我就像我现在难以离开你！假如有一天我们穿过坟墓同样地站在上帝的面前，我们彼此是平等的！"

如何创作音乐剧版《简·爱》的这一段唱词和旋律？非常棘手！我们也曾考虑过，这一段落干脆就使用话剧"说"的方式，但是如果真的这样处理那么将来会让观众觉得音乐剧版的《简·爱》是不成功的，因为在这个关键的华彩之处没有用音乐剧的表达方式！如果这一段落不用"说"的方式而用"演"和"唱"的方式，那么该怎么演？怎么唱？旋律和节奏要怎么设计？这一段是全剧的高潮与华彩，观众是十分期待的，我甚至认为音乐剧版《简·爱》的成功与否，就看这一段的设计和创意，所以这个段落的创作非常关键，必须攻克下这个难题。我让编剧与作曲来看袁泉的表演，就是希望看看是否能够从袁泉的表演中找到音乐剧创作的灵感和方向。

袁泉与王洛勇的这段《树下告白》已经表演得炉火纯青了，那么精准的节奏，那么经典的舞台调度，那么充满张力的戏剧行动，我回头看到编剧与作曲舒展了的表情，想必他俩心里已经有谱儿了。一直以来，我个人对话剧的这一大段有很强烈的感受，这是一个难得的经典片段，我们音乐剧版的创作者一定要深入地学习和感受。果然回去不久以后，作曲祁峰从袁泉的台词中找到了内在的律动与节奏，打出节奏的点儿后，王凌云再填上唱词，最后给我听的时候我感觉到了一气呵成的酣畅淋漓，他俩一遍成功。所以，日后音乐剧版《简·爱》的《树下告白》能够成为一段比较完整和流畅的段落并受到观众的认可，这真的要感谢袁泉和王洛勇两位老师的表演，如果没有他们那么到位的塑造、那么精准的诠释作为范本，我们音乐剧版的创作者可能还要再经历更多的辛苦。

袁泉对于"简·爱"的诠释与塑造之所成功，就是"真"，真实、真诚、真切，这在排练场就已经让人满满地感动了，到了舞台上这样的感动必定会更加深刻。

遇见话剧版"罗切斯特"——王洛勇老师

王洛勇老师是我们音乐剧行业的前辈艺术家。他曾经在大家熟知的经典百老汇音乐剧《西贡小姐》中有过精彩的表演，我是在音乐剧《蝶》剧组中认识他的，并有过很多交流。

记得有一次音乐剧《蝶》在东莞玉兰大剧院演出结束后我们正前往剧院大厅进行签售活动，正好周汉标先生（时任东莞玉兰大剧院管委会主任）与洛勇老师走在我们一行的旁边，周主任向他介绍了我，洛勇老师说："祝贺你演出成功！我觉得你唱得还是不错的，但是人物与戏剧方面还要再努力努力，因为这是一个五十多岁的首领，必须要有更多的城府和性格里的内容，可能你现在三十来岁还没有刻画到位，但总体还是不错的，继续加油！"能够得到洛勇老师的指点与评价是很珍贵的，的确那年我才26岁，还难以真正完成作为首领的人物塑造，所以只得先从音乐上去尽量完成。

还有一次在《蝶》剧演出后的庆功宴上，李总把我叫到他们一桌让我向洛勇老师敬酒求教，洛勇老师又继续跟我谈了戏剧人物的创作技巧和方法，洛勇老师不是去讲一些大理论之类的，他很直接，就以场景中的某一点跟我分析怎样演会更好，比如调度的方向、幅度、节奏、服装的使用、表情等，所以我在之后的表演中都尽可能地将洛勇老师教给我的方法用起来，慢慢尝试和感受，一点点寻找新的表演方法。有一次李总忽然跟我说近阶段我的表演进步挺明显的，其实那时候我是借鉴了洛勇老师教给我的方法，这件事儿我后来一直没有机会向洛勇老师致谢过，所以在此书中把

遇见音乐剧 | 流金的青春里除了奋斗还能做什么

这个经历记录下来，特向洛勇老师致谢！

　　这次在话剧《简·爱》的排练厅与洛勇老师再次会面，我们没有太多的寒暄，我就单刀直入地与他谈起《简·爱》来，洛勇老师不顾刚刚排练完的疲倦马上在一个桌子边坐下开始与我们探讨。洛勇老师是音乐剧的专家，同时又是话剧版《简·爱》的"罗切斯特"，所以他对我们音乐剧《简·爱》的意见和建议是很珍贵的，我十分想从中"捕捉"到一些实用的信息。洛勇老师听了我们已创作好的序曲和开场合唱《无尽荒原怎能找到爱》的音频片段，他建议我们在音乐语汇中应该有一些宗教音乐的色彩，因为《简·爱》原著里有一个重要的宗教意识体现：由于"罗切斯特"曾经在上帝面前许过有关婚姻的誓言，在没有解除上一段婚姻的情况下而今又再一次在上帝面前许誓，这是一个欺骗上帝的行为，理应得到沉重的惩罚，所以后来桑菲尔德火灾、"罗切斯特"毁容失明。但是，当一切附加的条件全部剥夺之后曾经相爱的人们是否还能继续相爱？这是一个很沉重的人性考验，在作为普通的人的考量与抉择之间，他们的品质与信仰往往在这个时候会起到决定性的作用，所以应该用更大范围的情怀与视野来设计戏剧中的音乐。这一点剖析给了我们很大的启发，我们吸取了洛勇老师的建议，所以日后在第二幕《婚礼·教堂》中我们选择了一段由莫扎特创作的 A 大调单簧管协奏曲（K.622）第二乐章的主旋律为基础旋律配以童声领唱的方式营造出一种教堂唱诗的氛围。这部协奏曲的第二乐章是慢板，D 大调，四三拍子，三段歌曲形式，在弦乐的伴奏下，单簧管平静地奏出了主旋律，就犹如一首难以言传的忧郁悲歌，好像天鹅苍凉的哀鸣之声。这部协奏曲是莫扎特最后创作的一部协奏曲，也是唯一的一部单簧管协奏曲，所以选择这样音乐气质的主题旋律，用唱诗的形式来重新演绎，让"罗切斯特"与"简·爱"在这样的音乐声中缓步步入教堂，从而使得这个场景有着很浓郁的宗教感，同时也平添了几分肃穆悲切的仪式感。

集结桑菲尔德庄园成员

桑菲尔德庄园是"简·爱"成年后最重要的工作和生活的地方,《简·爱》故事的四分之三场景都是发生在这个庄园里,所以"聚齐"庄园里的成员们是开排前最重要的工作。

我们在剧本的人物介绍中写道:

"简·爱"(音乐剧女高音):十八岁,孤儿,她是一个贫穷、低微、不美、矮小的女孩,在教会学校中学会了钢琴,擅长画画,生性崇尚平等,坚韧独立,进入桑菲尔德之后是"阿黛尔"的家庭教师,她勇敢地爱上了庄园主人"罗切斯特",历经心灵的颠沛流离,在获得巨额遗产之后仍对身患残疾的"罗切斯特"不离不弃,回到桑菲尔德庄园。

"爱德华·罗切斯特"(音乐剧男中音):四十岁,富有的桑菲尔德庄园主人,"阿黛尔"的监护人,心有城府却本质善良,外表冷酷但内心火热,他深深地爱上了"简·爱",为了得到爱情,他利用"英格拉姆·布兰奇"的订婚宴会来激起"简·爱"的嫉妒心,在因旧婚事带来的万般痛苦之下,他决心隐瞒自己和"疯女人贝莎"的那段可怕的婚姻,并决心与"简·爱"结婚,最终在自己庄园的大火中因拯救家人而双目失明。

"夏洛蒂·勃朗特"(戏剧演员):二十八岁,表面上是女作家、"简·爱"的笔友,实际上她和"简·爱"是一体的,她刻薄地否定"强烈的爱情",立志终身不嫁,一直劝阻"简·爱"对爱情的热烈追求,但最终被"简·爱"勇敢的爱情所感动。

"理查德·梅森"(音乐剧男高音):二十六岁,"罗切斯特"的小舅子,疯女人"贝莎"的弟弟,赌徒无赖,眼中只有钱,他在婚礼上揭穿了"罗切斯特"的婚史,并在大火灾中放弃营救姐姐,因冒火哄抢财产而葬身火海。

"英格拉姆·布兰奇"(音乐剧女高音):二十二岁,"英格拉姆"

勋爵之女，上流社会的标准淑女，相貌娇好，举止风雅，会弹钢琴会唱歌，但十分势利、虚荣、小气、迷信，觊觎"罗切斯特"的财富，希望和他结婚。

"疯女人贝莎"（音乐剧女高音）：三十岁，"罗切斯特"法律承认的原配妻子，她的家族患有精神病史，其父隐瞒实情后将其嫁给毫不知情的青年"罗切斯特"，但因婚后时常发疯被长期锁在房间中，她是庄园中尖笑的幽灵，喜欢撕扯衣服、纵火、咬人，声音沙哑、行为疯狂，最终将桑菲尔德庄园付之一炬，自己也殒命于火灾之中。

法国女人"赛琳娜"（音乐剧女高音）：二十五岁，"罗切斯特"的巴黎情人，"阿黛尔"的母亲，法国"康康舞"女郎，水性杨花，将私生女"阿黛尔"遗弃给"罗切斯特"。

"小简·爱"（童声）：八岁，孤儿，敢于反抗各种不合理的欺凌，性格坚韧且具有强烈的自尊心。

"阿黛尔"（童声）：十岁，法国女人"赛琳娜"的女儿，从母亲那里学会了爱慕虚荣的劣习，喜欢礼物，唱歌跳舞也带着母亲的风尘感，但又十分天真可爱。

"海伦"（童声）：九岁，孤儿，教会学校中"小简·爱"的知心好友，相信上帝，相信宽恕，擅长画画和讲童话故事，因为流感而不幸夭折。

"里德太太"（音乐剧女中音）：三十三岁，"简·爱"的舅妈，在丈夫死后不顾遗训，对"简·爱"百般刁难欺凌，溺爱自己的孩子，时常会因为"小简·爱"的顶撞而恼羞成怒，体罚她，将她关进红房子禁闭，在"简·爱"八岁时将其送到教会学校，但临终前得到了"简·爱"宽恕。

"费尔法克斯太太"（音乐剧女中音）：五十七岁，桑菲尔德庄园的老管家，忠心耿耿，心地善良，对"简·爱"十分和善，但对下人较苛刻。

"布洛克赫斯特"（音乐剧男中音）：五十岁，教会学校的校长，对学生虚伪、严苛。

"吉卜赛人普尔"（音乐剧男高音，会杂技、魔术）：二十二岁，"罗切斯特"的忠心仆人，看守疯女人，结巴、爱喝酒误事。

"圣约翰"（戏剧演员）：三十一岁，善良朴实，热爱宗教事业，他为"里德太太"做最终弥撒，告诉"简·爱"得到巨额遗产。

神父（戏剧演员）：五十一岁、稳重正直。

其他男女配角若干，分饰演仆人、贵宾、黑衣人等。

要在短时间召集起这样一批角色演员是有很大的难度的，每一位角色人物饱满，个性鲜明，而且几位主要角色已经在人们心中有着自己的形象与想象，特别是"简·爱"，每个人心中都有一个自己的"简·爱"形象，袁泉的话剧版"简·爱"形象十分到位，音乐剧要从芸芸众演员中遇见这位"简·爱"，这不是一件轻易的事：首先她的外貌、长相和气质都要基本符合人们对"简·爱"想象的平均期望值；其次她的音乐能力、演唱能力、戏剧能力要综合；然后她得有深厚的人生经历与感悟；最后她还得有足够的档期和体能来完成排练和日后的巡回演出。我想要符合这四点的演员，硬找是找不到的，只能"等"！等着上天把她带来身边。期间我们进行了常规的演员招聘工作，陆陆续续几个角色都确定下来了，最后剩下最重要的"简·爱"和"罗切斯特"还迟迟不见身影。

我想这两位主演的"遇见"必然需要一定的时间和诚心，所以先把其他角色与群众演员确定下来，这两位主演哪怕是将来边排边找也可以，于是我与执行导演俞炜锋开始商议排练及首演阵容的演员邀请名单：

最先确定下来的是"小简·爱"的扮演者——赵鸿英。鸿英是我音乐剧《蝶》的同事，她演"小女孩儿"，我特别喜欢她的表演，淳朴而真实，尤其鸿英的演唱非常具有戏剧感染力，她有着丰富的"小女孩儿"的表演经验，所以请这位老朋友来演"小简·爱"是最合适不过的；

随后由赵鸿英推荐的青年话剧演员陈莹也就确定下来了，陈莹音色结实有力，虽身体清瘦但有着很强的爆发力，非常适合"疯女人贝莎"。

"梅森"的扮演者黄冠崧是我们的好朋友，演唱与表演的功底深厚，为人和善，善于团队协作，他把"梅森"刻画得入木三分，给人一种"痞帅"的印象，很受观众欢迎。

"夏洛蒂·勃朗特"经我们考虑再三之后决定请一位话剧出身的演员，用更多语言上的塑造来创作这个角色。经推荐，邀请原音乐剧《断桥》合作的演员米国强老师的女儿米敬白来出演这个角色，敬白是一位表演经验丰富的老演员，心理节奏非常沉稳，而其父米国强老师则担任"神父"的角色，父女同台演出也是成就了一时佳话。

扮演"费尔法克斯太太"的程宁俐老师与"里德舅妈"的陈翠娟老师是浙江话剧团的老艺术家了，是由《断桥》老年"白兰"表演者周贤珍老师介绍的。第一次见面时我就立刻给两位老艺术家分工并把剧本发给她们，记得第一次排练的那天，两位老艺术家直接脱稿上台，一位忠厚"老管家"和一位严苛"坏舅妈"鲜活地跃然眼前，可见两位老师在底下已经做了很多功课了。

"小简·爱"在罗沃德学校的好伙伴"小海伦"与"罗切斯特"的法国情人"赛琳娜"则由我团的郭娜与韩卓妍扮演。郭娜曾在音乐剧《断桥》中扮演苏青青，她也曾在其他儿童剧中演过角色，她将小海伦清凉凉、冷冰冰的悲剧感觉表现得恰到好处。韩卓妍是我团的舞蹈指导，所以对于赛琳娜的塑造更侧重于形体的展示，让她的长处予以发挥。

"布洛克赫斯特校长"与"普尔"由执行导演俞炜锋与执行制作人杨亚辉出演，老俞是音乐剧《断桥》中"钱上校"的扮演者，杨亚辉是《断桥》中"王忠恒"的扮演者，都是久经舞台考验的老演员了，同时他俩也是音乐剧《简·爱》的主创团队成员。

其余的角色都是由原音乐剧《断桥》剧组的演员出演，有一些演员要演好几个角色，这对于演员来说是一次很好的锻炼机会，演员阵容逐步形成了。临近初排，寻找"简·爱"和"罗切斯特"到了关键的时候了，一定要找到，否则作曲的定调、定旋律和导演的创作、构思等都要受到影响，怎么办？我心急如焚！

有一天创作会上，我与大家再次商议寻访"简·爱"和"罗切斯特"的事儿，哪怕不能跟巡演那就先首演也可以，我们必须要紧急找到这两位演员了！散会后我心里向夏洛蒂·勃朗特默念：您一定要帮助我们，让您笔下的两位人物赶紧出现吧！有了他俩这戏才能成，现在时间已经不多了。

我在做音乐剧《简·爱》时常说的一句话：精诚所至，金石为开。果不其然，就在我向夏洛蒂默念的那天傍晚时分，暮色降临，我站在办公室的玻璃墙前眺望窗外，忽然手机响了，一个温和的声音在电话里说道："梁老师好，我是章小敏，朋友告诉我你们剧院在制作音乐剧《简·爱》，我想来试试，我是浙江人，很想与浙江的剧目合作。"我当时有一个强烈的预感："简·爱"，来了！

我立刻与小敏沟通了细节并希望她第二天来杭州剧院见面，我的预感再次告诉我她一定行，所以不要繁缛的流程了，明天见面直接试唱。章小敏，浙江桐庐人，早年毕业于浙江省艺校，后毕业于中国音乐学院，现为上海音乐学院音乐剧硕士、中国歌剧舞剧院的独唱演员，她可以说是中国音乐剧的"开荒演员"之一，多年前的音乐剧《五姑娘》让她荣获中国文化类政府最高奖——"文华奖"，她是我们浙江戏剧艺术界的代表艺术家之一，我想由浙江籍的演员来出演我们的作品，这是我们大家都愿意看到的。果然，第二天见到了小敏，听了她的演唱，我的心就放了下来，"简·爱"果真来了，印证了那句古话：踏破铁鞋无觅处，得来全不费功夫！这一定要感谢"夏洛蒂·勃朗特"的护佑啊！

最后就剩下"罗切斯特"了，庄园主一到我们这个桑菲尔德庄园就可以开"家庭会议"了。经过多轮寻找，由于档期、费用、后续巡演的可能性等原因，我们依然没有找到合适的"罗切斯特"，最终编剧王凌云和作曲祁峰说："老梁，别找了，我们看就你自己上吧，没得选了，就你吧！"我吃了一惊，因为我自始至终也没有考虑过自己来演，因为我想我作为这部剧的制作人和艺术总监的工作都十分重，怎么可能还有精力出演主要角色呢？如果要演"罗切斯特"，那得需要腾出多少的时间去研究和排练啊！我很担心我的时间不够和精力不济。但是看着日趋渐进的日程表，排练厅里"简·爱"的重唱以及对手戏都需要开始准备了，并且大家都已经"默认"我是"罗切斯特"了,所以我也只好硬着头皮上,当时我心里是想我先顶完首演,边演边找合适的演员,可是后来又与当年演"老爹"一样,这个"罗切斯特"一演就演到了最后一场。

就这样,桑菲尔德庄园成员集结完毕,大家分头工作,我白天一半时间在办公室处理事务性的工作,一半时间去排练厅排练,晚上练习音乐,这样的两边跑的工作就此开始了。

四

忙碌而充实的工作映像

埋葬秘密·音乐作业

说真的,其实我出演"罗切斯特"是一个很仓促的决定,但是没有办法,时间不等人,所以,我必须得制定出一套高效的工作模式来完成制作人的工作和按照上台的标准进行表演技能恢复训练。当剧组基本稳定后,我便交代舞蹈导演曹沛仲在杭州给演员做舞蹈训练、老俞做戏剧表演训练,而我与小敏、冠菘一起赶到北京去完成音乐部分的训练,老祁已经基本写完了全部角色的独唱唱段,重唱部分的主旋律也已写完,需要我们演员来试唱、磨合和调整了。

对老祁的音乐我并不陌生,当年他的一曲《木兰星》让我眼前一亮,立即拍板确定他是《断桥》的作曲,果然不负所望,他为《断桥》写下的音乐让我动心。在演《断桥》的时候因我常坐在控制室指挥,所以我时常与音响师沈龙祥与灯光师黄文杰谈到《断桥》真的是赢在音乐上!我曾和老祁说："《断桥》中你用中国气质的旋律有了较好的反响，这次《简·爱》你则要去发掘欧洲古典气质的旋律。"我是一个"旋律论"者，我向来坚持这样一个理念：一般观众只会管入耳的音乐好听不好听，合适不合适，感动不感动，他们不会去分析和声、曲式、配器等，所以作曲者一定要创作出观众"入耳即化"的音乐，要把高超与繁复的作曲手法"隐藏"在好听的音乐背后。但音乐剧的音乐创作要求不仅仅是单层面的"好听"，而是必须在"好听"的基础上具备符合人物、符合戏剧、符合情境、符合风格、符合气质的这样一种"高度合适感"，而这种"高度合适感"的最终体现就是"好听"！关于这一观点我与老祁是一致的，我想这也是为什么我们能连续合作的主要原因，主创的创作观点与认识、主张必须统一起来，这样所创作出来的作品审美将是统一的，不会支离破碎。

当我拿到第一首罗切斯特的唱段《埋葬秘密》时，我被老祁的旋律与凌云的词吸引了，从制作人的角度来说我很欣喜我的两位合作者创作的默契度如此高，从演员的角度来说，当我看到唱词与音乐如此凝练地融合时更加觉得演员的"二度创作"具备了很扎实的基础和空间。

《埋葬秘密》是紧跟二重唱《月光秘密》之后的一个大段独唱，"疯女人贝莎"在"罗切斯特"的卧室纵火后被"简·爱"及时发现并扑灭，这时的"罗切斯特"一面懊恼于"贝莎"的疯狂行为，一面从心底欣赏与感激"简·爱"，卧室的火种虽扑灭了，但他俩彼此心中爱的火种却点燃了。由于信仰的约束，"罗切斯特"不能在未解除婚姻的情况下去追求"简·爱"，同时他也十分担忧一旦"简·爱"知道了他已婚的这个秘密之后是否会接受他，所以经过强烈的内心挣扎之后"罗切斯特"决定将他已婚并有妻子的这个秘密埋葬起来。一方面他要埋葬"贝莎"就是他妻子的这个秘密，另一方面他还要埋葬的是自己曾经所有的过往风流史，希望能够将自己清零，以一个纯粹的形象出现在"简·爱"的面前。所以这段唱是很复杂的，如同忏悔，然而老祁在这般复杂的戏剧要求下还是写出了"好听"的旋律，这很不容易，老祁很了解我的演唱情况，他将音乐写在了我最好表现的音域部分，让我唱起来既能体现音乐剧声乐的技术性又能拓展音乐剧声乐的戏剧性。这个唱段现在已成为音乐学院音乐剧系男中音高年级学生们的教材唱段了。

北京地下室的排练

由于王晓鹰导演的档期问题不能来杭州排练，所以我们临时决定在北京租一个排练厅来排主要角色的戏。暑假期间北京到处在排戏，所以大部分排练厅早就租出去了，像我们这样临时性的很难租到合适的排练场所，正在发愁的时候，朋友李健帮我们找到了一家停业了的KTV，就在簋街的NAGA上院的地下一层，这个KTV里有一个舞池，收拾一下可以凑合凑合排练用，主要这个地儿离我们住的地方还不太远，比较方便，所以我和小敏开始每天在这个地方读词、练歌、对戏。地上的室外是毒辣辣的太阳，而我们在的地下却不用风扇都觉着十分凉快，唯一的问题就是蚊子太多，我们每天排练都与蚊子战斗，"小简·爱"鸿英带来了清凉油，"疯女人贝莎"陈莹带来了防蚊喷剂，我们就这样凑合着进行着排练。

虽然王导每天来排练的时间是不确定的，但是他每次来的时候工作效率极高，很快王导就排完了"罗切斯特"和"简·爱"的主要戏份。这一次我是以演员的身份与王导合作，所以跟王导有着更多表演专业上的交流和碰撞，我很快地适应了王导"启发式"的排练方法，他对表演信息的捕捉实在太敏锐了，他的眼神犹如扫描仪一样，任何一个细微之处都逃不出他的视线，无论是演员还是剧本、音乐！毕竟是大导啊，不得不折服！在排练的过程中我深深地感受到王导对《简·爱》这部作品理解的深刻与全面，他是那样的驾轻就熟，在读剧本的过程中他就"静悄悄"地为我们解读和诠释了深刻的戏剧文学信息，所以基本上读完剧本，王导也就讲完戏了，效率奇高。因为在北京地下室排练的人不多，王导比较容易照顾到每个演员的表现，他细致地分析、指导、评价着每个角色的特点与每个演员的表演。

熟悉《简·爱》的人都知道男主角"罗切斯特"的出场是从马背上摔滚下来的，我们想了很久都没有想出来怎么设计这个摔滚的动作，舞台上是不可能出现一匹真的马的，更不可能用什么样的道具来替代，同时这个从马上摔滚下来的动作一定要求非常逼真，因为这是男主角的第一次亮相，所以一定要让观众信服这个表演语汇！在我们一筹莫展的时候王导敏锐地指出：从"落马"的一刹那开始表演，之前"简·爱"的戏往舞台前区演，随着音乐逐渐压暗灯光，营造出昏暗的舞台效果，把观众的注意力集中到"简·爱"的身上，同时"罗切斯特"从舞台深处径直缓缓背退至定点处，在马叫声中翻滚出来，灯光瞬间全部打亮，造成视觉差，让观众看到打亮的场景同时看到已经摔下马之后在地面上翻滚的"罗切斯特"了。这是一个配合的表演，只有稳、准才会有效果。在地下室里练习这段时比较辛苦，这里空间不够大，而且这个地下室有点阴潮，总感觉地面上黏黏糊糊的，每次近距离接触地面的时候总感觉脏兮兮的，后来我分析一下，可不是吗，"罗切斯特"在山间小路上摔下马来，难道还是干净的路面？所以慢慢我就习惯了黏糊糊的东西沾到身上和脸上，越是有点脏越是能激起"罗切斯特"的愤怒，所以冲"简·爱"大声吼叫的那几句："活见鬼，你眼睛是瞎的吗？你是从哪里蹦出来的！"才显得有力量和真实。

《树下告白》是全剧最关键的核心部分，音乐已经初步形成，要如何来表演这一段是我们最重要的任务，所以王导决定先排《树下告白》。我们搬来 KTV 的两张沙发拼在一起当作庭院中的长椅，在读词的过程中，王导就帮我们梳理好了台词的节奏与层次，我们尝试坐在这张"长椅"上说那些经典的台词。小敏与我都是声乐见长，所以在台词的表达上一开始并不是那么理想，但王导十分细致地启发我们，逐字逐句地给我们分析、解释，王导是话剧版《简·爱》的导演，他对这部作品所有的细枝末节早就烂熟于心了，所以指导我俩是驾轻就熟的。

我们这几个人在灯光昏暗的地下室里随着戏剧发展时而亢奋，时而低回。我想，如果有不知情的路人们看到在这个"不开张"的地下室里面有那么几个人在里边忙活来忙活去，他们一定想象不到这是一个著名的导演在帮助一群年轻的音乐剧追梦者在奋力创作日后可以演遍中国大地并频获国际大奖的原创音乐剧。

因地制宜的排练计划·疯狂世界

王剑男是中国国家话剧院优秀的青年导演，此次邀请他作为总导演的助理来担任音乐剧《简·爱》的导演，他是一个极有涵养的学者型导演，用"知识渊博，胸怀博大"来形容他是最为贴切的，他同时也是话剧版《简·爱》主创团队的成员。我第一次见到剑男兄弟就是在北京的那个地下室，他与我的好朋友程佳佳经常合作，所以有了这一层的关系我们便一见如故，十分亲切。剑男送给我一个珍贵的"见面礼"——曾获茅盾文学奖的小说《穆斯林的葬礼》，他知道我喜欢看小说，所以就选择了他母亲霍达老师的这本著名的中国小说，并且霍老师还在扉页亲笔签了名，捧着这份沉甸甸的礼物，我俩开始了音乐剧《简·爱》的合作。

由于在那段时间我一方面要完成剧院的正常工作，一方面要完成音乐剧《简·爱》的制作工作，鉴于我的特殊情况，剑男为我设计了专门的排练计划，我很感动他能这样理解并支持我的工作，这也大大增加了我自己出演这个角色的信心。剑男制订的排练计划十分科学，因为群众演员都是住在二十多公里外的下沙宿舍，上午进城路上又奇堵无比，所以他与舞蹈编导曹沛仲决定上午排练住在市区的角色的戏，下午和晚上再排群众部分与场面部分的戏，这样我刚好错开，上午与角色们一起创作，下午我处理繁复的其他工作，晚上再和群众演员一起合。根据这样的计划，排练进行得十分顺利，我几边都没有耽误，而且工作效率还很高，所以这就验证了我们当初商量出来的"零部件加工＋局部磨合＋最终组装"这个排练模式的可行性，其实这样的排练模式是非常适合我们当时的实际状况的。

　　剑男在台词方面和人物刻画方面给了我很多的指导与帮助，在排练紧张或来不及细细琢磨的时候，他和曹沛仲一起采取"先灌输、后消化"的办法，让我先做，底下再慢慢感受与理解，这样我很快速地就立住了人物。在第一幕《疯狂世界》的部分，剑男与老曹认为此时应该有一个非常激烈的场面来将第一幕推向高潮：此时戏中"梅森"的出现引发"罗切斯特"过往生活被揭露的可能性，因此这两个角色对抗的情绪已至顶点，在场出席宴会的宾客们对此一定也是各有想法，所以此处十分适合设计成渲染大气氛的激烈场景。经过构思和讨论，我们决定设计一场"罗切斯特"与"梅森"击剑的戏，宾客们则来辅助营造对抗气氛，最终转而将所有的钱抛洒空中以此来描写纸醉金迷的花花世界。为此，我立刻找了一个击剑老师进行学习，击剑哪里是一下子可以学会的嘛，所以之后我每天又需要增多一些时间来练习击剑。最终这一场对抗的戏达到了预期的效果：在"罗切斯特"击败"梅森"的一刹那、在抛向全场空中的那一阵阵"钱雨"之中人们的立场与形态百出，在极其强烈夸张变奏后的主题音乐之中，第一幕结束。

"灯光诗人"心中的《简·爱》视觉

　　我与"灯光诗人"周正平老师在音乐剧《断桥》时就合作得十分愉快，所以在音乐剧《简·爱》最初的策划创意之时我就向这位"灯光诗人"预约了档期。在与周老师交往的过程中我尊称他为"正平兄"，我欣赏他的艺术审美与格调，如果说在音乐剧《断桥》中他带来的是西湖的四季之美，那么这次音乐剧《简·爱》的创作，我希望他能带来全新的视觉美学。

在制作期间我特意约了正平兄深谈音乐剧《简·爱》的视觉呈现。他的灯光向来都是从戏剧文学中出发，根据剧本的内容与气质再创造性地进行"诗化外向"，他"诗化外向"的同时又能做到"戏剧内敛"和"美学塑造"，这一点是非常高超的！他的灯光极富想象力，并且能非常巧妙地诠释戏剧、渲染气氛、勾勒形象，同时又具有深刻的抒情浪漫气质。

正平兄指着剧本里的一些唱词跟我说道，像"冷冷的，北极星，告诉我，你在哪，冷的眼，看不见，快回来！""无边荒原哪有什么爱，寒流袭来怎能寻找爱，一个女孩她要找到爱！"这些词已经十分形象地描述了环境，而且视觉色彩和力量都非常清晰，所以如何将英格兰潮湿的荒原气质渲染出来是很关键的。还有像"罗切斯特"在上半场有一个主要唱段《埋葬秘密》，里面有一些唱词同样也是充满想象力和设计空间的，如"画中的我，在她眼里，我的世界变安静，微微火种，渐渐暖起，我的梦，握紧温柔，不会再放手，难道还要忍受，笑声撕裂伤口，秘密饶过我吧，我愿意抛下了所有，看着她的眼睛，透明蓝色水晶，眨一下，是蝴蝶的翅膀，带着我去飞翔，想要越过那座山，逃开沉沉的阴霾，有一片海，如此蔚蓝，是我一生停泊港湾，我想要留在这片海，我多想给她个未来，小心地藏起，冷冷的冰川，只求能守住爱，把秘密永远埋葬！"这些唱词十分清晰地交代了角色的内心世界，并且有一条非常明显的行动线，如果能够给演员营造和勾勒出这个恰当的时空与空间，那他们一定会诠释得更好。

除了戏剧环境的营造、渲染、描绘、勾勒之外，正平兄还为音乐剧《简·爱》提出了一个舞台角色"雕塑美学"的概念。在上、下两场中分别选取了《埋葬秘密》和《冷眼》两处，将"罗切斯特"这个人物作了"雕塑"式的灯光处理。这十分符合这个庄园主的形象，他深邃的内心世界与冷峻的外表以雕塑般的视觉呈现是十分恰当的，并在整体视觉的气质上也加厚、加浓了，这为演员的表演增强了创造角色的信念和定力。在日后的演出过程当中每每到了这两处我都经常能够感觉到身上的灯光在慢慢地凝固整个剧场,我常常在脑海里想象着回归内心最质朴、最真挚的形象定格,这种因为灯光效果而形成的人物创作灵感非常奇妙,这就是舞台灯光艺术在戏剧过程当中体现出来的高级功能。

五

名著的魅力与力量

成功首演,直接入选上海文化广场优秀原创华语音乐剧展演季

2013年的9月1日是我们为音乐剧《简·爱》选定的首演日子,我十分希望音乐剧《简·爱》是一部属于"处女座"的戏,希望处女座的"土象气质"护佑她顺利而平安地南征北战。我们团队一大半的演职人员都是处女座,所以我们期望音乐剧《简·爱》能够在艺术上保持她的专业性和纯粹性,力争在将来能够成为一部尽善尽美的作品。

随着首演倒计时的推近,作品"零部件"的加工已经完成,到了上台组装与磨合的时间了。此时,来自于制作、行政、财务与演出的压力接踵而来,给我形成了一个非常沉闷的压迫感,几乎没有一点喘气的空间。我不停地磨合着舞台上的点点滴滴,不停地处理着来自各方的矛盾和意见,这是我自己定下的工作,我必须自己扛过去!团队在看着我,剧院也在看着我,从另外的角度来说也是要印证对"制作人出演主要角色"的质疑,所以对我而言只能圆满成功,不能有任何差池!我现在回想起来在首演前的那段时间我还是淡定的,因为我有一个优秀的团队在支撑着我的信念。

记得第一次带妆联排我从早上就开始戴上了隐形眼镜，等晚上全部工作结束后不知不觉已经戴了有十几个小时了，在我摘隐形眼镜的时候却发现怎么也摘不下来了，揉来揉去地眼睛弄得通红，我特别害怕万一发炎那就麻烦了，因为后面还有那么重要的演出在等着，我有点紧张了于是就打电话给剑男，他听闻后马上去药店买来眼药水帮我滴，一点点湿润眼球，慢慢地揭开隐形眼镜，等摘下之后我的眼白已经通红通红，他都担心万分怕我第二天无法再戴眼镜，我闭着眼休息了一下之后由演员搀扶着走出了剧院打车回家，到家后我都没敢开灯，急急忙忙洗了澡就睡了。谢天谢地，好在年轻，第二天就没事了！第二天是正式的彩排，有了前一天的情况我就很注意了，时不时滴眼药水，时不时按摩眼球。那时我明白了一个道理，在《简·爱》剧组里我一定要保证绝对的健康，因为我的一点点状况就会引起团队的麻烦，就会影响演出，所以我在日后的演出过程中十分注意保护身体，这种"强制性的责任感"已经很久都没有了，在演出音乐剧《蝶》的时候曾经经历过没有替补的日子，那时是把保证身体健康都要写进合同里的，一个角色没有替补，这既是出品方的信任，更是作为演员的责任！

　　首演在即，来自全国各地的演出商们也陆续抵达杭州了，因为《简·爱》的首演式也是第二届中国国际演出剧院联盟的年度大会，由于工作关系我无法前往接待，大家也都十分理解并发来微信鼓励我。读着朋友们发来的真诚的问候和祝福，我感觉到一种暖洋洋的力量，所有人都期待着这部著名作品的新演绎，所以我们一定要尽善尽美地发挥。

　　我一直有个习惯，在演出之前必须要主持一个仪式来凝神聚气，在音乐剧《断桥》时我们会在演出前做焚香的仪式，一来与剧情、道具吻合，二来也让团队与舞台、与剧场增强互相的信念与联系。那这次《简·爱》要以怎么样的形式呢？剑男与我商量后决定用拉手的方式，化妆结束后，全部演职人员手拉手围成一个圈，由剑男和我发表演前讲话，最后齐呼"加油、加油、加油！"。我十分重视这个仪式，我认为这是加强团队凝聚力非常好的方法，音乐剧的表演是团队的协作，一定要让大家的气儿集中到一起，这样才能加强协作的意识和能力。

首演的这一天大家都很兴奋，经过几个月的辛勤排练与艰苦努力终于要与观众见面了，大家早早地化好妆开始热身。后台总是忙碌的，在演员们热身和练声的氛围当中透露出一种演出前的紧张感，这种带一点点兴奋、一点点激动的紧张感是演出前的最佳状态，在和大家拉完手后，我特意走去"简·爱"——章小敏老师的身边与她拥抱。这一晚，将诞生中文版的原创音乐剧《简·爱》，我们已经为之努力近一年了，只为希望这个版本的《简·爱》能够得到观众们的认可和喜欢！

我在首演节目册的扉页上写下了这样一段文字：

当我还是自由职业者时，2010年秋天，我与杭州剧院结缘，剧院邀请我制作原创音乐剧《简·爱》。出于对古典文学的敬畏和对改编名著的无力，我婉拒了。

三年后，我成了杭州剧院的工作人员。某天，剧院正式向我下达了"首件任务"——制作原创音乐剧《简·爱》。我深知改编这部世界名著的难度，我更知原著对于全世界读者的意义，但面对"简·爱"第二次来到我身边时，我不想再错过她了，选择接受挑战。

为了走近压抑、灰暗、阴郁、潮湿并且充满雾气的维多利亚时代的英格兰，为了寻访这位贫穷、低微、平凡、矮小并且不美的英格兰女孩，我一口气通读了多种不同版本的译作，并看了所有能看得到的电影、电视剧版本，我突然发现了《简·爱》在今世有着如此高频率的改编的"秘密"——《简·爱》有着她的独特魅力和普世精神！于是，"简·爱"慢慢进入我的生活，进入我的思想，进入我的血液，直到有一天，我梦见了原著作者夏洛蒂·勃朗特，在梦境中的一番对话，让我对制作音乐剧《简·爱》有了基础的信念和信心。犹如，英格兰灰沉沉的荒原中那棵风雨飘摇的七叶树和悬挂在荒原穹顶的熠熠生辉的北极星，它们在荒原的岔路口沉默不语，但诉说着所有它们想倾诉的言语。

我希望杭州剧院出品的音乐剧《简·爱》能更深刻地触碰到人们心中

久违了的柔软与尊严，也更希望中国团队创作的音乐剧《简·爱》能给匆忙行进在人生道路上的众生们以一股暖流，让这股暖流温暖人心，温暖路上的每一位有缘者。

中国原创音乐剧《简·爱》制作人、艺术总监：梁卿
2013 年 8 月

首演十分顺利，在观众的掌声中我和大家意识到我们迈出的第一步成功了！接下来的任务就是第二天听取专家与演出商的意见，逐步进行调整、修改与提升。对于剧组来说，首演后最大的喜讯就是通过了上海文化广场的"验收"，并顺利入选 2014 年上海文化广场"支持原创华语音乐剧展演季"！上海文化广场每年一度的"支持原创华语音乐剧展演季"是中国原创音乐剧的盛会，从第一届起我们就参加，如今这个"展演季"已经是一个具有强大影响力的品牌了，我对团队说："我们一定要继续不断努力，确保来年春天在上海获得大成功！"果然，在那年的展演季中，音乐剧《简·爱》赢得不俗的成绩。

遇见《简·爱》小说权威译者黄源深教授

黄源深教授的译作《简·爱》是我作为音乐剧剧本改编的"母本"，我个人认为由黄教授翻译、译林出版社出版的这版《简·爱》气质典雅、词句形象非常接近我心中想象的感觉。在制作的前期，我就一直想去拜访黄教授，但因难以找到他的联系方式故而一直未能如愿，于是拜会黄源深教授成了我心里的一个久久萦绕的愿望，我多么希望能够听取到黄老师对我们这个创作的指点。

直到 2014 年的冬天，好莱坞巨片《星际穿越》上映，影片里有一句来自英国诗人迪兰·托马斯（Dylan Thomas）的诗："不要温和地走进

那个良夜。"这句诗伴随影片久久回荡在我的脑海之中,观影不久后我有缘在一个诗歌朗诵会上认识了这首诗歌的中文翻译者——上海籍著名翻译家海岸先生,与海岸先生交流后我把我心中深藏已久的想寻找黄源深教授的想法告诉了他,热情的海岸先生随即通过上海翻译家协会等渠道辗转联系到了黄源深教授,并将黄教授的电话、邮箱都告诉了我。于是我给黄教授写了一封长信表达了我的敬意与诚意,同时把我们音乐剧版的戏剧文学本、剧照和主要片段的音视频都一并发给了他,希望邀请到他来观看2015年春天在上海东方艺术中心上演的音乐剧《简·爱》并作指导。

没过多久我就收到了黄教授的回信,他在信中十分支持我们将名著改编成原创音乐剧的这种"创举",他仔仔细细地读过了剧本,他认为我们很"聪明"地节选了小说中最为经典和精华的部分,并将细枝末节删掉后更加显现了主线的清晰,他也认同我们将夏洛蒂·勃朗特设置成为剧中人物的创意,这样就更加深刻地理解了作者在创作小说时的心理过程与情感体验,他表示很期待看到现场的演出。

过完年我们就赶赴上海东方艺术中心演出,此次音乐剧《简·爱》已经是"四进上海"了。这次"东艺"策划的《简·爱》系列演出,有袁泉、王洛勇的话剧版,有上海芭蕾舞团的舞剧版,有我们的音乐剧版。做这个《简·爱》的系列演出是我早有的一个想法,一直没有机会实现,现在能在"东艺"这个美丽的舞台上实现也是非常有意义的。"东艺"在演出的同时策划了系列导赏讲座,有话剧版导演王晓鹰的导赏讲座,有我主讲的音乐剧版导赏等,最后增设了翻译家黄源深的译作导赏,一时在上海形成了一股强劲的"简·爱"风,据说书店里《简·爱》小说的销售状况也非常好。

在"东艺"演出前,我再一次邀请了黄源深教授和他夫人前来观看演出,那天我早早地化好了妆期盼着以"罗切斯特"的身份与黄教授谈话。工作人员带领他们到我化妆间时我正在练声,黄老师进门后说:"这个庄园主声音洪亮,有力量!"我连忙招呼黄教授和他夫人坐下后就迫不及待地聊了起来，我说这个聊天是我向往已久的了，黄教授也说当他知道有中国原创音乐剧版的《简·爱》也是十分期待，今天终于可以一睹为快了。因要准备演出，我们大概只聊了十几分钟，我主要向他们介绍了我们的创意情况和创作过程中的瓶颈与困难，黄教授说，经典就是这样，值得人在不同的时期反反复复地去读、去走近，他虽已翻译成著，但时常也会去翻读原文小说，去一遍遍感受那样的情怀。聊天结束后我领着黄教授夫妇参观了舞台，也带他们去后台休息室见了剧中人"简·爱""梅森""勃朗特""费尔法克斯太太""里德舅妈"等的扮演者们，大家互致问候，亲切留影。在演出开始前的拉手环节，我跟大家说，今天对于我们的表演来说有着不同于寻常的意义，改编原著的我们今晚要接受翻译原著的教授的检验，所以每一个角色、每一个演员、每一个工作人员都要紧紧地围绕戏剧人物的性格与特性，认认真真、仔仔细细地演绎人物，希望大家能够有全新的展现，等待译者的评价。

演出在开场的钟声中准时开演，等演出结束后，我照旧以制作人的身份致辞，最后我向全场的观众介绍了黄源深教授，剧场里顿时掌声雷动，看到观众们如此热情，于是我就邀请黄教授上台跟大家交流，黄教授十分激动地走上台来与观众一起分享了观剧的体验和感想，他说："此版原创音乐剧的改编大大超乎了我的期待和想象，在忠实原著的基础上有了创造性的创意改编，使得主线更加清晰与明朗，文学与音乐融合之后产生的巨大美感与能量是令人感动与振奋的，舞台上以简洁的象征和灯光的勾勒铺垫营造出了非常有意境的情境，尤其是《树下告白》一段，简洁又大气的舞台效果配合演员的表演将《简·爱》的核心部分演绎得非常动情，让我一下子就想到了当年自己在翻译这段时候的心境。时过境迁，台上这些年轻的艺术家们用自己的创意与能力演绎的这版音乐剧《简·爱》一定会受到广大'简·爱迷'的喜爱，我作为这部经典小说的翻译者之一，我祝贺音乐剧版的成功，也祝福这部音乐剧越演越好，让更多的热爱这部小说的读者们看到，去感动更多的人。"黄教授的评语让我们在场的每一个演职人员都十分感动，年逾八旬的老翻译家站在上海东方艺术中心的舞台上手握话筒用激动地微微颤抖的声音静静地、缓缓地评述着，我想这就是我们每一个爱《简·爱》的人共有的情怀，因为我们听从内心的声音，感受内心的温度，静静从这些隽永的文字中体验与享受着文学的美和力量。

遇见著名戏剧评论家胡志毅教授及"华文戏剧节"

2014年5月，第九届"两岸四地"华文戏剧节在杭州举行，浙江大学国际传媒学院博士生导师、副院长、教授胡志毅先生任组委会主任，本届戏剧节的主会场就放在杭州剧院，一共邀请了来自中国大陆、中国香港地区、中国澳门地区、中国台湾地区、马来西亚、新加坡等国家和地区的9部作品在杭城陆续上演，而我们的音乐剧《简·爱》作为重点剧目参演并参评首届"华文戏剧节奖"。在戏剧节的筹备期间我与胡志毅教授沟通比较多，我们除了商谈戏剧节的执行工作之外，还就戏剧艺术本体的一些观点进行了交流，在和胡老师的几次交谈之中，我深受启发，对戏剧、对舞台、对剧场有了新的认识和理解。

胡志毅教授是我国著名的戏剧评论家，也是学术界著名的"仪式大师"，胡教授关于戏剧的主要核心观点之一是"仪式"，他认为"仪式"是戏剧最凝练的形式。

胡教授在我们首演的时候就已看过音乐剧《简·爱》，他对音乐剧《简·爱》有关于"象征和仪式"的美学体现比较认可，尤其他结合他的学术观点及理论跟我细致分析了有关于剧中"撒钱""树下告白"的平台运动，"婚礼""心路"脱婚纱换常服等片段，将这些片段结合、上升到关乎"仪式"的理解高度时就一下子豁然开朗了。原来我们之前凭直觉与感觉确认和创意的，在戏剧美学理论中是可以找到对应的理论的，这是一个新的发现，也是新的体验过程。有了高屋建瓴的理论指引，逐步开始分析和归纳音乐剧《简·爱》的美学特点就有操作基础了，我觉得这种充满浓郁学术味儿的工作与名著本身十分契合，音乐剧《简·爱》就应该是一个学术研究型的团队，我对此也是兴趣浓厚。

音乐剧《简·爱》安排在主场杭州剧院演出，近水楼台先得月，我们早早就开始装台、磨合，在历经多地巡演之后《简·爱》的配合也日趋成熟，大家在这一次演出中十分顺利、稳当，并得到了著名话剧理论家田本相教授的力荐，最终音乐剧《简·爱》摘得首届华文戏剧节奖的"最优秀剧目奖""最佳导演奖""最佳表演奖""最佳男女主角奖"，可谓是大丰收！颁奖典礼上，我激动地从中国艺术研究院宋宝珍老师手中接过奖杯、奖状，田本相教授专门上前与我握手表示祝贺并期待我们继续努力创作出新的名著改编版音乐剧作品。这是《简·爱》收获的第一份肯定和重要荣誉，所以格外珍贵，值得纪念。

与观众们边演边聊《简·爱》

在音乐剧《简·爱》开启巡演之后，所有承接演出的剧院几乎与我达成了一个不成文的"协定"，那就是在演出前两周的时间去当地剧院为当地的观众们做一次欣赏音乐剧和欣赏《简·爱》的讲座，几年下来我去了很多剧院，见了很多观众。在剧场里十分近距离地与观众交流是一种奇特的体验，我甚至可以非常近距离地看到观众们因为《简·爱》时而开心愉悦，时而热泪盈眶，真的我为这些热情而又忠实的"简粉"们感动，每次都忍不住多讲一点，多交流一点。

这样的讲座我一般分为几个部分：

一、从小说为切入点，向观众介绍《简·爱》的基本情况，并以世界上已有的小说版、电影版、电视剧版、话剧版、舞剧版、戏曲版等各种作品类型版本为"艺术现象"来说明《简·爱》的影响力之广泛和深远。

二、从第一次有做音乐剧《简·爱》的冲动开始介绍，一直到观摩话剧版、舞剧版等逐步形成音乐剧版的戏剧概念，以此来向观众介绍音乐剧《简·爱》的策划、创作背景。

三、通过按舞台呈现顺序的精彩剧照PPT的展示，来介绍音乐剧《简·爱》的戏剧艺术特点及赏析点。

四、现场表演音乐剧中的相关片段，重点分析、讲述"树下告白"和"心路"这两个经典的重要片段。

五、回答现场观众的各种提问。

我相信能够来听讲座的人一定是真的喜欢《简·爱》的忠实读者，所以我尽可能多地从原著内核、改编创意、制作故事、幕后花絮等角度来和大家分享我的理解。我记得在深圳保利大剧院做讲座的时候，有一位观众向我提问，她首先告诉我假如有一天她被流放到孤岛，如果只能带一本书的话她就会带《简·爱》，她的问题是："如果制作人梁老师有一天被流放到孤岛，您会不会带着《简·爱》走？"我觉得这个问题非常有趣儿，它已经超越了故事的内容、形式本身而上升到了一个精神的层面，我回答她："首先我不确定我会不会到孤岛，但不管我去到哪里，《简·爱》都在我的心上，是我不断追求音乐剧事业的一个强有力的力量，她就像灯塔一样照耀着我前进的方向！"

跟观众还有一个交流的方式就是在演出结束后，我们会举办两场活动，一个是15分钟的舞台现场交流，一个是谢幕后的签售交流活动。

舞台现场交流是我们在谢幕以后，全体演员并排站立在舞台之上，我先致感谢词，然后给四位现场观众根据今晚观演体会提问的机会，所点到的观众可以问舞台上的任何一个演员有关于音乐剧《简·爱》的任何问题。获得提问机会的观众不是事先安排的，都是随机的，所以这个环节有一定的"风险性"，需要有很大的胆量和勇气，因为不知道观众会问谁，会问什么问题。但是我在工作会议上告诉给演职人员，能够看到最后的观众，就冲着他们的支持我们也要回答他们的问题，如果不支持我们或者不认可我们的观众是不会坚持看到最后的，他们早在中场休息时就会离开了，所以大家一定要从思想认识上调整过来，观众买了票，花了一个晚上的时间陪伴我们，所以我们有回答他们任何问题和满足他们观剧需求的义务。在演出的日子里我们遇到过很多真诚的观众，他们在提问交流的时候不停地感谢演职人员的辛苦表演，一直不停地鼓励我们，这让我们团队深受感动和鼓舞，也有一些观众会很偏门地问一些群众演员或者舞台迁景的问题等，我也都坚持让演员自己和舞台监督来回答问题。

谢幕后的签售交流活动是非常有意义的活动，这是我们作为演员可以直接"零距离"面对观众的机会，在这里也可以直接接受到观众对你的赞扬或批评，很多观众会在签售的时候买上一些延伸产品，如小说原著、节目册、明信片、曲谱、CD、T恤等，我们签完名后他们也会与我们合影留念，然后迅速发布到微博或朋友圈，观众们的这个举动既是喜爱这部剧的表现，同时也为我们音乐剧的宣传起到了很积极的作用。演员们十分珍惜与观众见面的机会，观众也十分兴奋能够见到舞台上的演员，他们或谈论演员的造型、服装，或评论某些表演的细节，有的还来扫微信加好友，总之十分热闹，气氛也十分融洽，有一种真正的大家庭的感觉。我们的音乐剧之所以能够传播开来就是需要依靠观众的喜爱和传播，所以我们一定要给观众创造除看演出之外更多的交流机会，其实很多观众是十分专业和有经验的，他们中间有些人会非常中肯地给我们提出很好的建议和意见，我们也会充分考虑观众的观剧反馈情况作为我们下一步继续提升和修改的重要依据。

与观众们边演边聊《简·爱》，我们一路播种音乐剧的种子，一路收获着感动与希望。

六

又见韩国首尔世宗文化会馆

有条不紊的筹备工作

　　早在策划音乐剧《简·爱》的初期我们就将《简·爱》赴韩国首尔进行商演纳入工作目标当中,我对自己的音乐剧作品能够进入韩国音乐剧市场演出一直抱有很高的期望,我也十分希望自己的作品能够去韩国,接受韩国专家学者及观众们的"检阅",并希望能与韩国的音乐剧同行们交流、研讨。韩国的音乐剧产业发展时至今日已经非常成熟,所以我们一定要将音乐剧作品带到韩国提升品质、提升气质。

　　早在音乐剧《蝶》来首尔演出的时候我就被韩国音乐剧运营公司的职业性和韩国观众的专业性强烈震撼,而两年前的音乐剧《断桥》赴大邱演出更是让我更深一步地感受到韩国音乐剧同行们的热情与专业,与他们一起合作共事,我们的团队也学习到了很多,对团队专业性的增强与视野的开拓有非常重要的意义。

　　音乐剧《简·爱》的美学创意是在我看完韩文版音乐剧《莫扎特》《伊丽莎白》之后形成的,我简直被这两部韩文版的德奥系音乐剧给迷住了,我在视频资料中不断研究这两部剧的细节部分,发现了非常多的新的音乐剧理念,我想音乐剧《简·爱》也应该照着这个方向走,果然在借鉴韩文版《莫扎特》《伊丽莎白》的美学概念基础上我们成功地将这部经典的小说改编成了中文音乐剧。

　　2013年10月,在前任韩国大邱国际音乐剧节组委会主席朴显淳的引荐下,我们与韩国音乐剧服务公司以韩国原创音乐剧《光化门恋歌》的中国巡演与合作中国原创音乐剧《简·爱》首尔演出为合作内容建立了战略合作伙伴关系。在我们共同的努力下，《光化门恋歌》顺利地完成了在中国的第一轮巡演，成功地在上海、杭州、福州、南昌等地的舞台上绽放了韩国音乐剧的光彩，而杭州剧院也因在国际文化交流领域做出的成绩被浙江省商务厅授予了"2013年度浙江省重点文化出口企业"称号，这为杭州剧院进一步加强文化出口工作增强了新的信心。

2014年的3月，韩国著名电影演员郑俊浩先生、韩国贞洞剧场总经理郑贤旭先生在我们共同的好友韩国音乐剧服务公司总经理金钟重先生的带领下访问杭州剧院，他们带来了韩国的传统表演艺术作品——歌舞剧《美笑·裴裨将传》，我们顺利地将该剧在上海、杭州等地进行推广演出，取得了很好的效果。经过两个剧目的磨合，我们与韩国音乐剧服务公司的合作已有了深入的默契。终于在2014年4月，音乐剧《简·爱》赴韩国首尔演出正式提上议事日程，签约完毕后，韩国世宗文化会馆的官方宣传网站与首尔主流网站上都发布了有关于中国原创音乐剧《简·爱》将登上韩国最高音乐剧表演舞台——首尔世宗文化会馆的消息，一时令人振奋。

在正式进入韩国首尔演出的筹备期，《简·爱》正在全国巡演的路上，一边巡演一边筹备的工作方式虽然大大增加了团队的工作量，但我们统一部署，明确分工，在巡演过程中见缝插针地开始准备相关材料，在《简·爱》赴韩演出的筹备过程中全部的团员都积极发挥了作用，并为之乐此不疲，团队的凝聚力和向心力达到极佳状态。

出境演出的筹备工作主要有以下几个方面：

1. 根据演出合同向上级主管部门汇报获得批文、确定出行人员名单、收集护照、申办签证。

2. 根据合同确定舞美道具等货物的运输内容、方式，并清点登记成册，报关申领ATA单证，并在货箱上用英文及当地语言标贴出序号，与清单配套。

3. 预定团队的国际机票、酒店、保险、接机等。

4. 确定赴韩的批次，制订具体行程与工作计划，推演方案并优化。

5. 落实与团员的相关出境法务关系、行前教育及部署出境活动的文字视频宣传工作。

6. 全剧中所有观众能够听得到演员发声的内容的文字翻译工作、韩文版节目册翻译制作印刷。

7. 获知演出剧场的舞台技术参数及相关信息，做好卸车、装台等工作的初步方案，与对方舞台监督及演出监督充分沟通，明确告知剧目的货物清单、用电情况、工作时间与安排以及所演出剧院的消防检查等常规管理流程。

8. 跟进对方的票务销售情况，要求财务依法纳税，并根据相关政策合理避税退税，在合法的前提下做好汇率之间的损耗最小化。

9. 剧目的调整、升级排练，加强安全教育，确保团队往返平安。

出境演出是一个庞大的系统性工程，需要事无巨细地准时落实好每一个细节，特别是货物运输与所演出剧场的工作流程往往会出现意料之外的情况，更加需要关注、盯紧，一旦出现意外要有第二方案或者补救措施跟上。

终于音乐剧《简·爱》在大连人民俱乐部演出结束后，经由大连港出发，船渡到首尔。在大连演出结束后，我们全体演员一起装货，我将一块红绸放在最后一个编号的灯光箱子里，以祈求运输平安、准时！我们舞美兄弟们发挥了强大的"排列组合"能力，经过2个小时的拼装，将两辆大货车装得满满当当，一件货物也没有落下，凌晨时分，货车发往大连港，我们所有人在货车前合影留念，并向货车挥手致意。我跟大家说，我们这样真心对待这些陪伴我们演出、给予我们掌声的舞美道具服装，它们一定会平安、准时地与我们相会在首尔世宗文化会馆！在众人对大货车挥手告别中我感受到了在场的所有人员对我们这个集体、对我们这个剧目的真诚与热爱，这样的凝聚力和向心力是我们能成功亮相韩国舞台的真正原因和动力！

一句"伙计，九月首尔见！"让音乐剧《简·爱》赴韩演出真正进入倒计时。

一段韩文感恩词·《简·爱》亮相首尔世宗文化会馆

2014年9月7日，我带领第一批舞美及行政团队经由上海浦东国际机场飞赴首尔。再次去首尔，我内心还是有些按捺不住的激动，从2008年第一次登上世宗文化会馆的舞台以来，时隔六年，我再次要在这个舞台上演出中国的原创音乐剧，而且还是以中国音乐剧演员的身份！

我们入住的酒店是距离世宗文化会馆步行只有10分钟的最佳西方酒店，酒店往左就是光化门广场方向，往右则是明洞方向，办好入住手续后我们马上集合去剧院看现场情况。在韩国音乐剧服务公司工作人员的带领下我们步行到世宗文化会馆。我带着大家到光化门广场瞻仰了世宗大王的坐像，之前我们团队的音乐剧《光化门恋歌》在国内巡演，现在我们脚踏实地站在了光化门的广场上，看着人来人往，大家心里是倍感亲切的。我们绕着剧院外围走了一圈，根据他们发给我们的卸货路线图，我们基本安排好了晚上的卸货计划，因我们签订的工作时间是晚上9点开始，所以我们大致看了一下基本情况就解散了，大家抓紧在难得的几个小时里在附近逛逛。

晚上9点，货车准时出现在剧院的下货区，当打开锁链看到车厢里熟悉的道具那一刹那，真是感慨万分，真当是"漂洋过海来看你"啊！在韩国音乐剧服务公司的统筹安排下，卸车工作十分顺利，在专业卸货工具车的帮助下整个卸车时间比平时节约了一半左右，不到12点，所有货物均已搬运至舞台，此时在剧场里的灯光负责人黄文杰、音响负责人沈龙祥已经布点结束。我们技术组简单开了一个碰头会，安排好第二天的装台工作就下班了。第二天的装台也十分顺利,毕竟是演出了几十场了,各个技术层面都很熟悉了,根据行程,演员团队于中午抵达首尔,所以等下午装完台后演员将过来剧场合光调整,时间还是有一些小紧的,我们希望晚上能把所有灯光音响问题解决好,这样的话第二天上午可以安排大家休息,下午过来彩排,然后化妆,晚上就正式演出了。

但事与愿违,下午5点,团队正在紧锣密鼓地调试设备的时候,演员们也已到剧场集合了,我在剧场里与韩方人员谈话,忽然舞台监督孟英洗和翻译行色慌张地走过来找我说剧场被要求例行消防安全检查,这是韩国剧场界的铁律,任何一部外来剧目的演出都要经历这一个流程,当时我们在大邱也经历过,所以我先让小孟去认真配合检查,然后安排团队先去吃晚饭,大概到晚上7点,大家吃完晚饭回到剧场,心想着差不多马上开始抓紧合光了,但此时检查人员还在检查,而且是把每一道杆放下来一个灯一个灯地检查,我有点紧张了,如果是例行检查那么一般也就一个小时就可以了,这次怎么会查那么久,我问翻译,翻译告诉我因为首尔世宗文化会馆是A类消防管控单位,非常严格,而我们在排工作计划的时候没有将此次正式全流程的消防安检时间计划进去,我们原本是计划在晚饭时间做消防检查的,所以这下一下子耗进去近3个小时,我的心里开始毛躁了,担心今晚的光做不完了。终于在晚上8点左右全部检查完毕,大概有十几页的纸质材料我挨个签字,这才总算可以开始做光了。显然,剩余的时间有点紧张,在做光之前我给团队开了一个短会,转达了翻译跟我说的一些信息,因为我们这次在世宗文化会馆是商业演出,是卖票的,所以所有的环节都是按照最严格的商演标准在对照审核,现在舞台装置通过了审核,明天下午世宗会馆的几个专家代表们还要对彩排的艺术质量进行例行审核。大家都十分认真、严肃地做着光,处理着各自的演出事宜,舞台上出奇地安静,大家有条不紊地在各自岗位上忙碌着各自的工作,拿出了最职业的工作态度。不一会儿,合同里规定的时间到了,而我们只做了一半的工作,在首尔的商演剧场到了合同规定的时间点就一定要停工的,剧院要清场，所以只好把剩余的工作放在第二天的上午来继续了。

第二天一早我们吃完酒店丰盛的韩式早餐便来到剧院，剧院的各个部门准时到岗配合，我们很顺利地进入了工作状态，各个节奏和气场都很好，3小时不到，全部灯光程序修改到位，准备工作就绪，下午正常化妆，剧场留给音响部门调试。我结束了上午的工作后正准备回酒店休息一下，韩国著名音乐剧导演刘希声先生拉住我跟我说，应该在演出结束后用韩语跟观众问候一下，这样会让台上台下的气氛更加融洽，我觉得这个主意好是好，但我担心压力太大做不到，毕竟要背下一大段韩语问候词在短时间还是有很大的难度的，我怕分神，所以我建议用翻译来转述，但刘导和金总都希望由我来亲自说，我们坐下来拟了一段文字，我说了几遍倒是挺流利，但我怕记不住，刘导说哪怕是晚上照着念都行，我理解他们希望通过我的致辞能够进一步加强与台下观众的观演关系，但我没有领会到更多，一直到最后我才知道两位兄长的"用心良苦"。

很快，渐入暮色，大家都已化妆完毕，按照一贯程序我们要进行"聚气"的"拉手会议"，我再一次交代晚上的演出大家用平常心去表演，就犹如首演一样，用最新鲜的感受、最新鲜的体验来感知人物、感知角色，以戏剧为核心，以音乐为载体，把这个来自英格兰的经典爱情故事演绎到位。我站在拉手的圈子的中央，我能感受到一股非常强大的气场，演职人员们已经跃跃欲试了，我们击掌预祝演出成功。今天的我们代表着中国音乐剧的力量，我们要向支持我们的韩国观众们展示我们的风采，让他们感受到来自中国音乐剧从业者的职业面貌。鼓励完大家之后我走到我的上场位置，向舞台深深三鞠躬后，我在舞台监督的指示下大踏步走上我在高台上的座椅，此时舞台上烟雾已弥漫开，待大幕拉开后观众就能看到潮湿、阴冷的英格兰荒原景象，台下的演员们在做最后的预热。坐在座椅上我忽然想起来在五年前，同样在这个世宗文化会馆上演音乐剧《蝶》的情景，我想那时候我作为"蝶王老爹"出场，一样是心怀激动，一样是饱含憧憬与敬意之情，今天我以桑菲尔德的庄园主出场，在这个时刻，剧场没有变，催场的铃声没有变，只是我们都长大了，我们站在这样的位置上应该更要有一种责任感，这是一种前进的责任，不能辜负关注我们、帮助我们的观众与朋友们！

不一会儿，最后一遍铃声响起，"夏洛蒂·勃朗特"到位，大幕徐徐拉开，窗格定点光起，"勃朗特"开始念她写给"简·爱"的回信，随着信的内容的推进，她身后的幽蓝色的横向光柱亮起，一群寻找爱、寻找温暖的人们在光柱中走动，身感冰凉，越发抱紧自己的身体，慢慢蹲下。"勃朗特"念完信，开场合唱起，我唱出第一句词："冷冷的，北极星，告诉我，你在哪，冷的眼，看不见，快回来，简！"在倒叙中，开始了这段旷世爱情的叙述，开场十分顺畅，从阴冷冰凉的"寻找爱"、阴森残酷的"罗沃德学校"、淡淡忧伤的"流浪的月亮"到经典的"小道惊马""先生""戏梦巴黎"，再到第一次走近庄园主的"他的眼睛"、阴森恐怖的"红房间"、浪漫的"月光·秘密"、澎湃的"画颜"、剑斗的"疯狂世界"，在满台抛洒的钱币中上半场结束。中场休息的时候大家都感觉非常顺，我们彼此鼓励，希望下半场更精彩，休息了十分钟后，下半场从热闹的"舞会"开始，经过淋漓尽致的"树下告白"、满心欢喜又痛苦失败的"婚礼"、到自我鼓舞的"心路"、到吞噬庄园的"火灾"、到"罗切斯特"孤零零地坐在断壁残垣上的"冷眼"、再到"简·爱"归来，最终到"勃朗特"回复"简·爱"的信，显得一气呵成，没有磕绊儿，在全场观众热烈的掌声中我们深情谢幕！

真的感恩这个舞台给了我们中国原创音乐剧《简·爱》一个展示的机会，感恩现场的观众给予我们这么热情的鼓励和认可，在二次谢幕时，我的小舅子"梅森"小声提醒我："哥，你的感谢词！"我从我戏服的兜里不慌不忙地拿出了那张纸，按照上面写的内容逐句念完后现场的观众忽然全部站立起来给台上的我们鼓掌，我想可能这段韩文感谢词真正起到了升华观演关系的作用了！大家在兴奋中，开开心心地卸妆，结束当天工作。

遇见韩国音乐剧的同行们·沉甸甸的荣誉证书

在音乐剧《简·爱》第一场顺利首演的气势之下，我们在第二场演出前依旧重新调整一些细节，把第一场中出现的问题进行了改善。人们往往说"黑色第二场"，其实我是这么理解的，从某种角度上来说是因为演职人员在第一场演出中往往容易过度投入精力和情感导致第二场演出时精力不济从而出现一些技术上的失误，所以我在演前会议上说，只要大家坚持以创作角色、塑造人物为根本表演任务就一定可以避免所谓的"黑色第二场"一说！散会后大家各自准备工作，突然舞台监督过来找我说几位韩国导演想见我一下，说他们知道在演出前见主演是非常不礼貌的但还是想见。

我在韩国著名音乐剧导演刘希声和金钟重老总的带领下走到了一个小厅，原来是音乐剧《莫扎特》剧组来访，在刘导的介绍下我与大家握手认识，这其中有一位我十分崇敬的韩国音乐剧演员——申英淑女士。申英淑是韩国音乐剧界实力派表演艺术家，她代表作众多，如音乐剧《莫扎特》《伊丽莎白》《莱拜卡》《绝代艳后》《乱世佳人》等，她的剧目单基本囊括了韩国最主流的剧目。刘导和金总知道我十分欣赏这位演员所以就把她请来看《简·爱》了，经申英淑一宣传，音乐剧《莫扎特》在排练的整个团队都来了，遗憾的是我不能在演出前与他们聊太多，在舞台监督的催促下我只好回舞台准备。我回去后就又开了一个短会，把韩国同行们来看戏的消息告诉大家，因为我们团队的演员都看过音乐剧《莫扎特》韩文版音乐会的演出视频，大家都很熟悉和喜爱申英淑女士，当晚"简·爱"的扮演者章小敏告诉我她这下有压力了，我跟她说我们一定要给他们惊喜。在大家的努力下，当晚的演出非常顺利，演出结束后我依旧按照流程谢幕、致韩文感谢词，等大幕落下之后我带着"简·爱"去见韩国的同行们。申英淑女士说，这个剧的创意太好了，音乐也好，她一边看字幕，一边看舞台上的表演，非常感动。她非常喜欢"简·爱"的那段"心路"，她感受到了来自内心深处的挣扎与成长，她跟我说如果要做韩文版她一定要来演出"简·爱"这个角色！其他的几位演员都表达了自己的观剧感受，他们都很喜欢《简·爱》的音乐剧气质，我告诉了他们不会对《简·爱》陌生的原因，因为《简·爱》是我在学习研究了德奥系音乐剧《莫扎特》《伊丽莎白》之后制作而成的，她最大的特点就是借鉴了德奥音乐剧的戏剧架构与"诗哲"叙事气质，但是我们在这样的气质上注入了中文的文学内涵，所以综合出了一种亚洲人能够方便读懂的形式。

第三天演出的下午，韩国戏剧公演协会、韩国音乐剧发展协会、韩国庆熙大学音乐学院为音乐剧《简·爱》举行了研讨会，在研讨会上几位韩国的专家都给予了好评，并提出了更高的意见和要求。在研讨会上还有重要的一项内容是我怎么都没有想到的，也就是当时首演的时候金总和刘导一定要求我要用韩文致感谢词的缘由之一：鉴于这几年来与韩国音乐剧的深入交流，我个人被授予"韩中音乐剧文化产业交流功劳大赏"，而音乐剧《简·爱》剧目同样被授予"韩中音乐剧文化产业交流公演大赏"。这是韩国音乐剧业界对我们工作的认可和肯定，捧着这两本沉甸甸的荣誉证书，我更觉着责任重大了，我应该不断努力，创作出更多、更好的剧目带来韩国，让韩国的观众与同行们能够更进一步地认识和看到中国原创音乐剧的发展状态。

韩国是音乐剧文化产业的发达国家，我们应该很好地交流和合作，希望有朝一日中国的音乐剧文化产业也能像韩国一样红红火火，也能出现"开票即售完"的神奇。此次在首尔的演出过程中，韩国的观众素质再一次地让我感受到了这个国家为什么能把音乐剧发展得这么好的原因，制作方、演出方、剧场方、观众与商业合作单位有着非常好的合作"业态"与"生态"。咱们如果想发展好音乐剧的文化产业，应当从宏观的角度来入手，应当全面地打实基础，一方面要做好从业人员与从业架构体系的建设，另一方面更要做好观众的引导与培育工作，这是真正的任重而道远啊！

七

巡演的日子

"简·爱"们在《简·爱》

　　一部原创音乐剧在首演之后的巡演工作当中,最主要的工作之一就是要保证演出阵容的配置,除了基础团队的稳定之外,主要角色也一定要有若干组配置,这样才能保证在各种状况下能够顺利演出。在音乐剧《简·爱》中因我自己出演"罗切斯特",所以这个角色暂时不着急配备,因为无论什么情况只要我们这几部音乐剧安排演出我都将作为领队而不可能缺席,所以我作为"集几职于一身"的工作人员在《简·爱》演出中只是工作侧重点和分工不同而已。为了保证我能平稳地出演角色,剧院组建了强有力的团队来协助我的工作,以行政团长李彩芬、巡演导演俞炜锋、执行制作人杨亚辉为基础来支撑庞大的巡演具体工作。巡演的"罗切斯特"没有问题了,那么接下来的任务就是要保障女主角"简·爱"的演员配备了。在整个《简·爱》的巡演过程中我们一共有四位"简·爱"的扮演者,她们分别在不同的时期支持着、帮助着音乐剧《简·爱》的发展,我这个"铁打"的"庄园主"与"流水"的"家庭教师"们一起探寻着名著背后的深邃,一起挖掘着音乐与戏剧中的那份温暖与感动。

　　音乐剧《简·爱》的第一位"简·爱"扮演者章小敏是我国音乐剧界的一位老演员了,她是第一位获得"文华奖"的音乐剧演员,上海音乐学院音乐戏剧系硕士研究生,浙江桐庐人,在剧组时大家都尊称她为"小敏姐"。小敏姐从一进组就给团队带来了音乐剧表演的职业"标杆",在塑造人物、戏剧表演及团队合作中她都表现得十分敬业、专业、职业,她对待排演工作的严谨性也深深地感染并影响了我们,在粗排阶段,我因剧目制作上的工作需要还无法完全地投入,很多戏剧上的部分都是小敏姐帮我和导演一起创作的,这样大大提高了我的工作效率。小敏姐对角色人物的核心性格特征有非常敏感的把握,我一直认为她走进"简·爱"这个人物是非常深刻的。在一起工作的时间,她全身心投入角色的创作之中,一度我们大家都觉得她就是"简·爱"!不得不提的是小敏姐她那扎实的音乐素质与修养,她对节奏、音准把握的能力让人吃惊,而且她可以迅速地将音乐节奏与戏剧节奏融合,成为一个整体。我记得在《心路》这一段,根据王晓鹰导演的设计,"简·爱"要在演唱的过程中慢慢脱去婚纱,然后在"小简·爱"和"勃朗特"的注视下换上她家庭教师的衣服。这个设计是非常戏剧性的,她不仅仅是简单的在舞台换服装的表演,还要表达出简·爱内心的挣扎和痛苦,她在脱去婚纱的时候实际上就意味着她挣脱了过去的生活并建立新生活的巨大决心。这是一段非常坚毅的表演,并且还要在演唱中进行,我不知道多少次看到她作为角色在这段"心路"表演中流下的眼泪。小敏与"简·爱"在《心路》中完全融合到了一起,这段将近七分钟的大唱段她完成得非常出色、细腻、到位,让现场观众为之动容,我们有好些演员在这段演出时就坐在侧幕条看她的表演,这段演唱目前也进入了音乐学院音乐剧系专业学生在研究生毕业时经常表演的一个片段。所以,我对小敏版的"简·爱"印象是:非常接近原著的人物形象,用纯熟、标准、高超的音乐剧表演技法塑造了这个经典人物,在人物角色的细节把握上尤为到位,给人一种看小说的即视感。

第二位"简·爱"扮演者江南是我们的老朋友了,她曾在音乐剧《断桥》中扮演女主角"白兰",我们有很好的合作关系。我常常说江南是我的"仁兄",她心胸宽阔,无论是哪部剧,她都默默地在底下准备着、揣摩着,时刻准备着上台。有一次在福建演《断桥》,因突发事件需要江南立刻赶来救场,她二话没说就推掉手上的工作飞来福州,我和行政团长李彩芬去机场接她,她还说不好意思给剧组添麻烦了,其实如果当时江南来不了福州我还真的没有办法了,她这样救场很多次,让我感动!与她在《简·爱》的合作中,基本上又是一次临危受命,我只给了她一周时间,我告诉她,时间有限,需要全力排练,一周以后就登台!我们在杭州首演的时候她来看过演出,看后她告诉我她很喜欢这个角色,我当时就说争取有机会参演,我知道她能做得到,因为她一直在准备着!江南的第一场《简·爱》演出是在长沙,当时我们分几拨人一起配合她,希望她能尽快适应舞台,直到她唱完《心路》中"属于我"中最后一个翻高了一个八度的音的时候,全场观众报以热烈的掌声,而我们几乎所有的演员都在侧幕条注视着她,看到她完成了这个最重要的片段大家都放下心来了。江南版的"简·爱"在演唱上更加展示了声乐的优势,尤其是在《画颜》这一唱段,在长笛的引导下一串琶音式的句子她处理得很洋气,她借鉴了歌剧的呼吸与共鸣,将这几句华彩的旋律演唱得非常生动,并在《画颜》的后半段高声区的旋律里运用了比较通透的音色,更加彰显了"简·爱"坚毅的性格。非常有缘分的是,江南是在我们剧组演出的时候确认了自己怀孕的喜讯的,那是在广东佛山演出,她在化完妆之后告诉我说她怀孕了,并且她说她要这个孩子,慢慢地肚子大起来了可能再巡演就不方便了,我很理解她,我也十分支持她能把这个小外甥带来充满音乐的世界!光阴似箭,一晃小外甥都快五岁了,而江南仍在她力所能及的范围里不断支持和鼓励着我。

　　第三位"简·爱"的扮演者朱苧和第四位"简·爱"的扮演者黄今我认为是上天指引来到剧组的,这两位是我"妹妹"辈的优秀音乐剧演员。2014年的夏天,朱苧正在参加一个广东的音乐剧演出,他们巡演到杭州后的晚宴上我们初次认识,我问她是否有兴趣合作音乐剧《简·爱》,小朱非常爽快地答应了。我们在首尔演出的期间,我联系了小朱,希望她能开始准备,等我们回国后就开始排她,以完成浙江、广东一带的巡演。果然小朱不负众望,在演出过程中表现出色,很好地塑造了这个角色。黄今,是从微博上"引"来的一位优秀音乐剧演员,她在微博上看到我发的音乐剧《简·爱》相关信息推送,她在北京看完演出后买了一本《简·爱》的唱段曲谱，并把"简·爱"的主要唱段都学会了。在我们再次进京演出的时候她约我说要唱给我听一下，我们在民族文化宫剧院听完她的几段演唱后，非常吃惊，在没有经过剧组指导的前提下完成得那么完整是很不容易的，而且基本气质都是对的，所以我告诉她，无论如何都要排她的演出，这样的"粉丝"一定要给机会登台，让她能实现自己的梦想！最终，在2014年年底，黄今在衢州首次亮相，并参加了杭州剧院2015年新年演出季音乐剧《简·爱》的演出，获得一致好评。

四位"简·爱"都为这个角色付出了自己全部的才华与热情，无论是在平时工作中还是在舞台上，我离她们是最近的，我能够最直接地感受到她们对这个角色的珍惜与尊重。每当看到她们情不能已的时候，我也总是会更加真诚地祝福她们，我们非常愉快地度过了与"简·爱"在一起的日子，我想这段时光不仅是我，也是这四位"简·爱"们都终生难忘的，我们曾经距离名著这么近，距离这位可爱的英格兰女孩儿那么近，这是缘分使然的，感谢四位"简·爱"！

海纳百川·上海站

音乐剧《简·爱》自2013年9月首演以后便开始了巡演之路，我领着剧组48人的团队再次浩浩荡荡、走南闯北，继续去品尝这一路上的酸甜苦辣。巡演给予我们的不仅是演出本身的艺术享受，也给我们带来了从事音乐剧这个伟大职业荣耀与艰辛的感悟，一路上收获着无限的力量和感动，我们与名著同行，与音乐剧同行，与梦想同行！

上海，是我们每部剧都会第一个来到的城市，这里是中国音乐剧市场最好的地方，这里有最挑剔、最专业、最广识的观众。从《断桥》开始，一直到《简·爱》等，我们都一次次地来这个城市，我们在这里收获最多的是来自同行们真诚的鼓励与鼓舞，来自观众们深切的包容与支持和来自专家们无私的指点与帮助。音乐剧《简·爱》先后在上海文化广场演出过两场、在上海艺海剧院演出过一场、在上海东方艺术中心演出过三场、在上海人民大舞台演出过两场。其中印象最深的是第二次进上海文化广场，在"广场君"严谨、系统和专业的策划推广下，演出票于演出前一个多月就已售罄，上海文化广场副总经理费元洪告诉我："兄弟，《简·爱》已售罄，恐怕要加座啦！"上海的观众还是比较接受《简·爱》的气质的，应该是因为名著的原因，在微博上和演出签售现场我们与观众一直保持着互动，很多观众都表示希望能够看到更多的改编自名著的原创音乐剧，这也是我之后萌发制作由其他名著改编音乐剧的信心和动力。上海文化广场的这场演出，在加座之后的自然票房达到四十余万，我当时和老费说这样的单场票房成绩我可能以后都难以再超越了，所以希望在演出结束后能够和现场的观众拍个合照，老费欣然答应，这张合影照片成为我们永久的美好回忆，至今我回想起这场演出我都心存感动。

惊险与感恩·北京站

北京站演出，是我们团队重大的目标，进京演出，是我们团队最大的心愿！当年音乐剧《断桥》在外围巡演了近百场也没有机会进北京演出，而音乐剧《简·爱》在首演后不久就进京演出了。音乐剧《简·爱》曾先后在北京梅兰芳大剧院连演五场、在北京天桥剧场演出两场、在北京民族宫大剧院演出两场，北京是我从事音乐剧职业的重要城市，从2007至2011年的五年间我一直生活在这座城市，在这里追求着自己的音乐剧梦想。所以《简·爱》走进北京梅兰芳大剧院的演出对我来说可以视为是"汇报"演出，这场演出在我的心中有着格外的一种分量，我们做了很充分的准备工作，就为在北京成功绽放的那一刻。

2013年11月，音乐剧《简·爱》在北京梅兰芳大剧院连演五场，前四场的演出非常顺利，在第四场演出的时候中央电视台新闻频道还来做了采访报道，在中央电视台播出后引起业界的广泛关注。但是，在第五场演出的那个早晨，我忽然感觉十分异常，醒来后莫名其妙地感觉到心慌，这种心慌是从来没有过的，我去了小敏姐那里告诉她我这种奇特的感受，她说我有可能是累的缘故，到上午十点左右我实在有点坐立不安了，我便告诉小敏姐说我出去一趟，如有人找我就说我有事出门了。我跳上出租车直奔雍和宫，三步并作两步地跑到大殿前，烧了香，扑通一下跪在了殿前，我不知我的心慌源自何处，但是这是我从未有过的心慌，我自知无力摆脱这种困境，希望能在雍和宫这个神圣之地找到解脱的力量。我静静地仰望着佛像，虔诚地行走在大殿之中，最终我走出殿门的时候忽然看到了镶着金边的云彩，我向着天空长时间注视，这才感觉心中的慌乱心绪逐渐平复了，我尝试着平静地走路、平静地思索，慢慢地感觉到身体松弛下来了，我的精神状态逐步安定了下来。我不知道是什么原因让我如此不安，但我确实感到莫名的慌张，回到酒店后我稍微休息了一下之后便早早地走到剧院，我向梅兰芳大剧院供奉的"祖师爷"像也上了香，然后坐在了舞台中央静默，到了晚上化妆之前，我感觉自己已经完全静下来了。

演出正常开始，一直演到"火灾"那场戏也一切顺利，在"火灾"之后迁景到"冷眼"，一阵烟雾效果后，忽然舞台上乱了起来，不知是谁把谁撞了一下还是谁把脚下的地标给踩走了，迁景舞美人员把我要坐的长椅挪来挪去迟迟找不到标准位置，但是迁景是要在固定音乐中完成的，音乐即将结束，舞台上的人不得不往下撤，我听见舞台监督小孟无奈之下用对讲机对灯光师黄文杰说："灯光灯光，'罗切斯特'的长椅看不清地标无法准确定位，请亮灯后注意处理！"在音乐的最后一小节中所有人撤离舞台，我坐上长椅正准备进入状态表演，忽然在我一步之遥的前方"哪"的一声巨响随着迁景音乐的最后一个长音落下，我清楚地听到了这个声音，我不知道观众是否听到，虽然当时我不知道这是什么东西发出的声音，但我听得真切。随着《冷眼》的前奏响起，树影婆娑的灯光慢慢晕染开来，我真真切切地看到一个镶有铁边的轮子躺在我的前方，还因惯性在左右晃动。我不知道这个轮子是从哪里来的，但一定是从天上掉下来的，我判断我的长椅正好被迁景的舞美人员往后放了一道幕，如果迁景人员把长椅往前放到标准位置，那从天而降的这个轮子砸到的就不是地板了，那后果真是不堪设想，那样的话就直接全剧终了呀！由此我联想到白天发生的心慌等我就完全释然了，我明白了这一切的原因，于是我坦坦然然地随着音乐唱起了"罗切斯特"的那段《冷眼》。

冥冥之中，我感觉到舞台之神在护佑着我，真的是好幸运，命运就如此改变了，我立下重誓，今生做一名虔诚的舞台仰视者，尊重舞台、护卫舞台！

演出结束后我召开安全工作会议，盘查了所有的细枝末节都没有找到失误的原因，我决定取消所有表演区域的吊杆布景，表演区域的天上只挂灯，其他一切靠地面道具和演员的表演来完成，这也成为我后来制作音乐剧剧目的一个约定俗成的"风格"了，天上只有灯，且是双保险的扣件，地上只有地面道具，用灯光来渲染和勾描地面的景与人。

第二次进京演出是在北京天桥剧场，天桥剧场对我来说有很深厚的情谊，当年音乐剧《蝶》在此进行了复排与演出，我们进驻在这里有半个月之久，在演员通道上还悬挂着《蝶》的海报，我进入剧场后在这张海报前驻足了很久，满满的回忆啊！此次进京演出时《简·爱》已巡演了近一年了，经过长久的磨合已逐步趋于成熟和熟练了，于是我邀请了著名作曲家、指挥家三宝老师，著名音乐剧演员谭维维、吉杰、魏雪漫，著名歌手林萍、王晰，著名钢琴演奏家鲍蕙荞、李斯倩，中央戏剧学院副院长、著名导演廖向红教授等亲朋好友前来观看，所以这对我来说就像是一次"考试"。

那段时间正是我们"备战"首尔的日子，大家状态都还不错，演出也比较顺利，宝爷和维维姐等也给了很多中肯的意见和建议，我们是一起奋斗过的战友，他们的意见和建议我格外用心地听，并在回杭复排时进行了调整。就在天桥剧场，我们正式向外宣布了要联合太原市歌舞杂技团出品、制作音乐剧《至少有十年我不曾流泪》（后来改名为《十年》）的消息，剧团的整体气势蒸蒸日上。

第三次进京演出是应天桥演艺中心邀请来参加首届天桥国际音乐剧节的，当时邀请我们的是我曾经在松雷公司的同事王晓颖，晓颖给了我们非常好的支持条件，使得音乐剧《简·爱》顺利完成了"三进京"。在演出之余的感慨是当年的伙伴们都成长起来了，都打拼出自己的一片天地了，这是最值得开心的，我们各自不断努力，一定会有重逢的一天，那时我们团结的力量就会更为强大，可以更加深入地合作，一定可以的！所以，无论是分散在天涯海角曾经的同事还是现在正在合作的同事，我们都要加油，都要更加成长，我们一定要在某一天华丽地相聚！

感恩友情，感恩曾经，感恩北京！

我站在泰山之巅·泰安站

泰山，是中华民族的精神象征，能够登上这座大山的顶峰是每一个中华儿女的梦想！

2014年7月，音乐剧《简·爱》有幸受邀至泰山脚下的山东泰安大剧院演出，这是一个我们非常想去的城市，主要就是因为这里有这座大山！

第一次进入泰安市区就能明显地感受到这里的风土人情有着独特的气质，来接我的负责人告诉我说远处那个就是泰山了，远远望去肉眼所能看到的这部分山不是特别高，于是我和同行的同事说：这山也不是很高嘛！此话一从口中说出我就意识到不妥了，我心里暗自在想：口误啊！口误啊！怎么可以说山不高这种话呢？果然，灵验得很，当天晚上我就落枕了，第二天脖子完全动不了，连向后转都没有办法，我心里清楚：让你瞎说话！

我跟老俞说我可能排练不了了，请他帮忙合光做程序，我则想办法找到了泰山脚底下一家中医馆，我跑到里面和一个老中医说了情况，她摸了摸我的脖子说就打"梅花针"来放血吧，我问她疼不疼，她说肯定不舒服，忍着吧，我心里也想，这就是惩罚啊，在这样人杰地灵的地方怎能胡言乱语！这位老嬷嬷的手法特别好，特别密集而又迅速地敲打起来，疼痛感顿时向整个后背扩散，我实在忍不住了，老嬷嬷和她的助理一把给我按在床上，我动弹不得，不知她们哪里来的那么大的力气，大概打了5处地方，开始火罐吸血，看到暗黑色的血滴出来老嬷嬷告诉我说可以了，基本已经排完了，她给我喝了一碗甜水，让我回去休息一下晚上就可以演出了，果然我回酒店睡了一会儿到了晚上，头就可以基本转动了，可以不是很大幅度地表演了。演出结束后大家都在商议第二天去登泰山的计划，团长李彩芬、灯光师黄文杰他们更是决定半夜起来徒步登山看日出，我怕休息不够，所以决定第二天上午再去登山。

第二天上午8点左右我打车前往泰山景区的中天门，我决定从中天门开始登，一开始我没有想好是坐索道还是徒步登，反正跟着人群往前走，我也没有看到哪里有索道，后来发现我所选择的这条路就是徒步登山的路，索道已是另一个方向，好吧，难得的，那就登吧！那天天气极好，万里无云，在山道两旁上下的游客熙熙攘攘，不算很多，下行的人充满倦意，上行的人却意气风发，我也是按捺不住一种奇妙的喜悦，这是我十分难得地在巡演期间冒着"消耗体力"的危险来"旅游"，一般情况下在巡演期间我不是在剧院工作就是在酒店休息以保证体力和减少意外发生的几率，但这次登泰山我却下了决心，"冒险"一次！

一路上我看到了许多小卖铺，也看到了小时候书本上读到过的"挑山工"，他们辛苦地挑着货物，但也十分乐呵，还有沿途的各类石壁书法，我偶尔并步齐走，偶尔驻足欣赏风景，觉得十分舒畅，心旷神怡。就这样和其他游客一样漫不经心地走走停停，大约走了一个多小时，忽然走到了一个平地，这里很多人坐着休息，再抬头一看，叹为观止！远远的顶端看到了一个小红点，那是著名的"南天门"所在，而从我的位置到"南天门"隔着著名的"十八盘"，我没有做过登山的攻略，不知道"十八盘"的意义和厉害所在，于是我上前看标识牌上的信息才得知等一下要去攀登的"十八盘"是非常险峻的，而泰山的雄伟和登泰山的魅力也就是在这"十八盘"之上。好吧，都到了这儿了已没有退路，只能咬牙继续登，固然我只完成了三分之一的行程，剩下的三分之二就是要"爬"这"十八盘"了，我决定先坐一小会儿，养足精神一气呵成。

从"十八盘"开始的地方到"龙门"处，感觉还好，走起来没有那么辛苦，我想着如果就这样的频率和状况慢慢登应该不会太累，但从"龙门"到"升仙坊"，我开始有点累了，走一段就得歇一段，不止是气喘吁吁，还满头大汗，我看身边的游客都是十分辛苦，有些小孩子基本是处于爬行的状态，但大家脸上都洋溢着兴奋的表情。也有几个游客自上而下，一脸痛苦的表情，估计是中途放弃了，但是我能看到这些放弃的游客们的颓丧和扫兴，我想当他们看到我们这么努力地在往上爬，而他们却半途而废，不管我们是怎么"看见"他们的，他们应该都会感受到一种来自往上爬的人的唏嘘吧，途中也有一些游客会调侃式地问他们："呀，哥们儿，不爬了呀！"下山途中如果要一路这么被上行的人们的目光火辣辣地注视，这种"轻视"感我想他们的心里应该也是不好受的。一路上我看到了一对年纪比较大的老者，互相搀扶，一点点向着目标前进，休息时间我和他们聊了聊天，他们说，这也许是他们最后一次登山了，想认认真真仔仔细细享受每一分每一秒，他们搀扶着已经爬了三个多小时了，他们不着急慢慢来，只要在天黑之前登得上"南天门"就行，聊了一会儿这对老人跟我说："小伙子，时间不早了，我们不耽误你的时间了，你赶紧继续登吧，加油啊！祝福你！"我与两位告别之后心底感觉暖暖的，真心地祝福这对老人能够实现他们的每一个梦想。

过了"升仙坊",我眼前一惊,定睛一看,挑战来了,从"升仙坊"到"南天门"简直就是"直上"的,目测陡坡程度有70~80度,不借助扶手真的不敢往上了,我听见后面的游客在议论说这里到"南天门"的距离不到1公里,但海拔却要上升400米,我每往上登一步都好像要耗尽全部的力量一样,所有的人在这一段距离里都走得非常缓慢,每一步都艰难无比,显得特别漫长,我想如果不用"洪荒之力"是无法走完最后的这1公里的,我内心暗暗鼓舞自己:享受过程,继续努力!最后几乎已经不是在登山了,而是真正地用"爬"的了,大家按照秩序有条不紊地往上爬,忽然我前面的一对游客停了下来爬不动了,我也顺势休息一下,但是他们好久都不继续前行,我有点急了,我离开扶手想从他们身边超越过去,就短短的三四个台阶,我耗尽了最后的体力在爬,实在太累了,没有想到在极限的时刻要改变路线并超越和提速是要付出比平常多几倍的力量的!爬到最后十几级的时候,奇迹忽然发生了,我居然猛然间一点儿都不累了,身轻如燕般地跳到了"南天门"的面前,抬头仰望:"门辟九霄,昂步三天胜迹;阶崇万级,俯临千嶂奇观。"好一副对联!我转身过去,站在南天门下,登临泰山之巅,俯视苍穹,一种"一览众山小"的气派油然而生,顿时为祖国庄严无比的大好江山感到自豪,我想只有最终站在这山巅的人才能体会到这种力量吧,可能这就是为什么自古以来帝王将相、平民百姓都将"登临泰山"作为顶天大事的缘故吧!此时此刻,站在离天最近的地方,应该许个愿,我仰望苍天许下心愿,并祈福我们的音乐剧事业蓬勃发展,蒸蒸日上!

通过平生第一次登泰山,并联想到自己从事音乐剧的工作,我深深地体会到以下五点:

1. 如果我在山脚下早早看到南天门那么高、那么远,早知道要那么辛苦地经历"十八盘",那我应该不会决定要去登,就像如果我早知道从事音乐剧工作是那么艰辛、那么艰难和今天在我写书的时间里正在经历着事业上的重重困扰,那我估计不会决定以此来作为我为之奋斗的目标吧,正因为"无知",所以才"无畏"地前行。

2.在登山的过程中,到了越是险境的地方,如果因意志力等原因半途而废走回头路的话,那是会被所有的后来者嘲笑和讥讽的,如果半途而废,那就得忍受所有人向你投射过来的轻蔑的眼神,因为你放弃了,你就是个失败者。这就像我们在从业过程中,到了关键的重要阶段,如果放弃努力和半途而废,那一定会被同行及曾经支持过你的观众们轻视和小看,除非是客观原因,比如在登山过程中摔了或者身体出了状况,那样被"抬"走的话大家反而致以敬意,甚至伸出援助之手,音乐剧的创作过程中也是充满压力与困难,唯有坚持和努力,才会被尊重。

3.到了艰险的阶段,想要改变秩序或者想要提速会有很大的风险,也需要付出比平常更多倍的精力才能实现新的秩序和新的速度。就简简单单地超越前面的一个游客,从他身边去"弯"一下,就要冒着"欲速则不达"的危险,而且我本来可以扶栏杆的位子也就被后面的人占了去,并且,就算超越成功、到了前面也未必有我可以扶栏杆的位子,所以这里也有一些机遇性的因素的,必须胸有成竹才能仰仗一定的运气来"赶超"一下。

4.最终即将到达终点的时候往往会出现未知的两种情况,一种是痛苦绝望,高山仰止,一种是身轻如燕,加速抵达,所以应该值得期待和享受终点带来的未知的体验。这一次我登山是非常顺利和轻便地到达了目的地,但下一次未必的,但不论怎样,有目标并坚持攀登到底是一定可以到达目的地的,只是迟早的问题。

5.只有脚踏实地、一步一个脚印地到达的目的地,这样在巅峰行走起来才会那样自信与从容。这就犹如我们的音乐剧巡演,颠沛流离,一站又一站地奔走,所以在获奖台上我们才会那样自信与从容。

我认为我此次登泰山的这5点"感悟"总结起来的核心就是:有目标、有计划、能坚持、能坚信,享受过程,不断努力!

最让我不可思议的是,这次登山回来已经下午四点左右,我吃完晚饭化妆,晚上的演出丝毫没有受到体力的影响,反而精神抖擞,也许这就是泰山的神力吧。我在登山的过程中虽然消耗了小小的人的体力，但是吸收了大大的自然的力量，我十分珍惜这次登山给我带来的体验，这对我继续奋斗在中国原创音乐剧的道路上有着非常重要助推的作用，这股力量一直鼓舞着我，鞭策着我。

泰安演出之后，我们成功地进京演出，一个月后成功地登临首尔世宗文化会馆。

珠海三剧同演·上海浓情收官

2015年4月，在珠海中演华发大剧院的策划与支持下，我们干了一件让行业"吃惊"的"大事"：由同一个团队的演职人员在同一个剧院演出三部风格不同的原创音乐剧——《断桥》《简·爱》《十年》。消息一经发出立即引起业界哗然，因为在我国还没有出现过同一个团队在同一个剧院同时演出三部原创音乐剧的情况，这是开了先河的，也创下了一个奇迹般的"事件"。

那时候音乐剧《断桥》已经演得很少了，而音乐剧《十年》又刚刚开始推出，所以重点剧目放在了《简·爱》上，要连演四场，其余两部各演两场，一共是八场。在好朋友建江和徐汶萱的帮助下，我们很快在珠海举行了新闻发布会，我也特意从《十年》的演出现场赶来珠海参加在珠海中演华发"阅潮"书屋的观众见面会，向大家推荐三部剧的艺术特点和做导赏。

珠海，是一座非常美丽的城市，珠海中演华发大剧院更是一座现代化的剧院综合体，这个综合体里除了有一个国际标准的大剧场外，还有一个富丽堂皇的"小维也纳金色大厅"，我们剧组到达后就在"小维也纳金色大厅"排练，当音乐剧《断桥》《简·爱》《十年》的音乐在大厅里响起来的时候我好几回都错觉我们是在维也纳排练，"白兰"喻越越说，一定要想办法让我们的剧目走到更远的国家和城市，我说一定努力实现！好的剧场和好的排练场一定是会给戏剧作品加分的，那种来自建筑美学的影响与滋润会让戏剧作品的形象更加高级。演出非常顺利，一部接一部地演，并且换台、装台也有条不紊，团队的磨合已经非常融洽和默契了，这是我最欣慰的地方，这时候我基本不需要再盯全过程了，我和演出总监黄文杰也逐步放手让执行制作人杨亚辉和舞台监督孟英洗去工作了，我们最后负责验收就行。

音乐剧《断桥》最后在珠海轰然落幕，从2011年演到2015年，真心不容易了，那座桥身也是伤痕累累了，此时我们管理层已经出现了问题，所以我清楚地意识到这就是我们最后一次演《断桥》了，虽无限不舍，但没有办法，到了该结束的时候了。最后一场演出前，我深深地给这座桥跪下了，感恩它这些年来的护佑与陪伴。

音乐剧《简·爱》非常平稳地演完了四场，受到了珠海及澳门观众的好评，音乐剧《十年》也在演出过程逐步成熟起来，珠海的"三剧同演"在业界成了一时热议的话题。但遗憾的是，我们后方的管理层慢慢在经营管理上出现了裂痕，我心里很清楚，且演且珍惜了！

从珠海回到杭州后，我收到了被中国对外文化交流协会和国家艺术基金委派到奥地利维也纳人民歌剧院挂职工作的通知，要从华发的"小维也纳金色大厅"去往真正的维也纳"金色大厅"了。

2015年9月，由于珠海"三剧同演"的"成功案例"，管理层在上海人民大舞台如法"炮制"了"四剧同演"，此次升级为"展演季"，准备上演音乐剧《断桥》《简·爱》《十年》《阿诗玛》以及另外几部小型戏剧作品，但由于种种原因这次在上海人民大舞台的"连演"活动没有操作运行成功，最终票房惨败。这个活动从一开始就是不顺的，当决定要演出《断桥》时，就受到了有关演出版权的困扰，所以只得临时取消，这件事几来几往就影响了其他几部剧的报批等事宜，错过了最佳开票时期，另又由于几部剧不能紧凑按序安排档期，演职人员来回往返于杭州上海之间，无形中大大增加了项目成本。

我大概知道了这一次应该也是音乐剧《简·爱》的告别演出了，在演出之前我没有告诉大家，但在最后致谢幕词的时候我隐隐约约地透露了这个信号，我看见我身边的几位演员都噙着泪水，大家对《简·爱》是依依不舍的，而我本人更是，这是我倾注所有心血的音乐剧，最后一次戴上头套，最后一次穿上戏服，最后一次坐上我的"长椅"，感慨万千。这样的别离之情在当年音乐剧《蝶》的时候有过，那次我们所有演员在舞台上哭得稀里哗啦，我不想让大家难受，所以就没有说及此事。最终，在全体团队的祝福中，在《简单的爱》的音乐中，大幕徐徐关上。那天演完，我啥也没干，哪儿也没去，回到住处静静地发呆，就像告别了一个真挚的朋友一样。

在上海，我们送别了我们熟悉而又喜爱的《简·爱》，回到杭州后，由于上海站的运营失败，管理层的矛盾愈发激化，裂痕愈发加深了，很多事情已无力回天。不久，我收到了飞往奥地利维也纳的机票信息，命运就是这样，都犹如安排好的那样，一点点地朝着应该发展的方向发展着，谁也阻止不了，谁也改变不了。

说实话，真的特别怀念穿上"罗切斯特"戏服，奔跑在"七叶树下"的那些快乐的时光！

行走的名著·心路

音乐剧《简·爱》去过的城市间距范围比《断桥》要更宽、更广，在2014整一年中国演出市场的印记上，《简·爱》的足迹是一大亮点：北边的哈尔滨、锦州、营口、大连，中部的石家庄、郑州，东部的福州、南昌、苏州、首尔，西部的昆明、成都，南部的东莞、深圳、广州、柳州、防城港等。《简·爱》从首演开始到最后的落幕，算上商业和公益的一共演出了超百场，粗粗地统计了一下，一共去了 30 余座城市，给八万余名观众带去了这部世界经典名著的风采，所以我们被有些媒体称为是"行走的名著"，我们愿意以这样"行走"的方式给更多的观众带去文学、音乐剧的魅力和感动，因为这种力量是可以鼓舞人的，如果有机会，我们希望继续行走，继续给更多的城市、更多的观众带去我们倾覆心血的这部诚意之作！借剧中女主人公"简·爱"的主要唱段与场景《心路》来祝福并期待！谨以原创音乐剧《简·爱》献给天下所有相依相爱的人们！

重温名著，再现经典，让我们简单地相爱！

【第十六场：心路】

【暗场，只剩下简·爱一束定点光，舞台上一片凄凉、冰冷，简·爱自己脱去婚纱，勃朗特和小简·爱上场，为简·爱穿上了原初的衣服】

简·爱：

别再哭 眼泪和雨破开一条路
不回头 也不许停下泥泞的脚步
握紧刺骨的结束 却没有权利去愤怒
任荒原把梦压进夜幕

北极星 请带我走出这一片荒芜
你的影 眼眶中变得好模糊
说出口 说出的誓言唇麻木
埋进了灵魂最深处 裹着土 已没有退路

倔强地选择离开你身边 虽然是我仅有的一切
用冰雪 磨去记忆里的触觉
等不到你说的永远
交错了掌心刻下一句信念 爱着你
所以要走得更坚决

我很清楚 面对的路
回到最初 从来不曾后悔已经 我付出了全部

就算是孤独 生命辽阔真心投入
所有痛与苦 都欣然背负
我要用自己方式 去追逐 去守护
我的幸福 等待明天日出

北极星 请带我走出这一片迷雾
你的影 眼眶中闪烁着痛楚
命运他 安排下无辜的冲突
埋进了灵魂最深处
我无助 但不会屈服

倔强地选择离开你身边
虽然是我仅有的一切
拥抱过 你眼中透彻那蓝天
等不到你说的永远
交错了掌心刻下一句信念 我爱你
所以要走得更坚决

我很清楚 脚下的路

回到最初 从来不曾后悔已经

我付出了全部

就算是孤独 生命辽阔用心领悟

所有痛与苦 都欣然背负

我要用自己方式 去追逐 去守护

渴望幸福 迎接明天日出

难道 做一个 没有灵魂的我

变成冰冷的机器

失去了爱或被爱的勇气

彷徨 流浪 不过短暂黑寂

至少我能 用自由意志去放手

迎来日出 照亮我的路

挣开束缚 从来不曾后悔已经 我付出了全部

这一条心路 生命辽阔用爱领悟

所有痛与苦 都欣然背负

我要用自己方式 去追逐 去守护

渴望幸福 坚定的每一步 属于我

【音乐稠密、玄幻；夏洛蒂·勃朗特出现，和简·爱在这里灵魂合一】

勃朗特：简·爱，你不是要嫁给他吗？你不是深爱着他吗？你不是属于他吗？

简·爱：我比从前更爱他，但是我不能属于他，我不能嫁给他，我不能每天经过他妻子的房门上他的床，所以，我要用自己的理性离开他！

勃朗特：我提醒过你的，什么"巨大的热情"！什么"强烈的情感"！什么"至死不渝的誓言"！你为他爱得死去活来？值得吗？傻瓜！

简·爱：你不懂什么是爱！你没有权利……

勃朗特：我有权利！我就是要取笑你，我就是要挖苦你，傻瓜！只有你还相信爱！夏洛蒂，你快醒醒吧！

简·爱：（转身）你叫我什么？

勃朗特：我叫你，夏洛蒂·勃朗特！

简·爱：不，我不是夏洛蒂·勃朗特！我是简·爱！

勃朗特：简·爱就是夏洛蒂，夏洛蒂就是简·爱！

简·爱：不，不是，不是！夏洛蒂，夏洛蒂她不敢爱，她不去爱！而我敢，我敢爱！爱很简单，没有条件。我爱他，所以我选择离开他，这是我的自由意志！

勃朗特：也许你说的是对的！简，你冷吗？也许你需要一场大火来温暖你！

【勃朗特拥抱简·爱，收光，随即桑菲尔德府大火】

伍

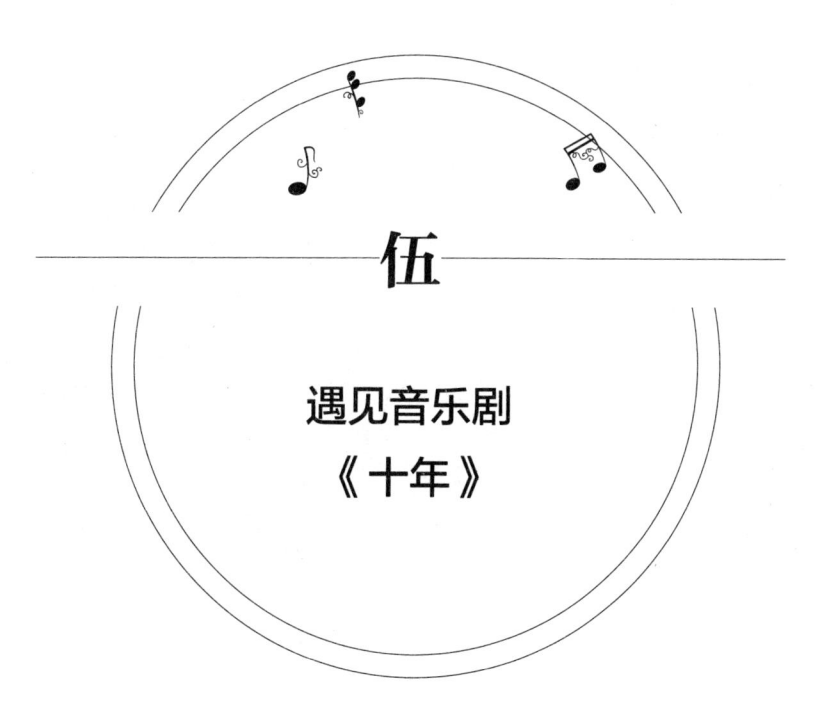

遇见音乐剧
《十年》

想做一部剧来致敬我们"80 后"的青春梦想

每每谈及青春与梦想，胸口都涌动着一股浓浓的热量

在历经音乐剧《蝶》《愁女》《断桥》《简·爱》之后，我一直有个心愿：做一部原创音乐剧来献给"80 后"——我们这一代人自己的青春与梦想。

"80 后"的我们都已成长，无论是在家庭中还是在社会上都已承担起了重要的责任，我们这代人当中最大的已经 38 岁，最小的也即将进入 30 岁的行列，我们在飞逝的年轮中迅速地告别了曾经多彩绚丽的"七巧板"，告别了伴随我们一整个暑假的《新白娘子传奇》《西游记》，我们已不再吃"大大"泡泡卷，也不再沉浸于"小霸王"的游戏世界里，我们庞大的身躯再也跳不进小时候画在地上的"小方块"，我们粗壮的手指再也伸不进用纸折叠出来的"东南西北"，我们一边回忆着过往的点滴，一边不断接受着互联网带来的种种新讯息，我们一边用原始的勤奋苦干和艰苦奋斗浇铸着我们曾经的梦想，一边又在网络世界里触碰和交织着虚拟的世界与现实。我们当中有的早已经做了爸爸妈妈，有的还仍在一如既往地追逐着自己的梦想，有的早已成功、扬名立万，有的仍在底层默默打拼、默默奋斗，不论现在生活得怎么样，"梦想"这个名词对于我们这一代人来说是如此的亲切与形象，我们也都为了自己的"梦想"而坚持着、努力着。

在我们当中有一个特别的群体——"都市漂泊者"，或者称为"都市追梦者"，我们来自农村乡镇，来自五湖四海，为了实现梦想来到城市的中央，没有背景、没有关系，凭借自己的努力与智慧行走在城市之间，有

去北京的、有去深圳的、有去上海的、有去广州的，我们往最发达的城市走，因为那里可能会有更多一些的希望，有更多一些的机会。不论现实生活赐予我们的是怎么样的一种生存状态，我们似乎都满不在乎，既然扛着行李来到城市寻梦，我们就已经做好了接受一切磨难的准备，这样的意志好像成了我们这一代人的标志！我想，每一个人来到大城市里，背着书包走出火车站，走进熙熙攘攘的人群，站在密密麻麻的高楼大厦脚底下，仰望这座城市的时候，心里一定会有一个声音在叩响：一定要在这里打出一片属于自己的天地！这万家灯火当中一定会有一个属于我的小窗格！

我们在城市之间奋斗着，好像比任何时候都能够吃苦，比任何时候都能够接受现实生活的洗礼，我们的意志力在拼搏中不断得到锤炼，我们的胸怀与气度在奋斗中被委屈与苦难一点一滴不断地磨砺、撑大，我们渴望成功，我们梦想成功，虽然成功的几率只有那么一丁点儿，但是就为了这个一丁点儿我们也会全身心地投入，我们愿意为此付出汗水，付出泪水，付出血水，甚至付出生命，因为我们要证明，这个世界我们来过！我们奋斗过，我们无悔！哪怕最终什么也不会得到、什么也不会留下，我们都不悔！无论如何，我们终将会收获镌刻在生命与灵魂上面的人生印记！

年轮碾过岁月，回望青春，我们要骄傲地告诉自己，我们为自己的梦想奋斗过，我们使尽了所有的力量在梦想的道路上狂飙过！

城市是我们这一代人梦想栖息的巢穴，我们必须在城市里去历经那些酸甜苦辣和喜怒哀乐，只有如此，我们心中那种坚实的追梦力量才会源源不断地涌动、喷薄，我想，这应该就是我们青春生命的光华所在！

地下室与"北漂"

在北京漂泊的追梦者被称为"北漂","北漂"们的生活根据地即是地下室。

我不知道当年的城市建设者们是不是因为预感到在若干年后会出现一批叫"北漂"的人,所以才在每幢高楼大厦的下面造出了无数的地下室。这些地下室基本有着共同的特点:气闷、阴暗、潮湿、嘈杂、狭小。但地下室也有优点:租金便宜、不寂寞、非常热闹、层高很高、躺下后即可幻想仰望星空,同时还有大爷大妈把守着出口,相对比较安全。相比那些"优点",地下室的缺点就不言而喻了:早起上班前的时间永远要与众人们抢厕所、抢洗漱台,晾在过道上的衣服永远干不透,一家做饭全部地下室都得共享油烟味,一到梅雨季节就像生活在桑拿房里一样,如果街上发大水那大水一定会倒流到床下,猫咪们不抓老鼠但永远追着老鼠玩,隔壁家干任何事情都像在你面前现场直播一样,不到凌晨四五点地下室是不会沉静下来的,如果隔壁屋打仗干架总会担心两边的隔墙是否会倒塌,等等。住在地下室的人们每天都是收拾得精精神神地走到地面上,每天又都是拖着疲惫不堪的身躯走回到地面下,大家每天都是满怀梦想地迎接日出,又是每天在日落后躲在屋子里静静地一遍又一遍细数着兜里所剩不多的钱,我们可以经常在这里听到:"爸妈,我过得很好,你们不用担心,过些日子我就可以给你们寄钱了!"也可以经常听到:"姐姐,我实在有点撑不住了,生活怎么那么难啊,哎,再难也要努力不是吗!姐姐你放心,我会好好工作的!"在这里可以看到因交不起房租或水电费而不得不搬走的,也可以看到发展好了以后开开心心搬到地上面去生活的,还可以看到生了病自己抓一堆药胡乱吃,最终被救护车拉走再也没有回来的……总之在这里生活的人都憋着一股劲儿,憋着一股誓要成功的劲儿,陌生人彼此之间一般不太打招呼,似乎没有精力在这里认识结交新朋友,虽然看不到彼此眉宇之间的冷暖，却可以感受到那每一颗跳动着渴望成功的心脏。我就是曾经在这里短暂生活过的一员，虽然时间不长，但留下了终生难忘的记忆，我多少回听到老鼠追猫的声音，多少回热得恨不得到马路上去睡。

有一次朋友送我一瓶红酒，走进地下室的时候由于摸不到灯的开关一不小心酒瓶从手中脱落砸到脚趾上，那种钻心的疼到现在我都记忆犹新，瘸着腿去恳求看门的大爷帮忙，大爷撩起窗帘，露出半张脸，用一口浓重的东北口音问："干哈儿？又咋的了！"我说开关坏了，大爷慢慢腾腾起身，走向黑暗深处，一边走一边还念念叨叨："啥玩意儿，咋又整坏了，真是的。"我便跟在大爷的后面随他走去，远远的走廊尽头有一个大排风扇在昏暗的灯光下扑朔迷离地扇动着，我想这不俨然就是一个戏剧场景吗，如果布点蓝颜色的逆光，那简直就是舞台的即视感。这个排风扇是夜以继日地转动的，不停不歇，它就像是我们每一个住在地下室的人的希望一样，它又犹如一座时钟，它的转动就是时间的流走，只要它在转动，希望就在，我们就有走出去的一天！在日后，每当我回想起来什么是地下室的精神支柱时，我觉得一定就是这个排风扇，它排出多少污浊的空气，换来我们新鲜的梦想与希望！

我是处女座 A 型血，我无法忍受抢厕所或者抢洗漱这种事儿，所以我会选择早早地在五点半以前就起床，先洗漱完，再安安静静地上个厕所，如果还早那就再睡个回笼觉。就算起得这么早在地下室的洗漱间里也是一样有人，有一些是和我一样"聪明"的人，但更多的是刚刚下班回来正准备洗漱睡觉的。总之，在这里永远是一种"川流不息"的感觉，有疲惫、有亢奋、有欢笑、有哭泣、有热情、有冷漠，除了没有钱，其他啥都有！如果哪天上天眷顾，能将一米阳光照进地下室，角度尽量倾斜一点，那真的就是莫大的恩赐了。

那时候，青春年少的我们靠梦想支撑着对未来的憧憬，而未来，却远得没有形状！

（伍）

从普契尼歌剧《艺术家的生涯》想起

当我们决定了要做有关于地下室的音乐剧时，思绪如泉水般喷涌而出，各种细节，各种生活原型几乎全闪现了，好像我们几个曾经住过地下室的朋友们聊聊天就能把剧本聊出来。

其实有关此类反映青春梦想及奋斗生活题材的艺术作品有很多，比如有我们比较熟悉的电视连续剧《北京爱情故事》《奋斗》等，音乐戏剧类作品也有意大利经典歌剧《艺术家的生涯》（*La Bohème*）、百老汇经典音乐剧《吉屋出租》（*Rent*）等，它们都非常深刻和生动地讲述、描写了年轻人的生活实态，所以我们要从象征上、从精神内核上去寻找那种契合与感怀。在很长的一个构思过程中，我与出品人一直在苦思冥想，究竟从哪一个切入点来构建这个故事好？

我们通过分析比对，意大利伟大的作曲家普契尼的经典歌剧《艺术家的生涯》用了非常浪漫与动人的音乐来诠释了那个时期青年艺术家们的生活与爱情，尤其是女主人公咪咪第一次遇见男主人公鲁道夫时"借火"的那个场景。

咪咪是和鲁道夫租住在同一个房子里面的绣花姑娘，她过来是向他借火的，年轻的诗人鲁道夫帮她点燃蜡烛。咪咪在借到火之后正准备起身回家时，她忽然发现自己家门钥匙找不到了，她想肯定是掉在了鲁道夫的家中，于是两人一起在屋里寻找。鲁道夫很快就找到了她的钥匙，但他并没有马上告诉咪咪而是把钥匙藏了起来，鲁道夫喜欢咪咪，他想最大限度地拖延两个人独处的时间，于是他又装作找不到钥匙而继续寻找。不一会儿忽然从楼道里吹进来一阵风，吹熄了两人手中的蜡烛，他俩只好在黑暗中摸索着寻找，鲁道夫在黑暗中有意无意间碰着了咪咪的手，异常冰凉，于是他握起咪咪的手唱起了那首著名的咏叹调《你那冰凉的小手》

（*Che gelida manina!*）："你那冰冷的小手，让我来温暖它，在黑暗中找钥匙有何用？还好有皎洁的月光陪伴着我们！"接着，鲁道夫开始向咪咪倾诉："我是一位诗人，有着丰富的思想和灵感，但是这一切却在刚刚被一双明眸给偷走了，这对明眸就在那位前来借火的少女身上。"他既热情地介绍了自己又表白了对咪咪的爱慕之情，咪咪听懂了鲁道夫的意思后也唱起了另一段著名的咏叹调《啊！人们叫我咪咪》（*Si, mi chiamano Mimi*），她将自己的身世说给他听："我的名字叫露契亚，但大家都叫我咪咪，我以绣花为生，平静地享受着创造百合花和玫瑰花的快乐，这些花会带给我安慰。"这一段对话的音乐极美，把两人的心思细致入微地表现了出来，顷刻之间两人成了知心朋友。

这个片段我在留学的时候看过无数次，每一次看都十分感动，在大家都那么贫穷的年代，还有爱情——这个美好的事物！所以我想"爱"的情愫应该在我们的音乐剧里贯穿始终。但是普契尼的《艺术家的生涯》太悲了，咪咪因付不起医药费而卧病不起，最终溘然长逝，这一点是我们不忍心去写的，我们的音乐剧应该更多地给人希望与力量，但《艺术家的生涯》当中男女主人公的浪漫爱情以及友人之间的深厚情谊是我们希望同样能够在音乐剧中来刻画和赞扬的。通过对歌剧《艺术家的生涯》的研究，我们找到了我们这部音乐剧可以用来借鉴的叙事架构与方式。

地下室的爱情有千种万种，有些是积极向上的，有些却是现实残酷的，我们应尽可能多地反应积极、阳光的一面，所以我们需要有一个"精神驱动力"的内核，一定要找到这个最妥切的"内核"！我和出品人说其实现在我们已经越来越接近那个想要的"东西"了，所以要趁热打铁找到它。我在团长办公室里一边苦想一边翻划着手机，忽然点到了一个汪峰的演唱会视频，他正在唱《当我想你的时候》，他唱了两句我就兴奋地跳了起来，那个歌词的意境太符合我们的期许了，尤其是这句："至少有十年我不曾流泪！至少有十首歌给我安慰！"我们就是希望找到这样的一首歌来作为我们的精神引领，我激动地跟王团说，马上联系版权方希望能够谈成合作，同时我们将这首歌中那一句著名的呐喊"至少有十年我不曾流泪"作为我们音乐剧的剧名，这一切来的都是那样的顺其自然。找到了方向和样式，我的心也就踏实了下来。于是我当天就与团方签约，并同时决定在音乐剧《简·爱》北京天桥剧院演出之时举行新闻发布会，对外正式发布原创音乐剧《至少有十年我不曾流泪》项目启动的消息。

　　说起来也是凑巧，自从我们立项做这部剧后，我和其他几个主创都分别在不同的地方听过这首歌，可见汪峰先生这首《当我想你的时候》的影响力有多么大，而那句发自肺腑的"至少有十年我不曾流泪"是那样的自然与贴切，激起人们的共鸣。记得有一次我在去机场的大巴上忽然再次听到了这首歌，联想着自己在北京打拼的那些年月，心里非常感慨——又有谁的青春不是在不断的奋斗中度过的呢？！

二

充满激情的创作

北京首都机场的创作会议

　　音乐剧《至少有十年我不曾流泪》的编剧、作词由王凌云担任，作曲由祁峰担任，导演由俞炜锋担任。我们是十分熟悉的组合了，为了更加增强创作力量和保障作品的思想深度与艺术高度，我再次北上邀请了王晓鹰导演来出任总导演，并邀请了著名灯光设计师周正平来出任视觉总监。

　　第一次的主创会议按照之前的常规一般是我先与编剧、作曲谈大方向和基本概念，所以此次也是如此。正好有一天我要从北京飞广州、凌云从上海飞北京，而老祁就在北京，所以我们仨决定在首都机场碰头。我不由得想起当年做《简·爱》剧本时的情形，我与凌云隔三差五地约在上海虹桥高铁站的COSTA咖啡店见面，当时我和凌云说："《简·爱》做成了，就沿着高铁去走南闯北吧！"果然此次又是在机场谈剧本，我又跟他俩说："《至少有十年我不曾流泪》也将注定是一部颠沛流离的作品！"

既然是要"行走"的音乐剧那就一定要在内容上有代表性和普遍性，我们仨各点了一份港式餐点，边吃边聊。我首先说，当年刚到北京工作拿着一点点的工资，想吃一顿烧鹅饭是很奢侈的一件事，那时候的钱真的是小心翼翼地在花，生怕没有坚持到月底就用完了，那时候的我们也是真的穷，但我们不自卑，毕竟刚刚毕业回国，工作的局面还没有打开，能够不像盲流一样漂着就已很感恩了！老祁也一样，他说他从比利时皇家音乐学院毕业回国一样经历了找公司，找活儿做，要养活自己，他的事业是从上海开始起步的，不断给人写音乐，由于出手快并且质量又不错，所以慢慢地活就多起来了，直到创作了电视剧《北平往事》的配乐、电影《花木兰》的主题曲《木兰香》，然后到我们认识，开始一起创作音乐剧《断桥》《简·爱》，再到音乐剧《至少有十年我不曾流泪》。凌云也是如此，他从美术专业毕业，跨界到戏剧行业做编剧和作词，也是一步步熬过来，慢慢地用作品去证明自己，在不断的创作中他的文字逐渐有了自己的风格和意境，在诗一般的字里行间又充斥着强烈的叙事性。当年他拿出"简·爱"的唱段《心路》的唱词时，我当时就感动了，一方面我读到了简·爱撕裂的心痛和坚定的意志，一方面我也看到了小伙伴的成熟。我们仨是从事业的起点一起出发的，先后有近五年的合作，所以聊着聊着就基本定下了这部新创音乐剧的基调——就写我们自己的情怀！

㈤

地下室生活的舞台视觉呈现

　　舞台是一个空旷、开放的空间，所以要怎么样在这个空间中勾勒出地下室的形状，而且要控制在规定的投资预算之内，这是舞美视觉上最急需研究的问题。经灯光设计师周正平老师、舞美设计师岳建华老师及编导一起商量后，最终决定用五个可拼装的钢制长条大平台、七个移动膜框、一个移动平台来组成主视觉：长条大平台是象征地面上的生活；大平台前面的所有舞台地面空间由七个移动膜框的摆位来切割出不同的地下室的生活空间；移动平台则是大平台的一个局部流动的象征，可以根据需要随意推至离观众最合适的距离，一些浓情的戏集中在这个移动平台上演。

　　钢制的长条大平台是一个通透开放式的大平台，由五个平均平台拼装而成，固定地放在舞台的深处，有一层楼的高度，当演员在上面表演的时候就相当于在地面上，两头有阶梯可供演员穿梭上下，在正面的右方装有一个巨大的排风扇，这个日夜旋转的风扇是地下室的一个标志，风扇转动的时候既可以配合戏剧的情绪与发展，又可以给空间、给灯光形成一种流动性，只要风扇一直不停地转，生活就得继续下去，我们取的就是这个象征意义。那七个膜框是我特意从香港一家舞美公司定制而来的，这种膜框在国外其实用得蛮多的，它流动性大，可以任意摆放和使用，可以当空间道具，也可以当戏剧道具，最主要的是灯光打上去之后可以晕染成各式各样的视觉效果，所以就依照这样的道具和舞美主视觉来设计戏剧表演。除此之外，在舞台上还有几道水管、几道晾衣架等，等到了相应的场景中再放下来。剧中有一个室内浪漫小星空的场景和一个室外浪漫大星空的场景，所以在舞台视觉上有两道星光灯幕，虽然星空幕的使用和呈现比较普遍，但是在这部剧中当歌词、戏剧、情感都统一到"星空"这个概念上时，忽然在视觉上出现星空，这样所带来的情感冲击与视觉冲击的力度还是挺大的，现场效果也比较不错。

这一次的舞美依然沿袭了"以地面道具为主，少量垂吊景片配合"的形式，继续秉承写意、诗化、象征的理念，一方面是预算有限，另一方面也是因为考虑到将来，这样方便拆装的舞美设计比较便于巡演，毕竟音乐剧《至少有十年我不曾流泪》是一部和她"姐妹篇"们一样要走南闯北的舞台作品。

关于《鼠族》片段的讨论和争议

我们在初读剧本的时候就感觉到这一次的创作需要有一个代表性的"点睛之笔"，他得是一种既不受控于戏剧结构，也不牵制于戏剧节奏，但必须得体现精神深层次的一个类似"行为艺术"的代表性片段。我在日后的音乐剧制作理论总结中往往把这个部分称为一部音乐剧作品的"核心记忆点"。"核心记忆点"是一个理论提法，其含义就是在观众看完戏剧表演之后对剧中某一个部分或某一块能够有深刻的记忆，比如音乐剧《断桥》中有越剧和音乐剧的融合，有两座桥各种分开合拢的姿态；比如音乐剧《简·爱》中有女作者夏洛蒂·勃朗特与"简·爱"的深刻对话，有"小简·爱"与"疯女人"的对"红房间"的恐怖回忆等，这些都是可以成为音乐剧中的"核心记忆点"的，所以音乐剧《至少有十年我不曾流泪》也必须有若干个这样的点。经讨论，我们认为可以用一组集体肢体舞蹈语汇来构建属于这部剧的其中一个"核心记忆点"。

老鼠，是出没在地下室的"常客"，特别是出差前如果在屋子里放有一些零食等，那等回来时一定是"场面壮观"，最淘气的是地下室的老鼠吃得并不多，但它每样都会咬一点，我们生活在地下室从某种意义上来说就是"与鼠为伴"，这好像是一个"生态链"了，虽然过一段时间都会发一些灭鼠药，但似乎夜里那"吱吱吱吱"的声音就从未中断过，回身再想想我们自己不就犹如"鼠族"一样生活在地下吗?所以,我们决定单列一个行为艺术类肢体舞蹈的《鼠族》片段,在作曲与编舞的设计下用现代舞的语汇来设计这段独立的舞蹈,把鼠类的跳跃、摸爬、行进、奔走等动作幻化成舞者的肢体语言,呆板、僵硬、灵巧、丰富的音乐节奏与歌词架构支撑着地下室人们的内心叩问。

《鼠族》这段舞蹈的唱词是这样写的:

生活和生存 没时间疑问
难道只剩下了忍
碰现实的冷 没空间愤懑
人与人为何陌生
生活和生存 没权利质问
头顶着繁华的断层
关上放空门 没有空间怨恨
人与人落差身份
无处安放的青春
找一个家求安顿
地下之城下去半层下去再半层
地下之城隔板一层隔板又一层
有一群叫鼠族的灵魂半直立走
幽暗的眼神中是渴望阳光的吻
有一种像蜗牛的幸存
被潮湿密封在地下之城

好梦和恶梦 窝发霉的枕
人下人心理要平衡
冬暖又夏冷 生活掐成本

> 人上人白天去争
> 无处安放的青春
> 找一个家求安顿
> 地下之城下去半层下去再半层
> 地下之城隔板一层隔板又一层
> 有一群叫鼠族的灵魂半直立走
> 幽暗的眼神中是渴望阳光的吻
> 有一种像蜗牛的幸存被潮湿密封
> 我们在地下之城
>
> 有一群叫鼠族的灵魂半直立走
> 幽暗的眼神中是渴望阳光的吻
> 有一种像蜗牛的幸存被潮湿密封
> 退回到地下之城成为鼠族的化身
> 奋斗每天为自尊向明天索要一个平等
> 我们头顶扛着一座城
> 汗水泪水装满一座城
> 我们躲在地下一座城
> 努力求生存
> 我们头顶扛着一座城
> 我们心中渴望一座城
> 用理想完成梦的城

这样 ABC 三段不一样内容舞蹈肢体外化的演绎给全剧掀起了一个不小的高潮，肢体语汇、音乐语汇非常生动、形象而又透彻地诠释了唱词文本，演员在舞蹈过程中使用三个最大的膜框为道具，最后在"头顶扛一座城"的时候忽然将抽象概念的膜框道具举到了头顶之上，象征着楼房，这个楼房是要在梦里完成建造的理想之城,因为那是自己向往的家!在很多次排练的时候我看到此处都鼻子酸酸的,真的,从地下室走到地上就已经非常了不起了,如果在地上还要拥有一座自己心中的梦之城,那得需要付出多大的心血与拼搏啊!对于我们这个年龄来说何其容易!

我与主创团队对于这段的设计与刻画非常满意,觉得终于在一部现实主义题材的音乐剧中找到了一个可以抽象概念的代表元素,而且这个元素又紧扣主题,并更加深化了主题的思想精神。但有部分专家和领导对这段不感冒,可能多半是出于他们站的角度来考量的,认为怎么可以在一部励志音乐剧中来"丑化"现在的生活呢!但我不这么认为,研讨会的辩论中我提出这一段我们没有任何"丑化"的动机和呈现,这一段是现实主义题材音乐剧创作新概念新思路的尝试实践,我也主张戏剧是要对比的,就是因为地下室的压抑才有后来成功的喜悦啊,戏是靠对比出来的,更何况我们是艺术性地、创意性地描述真实的环境。但最终我们的意见没能说服当时的几个领导,这一段被不容分说地砍掉了,非常可惜!我觉得,创新手法是一部原创音乐剧最值得期待的部分。

后来那几个领导不再分管我们了,我就又毫不犹豫地恢复了这一段!

音乐剧唱词"叙事性、意象性与诗哲性"的探索

在创作剧本的时候,我与编剧讨论,这一次我们要在音乐剧唱词的"叙事性、意象性和诗哲性"上做深入的探索,因为在古典浪漫主义的音乐剧中需要更加强调"诗化意象性"的功能,而在现实主义的音乐剧中需要更多地强调叙事性和意象性,并用诗哲性对叙事与意象进行提升。叙事,是音乐剧唱词的主要功能和任务,大部分音乐剧是需要依靠唱词的叙事来推进戏剧发展的,所以唱词的叙事功能显得尤为重要。我们之前的音乐剧创

作实践中往往唱词的诗意性比叙事性强，并且诗哲性比较弱，而这次音乐剧《至少有十年我不曾流泪》是属于探究精神层面的剧，应该更加注重对以上三个特性综合在一起进行探索。

我将剧中我认为写得相对比较成熟的几段唱词摘出来作分析：

（一）《为梦而活》

没有人再能踏进同一条河
全让它带走别问有什么结果
吞没在黑暗尽头的舞者依然醒着
灿烂中爆发不甘沉默

让大雨冲刷城市的冷漠
抬起头 要呐喊 要证明
这世界我曾来过

这梦想谁还记得
不顾一切的执着
想挣脱平庸躯壳
拥抱更辽阔

这眼泪谁都流过
感谢命运的苦涩
付出一切值得
青春怎会褪色
相信我为梦而活

是我 我相信我 不会退缩

㈤

　　我相信我 为梦而活
　　我相信我 不会退缩
　　为梦而活

　　这是音乐剧的开场合唱,所有演员以非具体的中性角色身份站在舞台上,像雕塑一样咏唱青春,咏唱梦想。"没有人再能踏进同一条河",这开篇的第一个有关于哲理性的话题就传递出该剧要讨论的命题。这句歌词灵感来自于古希腊哲学家赫拉克利特(Heraclitus)的那句名言:"人不能两次踏进同一条河流。"他阐述了"变"的哲理,他的哲学理念充满了辩证法的思想,赫拉克利特认为宇宙是一团永不熄灭的火,火不断地转化为万物,万物也不断地再变成火,所以变化的思想必然会在他的哲学中占有重要的地位,以至于后来人称他的哲学为变的哲学。他形象地表达了他关于变的思想,他曾经说过:"太阳每天都是新的!"他把天地万物所有存在的东西比作是一条河,声称人不能两次踏进同一条河,因为当人第二次进入这条河时,是新的水流在流淌而不是原来的水流了。哲学家恩格斯也曾经高度评价了赫拉克利特的这个思想:"这个原始的、素朴的但实质上正确的世界观是古希腊哲学的世界观,而且是由赫拉克利特第一次明白地表述出的:一切都存在,同时又不存在,因为一切都在流动,都在不断地变化,不断地产生和消灭。"所以,以这样的精神高度来统领全剧的开篇在思想的层面上具有引领的功能。
　　而B段的"这梦想谁还记得""这眼泪谁都流过"的叩问与呐喊则是一种表态,更是一种宣泄和一种不悔的坚定,这种深刻而又具象的反思是为了得出一个结论——"我相信我,为梦而活,不会退缩",所以这是一段非常励志的具有"诗哲性"的唱词,并且在全场肃静、凝固的舞美氛围与灯光效果中严肃地唱出这段短小精炼的词,奠定了音乐剧《至少有十年我不曾流泪》稳重的戏剧开始,营造了凝重的戏剧分量,从最起先就把观众带入对于青春、对于生命、对于梦想的深刻思考。

(二)《地下室》
众租客：
地下室的空气
下过雨的潮气
生存总给你压力

地下室的脾气
下面的人都身不由己讨生活
钢筋水泥 压迫神经
至少我们头上有一片屋顶

地下室憋着气 下面再挤一挤
生着闷气不如去为未来争口气
地下室别叹气
下面的人别叹气渴望更好的生活

钢筋水泥 喘不过气
至少我们心里还没有放弃

地下室潮湿空气
是命运打个喷嚏
我已经不会过敏
生存下去

地下室撑起骨气
口袋里没有 Money

谁不想 逃出去
谁不想 去拥有
自由地 去呼吸
谁愿意 在这里

考研生（捧着书）：剩余价值是指劳动者创造的……Who stole my clothes？

某女（追逐着）：谁拿了我的毛衣？让我抓到决不放过你！

快递员（忙碌着）：武林路180号、延安路360号、凤起路470号、你的单号是35627，我马上就送到您这里……

众租客：
钢筋水泥 喘不过气
至少我还没有放弃
地下室潮湿空气
是命运打个喷嚏
我已经不会过敏
生存下去

地下室撑起骨气
口袋里没有Money
谁不想搬出去
谁不想去拥有那自由天地

这一段是关于男主人公"李梦阳"在国际音乐剧大赛上得奖之后倒叙的第一场戏，描写了地下室的生活景象，非常形象，所列举的三个代表性的普通租客的行为也是在地下室经常发生的。本段唱词中有两个"至少"：

至少我们头上有一片屋顶，至少我们心里还没有放弃。这两个"至少"反映了人们的乐观精神，的确如此，如果没有好的乐观精神，在那个地方是一分钟也待不下去的，并且这两个"至少"也与我们原先使用的剧名形成呼应。这一段"叙事性"较强的唱词结合人物内心活动的描述，打开了音乐剧《至少有十年我不曾流泪》的戏剧故事，交代了人物、地点以及人们的生活状态、精神状态。

（三）《锁心》
柳丁艺：
别负了独守夜色撩拨
所有的都托付你了
积攒几世难测巧合
是不是值得赌一辈子压承诺
是不是着了魔
偏痴飞蛾扑火
爱燃起了心火越招惹
该不该再闪躲 爱鼓起了完美泡沫
带我自在飞百转千折
卧进了云朵
却怕梦冷醒之后一触即会破
打开心底沉淀的锁
别让情再多添锈色
还怕什么难得割舍只你我
若怕折堕 又何苦为你赴了这趟火
敢比谁爱得更深刻

这是剧中女主人公"柳丁艺"去面试音乐剧时所唱的一个选自另一部

音乐剧《鹊桥》的唱段，由男主角"李梦阳"为她伴奏。这段"戏中戏"的描写非常浪漫，深刻表达了织女对牛郎的深厚情感，用最简洁、最朴实的诗一样的词汇写成了这个唱段，以第一人称的身份开始讲述叙事，用泡沫与云朵的意象来勾勒爱情的脆弱与缥缈，最终又以谁比谁爱得更深刻为问题提升到哲理的层面，用织女与牛郎的爱情故事来影射"柳丁艺"与"李梦阳"的爱情，给本剧平添了几分哀伤与浪漫。在演出的过程中，许多观众如果看到字幕就都会"听进去"，会引发共鸣，所以这一段的演唱是观众给予女主角较多掌声的地方。

（四）《鬼地方》
【房东张妈查房时忽然发现夏冰在自己的房间里存放网店的货物，立刻前来制止，气势汹汹的。

张妈：夏冰，我跟你说过多少次了，我这里只能住人，不能摆货！
不可以摆这里 你的货搬出去
现在还有耐心和你讲理
如果还耍脾气 连你人滚出去
别怪我翻了脸伤了和气
拼老命借了债盘下了这块地
格成了几十间做小生意
不允许出问题 上面还查得紧
别砸了我吃饭唯一生计

夏冰、柳丁艺：这个鬼地方！这个鬼地方！这个鬼地方！

夏冰：
我来自安静小村庄
那里天地宽广为何到城市流浪

遇见 音乐剧 | 流金的青春里除了奋斗还能做什么

柳丁艺：
就在这个鬼地方
谁的梦遍体鳞伤
连阳光都是最奢侈的奖赏
是否外面的世界
充满精彩的想象
所以还坚持选择倔强
就算机会看起来渺茫

夏冰：机会太渺茫
夏冰、柳丁艺：我仍期望
张妈：
不是我要存心和你们过不去
谁不想讲人情发点善心
你做的大生意这小庙供不起
有本事想主意另寻高地
张妈我没时间和你们磨嘴皮
今晚上快打包明晨为期
老虎她不发威你当我在唱戏
提醒你到时候不会客气

夏冰、柳丁艺：这个鬼地方！这个鬼地方！这个鬼地方！

【音乐暂停。
夏冰：别和她废话了，我现在就去打包！
【夏冰收拾包裹，柳丁艺只好默默帮忙。

伍

【突然,张妈的手机响了。

张妈:喂?(沉默)大哥,没商量余地了?大哥,你看我上次给你送的……(被打断)好,我再想想办法吧……

【张妈转身对夏冰。

张妈:夏冰,你就别收拾了。

夏冰:你要加房租你和我说多少吧!

张妈:不加你房租,人和货就都搁着吧。

夏冰:您放心,我过两天就一定会搬出这个鬼地方!

张妈:鬼地方,就这个鬼地方,以后你们想来也来不了了!

夏冰:那多好呀!

柳丁艺:怎么了,张妈?

张妈:刚刚收到通知,说这地下室很快就要改造了,这鬼地方,拆吧!拆吧!呜啊(哭了)……

【夏冰和柳丁艺也体会到了张妈的难处。

夏冰:张妈,要不您和我一起做网购吧?

张妈:网狗?网狗是什么狗?(哭着说)

夏冰:就是在网上、就是互联网上,跟您老也说不清,就是做买卖但不要门面,您老不是上面还有小仓库吗,正好存货。

张妈:可我不会上网啊。(哭着说)

夏冰:我们联手啊,说不定将来我们还能上剪刀说的福布斯呢!

张妈:啥胡萝卜丝儿啊!(哭着说)

夏冰:不是胡萝卜丝儿,是福布斯,富人榜的意思!

张妈:我能行吗?(停止哭泣)

柳丁艺:那必须的!

张妈:必须的?!(浓重的东北口音,擦了把眼泪,盘腿儿)那我跟你们说,你张妈以前知青下放那会儿在纺织厂就是个会计,后来下岗了,借了点钱盘托关系来城里盘下了这地下室,我跟你们讲,这里一共63户,谁交了钱谁没交钱谁还欠了我多少钱,你张妈我可是门儿清。

夏冰:哈哈,丁艺,你也跟我们一起做吧!

柳丁艺:好啊!

夏冰:呵呵,看来这个鬼地方,以后就是我们三个创业的根据地了。

【音乐再起。

张妈、夏冰、柳丁艺:

就在这个鬼地方

是梦开始的温床

握一寸阳光就能照亮整个心房

就在这个鬼地方

谁不是跌跌撞撞

这城市太大

要勇敢向前闯

梦扎根的鬼地方

谁不曾失落彷徨

总有一种力量让我更加坚强

梦深埋的鬼地方

希望的种子就在黑暗中

挣脱所有阻挡

倔强发芽

迎来阳光

【三个人手里举着面膜,开始创业之路,收光。

这段唱词是剧中比较典型的叙事性唱词,以三位角色的不同立场与不同观点入手,讲述自己的态度与情况,非常详细地交代了戏剧信息,用唱词结合台词来一起叙事,打破了常规的"唱词抒情""台词叙事"的方式,是一次很好的尝试。这一段人物的描写个性鲜明，给演员提供了非常大的表演空间，在实际演出中也取得了很好的剧场效果，成了全剧的"黄金分割点"，同时在叙事的过程中，本段唱词也没有淡化诗化意象的体现，用"种子""发芽"来给人一丝希望感和光亮。

（五）《狼图腾》
【酒醉中的剪刀在高台上蹒跚、跌撞。
剪刀：
不夜城 用财富来建筑
永恒的 是丛林法则
狼图腾 满载着自负
侥幸在 机会与风险中沉浮
让月光 舔去欺骗残酷
多少人宿醉 在与狼共舞
好戏正开幕 我不认输

命运像是微笑赌徒
飞转轮盘 崇拜盲目
怎甘心 在地下室禁锢
再给我一点本就可以从此翻身

地上城用欲望去征服
每扇窗镀金的夜幕
狼图腾奋斗者归宿
努力在希望与绝望中演出
让月光舔去伤口孤独
多少人狂欢 却早已倾覆

好戏正开幕 绝不认输

命运像是 微笑赌徒
飞转轮盘 滑落何处
怎甘心 在地下室潜伏
再给我一点本就可以杀回去从此翻身
我信仰 狼图腾 只有不停追逐
赶在日出之前能够触摸到蓝海般的幸福
我敢赌 绝对没有结束
下一局就认定是好局再一次让我下注
我绝不认输

这一段是剧中的男二号"剪刀"在一个"合作投资"项目中被骗之后的一段心理刻画，他自己所有的积蓄和向兄弟们借来的钱全部被骗光了。"剪刀"身处绝望与悔恨之中的这一唱段是我个人在全剧中最喜欢的一个段落。在这段唱词中不仅清晰地表达了角色的坚定和坚毅，更是引用了"狼"与"图腾"的概念来直接描写生活的现实，同时这也是一个非常有野性的意境，在"狼群厮杀"中感觉到一丝冰凉，甚至能够嗅到血腥的气味，正如其中所写道的："多少人宿醉，在与狼共舞""多少人狂欢，却早已倾覆"！我很喜欢这一句，极具哲理性，让我忍不住在监督演出的过程中一遍又一遍地盯着字幕看这些词，特别是在今天，在经历大风浪之后我更能品出这段词的深刻含义。

（六）《为梦而活》

【颁奖典礼上，李梦阳关上了录音机的开关，刚刚播放的是他弹唱的《鹊桥》主题歌。

李梦阳：现实是一个潘多拉的盒子，在苦难和痛苦下面有一个叫作希望的精灵，她总会给你一次机会，拂去那久久深埋在地下的才华和梦想上的尘土。站在现实和梦想的拐点，我们真的能做到青春无悔吗？谁又能真实地面对自己走过来的十年？谁又能在这十年里不曾流泪？我们在这个城市苦苦追求的是什么，是成功吗？那么是由谁来定义我们的成功、我们的存在、我们的幸福和我们的梦？

【音乐起。
李梦阳：
拥有还是失去
坚持或是放弃
路过的风景 是否记得清 最初的自己

剪刀：梦哥跟着我再搏一次，我不想回家，除非光宗耀祖，衣锦还乡！（幻觉般，定点光）

李梦阳：
渴望 所以追寻
失望 不许逃避
失败者无名 谁能够最后将成功定义

夏冰：梦哥，这个城市有太多的东西是虚假的，我想回家，躺在麦地里看着蓝天，特别安静！（幻觉般，定点光）

李梦阳：
现实还是幻影
奋斗还是游戏
回忆像摇摆风铃

等待大雨洗礼
如果青春真的无悔
为何眼中埋着泪
不管有多累多伤悲也不许往下坠

柳丁艺：李梦阳，无论怎么样，我都相信你，只有你可以把这个音乐剧搬上舞台，因为你说过，它是我们共同的梦想！（幻觉般，定点光）

李梦阳：
再见美丽爱情
再见冲动你年轻
虽然眼睛不再透明
可依然坚定
地下城的压抑
压着爆发来临
回头看踉跄的背影
一切值得感激

我的梦 粉碎过
来时的路 纪念每一步都走得好沉重
总在黎明前我张开双手
微弱曙光中抓住什么

我的梦 勇敢着
所有的痛成为激荡心最深处的暗流
别去问眼泪它何时干透
已经不能够再回头这是我唯一的选择

如果青春无悔

就让我藏好了这滴泪

我只能往前追

看命运只给了一次机会

怎么后退

我的梦 依然醒着

所有感动

是你一路上给予我的宽容

我多想超越平凡的生活

所以我要抓住属于自己的光荣

  这段唱词是男主角"李梦阳"在剧终时候的一大段宣叙与咏叹，八分钟左右，这对于男演员来说是非常过瘾的一个场景，这段唱词在创作的时候我们就十分期待，一个故事即将讲完，在开场提出的哲理性的命题在最终需要得到解答与释然，同时又要在这段中充分把握好"叙事性、意象性、诗哲性"三个最主要的创作要素。当拿出这段唱词的时候，很多演员看哭了，尤其是配上音乐，男主角的扮演者黄冠菘试唱时几度哽咽。虽然这里已经是故事和戏剧的尾声了，但我们仍希望这里还是像开头一样充满庄严肃穆的仪式感，因为这是对青春与梦想致敬的最终喷发！

  这段唱词开篇用几个排比提纲式地提出几个需要诠释和需要释然的命题，然后一层层地剥离，再一层层地推进，随着剪刀、夏冰、柳丁艺充满象征意义的回答，最终回到李梦阳自己的身上，抒发自己的全部情感。排比"我的梦，粉碎过""我的梦，勇敢着""我的梦，依然醒着"具有强大的震撼力，最后以"抓住属于自己的光荣"总结全剧，总结这个角色在一部音乐剧中的所有塑造和刻画，在全场观众的注目下，在所有演员仪式般站立的注视下，男主角的这段独唱和表演催人泪下，这是对青春感怀的泪，是对梦想追求感动的泪，是对实现梦想所有力量感恩的泪！在演出的过程中，这一段总能让人热血沸腾，静静地看着男主角李梦阳的表达，令人动容，强大的情感堆砌最终的迸发与释然让人心动。我十分感动于最后这段充满"叙事性、意象性、诗哲性"的唱词，它阶段性地实现了我们所设定的音乐剧创作新探索的目标。

一个月排练后的成功首演

关于剧名和更改剧名

2014年8月音乐剧《简·爱》在北京天桥剧场演出，演出结束后在舞台上进行了音乐剧《至少有十年我不曾流泪》的项目签约仪式，这就正式对外宣布了音乐剧《至少有十年我不曾流泪》项目的启动。之所以在音乐剧《简·爱》的演出现场进行这个签约仪式，就是期望新剧能和老剧一样，能够多演，能够给喜欢音乐剧的观众们带去感动。

"至少有十年我不曾流泪"，我个人挺喜欢这个剧名的，也是我的初心，我认为这样的名字有很多层的信息，有很多层的情感承载。首先，这个剧名有主语，主语就是角色，是人物，观众从剧名中就可以知道这是一部关于"我"关于"自己"的故事。其次，在剧名里有状语，时间——"十年"，十年的时间跨度和空间跨度是这部剧的主题内容。再次，在剧名里有谓语——"流泪"，流泪有很多种类，有欢笑地流泪，有激动地流泪，有哀伤地流泪等。最后，剧名中有两个非常关键的补语——"至少"和"不曾"，"至少"隐喻了一个极限值的范围，换言之，就是"起码"的意思，这个范围的划定有助于观众一下子抓住情感的程度，是一个带有一定感慨与感叹的修辞；而"不曾"这两个字则形容了性质，在谓语的深刻意义层面加以否定，让观众在否定的表述中感受到一种肯定的积极力量，所以我觉得是非常妥帖的一个剧名。我的好朋友、音乐剧评论家费元洪先生给我们取了一个"小短名"，叫《十不泪》，他告诉我近年来在上海文化广场演出了几部出现这种长剧名的剧目，他们也都分别有一个"小短名"式的简称，如《将爱情进行到底》就简称为《将爱》，如《北京爱情故事》就简称为《北爱》，所以我们这部剧简称为《十不泪》是蛮妥帖的。在项目最开始的时候我们大家都以《十不泪》或者长长的全名来称呼本剧，逐渐大家都接受了这个剧名并且也非常习惯，有些并不熟悉歌曲的朋友也会并不困难地脱口说出这个剧名。但是，等主创们集中在杭州以后的一次碰头会议上，一位领导认为剧名太长，叫起来"费劲"，正好赶上他入职单位以来的第十个年头，所以他强烈主张将剧名改为《十年》。在会上我表示简单地称呼《十年》的话比较空洞和宽泛，没有什么具体的信息承载，只是一个时间上的描述，不如《至少有十年我不曾流泪》能带来情感隐喻与精神象征。争执过后最终还是妥协了领导的意见，从此剧名就更改为《十年》，之前所有做出去的宣传品和宣传口径都要根据领导的意见改回来，只有上海文化广场这一站鉴于实际情况，仍然保留使用《至少有十年我不曾流泪》剧名。

演员团队的组建·一个月的训练与排练

2015年元旦的钟声敲响，我们在新年第一天建组。经过之前的细致谈判与协商，基本团队由太原市歌舞杂技团的演员和我们原音乐剧

《简·爱》剧组的演员共同组成。主要角色经过试戏之后决定：男主角"李梦阳"由原音乐剧《简·爱》中"梅森"的扮演者、上海音乐学院音乐剧系硕士研究生、青年音乐剧演员黄冠崧出演，女主角"柳丁艺"由他的女朋友、上海音乐学院音乐剧系硕士研究生王彦淋出演，女二号夏冰由太原市歌舞杂技团声乐总监金辉老师出演，男二号由原音乐剧《断桥》中"王忠恒"的扮演者杨亚辉出演，投资人"乔大卫"由导演俞炜锋出演，房东"张妈"由原音乐剧《简·爱》中"布兰奇小姐"的扮演者韩笑出演。其实大家都非常熟悉彼此，有过很多一起演出的经验，所以在排练过程中角色之间经常会有新的火花闪现。

太原市歌舞杂技团此次派出前来杭州参加音乐剧排练的演员基本功都比较扎实，这是他们第一次参加音乐剧的排演，所以他们非常刻苦，在训练期间他们都早早地来到排练厅练声、练歌、练台词，十分用功。太原的这些演员基本以舞蹈见长，所以导演组更多地给他们安排的是舞蹈方面的表演，尽管如此，在排演的过程中还是出现了一些小问题。因为一般性的群体舞蹈表演与在音乐剧当中的舞蹈表演从概念和表现上来说是不一样的，一般性的群体舞蹈只要尽善尽美地完成编舞所设计的舞蹈动作与造型即可，以整齐与好看为主，而音乐剧中的舞蹈却完全不是这样的。音乐剧中的舞蹈是一种肢体的语汇，要求在舞蹈的过程中塑造人物和推进戏剧发展，属于戏剧的表演范畴，所以往往在排演过程中，编导编出来的舞蹈动作他们可以非常快的学会，但总是人物感不强、戏剧性不强。这个没有捷径，只能慢慢地培养和建立。我每天都能看到这些演员在排练厅练习戏剧作业，我想这样的训练和排演经历一定对他们将来的舞蹈表演工作有新的启发和积极的作用。我很欣慰的是在很久以后的一次交流中，演员告诉我，他们演过音乐剧后再回去团里跳那些群舞觉得特别不过瘾。确实如此，戏剧的创作一定会有趣得多。

2015年1月1日上午，我们正式建组，下午便开始了排练，到了2月1日排练创作全部结束，整整一个月的时间，在杭州那个严寒的冬季，

⑤

这群年轻的音乐剧演员又创造了一个"奇迹"。当第一次联排的时候,我请了舞美队的全体人员过来看,他们都说这次排戏动作太快了,一个月就排出了一部完全原创的音乐剧,实在是不容易。的确,在这一个月当中,演员们都使尽了所有的气力,对于一部近两小时的音乐剧来说,有那么多新编创的表演、舞蹈、唱段等,所以可以想象出他们在导演组的带领下所付出的辛苦和努力。在前半个月的基础训练和初排期间,我每天都会抽一些时间给大家上声乐课,拢拢声音,因为所有的合唱都是要现场演唱的,在声乐上必须要加强,所以这一个月等于是集训了,声乐、表演、舞蹈、舞美迁景全堆在一起了,排练厅的灯一直都是全剧院最早亮起,最晚关熄。

演员们在导演组的带领下在排练厅如火如荼、争分夺秒地工作,我带领制作组也是快马加鞭地追赶着工作,此次我们采用的仍然是"零部件加工,最后组装"的办法,老祁与凌云在北京负责音乐创作、编配和录制,演出监督黄文杰、舞台监督孟英洗负责配合舞美制作岳建华老师进行舞美道具的确认与安装工作,音响师沈龙祥则将音响设备搬至了排练厅,与音响助理陈雨婷一起配合导演和演员进行音响的编程、调试与磨合。因为是现代戏,所以这次所有的服装都是去商场现买的衣服,化妆造型也是基本按照生活中的习惯来定,所以这一块的压力不是很大,其他的每一个部门都在紧锣密鼓地、按部就班地根据工作流程表倒计时地工作着。我发现,这一次的音乐剧制作流程明确,每一个区块的负责人责权清晰,这样一来我的工作反倒没有那么辛苦了,主要就是去协调各个部门和协调外围了。

时间短有时间短的好处,大家一鼓作气将新作推出,但是《十年》之所以可以用短短的一个月排出,其中有一个很重要的缘由就是因为《十年》是站在《简·爱》的肩膀上完成的,无论是人力、物力还是其他一些必备资源,只要有需要都是可以从《简·爱》中无缝对接的,毕竟《十年》是《简·爱》的"姐妹篇",在我心里就像是我的两个孩子一样!

总导演王晓鹰的寄语及"灯光诗人"周正平的视觉创意

此次能够再一次邀请到王晓鹰导演来合作,并出任总导演是我们音乐剧《十年》的荣幸,更是我作为音乐剧制作人的荣幸!在每次携手王导一起探索音乐剧奥秘的过程中我都能学习到非常多的知识,在王导的影响与指导下,我从一个只有简单的执行力的制作人逐渐成长为有导演思维、有大局思维、有戏剧格局的艺术总监,所以我非常幸运,能够有这样好的机会与中国顶级的导演一起来探寻和实践中国原创音乐剧的创作与发展。

第一次跟王导提出要合作音乐剧《十年》是在 2014 年的 11 月,我与王导一起受邀至上海东方艺术中心做《简·爱》的系列讲堂,王导负责讲《话剧与"简·爱"》,我负责讲《音乐剧与"简·爱"》,在讲课之前我到王导的休息室,跟他大致介绍了我的构想和思路,也转达了出品人王剑团长的盛邀之情。当王导听到我说要做一部关于"北漂"地下室艺术青年为实现自己梦想而努力奋斗的音乐剧时,他非常激动与感慨地告诉我:咱们终于要做一部接地气的音乐剧了!地下室的艺术青年们为了他们的梦想努力这本身就有大量的现实原型,在整个 90 年代和近十年,大量的艺术青年涌进北京,他们住在地下室,在首都艰难地打拼着,他们中间有的成功了,有的失败了,但不论是会有什么样结果的将来对于他们来说都不会后悔,住过地下室的人有一种特殊的坚毅和韧劲儿,这十分值得挖掘与再现,这样积极向上的精神需要展现在戏剧里面,只有每一个人心中的梦想和理想实现了,中华民族伟大复兴的中国梦才会实现,他很愿意和我们一起来创作这部作品。与王导这次并不太长的交流过程中我更加坚定了自己的信心,更加明确了音乐剧《十年》要讲什么,要传达什么,要完成什么样的艺术与精神的目标!

王导给我们前阶段的排练制定了大致的架构与方向,导演组按照结构与秩序分别创作,在后阶段的戏剧细抠与舞台合成的时间里,王导进行了大量细致的工作，先细化与丰满演员的表演，再细化与丰满舞台的呈现，小到一句台词究竟怎么说，大到场景的整体布局与切换，王导都十分细腻地润色着、处理着。他告诉大家，这是一部现实主义的作品，但越是现实的东西越是要细致与细腻地处理每一个细节，因为这种真实的情感与表达观众会更加容易感受到，一定要突出十年的不容易与十年前后的对比，就像之前的剧名一样，"不曾流泪"的动力和源泉要深刻地凝聚在表演和舞台呈现之中。最后一场戏，男主角李梦阳独唱《为梦而活》，本来设计是给他一个人一个定点好好地唱，好好地表达，最后王导召集大家说这里应该是一个大场景，所以让所有的演员以中性的角色站在舞台上，注视着男主角唱，与开场颁奖典礼形成首尾呼应，其他演员犹如雕塑一样营造出一种肃穆的气氛，烘托出男主角唱词里的精神含义，这样一个厚重的尾声让这部剧以最简洁的方式升华了。

"灯光诗人"周正平老师此次也是第三次合作了，他在第一次看联排的时候就说他去过北京的地下室，他对那个印象实在十分深刻，所以要用灯光营造出那种压抑的气氛，但又不能消极，还要有舞台效果。到了正式要进剧场合成挂灯的时候，周老师与我在首演的杭州剧院舞台上来回踱步，他告诉我他被剧本吸引，这么一个严肃的关于青春和梦想的音乐剧他希望找到一些与其他剧目不一样的演绎方式。我们就在舞台上不停地走，周大师时不时仰望头顶上的灯杆，忽然他兴奋了起来，跟我说道："我找到《十年》的样式感了，这样，所有的幕条全部升上去，给一个无限大没有切割空间的舞台，全部用光来切割，青春就应该是无拘无束的，越是压抑的地下室就越用无比开阔的空间去对比营造，主体平台也挂上灯，用灯去染色钢架构，其余的场景根据情况用光来做。"

到了正式做光的时候，正平老师又忽然告诉大家，要把所有的灯杆放下来，离舞台一米左右，等开场音乐一起随着节奏把所有的灯点亮，并跟着节奏闪烁，等第二段音乐起来的时候这些灯杆按照设计好的秩序依次上升到原位，在音乐声中完成所有灯杆的复位。这样的音乐剧开场谁也没有尝试过，大家一开始都很担心会不会影响灯杆的位置和效果等问题，但是在周老师的设计和操纵下，所有的灯杆在闪烁中随着音乐冉冉升起，给人一种震撼的希望感，犹如朝阳升起一样，在看到这样的一次成型的效果后，我们大家都被这"第一场景"感染到了。后来正平老师又进一步解释了他的设计理念：他看了《十年》的联排，被年轻人追逐梦想而努力拼搏的精神所感动，正因为这样浓郁的情感和压抑的空间，所以就更需要用与之相反的视觉去呈现，这样在对比的效果中会产生一种仪式感，而这样的仪式感正是我们需要去捕捉到的创作。当正平老师设计完所有的场景后，他给了我一个拥抱，他说，我还你一个地下室，还你一个梦！至今我都还记得那几处令人心碎的灯光，正犹如我们在宣传上常说的：那些年我们住在地下室，未来，遥远得没有形状！

首演·我写在首演节目册扉页的一段话

经过一个月的排练，六天的舞台合成，音乐剧《十年》终于于2015年2月6日在杭州首演。首演的时候来了特别多的年轻人，那时候已经放寒假了，很多回杭州的大学生们都纷纷前来观剧，我们在微博上看到观众们对首演的评论都是有关于"青春"、有关于"梦想"，年轻人追梦的话题一时间在网络上形成热议。我们特意从韩国邀请来的三位专家也纷纷表达了他们对《十年》的看法：韩国著名音乐剧导演刘希声说，这样的故事在首尔也是很多的，他们都坚持着，希望能够成功，这就是青春的力量吧！韩国著名音乐剧评论家元中源教授说，这种题材的音乐剧非常难做，因为他是如此的现实，分寸把握是难度，既不能太过于舞台化又不能太过于现实化，而你们的表现我觉得把握得很好，我看了你们韩文版的剧本再看了舞台呈现，我觉得我感受到了你们对青春的理解和对梦想的理解，非常不容易！韩国音乐剧服务有限公司总裁金钟重说，这么积极向上的一部追梦作品我希望能让更多的青年观众看到，尤其是希望让正在经历这些过程中的年轻人看到，在这部剧里可以汲取到他们需要的养分和力量，青春无悔！

回忆起来，其实在首演的那天我也十分激动，一步步看着团队从北京跟着我到杭州，从《断桥》的第一场开始演，一直演到《简·爱》，现在他们又开始了第三部原创剧目，他们在不断地成长，并且越来越成熟，基本上在音乐剧《十年》的创排期间都是团队去完成的，我只是帮助协调和保障，真的越发觉得这支音乐剧队伍的可爱和珍贵。我还感动的是来自山西太原的小伙伴们，这是他们平生第一次表演音乐剧，他们在这一个月的进步是非常大的，他们有了人物创作的意识，并在排演过程中不断强化这个课题的训练和实践，我也希望这支队伍将来回到山西能够为山西未来的音乐剧发展起到积极的作用，这也是我们作为中国音乐剧协会基地对中国音乐剧交流推广事业应尽的责任。

就在首演前一周，我的人生也迎来了一个大收获，这是一个巨大的荣誉，是党和国家对我工作的认可和支持——成为浙江省"正教授级"的"特聘专家"。这是我做梦也没有想到的，我曾幻想过这个荣誉，但从来不敢去奢望取得这个荣誉，我只希望自己踏踏实实地走好每一步，做好每一个工作，我坚定自己的"中国原创音乐剧之梦"，无论如何山高水远、无论多少艰难险阻、无论怎样颠沛流离我都会坚守这个梦想。我在《十年》的剧本里写下过这样一句鼓舞大家的话：梦想是一定要坚持的，万一实现了呢？这句话在我身上得到了验证，我希望更多的人能从这句话和从我的经历中汲取对自己梦想坚持的坚定信念的力量，于是我为音乐剧《十年》的首演写下了以下一段文字，把它印在了节目册的扉页，希望能鼓舞到更多的人。

"那些年，我们住在地下室"
——写在原创音乐剧《十年》首演前

梁卿 / 文

（音乐剧《十年》制作人、艺术总监）

我想，每一位曾经"北漂"过的80后都不会对"地下室"陌生。

我们不太愿意去回想那段住在地下室的经历，应该就像老三届的"知青"们一样，不太愿意意去回想那些"战天斗地"的时光。

近来，我常常把父辈"知青"们的情感体验附着在我们这群80后年轻的追梦人身上：前者，响应号召，背井离乡，来到广袤的农村与乡野，实现自己的青春理想；而我们，没有号召，却也背井离乡，来到这一座座五光十色的城市，实现属于我们的青春梦想。

梦想，源于欲望，但又高于欲望。

梦想，是必须用自己的辛勤汗水与心血去铸就而实现的；

欲望，则是，想想而已。

那些年，我们贫穷、低微、平凡，为了梦想，我们试图着一次次努力地去改变自己、强大自己，这其中又有多少辛酸！多少坚持！多少执着！！

那些年，我们迫不得已，来到了今天音乐剧的"主要场景"——地下室。直到现在为止，我们还都清晰地记得那种阴森森的潮湿附着在皮肤上发霉般的味道，我们清晰地记得低垂着蜘蛛网的管道上悬挂着永远不会干燥的泛了黄的衣服，清晰地记得人群中间姑娘们冷漠苍白的脸色上勾扑着那一层层厚得可以往下掉的粉妆。

我们似乎已经淡忘了是怎样一次次在地下室走进走出、来来回回，淡忘了是怎样一次次抢厕所、抢水池，也淡忘了怎样与宿管员嬉皮笑脸、斗智斗勇。

那些年的穷，那是真的穷，大学毕了业，不愿再伸手向家里要钱，只能靠自己的双手挣钱养活自己，我们都曾在一次干活后躲在被窝里美滋滋儿地数钱，我们都曾坐在老锈得不再弹起来的破席梦思上幻想着自己将以怎样一种风风光光体体面面的姿态走出地下室，我们都曾站在毫不隔音的墙板前面默默地在心里为自己加油呐喊鼓励打气，我们都曾让自己一行行滚烫的泪水流向发了霉的臭枕头。

这一切，只因我们年轻，我们一无所有，但感恩的是，我们还有地下室——这个小小的，臭臭的，黑黑的，但可以容纳下这群怀揣伟大梦想的青春年少的我们。

似乎那些年，我们住在地下室，看不见自己的未来，未来是那样的遥远，远得没有形状！

已经不清楚自己是怎么坚持下来的了，只是，当初，我们决定了：对梦想，要坚持！

梦想，是一定要坚持的，因为，只有坚持了才有机会，万一实现了呢？！

"北漂"的地下室、"南漂"的阁楼、"东漂"的群租房，大家都不容易，谨以原创音乐剧《十年》献给坚持梦想、不懈奋斗的我们自己！

这首赞歌，唱给那些努力地坚持着梦想和决定要努力坚持梦想的人们！

青春万岁！

2015 年 2 月于杭州

四

音乐剧《十年》的巡演之路

第四届优秀原创华语音乐剧展演季·上海站文化广场

"优秀原创华语音乐剧展演季"是上海文化广场从2012年开始举办的品牌性演出季项目,我们很荣幸从首届开始连续四年参加,其中带来音乐剧《断桥》两次,音乐剧《简·爱》一次。今年是第四届,我们带来音乐剧《至少有十年我不曾流泪》,正因为展演季的坚持,所以我们保留用最初的剧名,被他们简称为《十不泪》。

当我有要做音乐剧《至少有十年我不曾流泪》这个念头的时候,我就把这个计划和想法和上海文化广场的副总经理、我的好朋友费元洪讲过。老费是我做音乐剧以来最支持我的好朋友之一,不论是当年的《断桥》还是《简·爱》,老费和他的团队总是给我们带来无限的感动和惊喜。此次我只是将我的计划告诉老费,老费就直接跟我说:"老梁,只要你能够按时演出,我现在就代表文化广场邀请音乐剧《至少有十年我不曾流泪》来参加第四届优秀原创华语音乐剧展演季的展演!先签约!"我当时都懵了,那时只有一个初稿的剧本,还没有音乐,啥都没有,老费告诉我,只要我做出来就行,这样的"展演季直通卡"四年来这是第一张!他们团队相信我们能把这部戏做好!得到好兄弟及他的团队这样的鼓励,我真有些受宠若惊,然后就是感觉到肩上的压力了,一部原创音乐剧在还没有形状的时候就被邀约到一个成熟的品牌性的展演季中,这是一份沉甸甸的信任啊!

我如约出席了第四届"展演季"的新闻发布会,在发布会上,老费和文化广场的领导再一次向媒体介绍,鉴于往届"展演季"中音乐剧《断桥》

和《简·爱》的成绩，他们向音乐剧《至少有十年我不曾流泪》发出"直通卡"，就是为了更进一步鼓励从事中国原创音乐剧的同行们坚持梦想、坚定信念！我也在发布会上说："现在作品正在制作过程中，在没有看到作品最终呈现的情况下我不好说这部作品一定就能达到展演季的标准，但是我要说的是，我们全部团队正紧锣密鼓、有条不紊地奋战在排练厅，大家为了用最短的时间达到最好的效果真是拿出了生命里太多的东西了，这些东西一定会在舞台上发光发亮，成为我们这部作品最美丽的部分！"

年后，在草长莺飞的三月，我们带着音乐剧《至少有十年我不曾流泪》再次登上上海文化广场的舞台，将我们的全部真诚与热忱挥洒在这个我们熟悉的舞台上，听到观众们的欢呼与掌声，我们台上所有的演员都感动了，这个舞台见证了我们的成长，每年的春天，在桃花盛开的时候我们都会相聚在这里，带着我们深切的情感走上这个神圣的舞台。

我们感恩上海文化广场，感恩这个专属音乐剧的、最华丽的舞台给我们音乐剧人带来的无限美好与感动！演出结束后我在舞台上站了很久，我陪着舞美队拆完台，最终环顾了那些水晶灯，那些漂亮的座椅，低头转身离去，心中满满的不舍，因为我知道，再下一届或下几届，恐怕我都要缺席了……

"回家"之旅·太原青年宫演艺中心

音乐剧《十年》的太原站巡演，是真正意义的"回家"之旅，回到主场气质都是不一样的，在太原站之前的常规排练中能够感觉到太原的演员们已经按捺不住激动和期待了。我太理解这种心情了，所以想着让他们用最好的状态和表现面向家乡父老及亲朋好友们，他们非常努力地训练，细抠表演细节，那个积极的气势我觉得十分珍贵，我不由自主地想起当年音乐剧《蝶》来杭州演出前的那个时光，我也是一个人关在琴房里猛练，练完声乐跑到楼下排练厅拉着同事们一起细致地调整表演。

我想此时回太原演出的太原市歌舞杂技团的孩子们在音乐剧表演的领域里已经长大了，我们刻意把这些孩子们融进了音乐剧《断桥》和《简·爱》剧组，因为那时候时不时还会有这两部剧的演出，所以将他们与我们团队彻底融合，用剧目去锤炼他们的音乐剧表演技术，他们当中有几位还承担了重要的角色，这对于演员来说是很过瘾的，一上来不久就能同时演出三部原创音乐剧，我想，这也是我们创造出的另一个奇迹吧。对于音乐剧的训练来说，百练不如一演，但前提是要经过"百练"，所以在太原的这些孩子们经过强大、系统地训练之后登上舞台塑造不同的角色人物，对于他们来讲是十分有意义和难得的舞台经验。

我与导演老俞及主演黄冠蕤、王彦淋、金辉、杨亚辉提早到了太原，在王剑团长的安排下我们走进山西大学，与山大的师生见面交流，这次见面会对我们来说是一个非常难忘的经历。从业这些年来，我也经历过各种大大小小的见面会和交流会，但走进大学感觉尤为不一样，在这里我不需要使用官方的语言和辞藻来限制或者修饰我的发言，我只管随心所欲地讲，讲生活，讲艺术，讲音乐剧。本来主办方要我以"音乐剧的审美与赏析"为题做一个主题演讲，我到了现场之后我请求去掉主题，纯聊，我带着主演坐在舞台上和大家一起聊，聊到哪里算到哪里，我们发表着我们的理解和态度，学生们与我们一起分享、沟通、讨论甚至辩论，这些大学生们在不久的将来都要去经历生活，面临梦想与现实的抉择，我们希望通过我们的音乐剧能够给他们一些启发或者一些鼓励，希望他们能够坚持自己的梦想，并为之不断努力奋斗。这次交流原计划是一小时，最终延长到两个半小时，因寝室要熄灯不得不结束了见面会，大家意犹未尽，散场后合影又合了半个多小时，直到夜深人静，我们几个漫步在山大的校园里，不禁感慨道，青春真好！年轻真好！

这边我们在山西大学做见面会，那边舞美团队在青年宫演艺中心紧张地装台。位于滨河河畔的太原青年宫演艺中心也是我熟悉的一个剧院，我曾在这里举办过"流淌的旋律——经典苏俄歌曲音乐会"。舞台不是很大，但是非常聚气，观众视觉效果也非常好，我去看装台的路上，制作助理李雯就告诉我舞美队非常积极认真地在装台，还有一些演员也在帮忙装台，我想这就是主场演出的气质，我很相信这种直觉，只要气场对了、气质对了，那么演出也错不了。

果然第二天的演出非常顺利，山西省里、太原市里分别来了很多领导，给予了音乐剧《十年》高度评价，当地的各个媒体也给予了非常好的评价，我想一方面是因为这是本土的作品，是属于自己的作品，另一方面也是音乐剧《十年》确实给他们带去了感动和触动，犹如我们台词所说的，梦想是一定要坚持的，万一实现了呢？！所以真实的情感，真挚的表演一定会打动人。太原的两场圆满落幕，孩子们圆了回家演音乐剧的梦，这些演员们都说，之前请朋友来看演出都是看舞蹈，这次请他们来看的是音乐剧，他们的朋友都觉得他们在音乐剧的世界里非常享受，并迅速成长。我听了很高兴，很欣慰，我们做音乐剧就是要给这些年轻演员机会，让他们在音乐剧的实践中用塑造人物的技法去表达情感，去抒发情感，看到他们的成长，我们真的很高兴。这些孩子将是当地未来音乐剧的火种和力量，中国音乐剧的全面发展，必须要这样一个城市一个城市地像播种机一样地传播下去，一方面制作剧目、培养人才，一方面开拓市场、培育观众，这样才会使中国原创音乐剧健康持续地发展，我想太原一定会在不久的将来成为中国音乐剧的北方重镇！我也为自己曾经帮助这个地方的音乐剧发展所做过的工作而感到高兴和自豪！

太原站的回家之旅圆满结束，而我们的团队还将继续前进，巡演的"长征"之路才刚刚开始。

走进南昌、集士港、珠海、大连、东莞、南通、宁波与"二进上海"

巡演，是我最熟悉不过的一个词语了，从十年前从事音乐剧行业的第一天起，词典中的"巡演"就与我如影随形，我数不清自己参加了多少场的巡回演出，也数不清去过哪些地方，到过哪些剧院，我唯一清楚的是，巡演就是中国音乐剧的"播种机"，必须一路播撒将来才有可能一路收获。我将音乐剧《十年》去每一站演出的大致情况做一个简短的回望。

音乐剧《十年》参加完上海文化广场的演出后便赶赴红色的城市——南昌，我们将在江西艺术中心演出两场，开启巡演的首站，一部关于"梦想与希望"的现实主义音乐剧作品在革命圣地演出，十分有意义。到达南昌后，我带领大家参观了位于市中心的"八一南昌起义纪念馆"，听着导游的讲解我们年轻的演员们了解了中国革命的历程，看着先辈们的英勇事迹，一种强大的精神力量感染了我们，我激动地跟大家说："我们现在所做的工作就是新时代的音乐剧'革命'工作，我们每一位在巡演路上的演职人员就像当年的那些先辈一样，将梦想、青春与生命挥洒在中华大地，所以我们要更好地训练自己的表演技能，更好地充实自己各个方面的职业能力，做好中国音乐剧事业的铺路石，总有一天，中国原创音乐剧会成熟、壮大，到那个'胜利'的时候，我们都会为自己曾经的付出感到骄傲的。"南昌之行，深受教育！同时，江西艺术中心也是我们值得纪念的一个"大满贯"的剧场，我们三部原创剧目都在此演出，这里有我们熟悉的朋友，有熟悉的、布满漫天星空的剧场，所以南昌站的意义就更加深刻了，感恩江西艺术中心，感恩南昌的观众！

宁波集士港镇我之前没有去过，这次带《十年》去演出是我第一次去这个地方，集士港镇大剧院是一个非常漂亮的建筑体，由于位于镇上，我觉得十分好奇，怎么在一个镇上会有这么时尚与漂亮的大剧院？我就问了剧院的负责人，他们告诉我：集士港镇属宁波市鄞州区的辖镇，东距宁波

伍

中心城区约4公里，有"蔺草之乡"的美誉，2000年被国务院小城镇发展研究中心批准为"全国小城镇综合改革试点镇"，2004年又被评为"宁波市级文明镇""全国重点镇"，所以在经济发达的镇上建一座剧院，给老百姓带去文化艺术享受。生活在这种环境下的镇民真是让人羡慕啊，家门口都能看戏！《十年》演出当天忽降大雨，我想完了，肯定没啥观众了，结果出乎意料，剧场坐得满满当当的，还有一些观众说，雨太大了，我是走路来的，看着被淋湿的观众期待的眼神，我们也是感动不已。不曾想，两年后，我成了"新宁波人"！

音乐剧《十年》走进珠海是参加珠海华发中演大剧院举行的中国原创音乐剧展演季，邀请了我们团队的三部原创音乐剧，《十年》安排在《断桥》《简·爱》之后，作为第三部登场，这次演出对演员和舞美都是一次挑战和尝试，三部剧由同一支队伍演出，在装台、排练、道具、服装管理等方面都是一次全新的锻炼，特别是演员的表演，他们要从民国时期开始演，演到英格兰时期，又要从阴冷潮湿的英格兰演到北京的地下室，这样短的时间、紧凑的节奏之下要切换三种不同时期状态的人物塑造不是一件易事，但是他们做到了，没有一点点痕迹，我为这群孩子们感到骄傲！美丽的澳门就在剧院的正对面，似乎伸手可至，我们三部剧集中上演的"中国音乐剧演出大事记"在《十年》"为梦而活"的激昂音乐中画上圆满句号，不知下次三剧同演又会是什么时候，也许遥遥无期，因为在这个时候我们的管理层已经出现了非常大的意见分歧，并且因《断桥》的演出权一事回去也要面对官司，局面开始复杂起来。同时与我合作多年的行政团长李彩芬老师因为各种原因含泪向我提出辞职，那年《断桥》在中山演出，她的先生不幸离世，就在那样困难的时期老李都没有动摇过辞职的念头，一如既往地扑在剧团的各种繁重的工作上，而今天她首次正式提出辞职，我想一定是经过激烈斗争后做出的决定，不论怎样我站在剧团领导或是晚辈的角度都会支持她，她已经尽了所有的心力了，但我知道，老李离开后我将失去左膀右臂。我站在美丽的剧院眺台上瞭望对面繁华的大都市，心情十分繁复，不知接下来的路究竟要怎么走，看着演员们期望的眼神，只能咬牙继续妥协着走，走到哪里算哪里，直到走不通为止。

去大连是大家都十分兴奋的，我们要在大连开发区大剧院和大连人民俱乐部两个剧院分别演出，所以在大连将近要待一周的时间。此时，我们音乐剧剧组的所有演员在公司的委派下已经参加另一部合作的音乐剧排练，大家都十分辛苦，所以中间安排《十年》的大连之行无疑相当于是一个假期了，演员们在开发区大剧院演出结束后有两天的休息日，大家分头去旅游了，虽然剧组一再强调安全意识，但还是不能完全避免。在转场装台的那天夜里，我刚刚结束剧场的工作回到酒店就接到了演员打来的电话，说我们的一位演员在游乐场因与其他游客排队秩序的问题发生肢体冲突，我们演员头部被打伤！我们巡演这些年以来从来没有发生过如此大的事故，我十分紧张与着急。受伤的演员已在他们安排下送往医院，我立马打车前往医院。我在老城区，他们在开发区，一路上我不断催促司机加快速度，我心里是很不安的，先不说第二天是否可以参加演出，单不知伤情一事就让我犹如热锅上的蚂蚁。到了医院他们告诉我又转院了，已有好几位演员陪同，让我不用去医院而直接去开发区的游乐场，我又重新打车继续赶路，经过一个多小时的车程我才赶到游乐场，原来还有几位演员被困于派出所，我赶到时已经将近夜里11点了，我到了警务室看到大家都黑着脸，他们跟我详细介绍了情况，在与警官来来回回的交涉中，同时在另一位演员的当地朋友的帮助下，警官总算决定了处理方案，走出警局已是近午夜1点，大家都非常懊恼，我也理解，没有责备他们，但是我心里清楚：势，落了。我从2007年开始参加巡演，从2011年开始带团巡演，这些年来第一次因人员安全事故的原因走进警局，因为多年来我们以非常严苛的纪律在要求着，而此次刚好又发生在我们外请演员的身上。回酒店路上近2小时的车程我一语未讲，坐在后面的演员也垂丧着脸，走了一半，忽然下起瓢泼大雨，在大雨中我们路过了刚刚结束演出的开发区大剧院，路过了前一天住的酒店，冥冥之中又来了一次，在进入市区时，忽然出租车熄火了，我们也是醉了，雨中下来帮着推车，慢慢地终于开到了酒店，弄好进房间已经是快凌晨3点了，第二天要演出，来不及想太多了便沉沉睡去，好在第二天的演出没有受到影响，大家非常用力地、艰难地完成了这场演出，回到杭州后来不及总结教训，演员们便投入另一个剧组的排练，我也不好插嘴什么了，就不了了之了。另外一面的矛盾在日益增长，发生了许多想都想不到的冲突事件，逐渐地上层的事态也旋入混乱中，前途未卜。

剧团一边在进行新剧的排练，一边完成《十年》的其他几站的演出，我们又去了东莞文化周末剧场、南通更俗剧院、宁波逸夫剧院以及第二次到上海进入人民大舞台演出。一边矛盾，一边挣扎，一边演出，一边欢笑，一边流泪，一边坚持，每一站都十分有意义，都有不一样的故事，但一样的是我们在后续演出的过程中，越来越艰难，主要团队成员不断离职，也不再发展新鲜血液，离大家的合约到期之时越来越近，大家似乎也慢慢越来越清晰地看到可能到了画句号的时候了，只能是珍惜每一次的在一起，珍惜每一次站在舞台上彼此手拉手的时光了。

走进涪陵、重庆与成都·收官、落幕、别离

涪陵、重庆与成都是团队与联合出品方发生剧烈矛盾与隔阂后的最后三站演出，一直没有机会来重庆地区演出，一直很向往这个地方，但没想到这是我们这支在一起五年的团队最后一次的出巡了。

我们先来到涪陵，涪陵大剧院就建在长江边，我们每天都要走过江边走到剧场工作，大家兴致慢慢没那么高涨了，三三两两好一点的朋友开始聚餐，我都默默地看在眼里，我也不能表态什么，也承诺不了什么了，只是唯一心愿就是希望大家站好最后一班岗，把这三场演出安全、顺利、保

质保量地演完。涪陵大剧院好漂亮的，观众也十分热情，在谢幕的时候我们一直听见观众在欢呼，其实台上的观众听到这样的声音看到这样的场景是十分感动的，依依挥别，回去卸妆。晚上看到大家朋友圈发的消息都是以"倒计时"来形容和表达了，我依然给大家的朋友圈点赞，心里是十分复杂的，我也不能评述什么，也不知该怎么评述，就这样点个赞，发个心的图标，证明我还在关注。

到了重庆气场略微有所变化，主办方安排我们住在最为繁华的解放碑商业街，四处都是飘香的火锅，热闹非凡，暂时冲淡了大家压抑的气氛。当我们走到重庆国泰艺术中心的时候，被眼前这个剧院的建筑给吸引住了，好漂亮的一个红色建筑体，犹如上海世博会时的中国馆一样，非常有中国特色，红色且喜庆，大家高高兴兴、痛痛快快地在国泰艺术中心演了一场戏。但是看到大家发的倒数第二场的字样我更加清醒地意识到，这是真的到了要告别的那一场了。

成都锦城艺术宫是我们每部戏都会来的一个"大满贯"的剧场，但此次来演出意义不一样。从 2011 年 9 月 15 日演下第一场《断桥》开始这支队伍历经近三百场的演出，今天终于走到了最后告别的一场，虽然早有古语：天下无不散之筵席，但真正到了的时候还是无比地焦灼与难舍难分，好像这一天的所有动作与行为都是特别深情的一样，大家安静地化妆，安静地走台，安静地调试，我在演出前给大家集合开会，我没有说更多的话，只是告诉大家把生命里最真诚的部分拿出来，这样我们就不会后悔！可以看出来那场演出大家是极其投入和认真的，闪现出许多火花，可惜是最后一场了，只能留在回忆里了。可能现场的观众不是很理解为什么台上的演员当晚在表演过程中用情那么重，这让我想起我最后一次在上海世博会上演《蝶》的情形，一样是最后一场，一样是合作多年的团队，一样是用情至深的音乐剧，我们在台上撕心裂肺地演着，底下观众也不解我们为何如此投入，我想这样的感觉只有曾经经历过的人才会感受得到吧。最后一场我没有上台与观众交流，我拜托老俞帮我画这个句号，我怕我说话会把大家弄哭了，毕竟这些年走南闯北我们早已是亲人般的情感了，虽然我平日素来严厉，但总是与大家风雨兼程。最终，老俞改变了我一直使用谢幕感言的配乐，他使用了电影《阿甘正传》中的配乐，向观众讲述了我们最后一次表演的事情，但他非常智慧地使用了"本轮演出"四个字，本轮演出的最后四场演出，寓意着未来还有新的希望，希望是我们这个行业最需要的一种精神了！演出结束，鲜花与掌声在大家的拥抱与合影中散去。次日，道具车回太原，灯光音响设施设备回杭州，太原的演员回太原，杭州的演员回杭州，其他的演员各自散去，各回各家，这样就算是告别了，何日再聚，未知。

回到杭州后，各方矛盾激化，大家寻求最大公约数：演员们提出提前一个月解除合约。当最后一次召开剧团会议的时候我也只能用最平常的心来强压自己复杂的心情，当我说出："那我们就到这里了，大家各自保重啊！"演员们分别与我拥抱告别，平静中离开我的办公室。等我下班的时候，保洁阿姨告诉我，刚才好几个演员在排练厅跳舞，看到他们走出来都流着泪！我知道演员们的心情，这也是不得已的，必须到了告别的时候了。我内心深深地祝福大家，我也在排练厅坐了一会儿，想着这些年在这个厅里留下的汗水与回忆，我也热泪盈眶，但且没有到我可以伤心的时候，演员队的解散只是我要面对未来纠纷与困顿的一个开始！关上排练厅的灯，锁住门，转身，离去。

青春与梦想没有休止符·时隔一年，浴火重生

自2015年11月演员提前解约撤离杭州后，舞美队员也于12月合同到期不再续约，大家各自散去，各自发展，加上今年剧院的变故，也基本上没有太多的交流了，在历经波折之后，在2016年7月我忽然收到来自

太原的喜讯：音乐剧《十年》获得"山西省精神文明建设'五个一工程'奖"！并同时在 8 月收到北京天桥演艺联盟的来电，告知音乐剧《十年》被入选为"第二届北京天桥音乐剧演出季"的邀请剧目，这两个消息对于陷入困顿的我们来说是一个天大的喜事，是一剂兴奋剂，我们都以为难以再见《十年》了，没想到一年之后音乐剧《十年》要在北京天桥艺术中心亮相，这对每一个曾经参加过《十年》的演职人员来说都是非常欣慰的，不管北京的演出他们是否能够回归，能看到自己曾经付出过心血的剧目浴火重生都是十分开心的，因为对于我们曾经的演职人员来说，没有什么比看到《十年》能够继续延续、发展下去更高兴的事儿了。

我一直觉得音乐剧《十年》的生命力应该更长久，所以希望借此次北京演出的机会能够让更多的观众们看到这部曾经凝聚一个大团队情感与心血的真诚之作，因为在这部作品中充满了青春的力量，充满了一代青年对梦想的坚守，饱含了对未来、对美好生活的向往与追求，我们为之付出就是坚守与奋斗！路在脚下，暗流之中不停地走，只有走才有走向光明的希望！

后来，音乐剧《十年》在这次进京演出中，获得了由北京天桥演艺联盟颁发的"北京音乐剧天桥奖"及"最佳导演奖"！

青春与梦想没有休止符，希望音乐剧《十年》能够越演越成熟，像他的姐妹篇《断桥》《简·爱》一样给更多人带去更多的感怀、温暖与希望！

陆

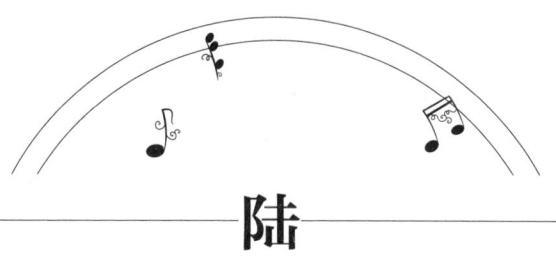

遇见
首届中国音乐剧演唱大赛

一

缘起·各大赛事中无处安放的音乐剧声乐类别

信任与责任·决定举办首届中国音乐剧演唱大赛

2013年6月，杭州剧院被中国音乐剧协会命名为"中国音乐剧协会杭州剧院基地"，这是中国音乐剧协会授牌的首个京外基地，成为协会发展的一支重要力量；2014年4月，我被中国音乐剧协会聘为第五届理事会理事，当我满怀激动地从中国音乐剧协会顾夏阳副会长与王道诚副会长手中接过聘书时，我感觉到肩上的责任更加沉重了，以前我们是自己做自己的剧、自己演自己的剧，而现在我们有了基地的身份后则需要更加严格要求自己，要以维护与建设协会的形象与品牌为开展所有工作的重要目标。

中国音乐剧协会会长王祖皆语重心长地对我说："梁卿啊，你不仅要创作好、制作好、演出好中国原创音乐剧剧目，同时也要加强培养年轻的、有希望的、优秀的音乐剧表演人才，以你的剧目作为平台，给他们更多的实践机会，让他们在大量的演出中不断成长，这是一件意义深远的工作啊！"王会长的嘱咐我听进心里去了。确实是这样的，包括我个人在内，大家都是在舞台上锤炼出来的，没有哪个演员是能离开了舞台而独自发展的，同时也不是所有的音乐剧演员都有这样的机会可以站在舞台上的，所以我应该尽最大的努力给年轻的音乐剧演员在力所能及的范围内创造机会，这是基地与我应该做的工作，也是我们的责任！对于协会给予我的信任与期望，我深感责任重大，诚惶诚恐，必须竭尽全力，力促各项工作的开展，为协会的发展大业做出我应该做的努力。

2014年下半年，我们杭州剧院"基地"开始策划准备在2015年以中国音乐剧协会与我们"基地"共同的名义联合做一个项目，旨在为青年音乐剧演员们创造一个展示自己才华的平台和机会，几经调研与讨论，我们决定举办首届中国音乐剧演唱大赛。

举办这个赛事主要出于以下几个考量：

1. 音乐剧声乐急需在声乐艺术这个大领域中明确其特有的性质、确立其独立的地位。在我国，至今为止没有一个专业的音乐剧演唱比赛，甚至没有一个独立的类别，无论是当年的青歌赛还是金钟奖等，这样一些重要的声乐类赛事均不单独设立音乐剧的类别，而是将音乐剧包含在流行演唱组或通俗唱法组当中，这是一个非常严重的概念导向性问题，说明了两个方面的客观事实：第一，相关部门机构并不清楚音乐剧声乐与其他几类声乐的本质区别，不了解音乐剧声乐的系统情况；第二，音乐剧行业发展仍不够强大，不具备成为相关部门或机构为其单独设立竞赛类别的足够依据和基础。

2. 来自音乐剧界演员、教师、学生的呼声异常强烈。音乐剧的演员没有自己的比赛，没有自己的专业艺术交流平台，音乐剧的老师们也没有教学成果的交流平台，大家十分渴望能够有这样一个平台提供给大家互相学习、交流。

3. 急需建立起音乐剧声乐的基本概念与系统理论。目前这种将音乐剧声乐包含到流行唱法或通俗唱法里的做法会导致原本就不是很坚定的音乐剧声乐概念变得更加模糊和混淆。

4. 音乐剧制作团队需要有一个优秀演员的资源库，以便其面试招聘所用，建立这样的大数据并进行资源共享，一方面方便于制作团队招聘，一方面也给优秀的音乐剧演员提供更多展示自己才华的平台与机会。这一点我特别有感触，无论我制作哪部剧，招聘演员是最头疼的事，我们得去学校一家家、一轮轮地招聘，消耗人力物力，有时效果还不一定好，所以如果建立起音乐剧优秀人才资源库，以后只需在网上招聘、审看视频，符合要求后在网上初谈合作意向，有可能性了之后再进行面试，这样有的放矢的工作有助于效率的提高，并节约时间成本和物质成本。

我将我的考量与想法形成文字后向协会报告，很快，协会的副会长、秘书长王道诚老师就转来王祖皆会长的指示意见：非常支持"基地"举办这样一个专业性强的职业大赛，希望我们继续加强调研并进一步完善大赛的方案后再向协会汇报。得到王会长的意见后，我马上全面着手制定大赛的具体操作方案，并继续约见圈中有影响力的教授和同行，广泛地听取意见。

倾听同行与前辈们的声音

在大赛的筹备期间我分别约见了几位音乐剧界的同行和前辈，倾听他们的声音，征求他们的意见。

上海音乐学院音乐剧系的李棠教授是我在业界非常好的朋友。她为人低调、严谨，她的学生喻越越（音乐剧《断桥》女主角"白兰"扮演者）、莫海婧（音乐剧《断桥》女主角"白兰"扮演者）、黄冠菘（音乐剧《十年》男主角"李梦阳"及音乐剧《简·爱》"梅森"扮演者）等都是我长期合作的音乐剧演员，从他们的舞台呈现上来看就能知道一定是老师训练的结果。越越、海婧与冠菘之间有很多共同的特质，他们工作认真，为人谦逊，在表演和演唱上也是力求完美，特别是在音乐句子的处理上非常讲究，发音用力适中，吐字清晰，注重形体塑造，注重声音的戏剧人物塑造。此次在与李棠老师交流大赛定位的过程中她阐述了她的观点：她十分高兴中国有了自己的音乐剧演唱大赛，希望大赛注重品质、规格与公平，让参赛者们更多地展示出自己艺术上的造诣与水平。

上海音乐学院音乐剧系的王作欣教授是我在北京松雷音乐剧剧团工作时就结识了的朋友，一位气质优雅的学者型教授，她的学生章小敏、姜彬、江南等也是我长期合作的音乐剧演员，小敏一直坚持跟随剧组走南闯北地演出《简·爱》，无怨无悔，非常职业；姜彬是最早一版音乐剧《断桥》男主角"许风"与"谭老师"的扮演者，在《断桥》的创作期间他与他的夫人凌琪尔给予了我极大的帮助，让我感动不已；江南则是我称为"兄弟"的一位演员，也是音乐剧《断桥》女主角"白兰"扮演者和音乐剧《简·爱》"简·爱"的扮演者，只要剧组出现人员调配的困难，江南都挺身而出全力保障两部大剧的女主角演出，我想这几位学生能够深得合作方的尊重与喜爱一定与老师的谆谆教诲是分不开的。与王作欣老师交流的过程中她表达了她的观点：她很激动中国终于有了独立的音乐剧演唱大赛，不再"被包含"在流行唱法中了，希望大赛注重专业性，既然此次大赛主要评判参赛者演唱的能力，那就一定要严格按照声音的规格来评判。

韩国著名的音乐剧导演刘希声教授同时也是一位权威的音乐剧教育家，我跟他说了我们要举办"大赛"后他十分支持这一创举，他告诉我在韩国也有众多职业的音乐剧演唱大赛，现在活跃在舞台上的非常多的音乐剧演员都是从大赛中脱颖而出的优胜者，举办大赛既可以召集圈内优秀的人才，又能检验音乐剧职业教育的水准与现状，所以他希望我更多考虑大赛的定位、标准与发展方向，一定争取把这个大赛做成学习音乐剧的学生们以及从事音乐剧表演的演员们心中的"制高点"。

著名作曲家、原上海音乐学院音乐剧系主任金复载先生是中国音乐剧协会的顾问及原副会长，此次大赛也得到了金老师的指点与帮助，金老师告诉我：大赛的目的是什么？大赛要引导什么？大赛的评判标准是什么？大赛的组织流程是怎样？权威性与公允性如何保障？这是需要明确的，这些是让参赛者能感受到大赛公平、专业的要素，所以必须严谨与公正地做好前期的筹备工作。还有，既然是以音乐剧协会的名义来举办的，那么协会倡导的音乐剧声乐理念是什么样的，这些在将来都会转化为评委的评判标准，所以如何统一好全国各地不同专家评委的理念？金老师的几个发问切中要害，让我更为深刻地去审视方案，审视细则。

著名作曲家、上海音乐学院音乐剧系主任赵光教授是一位多产的音乐剧作曲家，他的音乐剧作品《楼兰》《海上音》等颇受业内好评，赵光教授是本届大赛组委会聘请的评委会主任，所以与赵主任交流的过程中他更多表达了他在评审上的一些看法与观点：首先是标准问题，每一个评委一定都有自己的学术理念标准与个人喜好，要协调到评委会的统一标准上来，否则将来打出分数来七高八低的，难以取舍；其次是如何平衡音乐剧中唱、跳、演结合的关系问题，虽然这次是音乐剧的演唱大赛，但是有许多经典的唱段都是要将唱与跳或与演结合的，那么在短短的一个片段的展现过程中如何把握评委们对唱、跳、演平衡的评判，因为本届大赛的目的是要挖掘出优秀的音乐剧表演人才，业内期待的是成熟的音乐剧演员，所以仅仅评判演唱是不够的。

在众多专家同行与前辈的启发与指点下，我的办赛思路也日益开阔，愈来愈清晰，回来杭州后我与秘书处开会着手研究制订大赛的简章，因为这则简章一经发出就将代表着大赛与组委会、评委会倡导的精神与内涵。这则简章一方面要适应现阶段的音乐剧人才状况，另一方面还必须要有一定高度的专业学术引导性。

二

必须制订专业、详尽与权威大赛的方案

公布《2015 年首届中国音乐剧演唱大赛简章》

经过两个月的酝酿，反反复复地推敲与琢磨，《2015 年首届中国音乐剧演唱大赛简章》终于新鲜出炉，报请协会批准后对外发布，一时引起

业界热议,"简章"全文如下。

为了更进一步发展中国音乐剧事业,促进中国音乐剧人才的培养、引导和提升中国音乐剧演员的职业素质、规划和创建中国音乐剧优秀人才库,中国音乐剧协会与杭州剧院将于 2015 年 9 月 21 日至 24 日联合主办"首届中国音乐剧演唱大赛 CMSC(China Musical Singing Competition)"。

优秀的音乐剧演员必须具备扎实的演唱、表演、形体和舞蹈等综合能力。本届比赛特别要求参赛选手以"塑造、刻画人物"和"推动唱段的戏剧发展"为重要目标,并且将为实现这一目标所需要的表演、形体和舞蹈等各综合能力有机地融于演唱之中。

大赛将秉承"公平、公正、公开"的原则对所有参赛者进行职业的评判和指导。在比赛期间,将举行一系列的音乐剧专家讲座、评委音乐会、演出项目角色应求会音乐剧业务及人才交流等丰富多彩的活动,所有活动免费开放。获奖选手将获得由中国音乐剧协会及大赛组委会颁发的荣誉证书、奖杯、中国音乐剧协会会员证书等,并同时获得"音乐剧集萃音乐会"全国商业巡演合同及杭州剧院或其他音乐剧制作单位出品的音乐剧巡演合同。

评审组与监审组将由知名的音乐剧专家、教授、作曲家、导演、演员、制作人、评论家、演出经纪人和各剧院总经理组成。每位评委将对每位参赛选手进行各轮赛况的文字评价,组委会秘书处统一整理后将在该选手赛程止步后发给选手,决赛前,组委会将组织评委举办落选选手代表业务指导课。

希望通过比赛,选拔出一批演唱实力强、综合素质高的职业音乐剧演员,发掘出一批发展空间大的音乐剧从业者,培养和引导出一批专业素质高的音乐剧热爱者。现将有关大赛报名等事项公布如下。

(一)报名流程

● 声明:本届比赛不收取任何名义的报名费、评审费、手续费。获得参赛资格被邀请至杭州比赛的选手,组委会将承担其本人的落地食宿,直至该选手赛程的止步。

● 选手须向组委会提交电子版《参赛报名表》1份,发至大赛组委会指定邮箱 cmsczgyyjycds@qq.com,同时提交2个高清音乐剧唱段作品视频作为第一轮比赛［中文、外文各一首,可用手机录像,要求现场演唱,真实自然,不得化妆,不得做任何后期处理。除组委会指定作品外报名表中所填其他各轮演唱曲谱(须五线谱)随同报名表发至组委会邮箱,报名表上填写各轮比赛的唱段作品必需写明该唱段的名字、所选音乐剧的剧名、该剧作词及作曲的全名,上交后曲目不得更改。申请加入大赛官方QQ工作群77122206］。

● 报名截止时间为2015年8月20日,比赛时间为2015年9月21日至24日。

(二)比赛流程

【第一轮】：此轮为初赛。组委会对申请人提交的视频及文字资料进行整理,组织第一轮评委评审,选出男女声组各20名邀请至杭州参加第二轮比赛。

【第二轮】：此轮为复赛。每人演唱音乐剧唱段作品2首(自选,中文、外文各1首,曲谱需随同报名表发至组委会邮箱,此轮作品不得与第一轮视频作品重复)。演唱前需进行不超过2分钟的唱段概况、唱段人物特点、唱段戏剧背景及艺术处理的简述。选出男女声组各10名进入第三轮。比赛顺序抽签决定,钢琴伴奏。

【第三轮】：此轮为重唱赛。根据抽签进行组合,演唱评委会指定的音乐剧重唱作品2首(曲谱在指定网点下载,曲目范围见"注释1"),选出男女声组各6名进入第四轮。比赛顺序抽签决定,钢琴伴奏。

【第四轮】：此轮为半决赛。演唱音乐剧中文唱段作品1首(自选,此作品不得与第一、二轮作品重复,曲谱需随同报名表发至组委会邮箱)及评委会指定唱段作品1首(曲谱在指定网点下载,曲目范围见"注释2")。比赛顺序抽签决定,钢琴伴奏或自带高品质的伴奏带。选出男声组2名,女声组 2 名参加总决赛。

【总决赛与颁奖典礼】：参加总决赛的男女声组各 2 名选手在本轮比赛各演唱指定二重唱 1 首（从第三轮曲目中选）、演唱自选中文作品一首（可与前几轮同曲目），由现场观众微信投票数结合全体评委投票数选出最终男女声组的第一名。总决赛与颁奖典礼穿插进行。

请有意参加本届比赛的选手认真、努力、扎实地做好各轮准备，并于 2015 年 8 月 20 日之前将报名材料发至组委会邮箱。

九月的"爱情之都"——杭州，秋高气爽、金桂飘香，期待与优秀的各位选手相约美丽的西子湖畔，以赛会友，开启属于自己的音乐剧梦想之路。

中国音乐剧演唱大赛组委会
二〇一五年六月二十二日

【注释1】组委会指定重唱作品范围：

男声二重唱《夜色》——选自音乐剧《蝶》；

女声二重唱《他究竟是谁》——选自音乐剧《蝶》；

男女声二重唱《平行空间》——选自音乐剧《十年》；

男女声二重唱《七叶树》——选自音乐剧《简·爱》；

男女声二重唱《诗人的旅途》——选自音乐剧《蝶》。

【注释2】组委会指定曲目范围：

男声（高音声部）《心脏》——选自音乐剧《蝶》；

男声（中低音声部）《STARS》——选自音乐剧《悲惨世界》；

女声（高音声部）《心路》——选自音乐剧《简·爱》；

女声（中低音声部）*I know where I've been*——选自音乐剧《发胶星梦》。

（备注：报名表及评委会指定曲目谱子请在官方 QQ 工作群"群文件"处下载）

解读大赛"简章"

　　本则大赛简章阐明了组委会倡导的竞赛精神，明确了参赛的具体要求，许多细节内容的背后都有详尽的设计与期望。

　　优秀的音乐剧演员必须具备扎实的演唱、表演、形体和舞蹈等综合能力。本届比赛特别要求参赛选手以"塑造、刻画人物"和"推动唱段的戏剧发展"为重要目标，并且将为实现这一目标所需要的表演、形体和舞蹈等各综合能力有机地融于演唱之中。这一段的表述是从组委会与评委会的层面规定本届大赛的核心评判理念，也是我们倡导的音乐剧声乐的观点，音乐剧的演唱不能仅仅是声音技术与发声技巧的展现，它必须要"塑造、刻画人物"和"推动唱段的戏剧发展"，这是音乐剧声乐区别于流行演唱的根本性特质，如果只能凑够声音上"唱"得好，这不能称为是一个好的音乐剧演员，好的音乐剧演员必须在专业、全面、系统的音乐剧演唱技术技巧上进行戏剧任务的完成。本届大赛之所以命名为音乐剧的"演唱"大赛，而不是命名为音乐剧的"声乐"大赛，主要是希望用此"演唱"的定义更加能够突显"使用声乐技术来诠释音乐戏剧深刻内涵"的功能性，核心点是在音乐的"戏"上。这个学术观点是我与我的团队在长期实践过程中深刻感悟到的，所以我们也希望同时通过大赛这个平台能再次实践和取得业界对此学术观点的广泛认同。

　　对于评委的组成我们也是再三考虑的，我们是希望在最大限度的可能性之内邀请到音乐剧的教育家、作曲家、评论家、导演、制作人、演出经纪人来组成，我们认为这样由不同职业成分组成的评委会更具广泛性、权威性与对比性。目前国际上的大型歌剧比赛也是采取这样多层面评委组成办法。这种多层面评委组成方式是比较符合艺术人才选拔的实际需求的，主要有以下几个方面的体现：教育家们着重对选手的整体声乐表演技术技巧情况方面作专业的评价；作曲家们着重从选手的综合音乐素养与对作品的诠释理解程度及方向的层面作专业的评价；评论家们着重对选手综合的艺术修为来作综合评价；导演着重从选手的戏剧表演技术与戏剧修养方面来作专业的评价；制作人与演出经纪人则从选手的全面综合展现上来评价选手的职业定位与发展空间。专家评委们从各自专业的角度与层面给出不同角度的评判，来遴选出相对综合能力强的优胜者，这样的结果比较客观与公正。

"参赛费"，是体现一个比赛权威度、真诚度与公正度的重要标志，现在社会上有林林总总的各类艺术赛事，其中音乐表演类的赛事尤为多，而当中大部分的赛事都要收取一定的"参赛费"或"评审费"，并需要选手自行解决食、宿问题。在本届大赛策划的一开始我就坚持一个观点：我们首届中国音乐剧演唱大赛不收取任何名义的报名费、评审费、手续费，并且获得参赛资格被邀请至杭州比赛的选手，组委会将承担其本人在杭州期间的食、宿，直至该选手赛程的止步。对于我的这个观点各方有不同的声音，我在大大小小的会议上据理力争地阐述我的观点：首先，我认为能够来参加我们音乐剧演唱大赛的选手他们基本应该是真正热爱音乐剧并且在音乐剧道路上艰难探索与追求的年轻人，他们和参加其他唱歌比赛的人不同，他们没有那么功利性，所以我认为对于这样的年轻人和未来的同行，我们"基地"应该有培养与扶持的责任；其次，我认为音乐剧强调的就是统一性与团队性，所以我们统一到一个酒店住宿与吃饭有助于大家一起交流与沟通，而且统一食宿也好根据赛程需要来统一调度与管理；最后，大赛所需要的费用与开销部分我们可以去找合作单位，并以最终颁奖音乐会的门票收入与冠名收入来补充大赛必需的硬成本，大赛结束后再组织获奖选手巡演，所获演出费再作补充。最终，本届大赛以"不收任何费用"建立了大赛的权威性、真诚性与公正性，选手纷纷给组委会发来信息表示大赛的这项政策让他们十分感动，更加觉得要充分准备参赛曲目，不辜负大赛的诚意，要为大赛添彩，哪怕不能入选到复赛或决赛也愿意成为大赛的志愿者来参与到服务中，我与组委会的同事们看到选手们的信息后也十分感动，组委会与选手第一次接触是一个"暖心"的过程，我想这样的温暖已经是大赛成功的第一步了，同时，我也深深为我们"基地"和剧院感动，能在商业经济浪潮中这样投入去支持一批年轻的音乐剧人，给他们舞台和机会，帮助他们实现梦想，这是有深远意义与影响的伟大之举！我相信选手们也一定不会辜负大赛的！

本届大赛是面向全社会的，没有任何门槛的限定，无论是职业的音乐剧演员还是学生，或是老师、音乐剧爱好者，只要能够完成比赛流程所要求的曲目就可以报名参加。

按照大赛流程，第一轮初赛是资格赛，"简章"指定：选手须向组委会提交2个高清音乐剧唱段作品视频作为第一轮比赛（中文、外文各一首，可用手机录像，要求现场演唱，真实自然，不得化妆，不得做任何后期处理）。除组委会指定作品外报名表中所填其他各轮演唱曲谱（须五线谱）随同报名表发至组委会邮箱，报名表上填写各轮比赛的唱段作品，必需写明该唱段的名字、所选音乐剧的剧名、该剧作词及作曲的全名。资格赛主要是对选手所提供的一中一外音乐剧唱段视频进行初步的感受，根据基本的素质表现进行筛选，选出男女各20名邀请至杭州参加第一轮比赛。现在都是使用智能手机，所以拍摄视频是比较方便的。通过视频可以基本看见选手的职业习惯与基础条件，不让化妆就是想看到选手最真实的模样，不让做后期处理也是为了听见最真实的演唱，看到最真实的表演。各轮作品需写明唱段信息是为了检验选手是否了解作品的基本信息，如果连最基本的剧名、作者等信息都不清楚，那又如何去谈对整部剧的全面理解，所以要让选手表述自己所唱唱段的信息。

筛选出40名选手后邀请至杭州参加第二轮复赛，此轮中每人演唱音乐剧唱段作品2首，自选中文、外文各1首，但是此轮作品不得与第一轮资格赛中的视频作品重复。演唱前需进行不超过2分钟的唱段概况、唱段人物特点、唱段戏剧背景及艺术处理的简述，这个简述的环节就是为了考察选手对作品的理解与演唱的基本理念，选出男女声组各10名进入第三轮。

从复赛中选出的 20 名选手进入第三轮，此轮为重唱赛。根据抽签进行组合，演唱评委会指定的音乐剧重唱作品 2 首，其中含男女声二重唱 1 首、男声二重唱或女声二重唱 1 首，选出男女声组各 6 名进入第四轮。比赛顺序抽签决定，钢琴伴奏。设计此轮重唱赛是为了考察选手的重唱能力，重唱能力是一个成熟音乐剧演员必备的职业能力，在戏剧情境中，重唱是戏剧交流、戏剧行进的主要音乐手段，在重唱的过程中，选手如何表现音乐，如何表演戏剧，这是主要的评判内容。我个人是十分期待这轮比赛的，因为独唱相对难度在于个人，而重唱的难度在于两个人的交流与配合，虽然唱段是指定的，但是合作者是临时抽签决定的，选手根本不知道自己要与谁合作，这有点命题作文的意思，国外歌剧大赛最出彩的就是重唱赛了，在重唱赛将会显现出选手的各项综合素质，所以这对选手的要求是非常之高的。能够通过重唱赛的选手基本日后进入剧目排练就会轻松很多，因为重唱的意识与技术不是一日造就的，需要长期的专业训练和磨合，而恰恰这样的能力是剧目排练的重要基础。我不知道本届大赛的重唱赛会是什么样子的效果，但我相信一定会很有意思，极富挑战。同时，我们的本意就是通过大赛指定作品让选手尽快接触我们目前正在演出的音乐剧作品的风格，等他们胜出后就可以直接参加剧组的排练与演出。

从重唱赛中选出的男女声各 6 名进入第四轮的半决赛，自选音乐剧中文唱段作品 1 首，此作品不得与第一、二轮作品重复以及演唱评委会指定唱段作品 1 首。本轮主要继续深入考察选手的中文音乐剧唱段演唱素质，评委会指定的作品是根据近年大家相对比较认可的具有一定难度和深度的选段，可以展现选手基本的素质面貌，所以作为半决赛，演唱指定作品也是十分期待的，所有的选手唱同一个作品，来感受每一个选手各自不同的处理与理解，这是非常有意义的，从半决赛中选出男声组 2 名，女声组 2 名参加总决赛。

参加总决赛的男女声组各 2 名选手在最后一轮比赛中各演唱指定二重唱 1 首（从第三轮曲目中选）、演唱自选中文作品 1 首（可与前几轮同曲目），由现场观众微信投票数结合全体评委投票数选出最终男女声组的第一名，总决赛与颁奖典礼穿插进行。本轮比赛是面对观众开放的，在剧院舞台上以音乐会的形式举行，最终把裁判权交给观众，让观众通过微信投票选出自己心目中的优秀选手，一方面增加观众的参与度，另一方面也是因为总决赛的这四位选手已经历经前面几轮赛事，所以一定是众选手中相对而言最成熟和最优秀的，让观众的票数和意愿与专家评委的意见相结合，选出最终的第一名和第二名，这样的结果具有一定的普遍性。

总的来说本届大赛的赛程比较严谨，有一定的难度，从曲目量上来说从最开始的资格赛到最终的总决赛，一个选手要完成所有轮次的比赛必须要有3个中文选段、2个外国选段、2个重唱选段和1个指定选段，共计8个作品选段，这8个作品要达到一定的艺术水准，相对而言难度是不低的，但我们一直认为，作为中国首届音乐剧专业的职业大赛，必须建立这样的标准和高度。

三

简章的修整与参赛选手资格的确认

无奈之下，根据现阶段音乐剧实际业态情况简化简章

简章公布后不到两周，我们秘书处陆陆续续收到许多邮件与信息，大部分来信表示支持大赛，并高度认可大赛的意义。有一些基层音乐剧教师的来信让人感动，他们在信中说有了音乐剧演唱大赛，对于他们教育工作来说有了一个目标，之前他们的学生们只能去参加流行演唱比赛，现在终于有了音乐剧的专业比赛，所以他们非常兴奋，虽然暂时他们的学生还无法完成大赛所要求的这些内容，但他们会朝着大赛章程的目标加强学生的基础训练，希望能在下一届中来参与；还有一位音乐剧教授发来信息，她说从事音乐剧教育工作这么多年来，第一次感受到一种社会与剧场界对音乐剧教育工作的"向心力"，她非常感谢中国音乐剧协会与杭州剧院能够给学生们带来这样一个宝贵的机会，并且不收取任何参赛费，还同时帮助学生们分担食宿，这对于能够选上并参加大赛的学生来说真的是一个巨大的福音！

在收阅这些同行们与一线师生们的来信时，我们深受鼓舞，深深觉得我们做的这个工作意义深远！慢慢地秘书处开始收到另外一些来信，表示简章上所要求的曲目过多，要求过严，尤其是重唱赛，许多学校并没有开设重唱课，学生们没有接受过重唱训练，有些表示指定曲目难度过大，难以驾驭，有些表示轮次过多担心体能跟不上等。秘书处汇总了这些相关意见给我，一开始听到这样的声音我十分反感，觉得大赛设定的标准就是作为职业演员必须达到的水准，并没有过多的要求，但我没有预计到这样的标准会让许多音乐学院音乐剧系的学生们望而却步。

可是时隔一个月，秘书处只收到了寥寥几十份报名材料，而且这些选手在报名材料里也在"给组委会的一封信"里表明自己中国作品的量不够，同时更加解释到自己对于重唱赛的"恐慌"，因为没有训练过，一般在学校只唱独唱的唱段，很少接触重唱，所以他们也做好了失败的准备，从所有的报名材料当中我几乎都看到了这样的担忧。时至七月底，我慢慢感觉到自己的坚持有种"欲速则不达"的感觉，我的本意一方面是希望通过职业流程筛选出优秀选手，一方面也是希望给行业确立一个用人单位的标准，但迫于赛事在即，必须根据现有情况进行调整。

我立即召集评委会专家商讨此事，也有评委跟我说，就连著名的院校也未必能够出色完成原简章上的内容，所以建议简化大赛章程。根据大家的意见，我们做出以下几条意见的调整：1. 取消重唱赛。这是我最不愿意看到的情形，但是没有办法，只能"忍痛割爱"，希望在今后的赛事中能够继续这个内容的竞赛。2. 取消指定作品的范围，全部改为自选唱段，并且将复赛之后的赛事简化成三轮，分别演唱自选一中一外，但唱段不得重复演唱，同时取消唱段简述，改为口报词曲作者和原剧目名称。改成全部自选就没有了组委会的指定审美体现了，简化后的形式对于选手来说降低了难度了。之所以降低难度，一方面是"妥协于"现实情况，一方面也是希望选手们能够充分准备，这样低难度的比赛恐怕只会在这一届，所以主要精力必须放在作品本身上，尽量将作品诠释到位，待下一届的时候希望能够恢复难度，因为那个难度是一个成熟音乐剧演员的基础素质要求。

报名情况·初步邀请来杭比赛选手名单的确定

修改简章之后，秘书处立即将简化了的部分直接转发到大赛工作群，我交代秘书处还是统一口径，只是根据实际情况作了一些操作上的微调，但是简章本身没有修改，因为我还是认为大赛的标准就应该在这个高度，只是第一届特殊情况。群里的选手们旋即积极响应，经过半个月左右，又陆陆续续收到了近两百份申报材料。

经过申报材料的核实、演唱视频的初评，最终选出了男女各 20 名的名单，名单如下。

首届中国音乐剧演唱大赛复赛名单

编号	姓　名	性别	院　校
02	何　棋	女	上海音乐学院
03	黄　珺	女	上海音乐学院
04	金珊珊	女	上海音乐学院
05	李炜铃	女	上海音乐学院

续表

06	徐梦瑜	女	上海音乐学院
07	张 蕊	女	上海音乐学院
08	袁筱璇	女	中国音乐学院
09	李晨雪	女	四川音乐学院
10	马丽莎	女	杭州师范大学音乐学院
11	米克拉依·吐尔逊	女	上海戏剧学院
12	王呈章	女	解放军艺术学院
13	文 婧	女	华侨大学
14	游佳佳	女	星海音乐学院
15	万秋弛	女	上海师范大学音乐学院
16	杨柳依	女	武汉音乐学院
17	於 筱	女	武汉音乐学院
18	朱正华	女	河南大学艺术学院
19	王巾杰	女	湖南师范大学
20	方丽歌	女	上海音乐学院
21	褚 义	男	浙江外国语学院
22	傅宗岩	男	伦敦金斯顿大学
23	David Lawrence Zhang（加拿大）	男	上海音乐学院
24	杨 超	男	星海音乐学院
25	张钰勋	男	山东艺术学院
26	智博闻	男	浙江传媒学院
27	孙之骥	男	沈阳音乐学院
28	刘志贤	男	上海音乐学院
29	敖 淳	男	武汉音乐学院
30	李志勇	男	河南大学艺术学院
31	梁昊龙	男	星海音乐学院
32	松布热	男	内蒙古大学艺术学院
33	孙礼杰	男	上海音乐学院
34	王博文	男	上海音乐学院
35	史博伟（中国台湾）	男	上海音乐学院

续表

36	王明龙	男	上海音乐学院
37	赵韵茗	男	中央戏剧学院
38	易　浩	男	星海音乐学院
39	徐永刚	男	山东艺术学院
40	陈　臻	男	浙江艺术职业学院

经各评委审定，特此发布。

首届中国音乐剧演唱大赛组委会
二〇一五年九月二日

同时发布了入选须知：

首届中国音乐剧演唱大赛复赛入选选手须知

各位选手：

首先祝贺您入选"首届中国音乐剧演唱大赛"复赛，此次大赛组委会收到近三百位选手的报名材料，您能从中脱颖而出，实属不易，再次表示祝贺！

现组委会将复赛的相关事宜通知如下：

1. 组委会秘书处近期将与您本人联系，请您明确告知组委会您的各项参赛信息，并配合组委会秘书处进一步完善参赛资料。

2. 请您务必于2015年9月20日上午抵达杭州剧院报到（地址：武林广场29号，机场大巴武林门终点站，地铁武林广场站A出口），组委会将于当日中午12点召开选手赛事会议，并统一落实安排钢琴伴奏（复赛曲目）。

3. 组委会统一安排选手在杭期间的食、宿，直至选手赛程止步。若选手在赛程中被淘汰后仍计划继续观赛，则食、宿自行解决，如选手无需组委会提供食宿安排也请告知组委会秘书处。

4. 选手必须服从组委会参赛过程中的组织纪律管理，在杭期间必须遵纪守法，以确保人身、财物安全。

选手若最终获奖，则须完成组委会安排的"经典中外音乐剧集萃音乐会"杭州剧院站（颁奖音乐会）及全国巡演的任务，有关巡演具体事宜另行签约。

5. 选手的分组、顺序等大赛相关流程事宜皆由抽签完成。

6. 选手在参赛过程中的计分工作将由中国音乐剧协会北京特派员全程监督与审定，以保证大赛的公正性。

金桂飘香的杭州，欢迎您的到来！

中国音乐剧演唱大赛组委会
二〇一五年九月二日

秘书处安排专人联系每一位选手，对所有的选手进行电话、邮件确认，大家对杭州之行充满期待。

四

赛事映像

评委阵容的公布

对于任何行业任何性质的职业比赛来说，评委的阵容总是大赛最大的向心力，是大赛权威力的保障，评委的级别与类别对选手及大赛组织的影响力与号召力起关键性的作用。我与各位组委会专家库中的专家们通过来来回回几番沟通与档期核对，最终确认并产生了12名首届音乐剧演唱大赛的评委会专家名单，按姓氏笔画排列如下：

评委会总顾问、监审：

王祖皆（中国音乐剧协会会长、总政歌剧团原团长、国家一级作曲家）

评委会主任：

赵　光（上海音乐学院音乐戏剧系主任、作曲家、教授）

评委会专家：

三　宝（著名作曲家、指挥家，大赛"特邀评委"）

马建华（声乐教育家、女高音歌唱家）

王作欣（上海音乐学院音乐剧教授、女高音歌唱家）

李　棠（上海音乐学院音乐剧教授、女高音歌唱家）

张卓娅（中国音乐剧协会副会长、总政歌舞团国家一级作曲家）

张重辉（音乐剧教育家、女高音歌唱家）

吴沐恩（音乐剧制作人）

胡晓娟（上海音乐学院音乐剧副教授、女高音歌唱家）

黄　琦（声乐教育家、国家一级演员、女高音歌唱家）

蔡大生（著名男高音歌唱家、声乐教育家、杭州市"文化顾问"）

大赛钢琴伴奏：

李玮捷、陈琪丰、冷　岸

这12位评委专家都是几经洽谈后特意留出档期赶来杭州参加大赛的，我十分感谢这些专家们对大赛、对杭州剧院的支持！

王祖皆老师与我因音乐剧协会的工作或业内会议基本上每年都会见好几次面，他与张卓娅老师是最开始支持我们大赛创意的协会领导，他俩与顾夏阳副会长、王道诚副会长一起帮助我整理、论证大赛章程。这一年正好是各大艺术赛事收紧的年份，本届大赛尚未举办就遇见了"夭折"的困境，是几位领导夜以继日地与我一起商量对策与解决方案，祖皆老师以前辈长者的名义坚定地表态：这次大赛是中国音乐剧界的盛事，是中国音乐剧界的第一次职业赛事，与其他歌唱类比赛有本质的区别，多少音乐剧的演员们、老师们、学生们都期待着这个比赛，所以大赛一定要办，而且要办成功，办出影响力！我们一定要找到一个合理的方案，让大赛如期举行。夏阳、道诚两位副会长也是坚定地支持与力促大赛能够如期举办，协会的张晓娟、孙宁两位大姐更是为了大赛的申报工作奔走，我也与他们一起努力奔走在各个层面，最终在协会和剧院、民营企业之间找到了一个"擦边球"的机会，正是有了协会领导的鼎力支持、有了杭州剧院的全力保障、有了民营企业的诚意力挺，这才使得中国音乐剧行业的第一个职业赛事能够顺利、如期、"合法"地举行。我想，将来的选手如果知道了这个比赛是由这么多前辈长者们经过这么多努力才争取得来的机会，他们一定会深受感动吧！也正是这样的情愫与力量铸就了本届大赛正能量的魂！

赵光、王作欣、李棠、胡晓娟四位专家教授是我非常熟识的老朋友了，大赛在策划初期我就得到了四位专家教授各个方面真诚的帮助与指导。赵光主任跟我开玩笑说："梁啊，你看，我可是带了大半个系的力量来支持大赛了啊！"的确如此，这些年来杭州剧院与我本人的音乐剧事业离不开上海音乐学院的支持，我粗粗估摸一下，从音乐剧《断桥》开始到《简·爱》《十年》《阿诗玛》，我们基本上与30余位上海音乐学院音乐剧系的优秀毕业生合作过，而且都是出演我们这些剧的主要角色并获得各级各类奖项，所以我们剧院在音乐剧事业上所取得的阶段性成果与上海音乐学院音乐剧系的支持是分不开的。

蔡大生、黄琦、张重辉、马建华、吴沐恩五位是杭州本地的音乐戏剧类专家，我与他们一说大赛的事，都十分热情地支持，他们马上调整开自己在赛程期间原有的工作安排，为大赛腾出足够的时间，我经常因大赛的各类事宜与他们会面、讨论，希望通过群策群力保障大赛万无一失。我记得大生老师的品牌音乐会《为你歌唱》当时正如火如荼地巡演着，但为了能保证近一周的大赛评委工作，他努力协调了音乐会的档期，有一天赛事休息时大生老师在贵宾室对我说："培养后备青年艺术家比自己演唱更重要！"这一句话让我十分感动，我想这也是所有评委专家的心声！

三宝老师是最后一个确认赶来杭州参加大赛评委工作的专家，当我收到宝爷给我发来确定可以来杭的微信时，我的激动之情是难以言表的，可以说，许多音乐剧演员以能够唱好三宝作品为艺术水平线的一个标准，我个人也是一直如此认为。从报名材料上来看，本届大赛的后两轮基本每个选手都有选唱三宝作品，从音乐剧《蝶》到音乐剧《金沙》，从唱段《心脏》到唱段《天边外》等，此次他们能够有机会在比赛中见到三宝老师本人并在本尊面前演唱作品，我想选手们恐怕"紧张"更多于"兴奋"吧！我马上在组委会的群与选手的群里宣布了"三宝老师即日抵杭，参加大赛评审工作"的消息，一时两个工作群里瞬间"炸了锅"，有的说，自己虽然没有选上，但自费也要来见一眼三宝老师；有的说，要不我们换歌吧，在本尊面前唱《心脏》会不会很惨烈？有的说，组委会太"狠"了，这都可以！现在可以"退赛"当观众吗？有的说，此行无憾！大家在群里各种讨论表达着自己的情绪，我十分理解他们的心情，于是回复了一条：好好准备，好好表现，珍惜机会！的确，这样的机会是很少的，宝爷能够来到大赛这对大赛来说是一剂强心针，在开赛的前夕让大赛推到当时业界最热议的话题。无言感谢宝爷的真诚支持，只盼选手们能够好好表现，在唱他的作品时能够尽量准确、到位，不让他失望！

评委会第一次全体会议

2015年9月20日晚全体评委抵杭，会餐之后我们在杭州剧院会议室举行了第一次全体会议，在大赛监审王祖皆评委的主持下对第二天开始的比赛进行了操作性的规划与布置，大家再次充分讨论大赛流程与评审标准、方式等，为了方便操作与落实，我们将在杭州剧院排练厅的第一场比赛称为初赛，40进20；第二场为复赛，20进10；第三场为半决赛，10进4；

第四场为决赛（表演赛），决出男女声组的第一第二，本场在杭州剧院大剧场里进行，与颁奖典礼同步进行。

为提高大赛效率与让选手发挥更为直接，经大家讨论最后决定，初赛每人唱一中一外，复赛每人唱一中一外，半决赛每人唱一中，决赛每人唱一中一外，全部赛程按百分制统计分数，根据分数高低排序筛选。王祖皆监审在会议上着重强调评审工作的公正性与公平性，考虑到有部分选手是评委的学生，所以评委会决定采取导师回避制，在名单上圈出自己学生的名字报秘书处登记，在比赛时只记评语，不打分。同时会议上再一次明确了"用演唱技术来塑造、刻画人物和推动唱段的戏剧发展"的核心标准，综合考察选手的整体演唱技术和戏剧技术。

楼下是评委们在开会，楼上是舞美组在布置赛场，选手们在合伴奏，会议结束时已近午夜时分，大家走出剧院时仍能听见选手们在练习的声音，这种年轻向上的气场让大家十分激动与期待，希望他们第二天40进20时能够顺利、如愿。

杭州剧院排练厅如期开赛·中文唱段的困惑

2015年9月21日上午9时，大赛初赛在杭州剧院排练厅准时开赛，评委入场时选手们起立鼓掌欢呼，让人一时觉得这不是个赛场，而是聚会，是沙龙，我对协会的张晓娟与孙宁两位大姐说：气场对了！

由于我作为组织者要回避直接打分，所以我安安静静地做了回听众，听这些年轻的孩子们演唱。

大家按照抽签的序号依次演唱，听了大约五六个选手的演唱，发现一个非常明显的问题，选手们唱外文唱段时有模有样，表演和演唱结合得比较有机，表现力也很强，但是一唱中文作品短处就完全暴露了，主要集中在语言、律动、线条、声音造型、表达等几个方面：

1. 语言。有些选手在语言上体现了很明显的弱点，达不到普通话的基本水平，且不说发音精确，就连一些基本的平翘舌、前后鼻音也非常困难，模模糊糊，若一个演员的语言能力有限，那麻烦了，这将制约一系列的后续技术展现。

2. 律动，一半来自语言，一半来自音乐。语言的那部分律动必须建立在基本的标准发音之上，语言的发音障碍不解决，那源于语言内部的律动都难以显现，难以挖掘，这样唱起来非常平淡乏味，毫无美感；而源自音乐内部的律动也需要通过语言的载体呈现出来，这些在这些年轻的选手身上显得十分艰难。

3. 线条，也称音乐的句法，这一点是大家基本没有引起重视的部分，许多选手是没有任何句法的，唱到哪里算到哪里，没有规划，没有形态，有些天赋条件好一点的表达就清晰很多，但也不系统，无法完成复杂的句法线条，因此有些选手演唱起来没有整体性，没有结构性，听起来有些支离破碎，没有创意设计感。

4. 声音造型。这是最大的问题之一，音乐剧的唱段都是角色唱段，每一个角色都有不同的身份、性格等戏剧定位，所以对于其演唱的声音需要进行造型，诗人就得有诗人气质的声音造型，将军就得有将军气质的声音造型，而这些在初赛的学生中很难看到，基本是本色演唱，自己原本是怎样的声音就怎么样唱，与外文作品一样，听不出角色的设计。

5. 表达。表达与诠释是音乐剧演唱中最难的问题，从演员一站在观众的面前就已经开始表达了，而这一点恰恰是几乎所有选手不具备的能力，当演员作为角色亮相在舞台之上，其造型、妆容、服装、形体已经在开始"表达"了，如何控制和使用正式演唱前的"表达要素"是要训练的，当音乐起来时，瞬间进入真实的表演状态更是高难度的技术，在音乐中调动所有的表达手段，声音、呼吸、演唱、形体、眼神、意念等，这不是一日促就的功力。其实这些问题在外文唱段时也是存在的，只是外文状态会比中文状态好一点，那些片段多少都可以找到视频来参考，所以有些选手在模仿、照抄视频，而中文唱段没有那么多资料，只能自己来重新演绎，这样的创作往往是十分艰难的。

听了更多的选手演唱，越来越发现中文唱段的弱势，在评委讨论会议上大家也都提出了这个问题所在，看来提高选手们中文唱段的演唱能力是接下来艺术院校迫在眉睫的课题了，这也是大赛的一个功能，通过行业竞赛，发现并找出行业发展中还存在的问题，并提醒相关部门与机构能够加以解决，以更加促进行业的全面发展。

赛事胶着·谈谈怎么唱三宝的音乐剧作品选段

本次大赛效率是比较高的，评委也非常辛苦，第一天比赛一共 37 位选手（有 3 位选手因故缺席），每位选手唱 2 首作品，一共听了 74 个唱段，第一天之后，从 37 名选手中晋级 20 名到复赛，还需再听 40 个唱段，这对评委而言工作量是非常大的，但是评委们非常认真，仔仔细细地聆听着选手们的演唱，悉心地写着评语，客观地评价着分数。

在本届大赛中，许多选手的中文作品都选择了三宝老师的作品选段，时不时就可以听到《当时》《天边外》《婚礼》《心脏》等，这其中以《心脏》尤为多，起码有六七位选手选择演唱，直到后面一到选手介绍说"我要演唱的曲目是《心脏》，由关山作词、三宝作曲，选自音乐剧《蝶》"时，三宝老师就抓头发，倒不是觉得尴尬，而是选手们对三宝作品的理解与诠释的确还存在许多问题，所以听起来总是别扭。

三宝老师的音乐剧作品唱段可以非常集中地体现音乐剧演员的综合演唱能力，大家都喜欢唱，但能唱得好的又不多，我站在曾经与三宝老师合作过的角度觉得有必要聊一聊怎么唱他的作品，也许可以给今后参加大赛的选手们一些启发，我想这些建议不仅仅是唱三宝作品要注意的，唱任何音乐剧作曲家作品都应该有这样的认识和应该秉持的理念：

第一，无论是哪个唱段都不能用唱成"歌"的概念来设计和统领。比如《心脏》《天边外》，都是相对非常完整与独立的片段，非常容易唱成类似歌曲的感觉，所以首先从概念上要清楚，这是剧中选段，是人物唱段，不是"歌曲"！

第二，读清正版曲谱的谱面。三宝老师的唱段都可以想办法找到正版的曲谱，这是演唱作品的基础，如果谱面是错误的，或者不会"读谱"，那就一定会唱得"面目全非"。这里指的"读谱"是指最基础的谱面信息，如旋律、节奏、音准、力度、句法等，在没有经过导演或指挥二度创作之前，所有的演员应该对照谱面精确地完成谱面信息，这一点似乎很简单，但做到十分不易，我经常听人们唱，但极少有人是按照谱子上来的，都是随心所欲，或者模仿音频资料，想唱多长唱多长，想唱多短唱多短，想怎么唱就怎么唱，这是大忌！比如三宝作品中的三连音节奏，有些是小三连音，有些是大三连音，比如一些附点等，这些都是根据不同情绪不同戏剧情境写下的，所以演唱者在不了解剧情的时候首先要先按照谱面唱，把音唱准，把节奏唱对，今后再去戏剧中找到答案，为什么这里要小三连音，为什么这里要大三连音，为什么这里要附点。

第三，了解、熟悉全剧信息，知晓并掌握所唱选段的全部戏剧信息。戏剧信息，是唱好作品的关键，首先这个唱段是哪个角色的唱段，这个人是谁？他是什么样的人？他有什么样的性格特征？其次他是在什么时候、什么地点、什么事件、什么环境、什么心境、什么情绪下唱的？他是给谁唱的？是跟谁唱的？他为什么要唱？是什么样的事件引发了他要演唱这一段？唱的目的是什么？他唱之前在干什么？发生了什么？他唱之后又将会发生什么？最后他要唱什么？要唱哪些东西？要强调什么？要交代什么？要达到什么样的效果和目的？我想大部分选手或演唱者都很难阐述清楚这些问题，如果这些问题在演唱之前没有掌握，没有了解得一清二楚，那么在演唱的过程中该拿什么样的力量和内容来支撑和丰富自己这么大篇幅演唱时的内心世界和内心活动呢？

第四，选择声音，选择技术，设计并分配力量与情绪。演唱者需根据角色的定位找到合适的、合理的声音造型，在业界有些关于声音的议论一直永无止境地讨论着，比如美声、民族、流行唱法与音乐剧之间是否有关系？是否这四者之间完全割离？我所持的观点是这样的，大部分职业的音乐剧演员应该具备音色塑造的能力，根据人物角色需要选择最为贴近的音色形象，所谓声乐界划定的美声、民族、流行唱法可以借鉴到音乐剧人物角色的声音创作中去，按需取，需要用哪个用哪个，需要多少用多少，或者根本不需要，音乐剧的声乐体系经常纠结于所谓唱法并无益处，应该将精力放在如何设计和创造声音形象中去，根据戏剧要求和人物角色需求来创作、选择声音。力量与情绪的设计、分配是音乐剧演员的职业要求，声音的形象与力量、情绪是紧密相关的，所有的演唱必须要合理，可以从戏剧中找到理由，为什么要这么唱。演员声音形象的力量与情绪行进节奏是否与音乐形象的力量与情绪行进节奏相贴切，这是必须要解决的技术问题，演员应该借助音乐的信息来设计和判断表演的创作，作曲家总是离导演和编剧更近一些，他们第一梯队的创作者最终的呈现一定是综合考量的结果，所以演员作为第二梯队的创作者应当首先完成第一步的呈现结果，在这个基础上根据团队的意见再摸索创新出新的呈现，这一点是演员职业性的体现。

所以，唱好三宝老师作品的唱段、唱好一个音乐剧的唱段所需要的是戏剧与音乐的综合素养，不能盲目地凭一腔热情和对音频资料的模仿来完成作品的诠释，职业的演员应该提出更高的职业要求，这也是大赛所希望和倡导的理念。

评委见面会与颁奖音乐会

赛事按部就班地进行着,从"40进20""20进10"到"10进4",最终来自上海音乐学院的王明龙、方丽歌,中国人民解放军艺术学院的王呈章,浙江歌剧舞剧院的陈臻进入最后"四强",将在颁奖音乐会上现场"争夺"最终排名。

在颁奖音乐会之前,组委会精心安排了一个环节,就是邀请全体专家评委对赛事做点评,参赛选手们也将获得直接向评委们提问求教的机会。这个环节是我在一开始策划比赛的时候就明确坚持的内容,如果评委们评完就走这样就太遗憾了,我们的比赛最主要的目的就是培养选手、引导选手,给他们职业发展的建议,这些选手们从五湖四海聚来杭州不容易,希望他们满载而归,同时评委们也是有许多的话想对大家说的,所以组委会特意安排了这个环节。我特意交代秘书处把桌子布置成回字形,这样的交流感最强,有许多之前几轮没有进入复赛的选手也一直留在杭州观赛,这次评委见面会也是他们十分期待的。

每一个评委轮流发表了自己对大赛的体会与感受,对赛事中显现出来的问题做了深刻的解析,尤其是针对"中文作品演唱的薄弱""音乐剧演唱的声音造型与声音形象设计""戏剧行进中音乐的诠释与功能""中国音乐剧发展历史与现状""中国音乐剧演员声音能力的全面训练""近年来音乐剧演员招聘过程的困惑""从声情并茂到人物塑造""音乐剧的流派"等大家感兴趣的话题进行了探讨与交流。最后有五位选手非常幸运地得到了向评委提问的机会,大家还是集中在音乐剧声乐的话题向评委求教。确实,音乐剧的声乐不是短时间能够解决的,但是短时间可以解决一个问题——就是认识和理念的问题,如果认识和理念的问题不解决,再多的技术训练都是枉然的,是无法正确、有机地运用到作品之中的,甚至会成为障碍,待认识与理念问题解决了再进行相应的技术训练,效果会好很多。

9月24日，到了最后一场决赛的时候了，决赛是王明龙与陈臻、方丽歌与王呈章之间的角逐，他们每人将再唱一中一外，同时与其他名次的颁奖穿插进行。颁奖音乐会上将向最后十强的选手颁发奖状，向来自蒙古族、维吾尔族的两个选手，来自中国台湾地区和加拿大的两位选手颁发荣誉证书。同时也将演唱杭州剧院四部原创音乐剧的主题曲，江南将代表音乐剧《断桥》剧组演唱《断桥》选段《心中的婚礼只能有一次》，黄冠崧与王彦淋将代表音乐剧《十年》剧组演唱《十年》选段《星空》，大赛十强选手中的四位优秀选手将演唱音乐剧《阿诗玛》选段《爱，如果你见过它》，章小敏因脚伤最终确定无法参加音乐会，但音乐会不能缺失《简·爱》的呈现，所以只好我抽身代表音乐剧《简·爱》剧组演唱选段《冷眼》，虽然大赛组织工作繁杂，压力甚大，但为了《简·爱》的呈现也只好硬着头皮静下心来演唱，音乐会上还有其他几组选手表演的音乐剧重唱选段，赛事中未能进行重唱赛，我将重唱安排在了颁奖音乐会，希望引起大家对重唱训练的重视，因为下一届是一定会有重唱赛的。

　　在最终的决赛中，四位选手分别演唱了一中一外，实力相当，经评委打分与观众扫二维码投票，最终王明龙与方丽歌胜出，成为首届中国音乐演唱大赛的第一名，在观众的欢呼与喝彩中，大赛"监审"王祖皆与大赛"特邀评委"三宝为他们颁发了奖状。王明龙，形象俊朗，演唱细腻，真诚，曾在音乐剧《断桥》《简·爱》等原创音乐剧中扮演主要角色，有过大量的演出实践经验，在舞台上发挥稳定，以全面的演唱技术、扎实的音乐素养和自然的表演赢得了专家和观众的认可。方丽歌，优雅文静，演唱技术扎实、全面，经常参加各类声乐大赛与舞台表演，并获得各级各类奖项，在舞台上有定力，音乐内涵丰富，在细节的诠释上非常动人，以有说服力的表演和典雅的舞台形象赢得了专家和观众的认可。两位优胜者实至名归，他们也在大赛之后开启了自己更为丰富与辉煌的艺术人生。

　　音乐会结束以后的大合影让人动容，所有的选手站在台上与专家评委、与赛事工作人员融为一体，彼此留影，此刻已经淡化了大赛的概念，有的只是一个"大家庭",虽然只有短暂的几天,但大家因音乐剧结缘,因音乐剧在杭州剧院的舞台上留下了人生中精彩而难忘的一笔,杭州剧院也为这些年轻的、未来的中国音乐剧的"种子"们感到骄傲,为他们祝福,希望他们将来有朝一日能带着自己的作品,真正以音乐剧演员、音乐剧表演艺术家的身份再次登上杭州剧院的舞台,我想剧院与选手们彼此憧憬着、期望着!

祝福所有的选手们!同时,我也开始期待第二届中国音乐剧演唱大赛,希望在更高标准、更高要求的赛制中发掘出更优秀的音乐剧人才,为他们提供实现梦想的舞台!

柒

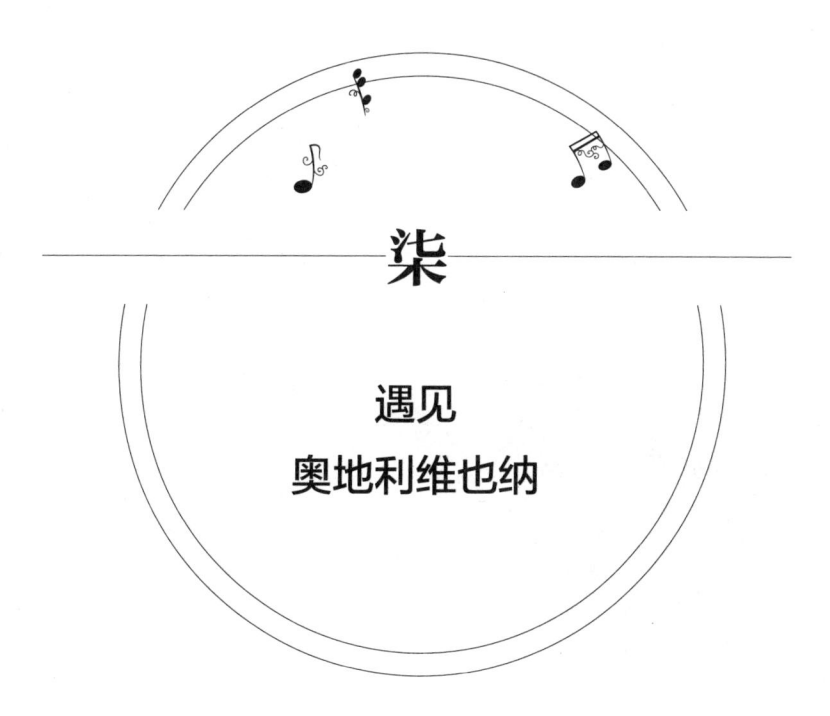

遇见
奥地利维也纳

一

幸福而又美好的维也纳时光

感恩大教堂悠远的钟声·洗耳洗心

受文化和旅游部、中国对外文化交流协会、国家艺术基金的委派与资助,我将前往奥地利维也纳人民歌剧院挂职工作,这是一次极其难得的学习机会,也是我生命中最美好的回忆!我从心底感恩这个机会,能够让我如此近距离、长时间地感受奥地利维也纳这座文明古城、音乐名城的无穷魅力!

2015年12月1日,我搭乘奥地利航空公司OS64航班由北京首都国际机场飞往奥地利维也纳施威夏特国际机场。当天乘坐这班飞机的乘客不是很多,所以大家都坐得比较宽敞,我时不时地看着座位前方的显示器,看到飞机的飞行图标掠过一个个熟悉的地名,慢慢地飞向莫斯科、基辅,我情不自禁地透过舷窗向下望去,一片透亮亮、白茫茫,好一派冬景!隐隐约约地,我可以看清峰峦叠嶂的山脉和一望无垠的江湖,它们静静地躺在我的脚下,2007年毕业后我便一直没有回去过莫斯科和基辅,此时此刻能够在几万英尺的高空俯望这片熟悉的大地,也算是一种慰藉了,我还来不及浮想联翩,飞行图标很快地又向更远的西面飞去。终于,飞机慢慢下降,维也纳没有下雪,在雨丝风片中飞机稳稳停落。我随着人流非常快速地办完了入关手续,拖着行李走出机场的那一刻,维也纳的黄昏已降临,我深深地吸了一口气,心里默念:向往已久的美丽维也纳,我来了!

茫茫暮色之下,我还未来得及看清周遭的景致就被使馆派来接机的两位朋友很快地送到我将要入住的莱吉娜酒店。酒店位于维也纳老城区指环大道肖登道尔大街上，站在酒店的门口，朦朦胧胧中一派欧式隽美的街景映入眼帘，美不胜收！我是提前预订的住处，因为时间较长，所以酒店安排了一个走廊尽头最安静的房间给我。我很快地办完了入住手续，正在收拾、整理行李的时候，一阵悠扬深沉的钟声传来，我循声而去，原来我窗户的对面即是举世闻名的维也纳感恩大教堂，这突如其来的惊喜让我兴奋不已。我是极其喜欢教堂的，欧洲教堂那种特有的建筑、造型、音乐、气味、氛围以及川流不息而又安安静静的人群，犹如一幅宁静而又流动的油画，我沉醉地站在窗户前久久不愿离开。我知道我会与感恩大教堂的钟声相伴很长一段时间，但是就在当下我真的是十分陶醉，似乎每一响的钟声都敲进了我的心里，令我忘记了时差，忘记了旅途的疲惫，忘记了一切。眺望着感恩大教堂鳞次栉比的墙体，随着大教堂的钟声，我闭上了眼睛，陷入沉思。

来维也纳之前，我在国内的音乐剧工作进入了一个瓶颈期，各个方面的矛盾与问题错综复杂、日益激化，剧组的工作已经善后，演职人员也陆续散去，身处漩涡中心的我分身乏术，也无能为力，我感恩能够有这样一个机会让我更换工作环境，暂离纷争。想想也是，自从2007年的夏天我从事音乐剧这个工作以来，我几乎一直马不停蹄、披星戴月、颠沛流离地走到今天，无论是身体还是精神或是灵魂都已处于崩溃的边缘，我生怕在临界线的自己会有什么样更糟糕的错误判断和行为，所以我必须找回最初的自己，必须再一次清楚地让自己知道当初是为什么而出发，又是什么样的力量一直支撑着自己披荆斩棘、风雨兼程地到了此时此刻，我一定要找回这个初心，因为我感觉我已经在奔忙中迷路了……

感恩大教堂用它最纯净、最深沉的钟声"迎接"我的到来，而我，一具疲惫不堪的躯壳就躺在离它一步之遥的距离，这是多么美好的清修之地啊，我将在感恩大教堂的"晨钟暮鼓"中作息，在冬日里，看着异国他乡的"日出嵩山坳，晨钟惊飞鸟，小溪水潺潺，坡上青青草"。我徜徉在钟声里，洗耳、洗心，用新的工作与新的环境修复我那早已疲倦的身躯与灵魂，找回初心，是为了积蓄力量，再一次的前进！

第二天清晨，感恩大教堂的钟声准时敲响，我沐浴更衣，走进教堂，敬上纯白的蜡烛，祈下心头的心愿。走出教堂，维也纳城已被曙色照耀，我第一次看见如此清亮、典雅的古老之城，脚边的鸽群悠闲地踱着步，身旁的有轨电车从不远处的维也纳大学方向叮叮当当驶来，一切都是新的，我迎着太阳的光亮向着伟大的 VOLKSOPER WIEN——我挂职工作的奥地利维也纳人民歌剧院快步走去。新的一天已经开始，新的历程与新的生命也将开启，感恩大教堂回响的钟声荡涤去覆盖在吾耳吾心之上的那厚厚尘埃。

幸福而又美好的维也纳时光，开始了！

在"美泉宫"拜见偶像
——著名德奥系音乐剧大师、作曲家西尔维斯特·里维先生

我对德奥系音乐剧有着很深的情结，无论是音乐剧《莫扎特》（*Mozart*）、《伊丽莎白》（*Elizabeth*）、《莱拜卡》（*Rebecca*），还是《玛丽·安东奈特》（*Marie Antoinette*），我都反反复复看过很多遍，对于剧中的经典片段也是百听不厌，这些音乐当中所蕴藏的戏剧能量让我感动和震惊，我想能够写出这样音乐的作曲家该是一个多么有魅力并拥有何等情怀的大艺术家啊！

在中国驻奥地利大使馆文化参赞李克辛先生的帮助下，2016 年 2 月 15 日，我与奥地利著名华人圆号演奏家王玉全先生、华裔文学家李捷飞小姐应邀一起前往维也纳市郊著名的茜茜公主行宫——"美泉宫"拜会著名德奥系音乐剧大师、作曲家西尔维斯特·里维（Sylvester Levay）先生，里维先生是专程从布达佩斯赶来维也纳与我见面交流并接受我的采访的。

当李参赞和玉全大哥告诉我里维先生是特意赶来维也纳见我的消息时，我激动万分。我一般不轻易激动，然而这次我却激动得有些"失态"，我想这大概就是一个忠实粉丝要见到"偶像"的开心之情吧！

为了这次珍贵的见面，我做了许多准备，最终我想以采访的形式来深入地请教有关于德奥系音乐剧和里维大师音乐剧作品的一些相关知识与信息，这样日后可以将这些信息整理出来分享给大家。

根据视频记录，我与里维先生访谈的文字整理全文如下：

梁：尊敬的西尔维斯特·里维先生，早上好，我是来自中国的音乐剧制作人梁卿，很高兴见到您，十分感谢您从布达佩斯专程赶来维也纳与我见面！

里：我也很乐意见到您，希望我们今天的会面能够聊得开心！您这次来维也纳感觉怎么样？

梁：在我还没有学习音乐的时候我就十分憧憬维也纳，这里是音乐的圣地，我非常向往。这次是我第一次来维也纳，我已经在这里学习、工作了两个多月了。

里：哇！你已经来了这么久了，真好，你去到处走走看看了吗？我们现在所在的这个地方叫"美泉宫"，是茜茜公主的行宫，你看窗户对面就是凯旋门，每年就在楼下的这个广场都会举行著名的"美泉宫夏季音乐会"，我的音乐剧《伊丽莎白》就是在这里写的。

梁：是的，我已经去了很多地方了，我这次来维也纳是受中国对外文化交流协会与国家艺术基金的委派前来研习剧院剧场的运行管理和德奥音乐戏剧作品的创作、制作、运行。

里：太好了，维也纳在这方面一直都是非常强的，你应该会有很多的收获。你是来自中国哪个城市？

梁：我来自中国浙江杭州，一个非常古老而又现代的美丽城市。

里：我在电视里看到过，很漂亮！可惜我只去过上海！

梁：您有机会一定来，我给您做导游！

里：Bravo！我们开始今天的谈话吧！

梁：尊敬的里维先生，您的代表作之一《莫扎特》将要于2016年12月登陆中国上海文化广场，中国的观众都十分期待这部作品，因为在两年前您的另一部作品《伊丽莎白》在上海大获成功，让中国观众第一次感受到了来自德奥系音乐剧的魅力，所以大家对《莫扎特》的到来格外关注。我昨天在我的微信朋友圈发了一条信息说今天要来"美泉宫"专访您，一下子我所有的音乐剧界朋友都兴奋了，我们都十分想了解您当年创作音乐剧《莫扎特》的一些背景情况，您给我们聊聊好吗？

里：啊，感谢中国的音乐剧同行们那么关注我！是这样的，在1992年，我的另一部音乐剧作品《伊丽莎白》开始首演，到了1994年，这部作品在欧洲乃至国际上的影响力就已经很大了，我们的团队感受到了《伊丽莎白》带来的巨大成功，我们认为这是奥地利文化品牌的成功，于是我们就决定继续做奥地利文化的另一张名片——莫扎特，还是要用音乐剧的形式，其后我们团队便开始着手创意、创作音乐剧《莫扎特》。

梁：音乐剧《莫扎特》大概用了多少时间来创意、创作？

里：音乐剧《莫扎特》是从1994年开始策划并创意、创作的，于1999年首演，我们总共花了4年半的时间来做它。音乐剧《莫扎特》的创作时间相对于一部原创音乐剧作品来说算是比较久的了，主要是因为我们习惯了给自己足够的时间来认真地完成一部音乐剧的创作，这样才能保证作品的成熟度。当时我写出一个唱段就先放一边继续写其他的，过一两个星期之后再返回来重新听一下，我会问编剧与制作团队是否喜欢，如果大家都还喜欢那我就把它摆到"素材库"，等待继续提升加工，如果大家觉得不喜欢，那我就作废重新写，这样做是为了保证最后写出来的东西是最好的、最合适的。经常有时候过了一两个星期之后再返回来听之前写下的部分会觉得效果没有当初听的感觉好，这是我最痛苦的时候，因为必须要放弃这个已创作了的部分，要重新写了，但这又是非常重要的。

梁：一定要放弃了重新写吗？不能进行修改吗？

里：不行，因为是感觉不对所以大家不喜欢嘛，这样的话单靠修改是修改不出来的，我也是一个比较有经验的作曲家了，大家不喜欢这部分音乐不是因为我的作曲技法不喜欢，而是思想、气质上的存疑或差距，所以，假如是思想和气质不符合大家的期待，那么光用修改是改变不了状况的，只能够推翻，去重写！事实上对我而言，重写比修改更容易些。

梁：理解，的确有时候修改再三不如重新创作。

里：对，我对待创作是很严肃的，每一个音符我都是经过深思熟虑的，所以如果去修改的话那就说明我否认和怀疑我之前的思考，这一点我很难说服自己。但重写说明的是我写的东西不符合这个要求，而不是我的东西内容是坏的，只是不合适用在这里而已。

梁：是的。里维先生，我们都知道沃夫冈·阿玛丢斯·莫扎特是一个天才作曲家，他本身就有海量的经典音乐作品，而此次作为原创音乐剧的表现与塑造应该去如何构思和创意呢？

里：你说得太对了，沃夫冈·阿玛丢斯·莫扎特就是一个天才作曲家！我的合作伙伴、编剧及作词米歇尔·坤泽和我也就是因为这样的原因才对这次创作充满兴奋和激动，我们就是要从莫扎特的身上找到创作的灵感。我们之所以如此坚定、如此"冒险"但又如此深受鼓舞地做这个剧，最主要的原因就是在我们的眼里莫扎特是最杰出的、神一样的作曲家，前无古人，后无来者，他是上帝恩赐给人类最大的礼物！

梁：是啊，莫扎特的音乐影响着每一个学习音乐的人，我想他的音乐对于您的这次创作来说会有更加别样的意义吧？

里：确实是这样的，我极其认真和深入地学习研究了莫扎特的作品，对于我来说莫扎特最大的"秘密"就是他可以用最"简单"的音乐素材、形式和工具来表达所有的情感和事情！他能够用最"简单"的办法去表达别人尝试着用最复杂的素材和工具去表达的情感和事情！我想以此来表达的意思是，世人们"简单"地写音乐，写"简单"的音乐，写有影响力、有生命力、有激情的音乐往往是最困难的，但是对于莫扎特来说却是最最简单的，因为他是一个受到上帝眷顾的神童和天才，他具有上帝特殊赋予的"神一样"的天赋！

梁："简单"往往是最难的，他需要最强大的技法与天赋，而恰恰莫扎特具备了全部这些最"奢侈"的因素。音乐剧的创作往往需要经历漫长的、各种各样的"寻找"，在音乐剧《莫扎特》的创作过程中，您是否也经历了这样的"寻找"过程？

里：当然！在音乐剧的创作中，作曲本身就是一个寻找的过程，如果让我来写一个唱段，比如说音乐剧《莫扎特》中的选段《黄金之星》，我就会想到女公爵，想到莫扎特，这些人物是如何和上帝沟通的，在这样想象的前提和铺垫下我就可以开始去寻找音乐了。但是对于莫扎特来说，他不需要寻找，这个过程对他而言完全不需要！这些所有的音乐和音符早早地都已经在他的心灵里了，所以，人们只能把他描写成为上帝身边神一般的天才，这个对我来说就是创作音乐剧《莫扎特》最基础的灵感，是我最先要去"寻找"到的精神部分。

梁：您说得非常形象，但是，寻找到对于莫扎特的精神定义之后是否还有更为具体的创作思考呢？

里：单纯的这些因素尚不能作为音乐剧全部素材的组成，我们要去审视和关注莫扎特他作为一个"普通人"的生活，莫扎特的生活曾是非常富有戏剧性和传奇性的，他是一个"近乎完美"的人，但是他有些轻浮，比如说在对待金钱方面，莫扎特曾经十分富有，所以他的爱人、朋友们总是不停地问他要钱花，这个大大增加了他生活的负担。莫扎特徘徊于天才和癫狂之间，这就是上帝所赋予一个艺术家的最高的"奖赏"！莫扎特的音乐传遍了整个世界，他的名字妇孺皆知，这些方面的信息我们作为音乐剧的题材并不需要再去做更多的解释，我们希望的是在这部音乐剧里面能够展示莫扎特作为一个"人"、一个具有血肉之身"普通人"的方方面面，这是真正的驱使我们创作的原动力和兴奋点，我们想要刻画和塑造出一个立体的、真实的莫扎特!

梁：是的，对于莫扎特的印象我们大多数还是停留在一个天才作曲家的认识上，一个天才的背后一定有比天才更深刻的艰辛和苦难，这一点是不是也是您与坤泽先生想要努力去挖掘的地方？

里：梁先生您说到了关键的点子上了！一个天才的背后一定有比天才更深刻的艰辛和苦难！我觉得莫扎特在他当时生活的年代，就如同我们现在的一个当红摇滚巨星一样，他是一个思想很现代的人，他热爱自由！他认为这个世界应该是现代和自由的，他自己也就是这么看待和认识这个世界的，这个观点很重要，因为他竭尽全力地去寻找他所创作的歌剧素材，他的那些歌剧都具有强烈的社会批判性，反映着社会的弊病和弊端，所以我在音乐剧《莫扎特》的创作中就写下了《怎么摆脱自己的影子？》这个唱段。

梁：对不起，里维先生，说到这里我必须要插个话，我第一次听到《莫扎特》是在韩国首尔，是您指挥的那场金俊秀的音乐会，我费了很大的劲儿才从韩文版《莫扎特》导演刘希声那里争取到一张票。我当时在现场，被音乐震撼得一塌糊涂，尤其是《黄金之星》（*Gold von den Sternen*）的音乐响起，我好像我上辈子就听到过这个音乐，眼泪止不住就流了下来，而当《怎么摆脱自己的影子？》（*Wie wird man seinen Schatten los*）的音乐响起来的时候我感觉自己就好像是剧中的那个人物了，这个唱段里面好多唱词和旋律融合在一起让我产生无尽的共鸣，我十分想知道这样的旋律，既好听又有很强的叙述性，您是怎么做到的？在旋律的构思和创作上您一般是怎么样的一个创作过程？我很想知道您能让我们热血沸腾的"秘密"！

里：那场音乐会是很棒的，我很开心梁先生您在那时候就关注我并喜欢我的音乐，我能感受得到您对音乐剧《莫扎特》真诚的喜爱，我很感动！您说的和我自己的感受是一样的，我也喜欢那几段，尤其是您提到的这段《怎么摆脱自己的影子？》（*Wie wird man seinen Schatten los*）。当时我在写这一段的时候我就想，这一段一定要成为全剧的中心唱段，一定要在思想上、哲学性上提升到一个高度！我与坤泽研究了很久，我们认为莫扎特当时就是一个摇滚明星，如果世界之间的交流像今天这样发达的话，那他一定就是全世界最巨大、最耀眼的那一颗！可是，他每天都要为生计而奔波和挣扎！迫于当时的"市场需求"，他所面对的创作强度一定是难以想象的，我们可以用4年来写一部剧，但莫扎特不行，他是天才，他必须持续快速、高质量、高产量地生产！所以他需要到处去参加各种聚会和派对来放纵自己，他必须要从自己的压力中解脱出来，他的脑子里有很多很多的音乐，他一定要想办法躲避和逃离他的音乐世界，他渴求去享受自由。在他短暂的生命中，以他那种生命方式所写出来的那些出彩的、无与伦比的音乐作品不计其数，而这些音乐作品是其他的作曲家需要几个轮回的生命长度才能够完成的创作的量，甚至或许根本就不可能完得成，这个事实确实令人惊讶、不可思议、难以置信！所以在写这个唱段的时候，我更多的是让莫扎特自己审视自己、自己反思自己的音乐与人生。坤泽的词也写得非常棒，我念给您听啊（他翻出了这个唱段的曲谱）："我已谢绝了爵爷的好意，也扔掉了扑粉的假发套，尘朽和香薰之味，我再也无法忍受。我渴望真实生活，就像红唇甜美，酒酿芬香，在深夜将我抚慰。低语、哭泣、欢笑，问题是，人如何走出阴影？如何对命运说不？如何冲破旧的束缚？如何重塑自我？向谁发问？当自己都不能知晓，何谈自由？我连自己的影子都摆脱不了！我要永世不朽的著作有何用？只想在死前及时行乐。桂冠虽美，却气味腐朽，不再让我陶醉！什么样的协奏曲，能胜得过她的圆柔温香，没有琴弦，却如此撩拨，如纤手穿发，问题是，人如何逃脱自己的阴影？如何抛弃一切？如何驱逐执念？如何断弃旧我？何以抽身？当人已自我束缚！何以自由？当人连自己的影子都摆脱不了！恐惧已将我劫持，重担已将我压垮（合唱：你身已附魔），沉默向我质问（合唱：神童是其化身），却没有作答（合唱：你只能为其卖命），无形的目光（合唱：只为他所想），已让我窒息（合唱：只为他所生），我知道跟着我的影子了（合唱：你身已附魔），有朝一日（合唱：神童是其化身），取我性命（合唱：日夜紧随）当人连自己的影子都摆脱不了！不！我绝不匍匐命运！"

梁：我听得都入迷了，我就说您的作品是有魔力的，这样的唱词这样的音乐，真的，我不知道该用什么样的词语来表达我的体验了！

里：所以说啊，你看到的最后呈现是我和坤泽反反复复不知道推翻、重来了多少次后最终定下的那一稿，我们倾注了所有的能量和情感！

梁：所以啊，你们付出生命所创作的作品，我们作为观众一定能感受到！并且是如此的真切、如此的震撼！真诚地向两位致敬！

里：哈哈，谢谢你啊，你总是这么感性！感性是创作艺术作品必不可少的基础！事实上莫扎特对于整个世界来说都是最大的、最美的、最简单的！王公贵族们曾经去见莫扎特，打开他的总谱，惊讶地问道：太奇怪了，为什么谱子上一处错误都没有呢？！莫扎特的回答是：我只能这么写，别无选择！所以莫扎特是真正的天才，他没有能力去犯错误，这是证明他是天才的有力证据！

梁：我第一天来到维也纳就在网上订了票，第二天时差都没有倒过来就去莱蒙德剧院看了新版的音乐剧《莫扎特》，两个月以来我一共看了六遍。这一版的制作和之前的版本是不一样的，是全新的制作，但是在象征和写意的手法上比上一版更加显著，并有所加强，非常具有感染力和戏剧性！我想知道您与坤泽先生在创作初期是如何来考虑平衡音乐剧"莫扎特"的形象与人们心目中古典的"莫扎特"形象之间的关系的？

里：关于平衡莫扎特的音乐剧形象与古典形象之间的关系，这个正是驱使米歇尔·坤泽和我下定决心来做这个项目的最重要的决定性因素和推动力，在我心目中米歇尔也是天才编剧，他决定，剧中出现两个"莫扎特"：一个是世人所熟知的古典莫扎特形象，以神童"瓷娃娃"形象出现；一个是创作出来的莫扎特形象，以"沃尔夫冈"形象出现，在塑造刻画沃尔夫冈的同时来塑造刻画"瓷娃娃"，"瓷娃娃"这个角色在舞台上不说话，也不唱，只是表演，并且只有沃尔夫冈才能看得见这个瓷娃娃，其他任何人都是看不见的，但观众可以看见。有了这个"瓷娃娃"的形象在舞台上出现，我就可以引用真正莫扎特的音乐来借用在他的身上，因为我们也不能完全脱离古典的莫扎特音乐，对他部分经典原著音乐的引用也是观众所期待的。

梁：不管是老版还是新版，我都十分喜欢，并且有很多的情节设置与表现我都印象深刻，那么对于您而言，您认为两版当中哪一些细节或者设计是给您带来震撼的？

里：我认为"瓷娃娃"用羽毛笔去扎沃尔夫冈的手臂，蘸他的鲜血来谱曲的这个情节是我十分震撼的，这一段就是刚才我给您念的那段歌词所在的选段。我营造了非常丰富的音乐空间和氛围，人们可以看到天才是怎么创作的，他是如何汲取和耗尽自己的血液的，这可以作为"瓷娃娃"与沃尔夫冈两个角色之间的独立性与连接性的强调。在戏剧中，最后"瓷娃娃"以天才的形象扼杀了作为血肉之躯的沃尔夫冈，莫扎特并不是因为写了那些音乐而死去的，而是被"天才"夺走了他作为"人"的生命，天才就是天才，人就是人，这两个可以合在一起，但也互相独立。当然了，这个与现在的一些明星们的状况也有所雷同，天才是可以杀死人的本身的！名声与才华既是上帝的宝贵恩赐，同样也是作为"人"的负担，有的人会因为压力巨大而沉溺于酒精之中，过着纸醉金迷的糜烂生活，这些原因使他们过早地离开人世，过度的消耗导致缩短了在世的时间，这就是我和米歇尔为什么要表现沃尔夫冈怎么生活的原因，他不单纯只是做了音乐，他还经历了极其艰难与痛苦的人生。

梁：所以啊，莫扎特就是一个奇迹！只能说是奇迹！

里：对。不过，我这里还有一个观点，我认为或许亲爱的上帝之所以要把莫扎特这么快地接到自己的身边，主要有两个原因：一个是上帝希望留给其他作曲家一条路子，使他们也能有成功的机会；另一个就是上帝对他说："沃尔夫冈·莫扎特，我也需要你！"

梁：我觉得您说得很有道理，上帝也是需要音乐的！对了，说起音乐剧《莫扎特》的唱段，除了刚才的那首《怎么摆脱自己的影子？》，我还特别喜欢《黄金之星》！相比较前者而言，《黄金之星》的音乐更舒展，更抒情化，这是出于怎么样的一个创作背景？这么好听的旋律您是怎么写出来的？

  里：谢谢你喜欢那么多我的作品，哈哈！如果我要是能够回答为什么我的旋律会好听的话，那我就等于知道写一个成功唱段的"秘诀"了，但是人们不知道这个"秘诀"是很好的，就像变魔术一样，破解了以后就不好玩了，我知道每个人都能每天写很多成功的唱段，也许这就是我创作的"秘密"！一般在创作的时候我会坐下来，静下来，在作曲的构思中深入我所塑造的这个人物的心灵里去，想象和体会他们在情感上的经历，我试着从情感出发来作曲，但是怎么作曲，这是瞬间自然发生的，水到渠成，我也无法用语言说清楚。音乐剧《莫扎特》首演前的两个月，米歇尔来到我的工作室，他要加一首唱段，他把词给了我，我拿着纸坐在钢琴前读他的词，满满开始构思和想象，大概两个小时左右我就写完了，因为我想到了女公爵，想到了沃尔夫冈，感受到了上帝，就这样，音乐就很自然地流露出来了，米歇尔听了十分满意，但是我是怎么写出来的，我也说不清。

  梁：这种"说不清"的内容应该就是来自上帝的意愿！

  里：非常对！

  梁：我的朋友刘希声导演的韩文版音乐剧《莫扎特》曾经有金俊秀与朴恩泰两个版本，我都看过，我觉得用韩语来演唱也是如此地贴切，所以您的旋律是具有多重语言性的，做到这个是十分困难的，您是不是在写作的时候也同时考虑未来不同语言版本的空间？您对金俊秀与朴恩泰两位韩国演员怎么评价？

  里：韩国最优秀的音乐剧演员之一朴恩泰是第一个唱韩文版《莫扎特》的"莫扎特"，那时我是第一次去首尔看韩文版的排练，当时就是恩泰在排练，俊秀那时还没进组。看了恩泰的表演，我觉得他非常有才能，音乐素养非常高，表现力极强，而且非常虚心谦逊，我十分喜爱他。对了，今年六月韩国会有再一次的《莫扎特》的庆典演出，又有一个很有才华的演员将要出演，他两年前演过，这次还要演，但此次的导演是个日本人，他曾把《伊丽莎白》《莫扎特》搬上日本的舞台，这次首尔的新版本由他来导演。我在创作的时候并没有考虑太多说将来有很多语言来唱，我很欣慰现在很多语言都在唱我的作品！我是先创作完了，其他的语言就是跟着音乐跑的另一个翻译、创作的过程，现在看来有许多语言可以唱这些作品这完全是创作完成后的一个惊喜，如果我在作曲的时候就想着将来的多语种化旋律，这对我来说会是一个很大的负担和障碍，这不是一个好事情。二十年前，在东京做日语版的音乐剧《伊丽莎白》时我有过这样的经验，他们不是像我们德语这样使用句子，由于语言的问题，需要长一点的时间和空间来表达，这样我就必须在曲子上做一些延长或调整，有些是一段，有些是某个乐句，有些则是个别音符和节奏，但这些都是后面做的努力和工作了。

梁：我想了解一下您对音乐的配器是怎样的一个结构设计，管弦乐与电声乐队的比例与层次您是如何把握的？古典部分与现代部分是怎么融合的？

里：尤其是音乐剧《伊丽莎白》和《莫扎特》，古典管弦乐作为主要基础，然后又添加了一些电声乐队，两个部分进行结合、融合，这是我在好莱坞二十年电影音乐创作经历中所运用到的形式，一直用到现在。电声乐队能够帮助我离开一个古典时代，从那个时代拉回到现在的时代，但是这不是简单的两个乐队的拼接和堆砌，需要从配器上研究和考虑，再设计。我在洛杉矶尝试了几年，这是一个必须要学习的一个技术，必须学习才能掌握运用的，上帝保佑，在《伊丽莎白》《莫扎特》的剧中终于是融在一起了。现在有很多的青年作曲家也是这么学习和尝试的。

梁：是的，我在制作音乐剧《简·爱》的时候，我们的青年作曲家祁峰也是在这样尝试。

里：我听了你发给我的音乐剧《简·爱》和《断桥》片段，我觉得这个青年作曲家做得挺不错的！

梁：感谢您对他的夸奖！另外，我发现音乐剧《莫扎特》中每个角色都有自己的主题音乐和代表唱段，您起初对每一个角色的音乐定位是与坤泽先生商量的，还是你俩简单地各自分工，他负责文学，你负责音乐？我能感受到音乐与文学除在各自领域美学上有非常大的能量之外，还有非常大的哲学性，这种哲学性可能是德奥系音乐剧最宝贵的特点，他不是浅层的娱乐，他有很深层次的思想与思考，您与坤泽先生是怎么考虑的？

里：我和米歇尔的分工很明确，他负责文学，我负责音乐，我们长期以来都是这样明确的工作内容。我认识米歇尔已经四十多年了，我们最初一起写了流行音乐，上帝保佑，20世纪70年代我俩获得了很多世界性的成功，一段时间里，状态是很好的。有一天米歇尔跟我说，他要写书了，于是我就去了好莱坞写电影音乐，但我们一直是非常默契非常好的合作伙伴，过了几年，我想写音乐剧，正好米歇尔也想做音乐剧，我们之间的默契度一直是很高的，米歇尔提议创作音乐剧《伊丽莎白》，所以就有了后来的音乐剧《伊丽莎白》。这么多年来，我们在剧情方面和哲学思想方面是一直走在同一条轨道和同一层次上的，这个非常重要，编剧与作曲的审美决定了一切！我们共同认为选材非常重要，无论是哪一部戏，我们都是抽出足够的时间来讨论做还是不做，考虑到方方面面，最后再做决定，毕竟做一部剧需要我们付出巨大的心血和努力。如果我们两个决定要创作一个音乐剧，文学和哲学全部是由米歇尔来设定和处理的，我们总是在我们双方达成创意和审美的统一、平衡之后，再开始做规划。关于历史背景以及各种角色性格、定位、关系等，都是由米歇尔去设定，然后告诉我，我充分理解之后表达自己的观点，当我明确了所有信息并与他达成一致之后，我就知道我该怎么写音乐了。您提到的哲学性、文学性完全由米歇尔完成，他的文学思想是给予我灵感的源泉，他的唱词给予我无尽的画面感与感动，好像看到他的词，我的音乐就自己流淌出来了。

梁：我们上海文化广场将于2016年引进《莫扎特》，中国的观众是十分期待的，我最近在我的微信社交平台上经常发一些关于《莫扎特》的信息和介绍,我很多朋友都希望能尽快看到这部作品,您对《莫扎特》进上海有怎么样的期待吗?

里:对于音乐剧《莫扎特》年底将去上海的演出,我并不想用"期待"这个词,因为"期待"太具有强迫性,我更加想用"希望"这个词语,希望观众们能够喜欢这部音乐剧,希望能够受到中国观众的欢迎!前年十二月音乐剧《伊丽莎白》在上海演出,观众感到很兴奋,我也去了,我亲身感受到了来自中国观众的热情,通过观众的表现我能感受到他们知道舞台上发生着什么,他们很准确地知道戏剧的行进,他们非常集中注意力,随着剧中的人物往前走,与剧中人同悲共喜,这也是我的一个很大的希望,希望《莫扎特》也能受到观众的欢迎。奥地利驻上海领事馆的领事跟我说,如果音乐剧《莫扎特》来华的话,一定也会获得巨大成功,这一点我确信无疑!因为中国的观众是有很高的文化素质和底蕴的,他们懂戏剧,懂音乐剧,所以希望这一次音乐剧《莫扎特》的上海之行能够成功,也希望能去到中国的其他城市,这是一件很激动人心的事情,因为每个城市都是不同的,是非常好的经历,向他们展示我们是怎么构思和创作音乐剧的。

梁:一部音乐剧作品想要具有更广泛的影响力,除了靠演出本身来介绍给观众之外同时也需要有很多专业的演员来学习、表演、推广,中国的演员非常想演唱您的这些音乐剧唱段,但是很难买到谱子,所以他们想方设法靠听力来"扒谱",现在好多主要唱段已经"扒出来"了,这对他们来说是非常需要的,前几天我在道布灵格乐谱店里看到您的作品已经有原版的谱子出版了,这实在是太好了!里维先生,您认为您要求演员在唱您的作品时,应该完全按照谱子唱还是允许他们有一些自由发挥的空间?我本人也是曾经因为没有谱子而不得不靠听力学唱您的作品,我想等我们中国音乐剧演员准备好了一定请您来中国指导!

里:太好了,我十分鼓励大家来唱我的作品,我很开心,我们创作者费那么大的心血创作的作品当然希望有更多的人接触、知道,也希望有更多优秀的人能把它们唱好!我觉得梁先生您应该整理、编译一本我的"标准曲谱集"，然后翻译成中文提供给中国的音乐剧演员学习和演唱，您对这些作品有不一样的情感，而且您又在这里工作了这么久，所以这个工作我认为是需要您去做的！准确的谱子才能准确地演唱嘛！当然演员或学生们在唱我的作品时我希望能够按照谱子走，因为我和米歇尔把所有戏剧的要求都写在了谱面上，所以希望尽量按照准确的谱面来唱，当掌握了准确的演唱之后，在原有谱面的基础上可以有所创作和发挥，但不要太出边，绝不能离开人物，不能当歌曲来唱，这是戏剧，是人物的唱段！

梁：好，我回去就着手来做这个工作！我喜欢德奥系音乐剧，所以对《伊丽莎白》《莱拜卡》《玛丽·安东奈特》也是十分关注，我认为它们与《莫扎特》一起构成您的音乐剧"四大名著"，您简单地介绍一下这四部剧您不同的创作理解与创作感想，好吗？

里：《伊丽莎白》《莱拜卡》《玛丽·安东奈特》《莫扎特》这四部作品从创作的角度来说工作过程是很相似的，每次不同的地方在于故事不同、人物不同、生活环境不同，我在作曲之前一定要融入这个角色去体会他的感情和心灵，体会他的生活和思考方式，融入当时生活的年代和地理位置，深深地、细细地体会和感受，等感觉明显与深刻之后，我才开始作曲，这是给予我音乐感觉很重要的一部分。每次创作的时候我都会很严格地去感受和构思人物当时的状况，尽量做到音乐和戏剧的统一、和谐。我与米歇尔的合作过程中有一个很重要的理念，就是我们坚持以观众为中心，我们时刻想着观众的感受。因为我们创作音乐剧不是为了自己，而是写给观众的，所以我创作的时候想着每一个唱段、每一场戏都要考虑观众的观剧体验，要让观众接受才行，这是很重要的。观众来剧场，是一个被戏剧艺术"绑架"的过程，我们带着观众"离开"现实世界两小时。观众总是会希望把自己当成剧中的某一个人物，根据他们的经历，如果和他们自己感受是一样的或者类似的，那么这样就很容易产生共鸣，这样观众可以带着从剧场中获得的感情入梦、入生活，给他们的生活增添力量，鼓励他们，温暖他们，这是我们做音乐剧的宗旨，我们要把那些正能量的信息传达给观众,所以观众的因素对于我们创作来说是起决定性作用的。

梁:您的每部作品当中都有非常脍炙人口的二重唱,有的赞美爱情,有的期待爱情,有的对爱情绝望,在音乐的创作中您都能找到恰当的气质和音符来描述和勾勒,例如《莫扎特》中的 *Dich kennen heisst dich lieben*,《伊丽莎白》中的 *Boote in der nacht*,《莱拜卡》中的 *Jenseits der nacht*,《玛丽·安东奈特》中的 *Gefuhl und verstand*,这四个唱段是非常具有代表性的四个重唱,气质与风格完全不一样,当然这很大程度在于人物和戏剧的区别,您是从不同角度来诠释的,但是他们中间有一个特性,就是这些音乐旋律十分入心,音乐本身的力量容易先入为主地感染到人,在演唱的时候容易带出一丝"悲凉"的感觉,会不会这并非是您的创作本意?所以在演唱的时候是否应该要尽量"走出来"一点,让语言、旋律和人声三者更独立一些?

里:梁先生您的这个问题说明了您对这些作品真的是非常了解,您走进了我的音乐!您所提到的《伊丽莎白》和《莫扎特》的两个重唱处于完全不同的戏剧环境,比如《伊丽莎白》的二重唱我用同样的旋律写了两个不同的呈现,在第一幕的时候,伊丽莎白和约瑟夫皇帝正在热恋之中,所以一样的旋律我给予她们温暖的、希望的配器与设计,歌词也是温润无比,但是这份爱情随着时间流逝逐渐淡漠,所以结尾处最后的同样主题旋律再现,我却给予了另外的配器与设计,哀叹了人生的无奈,十分悲凉,虽然前后是同样的旋律,但是是不一样的音乐效果和力量。《莫扎特》中的二重唱是另外一种爱,更富有戏剧性,与《伊丽莎白》是完全不一样的,到最后莫扎特也是经历着一种毁灭性的爱,所以音乐给予摇滚力量更多,《莫扎特》的唱段也展现了悲凉、忧伤、无奈的气质,但是,《伊丽莎白》《莱拜卡》《安东奈特》之间男女主角的爱情是一直受到死亡的威胁的,所以更有戏剧性的冲击,层次会更丰富。但不论怎样,旋律一定要美,要在美的音乐里演出戏剧性,同时又要让观众在美的音乐中感受到忧伤和悲凉的戏剧气质,不能因为旋律好了而影响戏剧性,这是很重要的。同时,在演出过程中乐队不能只是在展示旋律，演员也是，不能利用好的旋律只是来展现自己的唱功，而是一定要深入地去表现戏剧，去刻画人物，塑造角色，因为这是音乐剧，是二重唱，需要戏剧交流，使舞台上的所有因素一起推进戏剧发展，此起彼伏。当然了，我还是要强调，旋律的好听是很重要的！观众需要这个，用好听的音乐给他们深刻的第一印象，我和米歇尔这么多年也发现，这么多年过去了，有很多人看了很多遍，他们说每一遍都有很多值得品味和消化的地方，这是很难得的，我们自己也经常看、不断地看，每次看也都有不同的体会，回想当时的创作是美妙的，当然在一定的范围内我们也是经常调整和修改的。

梁：是啊，我就是被您的旋律吸引，一步步走进您的音乐世界里，去体味那些角色的人生。

里：我觉得您已经走得很深了，我很感动，今天是我第一次与这么了解我作品的中国朋友做如此真诚、深入的交流！对了，王先生告诉我您会唱 Gold von den sternen，这样我们合作一次吧！我给你弹伴奏，你唱什么调？

我和里维大师起身走向对面的贝森朵夫大钢琴边，在大师的伴奏之下，我为他演唱了选自音乐剧《莫扎特》的主题唱段《黄金之星》，大师的爱人莫妮卡女士也坐下来看我们合作，我觉得这个过程是如此地美妙与享受，这次合作终身难忘啊！唱毕，里维先生起身拥抱我，他十分高兴听到中国的音乐剧演员演唱了他的作品，并且语言、音乐等都完成得比较完整，他表扬了一番之后最终说了一句：梁，你有一个好肺！让这个好肺给你带去更多的、更美妙的艺术享受！

最令我兴奋的是大师从柜子里取下一套作品集赠送给我，并在每本谱子上都签了名，鼓励我回去翻译好，再介绍给中国的音乐剧演员来演唱！捧着这些珍贵的谱子我们合影留念，莫妮卡夫人给我们端上了亲自煮的来自"美泉宫"的茜茜公主咖啡，她说，这些杯皿都是皇宫的御用品，是非常珍贵难得的,希望喝下这杯咖啡能够给我的音乐剧事业带来好运,我感动不已!

大师夫妇在皇宫里过着与世无争的生活,徜徉在音乐艺术的世界里,这样的生活真是让人羡慕与向往,他们是如此的平易近人,这给我们晚辈带来无比的鼓舞和温暖!

离别了,大师夫妇二人把我们从专用通道送出皇宫,路上看见熙熙攘攘排队进入皇宫参观的游客,我顿时觉得自己好幸运啊,这既是里维先生与莫妮卡太太的热情,更是伊丽莎白女王感受到了来自中国的一份真诚与崇敬,所以才会让我得以有今天这个可以走进"美泉宫"、走近伊丽莎白的机会,我应该为我所爱的德奥系音乐剧做更多的工作,让更多的人来接触、熟知这些作品,因为这些作品里面有无限的美好与感动!

走出伟大的"美泉宫"的宫门,我转身回眸一望,金灿灿的阳光犹如黄金一般洒在"美泉宫"的身上,我脑海里顿时响起了里维先生的音乐,是那样深情和美丽!

再见了"美泉宫",再见了茜茜公主!里维先生,一定会再见!

与维也纳人民歌剧院总裁罗伯特·梅耶尔谈表演与管理

此次我来维也纳挂职工作的单位是维也纳人民歌剧院(Volksoper Wien),在这座古老的剧院里我如饥似渴地学习着他们的管理经验,在人事主管伊萨贝拉·乌尔班(Isabella Urban)女士的安排和帮助下,我专访了剧院的总裁、艺术总监罗伯特·梅耶尔(Roberto Mayer)先生。

在剧院工作的日子里我几乎每天都可以在不同的地方看到罗伯特总裁的身影,或在行政楼,或在排练厅,或在剧场,或在票房,或在电梯,或在食堂,总之感觉他每天都在单位,每天都能碰到他。罗伯特总裁是戏剧表演艺术家出身，他在繁忙的行政事务工作之余还保持着每年大量的音乐戏剧的演出工作。我当时在杭州剧院的工作性质有些类似罗伯特总裁，一边是担任杭州剧院艺术总监，管理着一个音乐剧剧团和剧院的艺术制作中心，一边要演出音乐剧《简·爱》等，所以我一直想与罗伯特总裁好好聊聊，向他取经，如何既能完成好行政工作，同时又能不耽误自己的舞台梦想。

根据视频记录，我与罗伯特·梅耶尔总裁访谈的文字整理全文如下。

梁：尊敬的罗伯特·梅耶尔总裁，下午好！首先非常感谢您在晚上要演出音乐剧《唐吉诃德》的情况下还抽出一个半小时的宝贵时间来接受我的采访！

罗：伊萨贝拉告诉我您想采访我的时候，我就直接告诉她采访就安排在演《唐吉诃德》的当天下午，因为晚上要演出，所以下午我可以不用在进进出出的秘书送来的文件上签字，这样我们可以安静地好好聊聊。

梁：原来如此，特别感谢罗伯特总裁的精心安排！在采访之前我还是想代表中国对外文化交流协会、中国国家艺术基金会以及我的工作单位杭州剧院，真诚地感谢维也纳人民歌剧院对"2015 年中国艺术专业与管理人才国际交流项目"的大力支持！感谢人民歌剧院如此坦诚、大气地接纳了我，并给予我工作和学习的机会，非常感谢！

罗：梁总监，您客气了！当我收到这个交流项目的报告时我十分高兴，奥中两国的文化艺术事业能够通过阁下您做一些交流和往来，这是非常有意义的一项工作，两个多月来我们经常见面，但是一直没有坐下来好好聊聊，您在维也纳这些日子还好吗？收获怎样？

梁：总裁先生，我在维也纳度过了非常美好的时光，我观看了许多品质优异的舞台剧目，欣赏了许多积淀深厚的美术作品，聆听了许多悦耳动人的音乐，游览了许多震撼美妙的名胜古迹，这都将是我艺术生命中极其珍贵的组成部分和难忘的回忆。在本次维也纳之旅接近尾声之际，我有一些在工作中和观摩中遇到的问题和思考想请教总裁先生，回中国以后我计划结合我在人民歌剧院的实习总结报告，将其整理形成若干篇文章并发表，向中国的读者与同行传递、介绍咱们维也纳人民歌剧院先进的运营经验。

罗：这太好了！那我们开始吧！

梁：尊敬的罗伯特·梅耶尔总裁先生，您是什么时候开始接掌维也纳人民歌剧院的？在您接掌剧院之后，人民歌剧院较之前的状况有了哪些方面的显著发展与变化？

罗：我是于2007年4月开始正式任职维也纳人民歌剧院的总裁兼艺术总监的，时光飞逝啊，我掌管和运行这座百年老剧院已将近十年了，你看我的头发都花白了。在我过来之前人民歌剧院的经济效益和社会效益都不是很理想，所以政府总是在不停地更换老总，但是这么频繁地更替领导是非常影响剧院团队的运行和工作状态的。我自己是演员和歌手出身，早在1974年我就在维也纳城堡剧院开始了我的职业表演生涯，演了33年，在人民歌剧院发展的转型期间，职能部门的领导希望能够找到一个从事行业工作久一点的，能够在这个职位上待得久一点的人来出任总裁和艺术总监，以此来稳定剧院、发展剧院，希望新的总裁与艺术总监在芭蕾舞剧、歌剧、音乐剧、轻歌剧的项目经营上能够改变目前的面貌，取得经济效益和社会效益双赢。他们找了很久，最终找到了我，我对人民歌剧院也是非常熟悉的，所以我就答应了，这一做就做到了现在！现在的人民歌剧院相比较过去的情况应该说已经有了非常大的发展了，我们无论是演出季的设置还是剧院内部管理的顶层设计上都有了新的模式和经验，我们保留了之前好的经验，摒弃了过时了的旧理念、旧思想，走了"创新戏剧、创新剧场"的路子，也取得了一定范围的认可。这不，梁总监您从中国那么大老远也赶来我们剧院学习和工作，所以说剧院是进行了很大程度的创新发展了！

梁：是的，正是因为人民歌剧院有着强大的国际影响力，所以我国政府才派我前来学习，并且这两个多月来我也确实学到了很多很多的知识和技能！

罗：我听您这么说，感觉特别欣慰，希望这些对您与您的剧院有帮助！

梁：一定会的！罗伯特先生，我曾观看过您的音乐剧《唐吉诃德》（*Don Quixote*），您既是一名伟大的艺术家、歌唱家、演员，同时又是一名剧院高层行政管理者，您是如何理解这几个截然不同的身份的？

罗：我在剧院虽然任职总裁，但是我从来都没有想过要离开舞台，也从来没有想要停止自己的演艺生涯！我不会放弃我钟爱一生的表演和歌唱事业，我一直都是尽最大的努力来平衡好、安排好行政管理与表演的工作。我知道梁总监也是一名管理者兼演员，当然您比我年轻多了，您更加要坚持自己的舞台梦想，决不能因繁复的行政工作放弃自己钟爱的表演和歌唱事业！你看我现在已六十多岁了，但我每年都要坚持演几十部音乐剧，目的就是要时刻提醒自己是个艺术家，总裁谁都可以来做，但艺术家不是，只有艺术才是永恒的，如果总裁的权利与地位和舞台表演只能二选一的话，我一定是选择舞台的！只是我很幸运我同时有两个不同的身份，所以我可以有更加丰富的人生体验。

梁：总裁您说得太对了，我和您的体会一样，首先一定要坚持自己是艺术家的身份，曾经我在最困难的时候也都一直坚持着舞台，坚持着音乐剧的表演，我特别喜欢和享受在演出结束之后观众给予掌声的那种被认可了的激动。

罗：是的，这是非常珍贵的，上帝赋予我们这样的能力和条件，我们就一定要奉献出去，要分享出去，不然辜负了上帝那是要受到惩罚的！

梁：谨记罗伯特前辈的教诲！

罗：你知道吗，其实在学习表演之前我有学过一些商务课程，所以我对于商业运营有一定的基础，并且在处理相关事务时比较谨慎、仔细，在经营剧院的过程中也是精打细算，严格监控，我与我们剧院的财政总监克里斯托弗合作得很默契。

梁：原来如此，商务课程确实对做剧院的行政领导有很大的帮助！对了，我看到楼下公告栏中《唐吉诃德》和《国会舞蹈》的海报上写着这两部剧您都是总导演，您演而优则导，同时也是仕而优则导！

罗：哈哈，"优"倒不能算，你知道的，在这个星期之前我的工作时间很紧张，有几次重要的会议我都没有时间参加，因为我一直在排练音乐剧《唐吉诃德》和《国会舞蹈》，我们之前的导演生病了，短时间无法回来工作，而此时剧目的宣传、票务等都已经启动，等不了了，实在没有办法，观众早都已经买了票，是不能说取消演出或推迟演出的，我们一下子也无法临时请到新的导演来主持排练工作，所以我只好自己来导了。

梁：是啊，您是最大领导，自然担负着全部的责任，就怕这样的突发状况，所以您只好是一个"救火队员"了，哪里需要去哪里！这一点我也深有同感！

罗：是啊，您形容得很准确，就是"救火队员"的性质，您是制作人，应该更加感同身受吧！

梁：是的，我也曾在自己的那些音乐剧中担任各种"救火队员"，没有办法，必须保证演出第一，必须保证观众能看到最完美的演出！总裁先生，在这个演出季中，您又在演出音乐剧《唐吉诃德》和轻歌剧《蝙蝠》（*Die Fledermaus*），请简单介绍一下这两部您的代表作吧！

罗：音乐剧《唐吉诃德》和轻歌剧《蝙蝠》是我个人非常喜欢的两部作品，每个演出季我都会演，尤其是轻歌剧《蝙蝠》，这是我们剧院的"镇院大剧"，是我来剧院之后打造的。我认为一个剧院一定要有几部自己的"代表大戏"，《蝙蝠》就是其中之一，不管什么时候，只要演出就火爆至极，演出票非常难买。施特劳斯的轻歌剧《蝙蝠》是传统的维也纳轻歌剧，非常著名，我演的这个角色不是最大的角色，但是非常关键，这样的角色是维也纳轻歌剧中必备的，专门用来幽默、搞笑、逗乐和转换气氛的，为了让观众开心，我们会特意设计一些表演上的细节，给观众带来快乐，比如一个晚上都没有挂上去的那顶帽子终于在最后挂上去了，比如为了拖延时间，在日历中增加了12月32日这一天，当演员演到这里，翻到32日这一页日历，结合剧情是非常好玩儿的，往往大家是哄堂大笑，这些都是故意设计成这样的。其实维也纳的观众们对这部剧已是十分熟悉了，而且这些笑点与设计他们早就烂熟于心，但是他们就是喜欢看，所以我们作为演出者也尽量要在能力范围内将每一次的笑点都当成第一次表演一样，给观众带去新鲜感，这个非常难。音乐剧《堂吉诃德》改编自西班牙著名作家塞万提斯的世界名著，这部剧设计得非常有意思，是作者走进自己书中的世界，自己与自己笔下人物之间产生的各种纠葛与情感，非常有创意，而那部天梯也成为主要道具，非常有冲击力，我个人十分喜欢演这部剧，这部剧对唱的能力和演的能力要求更高，如此一来我就可以保持我的技术了，这部音乐剧在制作上来说也是非常精致的一个作品，音乐很美妙，语言很丰富，台词设计得非常聪明。

梁：您是如何理解《唐吉诃德》中您扮演的"唐吉诃德"这个角色的？

罗："堂吉诃德"是一个理想主义者，一切都按自己的描写与想象走，但是现实又不是这么理想的，所以让人觉得这个角色有些凄凉，他在做一个永远实现不了的梦，这也是"塞万提斯"的内心世界。在剧中我饰演了三个角色，这三个角色集合在一个演员身上也是一个挑战。让我特别高兴的是舞台的布景非常创意，非常直观，比较空旷，并没有绚丽复杂的设计，乐队首次安放在舞台的后面，和传统的演出倒过来，这样有助于让观众以最近距离看到、看清演员的表演，这个设计很有意思，观众入场时也是演员与观众一直在沟通和交流，这种哑剧的方式拉近氛围，我最喜欢的角色也是我演的这个"堂吉诃德"，这部作品相对于我们其他戏剧作品来说投资最少，但是是制作最精致的作品，效果很好。

梁：您最喜爱的作曲家是哪位？

罗：我最喜欢的作曲家之一是普契尼，其他也有很多作曲家都非常优秀，我都很喜欢，但尤为心醉普契尼，他是如此的抒情，如此的浪漫，他的音乐那样地美妙，又那样地戏剧性，我们演出季中我每年都会选择2～3部他的歌剧作品上演。

梁：我也是特别喜欢他，他是众多作曲家中相对"国际视野"最大的，他的作品既有日本的元素也有中国的元素，他的歌剧作品改编成音乐剧也是很多的，像由歌剧《蝴蝶夫人》创意而改编的音乐剧《西贡小姐》，由歌剧《艺术家的生涯》创意而改编的音乐剧《吉屋出租》，最近在韩国又有一部由歌剧《图兰朵》创意而改编的同名音乐剧《图兰朵》，他们把中国宫廷故事改成了一个来自神秘海底世界的爱情故事，剧中的核心思想就是说：没有比大海更深的爱恋！我觉得音乐剧从业者们对改编他的作品情有独钟一定是有道理的。

罗：非常对，普契尼的作品具有这样的气质和可能性！我也曾经做过一部很有意思的作品，叫音乐剧《唐豪赛》，这是一个80分钟的独幕剧，改编这个剧的编剧和作词奈斯托艾先生在每次维也纳上演瓦格纳歌剧之后都会编一个新剧来针对这个歌剧进行挖苦和讽刺，非常有创意。当我还在城堡剧院工作的时候，每当有空余时间我就会和4个音乐家一起研究新作品，终于把他们的这些讽刺挖苦的戏剧改编成了音乐剧，成为现在演出的这个独幕剧，并且在城堡剧院演了35场，我来到人民歌剧院之后，在人民歌剧院又演了15场，影响力很广，很有意思。我把所有的笑点在读透剧本之后都设计好了，在创作排练的时候放进去，但是不知道观众会是什么样的效果，后来经过实践，效果还不错，比如开场有8分钟，我跟着音乐做各种表演，观众一直在乐，这点特别难得，我喜欢看到观众喜欢我的表演的现象。

梁：听着就非常有意思，希望有机会能看到这个作品！

罗：不急不急，梁，我有礼物要送给你！这是刚才说的我那个音乐剧《唐豪赛》DVD，这是我的一本书，我给您签上字！

梁：哇，天哪，非常感谢！！

罗：当然了，这本书不是我写的，是一个维也纳的青年作家写的我，这个作家每次写30页左右就会拿稿子来给我看，进行修改调整删减，从我在城堡剧院工作一直跟着创作，前后进行了好几年，直到我来到人民歌剧院工作，这个作家跟随着我的调动后出版了这本书，现在已然成为一个在维也纳很有影响力的青年作家了。对了,梁,你看(他翻了有照片的其中一页),我有一个双胞胎的哥哥,他原来是警察,今年退休了,在家也经常组织表演,他非常热爱戏剧,常来看戏,我们从小就一起表演,但是哥哥没有从事戏剧,我从事了,非常有趣,我们很像吧!

梁:是的,非常像!对了,今年的演出季中有一部世界著名的音乐剧《音乐之声》,您是怎么会想到今年来推出这样一部经典音乐剧的?

罗:其实这是很奇怪的一个现象,音乐剧《音乐之声》在美国特别有名,但是奥地利却没有什么人知道,所以有些作品的影响力比较奇特,我个人是因为觉得这部作品非常有现实意义,之前我们就演过,所以今年作为经典剧目拿出来再演出一下,我们剧院每年都会有几部经典作品轮流上演的,我自己也要参加这部音乐剧的演出。

梁:您现在自己一年演出的场次大约平均在多少场?

罗:我每年上台坚持表演45场。

梁:这个场次不少啊,基本是一个职业演员的工作量,而您还有那么繁重的行政工作!

罗:是的,我一直这样要求自己,不能搞特殊化,40场演出是我们剧院一个职业演员必须完成的年工作量,加上两个月暑期,相当于在10个月里要演出40场,所以基本上是一周一场,必须保持这样的强度,否则我就老了,哈哈哈!

梁:哈哈哈,您真幽默,我真的是很钦佩您!

罗:梁,一定要坚守舞台,舞台才是我们的天堂,你也是,不论你接下来的生活与工作多么精彩或者多么糟糕,都不要影响你站在舞台上的决心!神与你在一起!

梁:我记住了,谢谢总裁先生,接下来是我今天采访的最后一个问题了,就是您在演出的当天,工作程序是怎样的?在您艺术工作当中,同时必须进行的行政工作您是怎么来安排或者授权的?或者随时调换身份角色两不误?

罗：如果在自己演出的当天，我会在 4 点半左右在办公室这个沙发上睡一个小时，助理会叫我起来，然后去化妆间准备化妆、演出，所以这个沙发很关键！演出的当天一样照常要处理其他很多繁杂的工作，这和平常的工作是一样，只不过是晚上回去晚一点，因为要卸妆。我对自己的团队要求很直接、很严格，我是德国人，成长在维也纳，所以我非常非常地严谨和死板，我要求我团队的人必须热爱、敬爱和尊重自己的职业，珍惜自己的职业，必须和我一样地热爱，这一点有些强迫症，没有办法，我是处女座。

梁：天啊，您也是处女座？非常"遗憾地"告诉您，我也是处女座！

罗：哈哈，来，我们拥抱一下，为了我们的音乐剧，为了我们的剧场！

梁：尊敬的罗伯特·梅耶尔总裁先生，非常感谢您在演出之前还接受我的采访，我再一次代表所有的方方面面感谢您！

罗：用你们中国的话来说，我们是有缘分的，希望你在这里学到的知识和技能能对你将来的工作有所帮助，如果是那样的话，我就十分欣慰了，也要祝福你在忙碌中坚守舞台，创造出更多的更好的角色和戏剧！我祝福你，孩子！

在拥抱中，罗伯特·梅耶尔总裁的助理进来提醒他要休息了，我们合影后就告别了，走出剧院我心里一直回荡着总裁先生的那句叮嘱："坚守舞台的梦想！"真的，我看到他在舞台上的表演，是如此地享受与醉心，是如此地热爱戏剧，热爱舞台，这一点对于我们年轻的后辈来说是十分激励的。我想我会向总裁先生学习，向他看齐，做好所有工作，坚守舞台，坚守中国原创音乐剧的梦想，不辜负所有关心我、爱护我的人们的期望！

我走过指环大道，准备简餐，晚上要观看总裁先生的表演！

随著名音乐剧教授普莱文·莫尔学习德语音乐剧的演唱

这些年来我一直有一个心愿——想恢复、提升自己的声乐演唱能力，所以这次来维也纳我想要找机会学习演唱一些经典的德语音乐剧唱段，我计划利用业余时间系统地了解、学习德语音乐剧的训练体系。在奥地利华裔音乐剧演员井坤小姐的帮助下，我顺利地进入了维也纳国立音乐与表演艺术大学音乐剧系普莱文·莫尔（Previn Moor）教授的班上，成为他的"编外"学生。

自从乌克兰基辅留学毕业回来以后我就一直在马不停蹄地演戏做戏、做戏演戏，在声乐演唱上一直都没有找老师修整与提升，在音乐剧《简·爱》巡演的后半期我已经深深地感觉到自己的声乐演唱技术到了一个瓶颈，急需精进，我想要上声乐课的渴望越来越强烈，那种想要"回炉修整"的心情与日俱增，但这个愿望因为各种工作的忙碌而一直搁浅。现阶段，虽然已不常在一线演唱，但是我对演唱技术技巧的探索仍然像学生时代一样着迷，我想提升自己的演唱技术，想演唱更多的作品！所以，还在筹备去维也纳的时候我就拜托了井坤小姐，请她务必帮我找到维也纳教音乐剧最棒的老师，井坤小姐理解了我的诉求后便力荐了普莱文·莫尔教授，普莱文是美籍黑人，出生于辛辛那提，年轻时常年在德国演出歌剧和音乐剧，由于膝盖的健康状况他不得不离开舞台改做声乐教育，近年来普莱文教授在音乐剧的教学上有着非常大的建树，他培养了一批批优秀的音乐剧演员，几年前他被维也纳国立音乐与表演艺术大学音乐剧系聘请为教授，于是他从德国搬来了维也纳。在维也纳，他是各大音乐剧剧组的特聘声乐指导，同时也是 VOLKSOPER 的客座音乐剧演员与艺术指导。

到达维也纳的第三天我就迫不及待地前往维也纳国立音乐与表演艺术大学拜访普莱文先生，当我推门进入他的琴房时，他起身拥抱，普莱文和我乌克兰的声乐教授一样，体态较胖，但是他们都长着一双会说话的眼睛！

可能是多年的舞台表演经历，我们坐在钢琴边的谈话仿佛就像是在戏剧情境中一样，普莱文的语言非常有语调感和节奏感，与他谈话就好比是在舞台上对话，后来他告诉我，他就是要让学生把和他在一起的课堂时间当作是在舞台上的工作时间，哪怕就是闲聊，也要用舞台的交流方式，这是训练演员重要的一步，要让演员无时无刻不处于戏剧的氛围之中，生活即舞台，舞台即生活！简单的寒暄之后，我们很快就切入正题，他让我唱了一些威尔第的咏叹调和拉赫玛尼诺夫的艺术歌曲来听听我现在的声音状况，我唱完之后他沉思了一下便指出：首先，声音的基本技术都在，就是用力过猛，现在是因为年轻有能量，如果年纪大了再这样唱就会累；其次，俄式的胸声太重、比例太大，头声的使用偏少，虽然听着十分戏剧性，但是在唱抒情和唯美的旋律时明显感觉不那么游刃有余；最后，在作品的演唱过程中很多时候词的表达更多于音乐的表达，比例协调性、整体音色的层次性、设计性都还有待商榷。普莱文几乎一下子指出了我演唱的要害，因为我现在的技术是十几年前学的，在从事音乐剧职业表演之后我是在实践中自行摸索和调整的，并没有去老师那里继续修整和精进，所以我那些用了十几年的技术真的到了急需调整的时候了！事实上，经过这些年，我的声音理念、演唱观念都发生了很大的变化，但是意识尚没有影响到行为，我还是按照老方法在唱，所以我很期待普莱文对我的演唱技术进行修整。

　　针对我的演唱发力过猛和用力过重的问题，普莱文"强制性"地要求我唱弱声，一条一条地唱，反反复复地在每一个调上去磨合声音的柔和性、沉稳性，他十分强调清辅音、浊辅音与各个元音之间的搭配组合，经常让我练习一些以前不常练的K，G，T，D等辅音去搭配A，E，I，O，U五个元音，由于音量减小，我就可以留出更多的注意力去注意呼吸的支撑与声带的运动，我的确发现一个严重的问题：长久以来我只是用大体量和大力量地唱，没有去关注呼吸的支撑和声带的运动，属于强制性地发声，这次经普莱文的调整之后，一下子发现了自己还可以有那么多丰富的力度层次和色彩种类。

针对我胸声过浓的问题，普莱文要求我调整声音集中点的位置和共鸣的位置，这个部分的修整有些困难，在尝试过程中还不由自主地有着一定的"对抗"，因为我的"胸声"是我自以为"骄傲"的部分，也是所谓声乐"血统"的象征，让我放下胸声另换渠道这从意识上让我一下子难以转变。普莱文到底是一位非常耐心且教学经验丰富的教授，他发现了我的"固执"和"执拗"，于是他请来钢伴伴奏，现场给我演唱了两首德语音乐剧的唱段，一个是《一切为了莎拉》，一个是《无尽的贪婪》，这两个唱段同选自经典德语系音乐剧《吸血鬼之舞》。是德语系音乐剧的代表性唱段，但我一直没有近距离地听人现场唱过，普莱文的示范让我震惊，居然有如此动人的旋律，有如此美妙的德式语音，这一下子激起了我的演唱欲望，我忙问普莱文是否可以教我唱这两首作品，他答应了，马上把谱子复印了给我，他建议我跟着伴奏先不要唱词，先用元音来"通"一遍旋律。我选择了O元音，一张嘴的刹那间我就感觉这个位置怎么那么高，我好像从未以这个声区为主声区来演唱过，但是架不住旋律迷人啊，我费劲白咧地通唱了一遍下来，忽然发现，如果要唱此类作品，那我的发声位置实在太低了，卡在中间，我以为是元音的问题，我又尝试着用德文来通唱一遍，唱完后发现还是这个问题，甚至用德语演唱更加难以发音，我很困惑自己为什么不能轻松驾驭、为什么唱不上去，但我又那么喜欢这两个作品，此时普莱文跟我讲："梁，就是因为你牢牢拴住了你的胸声，所以你的力量全部集中在下面，扯住了喉器、扯住了呼吸，音高和旋律不断上升，而你呼吸那么重，中间又牢牢扯住，光靠口腔的力量是不能够真正把德语的语音清晰地表达出来的，所以如果你想唱好此类德语音乐剧作品，那么你就一定要学会灵活更换声音的发力点和共鸣位置，并且熟练掌握德语发音，让语音不要成为负担而影响了音色。"听了普莱文的话我茅塞顿开，其实问题一直都在，只不过我以前用俄语或乌语演唱的为多，而且俄乌声乐作品也多以中声区为主，所以没有明显地发现这个问题。而德语与俄语是完全不一样的发音方式，甚至是背道而驰的发音方法，作品也是完全不同的气质,所以一种风格就要有一种发声,这次我是真正体会到了!

普莱文就以《一切为了莎拉》和《无尽的贪欲》开启了我德语音乐剧唱段的训练,我一遍遍调整技术、磨合语言,从字典里查出了每一个单词的意思,分析出曲式上的各种要求,划分好乐句,设计好呼吸,慢慢地调整,慢慢地寻找头声,慢慢地疏通发声通道,变"强制性"为"自主性",逐步逐步地我便能完成下来了,一段时间以后我再回头去听录音我感觉我的声音有了很大的变化,普莱文告诉我:"这样的声音更舒服、更自然,毕竟你不是老人,所以苍老的音色只是做出来的,而现在这种柔和的声音才是你这个年龄应该有的声音。"我非常赞同他的观点,的确,要更改这么多年的习惯确实不易,但是改了以后找到了新的东西,这是十分欣慰的。课堂上,普莱文一遍遍地示范着,摆声音,放位置,我十分钦佩他能够把较难的演唱技术技巧简化成浅显易懂的一、二、三、四点。另外,他自己的演唱曲目之广泛也是让我望其项背,尤其是他对于德语系音乐剧的熟悉让我赞叹不已!他告诉我,他以前是演员,所以演唱了大量的作品,做了教授以后他更加大量地去接触和学习作品,他说做演员自己管自己就行,但做了教授,就一定要为学生着想,学生想唱的作品不管是男声、女声、独唱、重唱,作为老师的就一定要会唱,并且还要唱得好,不然怎么去指导学生?!他的这番话语让我十分感动和鼓舞,我想假如有一天我也去做了老师,我一定要像普莱文教授那样专业和职业,为什么世界上那么多的音乐剧演员都来维也纳找他学习,我想与他的这种专业性、严谨性和权威性是分不开的。

《无尽的贪欲》是我跟随普莱文教授学习的14首作品当中难度最大的一个唱段,也是最能发挥我演唱长处的作品,唱完全曲时长约7分钟,由标准的宣叙部分与咏叹部分组成,大量的音都在升F上,所以学习这个作品对我拓展演唱能力有极大的帮助,它不仅磨炼了我的高音区,也重新修饰了我沉重的中声区,这样结合,用德语娓娓唱来从声音上来说是自然的,能够让人接受的。其次,这首作品的思想性和文学性也非常扎实,我常说德语系音乐剧最大的魅力之一就是它的"诗哲性",它不是浅层表象的娱乐,而是用最深刻的诗化意象和哲学思维来创意和构建作品的文学基础,我将《无尽的贪欲》翻译如下,与大家分享。

"长夜漫漫,星辰不见,月儿藏起容颜,畏惧与我见面。世间全无光线,希望放弃虚幻,唯有四周的寂静投射着我心中无尽的黑暗。1617年夏日的晚上,月黑风高,稻田里一片金黄,我们躺在絮语的草地上,她温柔的小手轻轻地搭在我的身上,但她不知我已是诅咒之躯,我以为我能够克制自己,但不行。就在那一天,这一切最终觉醒,她死在了我的怀里,不论何时,我都想紧紧抓住生命,叹息手中只能留下空虚,我渴望化作一团火焰烧成灰烬,却从不曾燃起,我想飞上天际,却总是跌入深深的空虚,我想要变成天使甚至恶魔都行,可惜永远就只是一条贱命,我总也抓不住自己想要的东西,我只渴求片刻幸福,哪怕只是一瞬息,却永生承受不幸!一切希望皆成幻影,唯有饥饿永世不停,终有一天,当末日来临,凡人也消失灭尽,世间只剩下荒芜的尽头和无法满足的贪欲,留下的只有无尽的空虚和无法满足的贪欲;1730年五月节的那个夜里,牧师之女将我邀请,在她洁白的身躯之上,我用她心脏的鲜血写满诗句;1830年我在城堡门前盈盈站立,拿破仑皇帝的侍卫正值年轻,他的哀号也没能让我动心,我无法原谅自己,我总是想要去抓住生命,却总是将一切毁尽,想要看清世界,想要把一切洞悉,我却从来看不清自己。想解脱,想无束无羁,却总有锁链将我锁紧,我想做圣贤,却留下万古骂名,我永远只是这条贱命,撒谎、卑鄙、永远毁灭所爱的东西。人们说,终有一天幸福会来临,所以才会忍着不幸,我只求一次的满意,但饥饿却永不停息,有人相信人性,有人相信名利,有人相信艺术和科技,有人相信爱情和勇气,世人相信着不同的神灵,相信征兆和奇迹,相信天堂和地狱,相信罪行和道义,相信祈祷和圣经,最终,将我们全部奴役的却是那该死的、永无止境的、毁天灭地的、将灵魂耗尽的永远不能满足的贪欲!人们,我在这里希冀,在下一个千年到来之际,每一个人唯一的上帝,不再是那无尽的贪欲!"

普莱文每周给我上三堂课，所以累积下来收获颇丰。我想将来有机会还要去维也纳向他求教，他的声音训练体系和戏剧文学修养都是让我钦佩的。我想有机会的话也邀请他来到中国，帮助中国的音乐剧演员们建立起新的技术技巧和职业能力。在我要离开维也纳的最后一堂课上，我为他演唱了全部的 14 首作品，真的这只是一个开始，等待我的音乐剧声乐探索之路将更为艰辛，我想有了源自艺术本体最根本的兴趣与激情，一定会有不停向前努力的动力！

漫步街头·爱上维也纳

维也纳的美景真的是美得醉人，在任何时间都是移步即景，很庆幸我住在维也纳的城中心，能够经常步行于老城中，感受这座艺术之城的无限魅力。从住处对面的感恩大教堂出发，有两条线路是我经常会去步行的：一条是沿着环形大道，我可以一路步行经过维也纳大学、维也纳市政厅、城堡剧院、奥地利国会大厦、人民公园、莫扎特雕像、维也纳国立艺术馆、维也纳国立自然博物馆、玛丽亚·特蕾西娅广场、维也纳国家歌剧院、卡尔大教堂、黑山广场、维也纳金色大厅、城市公园直至施特劳斯金身像等；另一条是沿着绅士街或弗莱永街，我可以一路经过中央咖啡馆、茜茜公主行宫、霍夫堡皇宫、安霍夫教堂、米歇尔广场、商业步行街，最后直至斯蒂凡大教堂。我几乎隔一两天都要去一下这些地方，生怕浪费了在维也纳的时光。

在工作日，我或坐有轨电车，或步行穿梭于国家歌剧院、人民歌剧院与酒店之间，一路欣赏街景，目睹着维也纳人不慌不忙的平静生活。下班时我经常坐"空车"，从人民歌剧院站出发，随意坐在车上任由它行驶一圈又一圈，在车上可以舒舒服服地发呆、放空大脑，这是我缓解工作疲惫的一个方式。我经常发现和我一样周而复始坐"空车"的人不在少数，大多数应该是旅行者，大家买了通票随便坐，可以一遍又一遍地享受维也纳的美景，也许这就是所谓的"车览"吧。

在维也纳的美好回忆犹如繁星点点，记忆中美好的去处也是数不胜数，但我印象最为深刻的是维也纳独有的三个店：一家乐谱店、一家咖啡馆和一家卖蛋糕的咖啡店。

（一）道布灵格乐谱店

道布灵格乐谱店（Musikhaus Doblinger）位于维也纳市中心的Dorotheergasse步行街上，这是目前世界上尚在正常经营的最老、最大、最权威、最专业的乐谱店了，从乐谱、CD、DVD到各类音乐书籍应有尽有，特别值得一提的是，只要是在欧洲乐坛上有一点点影响力的作曲家或音乐家都可以在这里寻找到他们几乎全部版本的艺术资料，这一点让我十分兴奋。

我有一个嗜好，喜欢收集自己所喜爱的声乐作品的各种版本的乐谱，在维也纳的日子里我几乎每周都会在乐谱店泡上一整天，一方面看看有什么新资料，一方面就是在乐谱的海洋里淘宝，生怕遗漏了一些宝贝。道布灵格乐谱店的营业员都是音乐专业出身的，且不说有名有姓的作品他们可以迅速在大脑中检索，然后半分钟之内找到存放的书柜和格子，就连记不住名字只能够哼出旋律或者只记得其他一些细微信息的很多作品他们都可以在判断之后找到。在忙碌的时候，营业员一般只会帮忙找出所要作品的其中某一个版本，如果是在不忙碌的时候，他们就会找出若干个版本来对比、分析、评论，非常专业！其中有一位营业员叫克里斯托弗，他是维也纳音乐学院音乐学的博士，他学识非常渊博，每次找他买谱子就像是上了一堂音乐史的课，他告诉我他很热爱这份工作，他很乐意向知音们推荐他们所钟爱的乐谱，他说每当看到乐友们在他的帮助下找到自己钟意的谱子后脸上洋溢出满意的笑容之时，他就会觉得十分满足和欣慰，他希望每一页谱子都能够被真正爱他的人带走！在克里斯托弗的帮助下，我找到了许多非常珍贵的轻歌剧谱子，还有各类名曲男中音版本的谱等，收获良多，十分满足。

（二）哈韦尔卡咖啡馆

哈韦尔卡咖啡馆（Cafe Hawelka）位于道布灵格乐谱店的十米开外处，是维也纳众多咖啡店中最具有人文气息的一家，一桌一椅、一字一画、一盘一匙都印记着往日的情怀。哈韦尔卡咖啡馆的名气实在太响亮了，以至于让很多来到维也纳的人都不得不在小巷子里弯来绕去地寻找她的踪迹。这家已经登上无数报纸杂志的咖啡馆也曾经是著名作家亨利·米勒最爱的咖啡馆。在烟雾与香味缭绕的屋子里，她散发着维也纳老咖啡馆特有的一种韵味儿。

哈韦尔卡咖啡馆的门是内收的，只在入口处两边的墙上分别挂了块写着"Café Leopold Hawelka"的牌子，显得非常朴素。倒是在她边上其他两家现代酒吧的灯闪亮到晃眼，这些眼花缭乱的景象反而为这家咖啡馆平添了几分神秘。我推开不那么大的一扇门，走进只有二十几平方米大小的咖啡馆，灯光昏暗且撩人，一桌紧挨着一桌，坐得满满当当的，给人造成一种错觉，仿佛踏入了"二战"时期的那个维也纳旧时光。

这家咖啡店是朋友力荐的，因为这里有一个非常动人的故事。早在1939年，利奥波德·哈韦尔卡（Leopold Hawelka）和他的太太约瑟菲娜·哈韦尔卡（Josefine Hawelka）创建了这家咖啡馆。他们之前是于1936年在贝克街经营老维也纳咖啡馆，三年之后的5月份接手了Dorotheergasse步行街的路德维希咖啡馆并将其更名为"哈韦尔卡咖啡馆"。那年正值"二战"爆发，咖啡馆直到1945年秋天才重新正式开放。战后的维也纳又回到了安谧的生活环境中，咖啡馆再次成为这座城市中一个个小小的驿站，同时也是当时作家、评论家、戏剧家、演员、音乐家们交际的地方。伴随着咖啡的浓郁香味，他们不断涌现出新的思潮，哈韦尔卡咖啡馆在20

世纪50年代一度成为艺术家们聚集的中心地。当时的艺术家们都非常穷，没有很多钱，有的甚至买不起咖啡，但是善良可爱的哈韦尔卡夫妇定下了一条规定：生活拮据的艺术家们可以拿自己的字画作品来"抵押赊账"，等待自己有支付能力的时候再"赎"回去！这样一来很多贫穷的艺术家就拿着自己的字画来"赊账"，他们的作品挂满了整间咖啡馆，有些作品是艺术家专门"献给哈韦尔卡咖啡馆"的，这对老夫妇就是用这样的方式尽自己最大的努力来支持这些艺术家们。当时这些年青的艺术家们之中不乏有一些日后成为功成名就的大艺术家，但是他们从来也没有来"赎"自己的作品，因为在他们最困难的时候是哈韦尔卡老夫妇们的咖啡与蛋糕填充了他们的饥肠辘辘，这种情感是超越了一切的，他们中间有些艺术家在成名之后仍然用自己价值连城的作品来"赊账"，他们想以此来镌刻对哈韦尔卡这对老夫妇的一种崇敬与敬仰之心。

　　哈韦尔卡咖啡馆的受欢迎程度愈来愈高，成为维也纳人生活中不可或缺的重要部分，顾客们亲切地把老板和老板娘称作为哈韦尔卡老爹和哈韦尔卡夫人。以前咖啡馆基本是24小时营业，老爹负责日班，夫人负责晚班，这样的习惯在2005年3月22日随着哈韦尔卡夫人的去世而终止，而哈韦尔卡老爹一直在去世之前都仍然坚持在咖啡馆门口迎客。在哈韦尔卡咖啡馆里有一种特色松糕（Buchteln），这是哈韦尔卡夫人用"独家秘方"烘焙出来的，而且每天出炉的时间固定在晚上11点，估计这就是夫人总上晚班的原因。我经常坐在老夫妇纪念铜像边上的那一桌，Buchteln出炉了，热气腾腾的，乍一看像个小面包，拿起来却有些黏，因为在上面涂了一层厚厚的糖粉，咬一口，松软无比，蜂蜜甜香味非常浓郁，可口至极！哈韦尔卡咖啡馆浓缩了欧洲咖啡馆应有的所有特点："小"，面积不大的咖啡馆，每张桌子、每把椅子都很小；"雅"，暖色调且昏暗柔和的灯光，微微凹陷或微微凸起的黑色木地板；"闲"，在这里可以和任何一个人闲聊，也可以一边看报纸一边听邻桌的闲谈，一言不发；店员也"随意"得很，可能突然向你提议能不能和别人或者让别人跟你拼一桌，也可能会突然请你起一下身，因为他要在你的边上再加一桌。

现在哈韦尔卡夫妇都已经不在人世了，由他们的孙子小哈韦尔卡在继续经营着这家咖啡店。有一天我正坐在店里一边品尝咖啡，一边读着音乐剧《莫扎特》的谱子，随着一声响亮的：Bitte schön, 松糕随着香味而来。我惊喜地抬头一看，是小哈韦尔卡先生给我上的餐，他说："我刚才看您一直在看谱子，您可能饿了吧，您是远道而来的亚洲客人，我让太太给您做了一份松糕，送给您，希望您喜欢，请！"好朴实的语言啊，让我感受到了哈韦尔卡老夫妇精神力量的延续，他们尊重艺术家，尊重艺术，并几十年如一日地支持和关爱艺术家，真的让我十分感动！于是我起身请求与小哈韦尔卡先生合影，他欣然接受，并快速地跑回到工作台打上了领结再像一个小孩子一样跑回来与我合影。虽然我无缘得以见到老哈韦尔卡夫妇，但是他们的精神已在后代的身上继承和延续，他们美丽动人的故事一直在人世间流传，犹如咖啡与松糕的浓香，香入心脾，香入灵魂，香满天下！

（三）萨赫咖啡馆

萨赫（Sacher）酒店，位于 Philharmonikerstraße 爱乐大街，在举世闻名的维也纳国家歌剧院的后面，位于其一楼的萨赫咖啡馆是我每次去维也纳国立歌剧院看戏前必要去的一个歇脚的地方，只为了一样甜品——萨赫蛋糕（Sachertorte）。在这个充满艺术气息的空间里一样流传着一个传奇的故事：萨赫蛋糕是维也纳萨赫酒店独特的巧克力蛋糕，由两层甜巧克力和两层巧克力中间的杏子酱构成，蛋糕上面有巧克力片，它是代表奥地利国宝级的点心。1832年，萨赫蛋糕由法兰兹·萨赫在奥地利维也纳发明，当时的奥地利首相克莱门斯·梅特涅伯爵天天举办宴会，所以必须事先准备大量甜点。有一天他要求厨子开发一道能让宾客难忘的新甜点，不巧，大厨生病，由16岁学徒法兰兹·萨赫担负重任，他灵机一动写下食谱，烘焙出此道巧克力蛋糕，美味无比，宾客大加赞赏！在当时没有冰箱与防腐剂的年代，萨赫蛋糕居然能至少保存2周左右，从此萨赫蛋糕闻名于世。

关于这个萨赫蛋糕，还有一场"甜蜜的诉讼"，这场诉讼大大提升了萨赫（Café Sacher）和德梅尔（Demel Konditerei &Café）两家咖啡馆的知名度，萨赫（Sacher）本是人名，是他发明、制作了这种蛋糕，但后来他的后人把配方卖给了德梅尔家，这就造成了两家争老大地位的诉讼，这场马拉松式的诉讼，最终以法院含蓄地表示 Hotel Sacher 是萨赫蛋糕的始祖而结束，但是法院同样也没有说德梅尔是仿冒的，只是后来德梅尔咖啡馆再卖这蛋糕必须在萨赫前面加上"德梅尔"三个字。Sacher 蛋糕其实就是巧克力、黄梅酱加蛋糕，两家的差距仅仅是巧克力和杏子酱的位置不同而已，萨赫家的酱在两层蛋糕之间，德梅尔家则是放在巧克力和蛋糕之间，我没有尝过德梅尔家的蛋糕，所以也不好说区别具体究竟是怎样的。

　　萨赫咖啡馆的萨赫蛋糕，巧克力覆盖了整个蛋糕表面，巧克力风味浓郁，而且非常的软，入口即化，不过对于我们中国人来说有点太甜了，所以一定要配上一杯不加糖的咖啡，综合一下口味。我喜欢喝其中一款名叫"萨赫"的咖啡，萨赫咖啡其实就是将黑咖啡加上了鲜奶油，还有一款就是摩卡咖啡，有时会再加上一杯透明的樱桃酒，喝的时候将酒倒入咖啡中搅拌后品尝，口齿间都是咖啡香和酒香，回味无穷！

　　在这里，除了萨赫蛋糕外，其他的蛋糕也是各有各的特色，与国内蛋糕最大的区别就是材料同样是奶油、蛋糕胚、巧克力，但萨赫咖啡馆的这些蛋糕的奶油、蛋糕胚、巧克力的味道却都不相同，口感也是软硬搭配，带来层次非常丰富的味觉体验。最有代表性的是榛仁巧克力松糕，榛子鲜香，三层黑巧克力薄片分别夹杂着榛子酱和巧克力球，有点像麦丽素的口感，最下方是很有嚼劲的松糕，感觉夹杂着果仁碎，整体一口咬下去，从软到硬，甜中带着一些微苦的感觉真是妙极了！萨赫咖啡馆的蛋糕价格并不便宜，平均都要十几欧一块，但一块绝对能够管饱，让不久后的歌剧欣赏有充足的体能保证。

　　我很高兴，在我在维也纳工作的期间，上海音乐学院的李棠教授、王作欣教授与潘莉小姐、李羿泽先生他们先后飞来维也纳看望我，我们一起度过了非常珍贵的维也纳时光，我们一起听歌剧、游古迹、看音乐剧、观建筑、交流分享声乐课与戏剧排练、赏名画、尝美食，一路上留下了太多的欢声笑语！我们在一个周末还跑去了位于捷克南波西米亚的克罗姆洛夫小镇，小镇位于著名的沃尔塔瓦河的上游，风景如画，我们静静地听着河水流淌的声音，许下心中对新年最美好的心愿！他们的到来让我感受到无比的快乐与幸福，成为我们彼此记忆中非常美好的一段回忆，一直到现在我们的"维也纳之旅"微信群仍然还在继续"热闹"着，李棠教授每日都还在群里坚持播报新闻与报纸摘要，成为我们每天起来第一个要打开看的消息。

爱上维也纳，自不用去细数美泉宫、美景宫、霍夫堡宫等一系列大型历史文化遗产，而是，站在维也纳的任何一个街道上，望着光与影勾勒出的无限美丽景象，空气中飘扬着浪漫的音符，动人的旋律之中渗透着咖啡与蛋糕的沁人香味，当我们呼吸一口气，就能让人沉醉，这——就是维也纳！我相信每一个来到这里的人都会深深地爱上这个既古老又现代、既高贵又平民的梦幻艺术之城！

沸腾的华尔兹·维也纳霍夫堡皇宫震撼的新年舞会

进入圣诞节以后，维也纳忽然变得异常地热闹，大街小巷流光溢彩，人们的脸上洋溢着幸福的笑容，所有的商店进入了夸张的打折季，街头音乐家们开始在人多的地方一首接一首地演奏名曲，大家在街上唱着、笑着、欢腾着。从圣诞节到新年元旦，这边的节日一个接着一个，这是我见过除了我们国家春节以外最像节日的节日季了，我所工作的人民歌剧院在跨年之夜上演了最有代表性的经典轻歌剧《蝙蝠》，大家在欢乐而又美妙的轻歌剧中迎来了新的一年。由于要参加剧院当晚演出的接待任务，我遗憾地错过了著名的维也纳金色大厅新年音乐会，但是我们剧院总裁罗伯特·梅耶尔先生又给了我另外的一个惊喜——他赠送了我两张霍夫堡皇宫新年舞会的门票！天哪，舞会！我从没有正式跳过舞，舞蹈是我的弱项，总裁先生竟然要邀请我去参加舞会，并且还是皇宫！这不是露怯的嘛！我一开始婉言谢绝了，但是总裁先生告诉我："梁，你难得能遇到维也纳的皇宫舞会，一定要去，你一定会终身难忘的，记得要穿绅士礼服！"

我回来和好朋友李棠、王作欣老师说了这个消息，她俩举双手赞成我去参加舞会，潘莉和李羿泽更是让我一定要用手机进行现场直播！好，那就去吧！可一个人去不行啊，得有个舞伴，于是我就邀请了同样与我由中国对外文化交流协会与国家艺术基金派出的在维也纳美景宫挂职工作的小舒，小舒欣然接受了我的邀请，于是我俩便开始着手去挑选参加舞会的服装等准备事宜，一场机会难得的舞会之旅便这样开始了。

说起舞会，再也没有谁能够比维也纳人更热衷于舞会的了，就连巴黎上流社会那些风流的贵妇淑女们也相形见绌。春、夏、秋、冬这大自然的四季之外，在维也纳是多出一个"舞会季"的，这也算是他们的一个伟大创造吧！其实在维也纳，每年的元旦刚过，春天的脚步还没正式踏响，琳琅满目、大大小小的"舞会之花"就在这个古老城市的大街小巷里竞相开放，维也纳人用"舞会季"来开启自己崭新的一年。维也纳的舞会季于元旦前夜的"皇宫舞会"拉开序幕，直到2月份的"大歌剧院舞会"谢幕，持续近两个月的时间。在这期间，维也纳要举办大大小小一共三百多场各种名目的舞会，其中有近三十场的舞会具有非常广泛的社会影响力和号召力，比如举世闻名的"大歌剧院新年舞会""皇宫新年舞会""维也纳爱乐乐团舞会"等，这些舞会每年吸引大批欧洲和世界各国的名流要人、贵族明星们前来参加和助兴。舞会让维也纳的上流社会重享奥地利在历史上作为欧洲强大帝国的辉煌，同时他们也把参加这样声名显赫的盛大舞会看成是显示社会地位的最好机会。在许多上流家庭中，让自己即将成年的子女参加"大歌剧院新年舞会"或"皇宫新年舞会"的波罗乃兹舞入场式是被视为维护本家族荣誉的义务。因此，他们在舞会举行前好几个月就将适龄子女送到专门的学校进行培训，以应付参加舞会的资格筛选，这种培训要严格遵循固定的礼节规矩，需要一次次反反复复地练习。尽管能参加"大歌剧院新年舞会"或"皇宫新年舞会"的入场式是所有青年男女的梦想，但仍有不少人因难以坚持训练而半途而废，可是一旦苦尽甘来，取得了舞会资格，这些年轻人将经历他们一生中非常辉煌而浪漫的时刻！

维也纳华尔兹特有的速度和左右旋转的舞姿为庄严肃穆的舞会大厅带去了无尽的欢乐，在历史上，老约翰·施特劳斯（1804—1849年）创作了152首大获成功的曲子，把华尔兹推向顶峰，他带领着自己的管弦乐队，从维也纳走到伦敦，邀请人们一起来体验这种梦幻般的舞蹈！"我能请你跳支舞吗？"（"May I have this dance?"）这句话是舞会上最棒的邀请，绝对会让对方心跳加快，如果是一位女士邀请男舞伴，那么被邀请的男士也会非常荣幸地感到自己是被选中的那一位。在历史上，需要舞伴配合的华尔兹舞曲最开始被看作是一种挑衅，会引起人们道德上的愤怒，1814—1815年在维也纳举行了一次特殊的会议，这次会议被后世称作是"维也纳会议"，当时是为了在拿破仑战役后建立欧洲新秩序而举行的，这次会议中沙龙内的华尔兹获得了社会认同，当时的政治活动和舞会紧密地结合起来，因而才出现了这样的说法"跳舞的大会！"（"The congress is dancing！"）。与它所作出的其他任何会议决定相比，这次大会所跳的舞曲更为撼动世界，维也纳华尔兹从此开始被誉为"舞中之王"！

维也纳人从这些舞会中学习了宫廷礼仪，有些一直保持至今，比如说，严格的着装要求、盛大的开幕、初次参加舞会者入口、"大家都来跳华尔兹吧"的欢呼、舞伴配合和变换的舞曲、所有人一起跳"午夜插曲"，然后是四对舞曲，最后还有一个正式的结束。舞会的另一个特点是"Damenspende"——每一位女士进入舞会大厅时都会获得一个精挑细选的礼物。

2016年维也纳霍夫堡皇宫新年舞会当夜，我与小舒盛装出席，皇宫的大厅被一盏盏巨大精美的水晶吊灯照耀得灯火通明,高大的穹顶和圆形大厅四周的包厢都垂吊着紫红色的厚重帷幕,近万朵玫瑰花和郁金香簇拥盛开,欧洲和世界各国的名流们乘坐高级轿车,踏着红地毯陆续到来,坐满了天价票价的包厢。九时许,嘹亮的号角宣布了皇宫新年舞会的开始,在高贵典雅的波罗乃兹圆舞曲的旋律中,近两百对青年男女缓步进入舞场,姑娘们身着洁白的纱裙,梳着高贵的发型,青年绅士们一袭黑色晚礼服,佩戴白色的领结,他们手牵手组成黑白相间的队列图案,在圆舞曲的旋律中矜持地聚散分合、起伏旋转,古典维也纳上流社会的高贵教养与浪漫风流淋漓尽致地展现在这一招一式、亦步亦趋之间,这也是青年男女的成人礼——经此一舞,男孩成长为绅士,女孩升格为淑女。

开幕式舞曲结束后,舞会的主持人高声向来宾宣布:"Alles Walzes!"(大家都来跳华尔兹吧!)来宾们应声涌入舞场,舞会大厅顿时变成了一片旋转的欢乐海洋。现场管弦乐队伴奏的华尔兹一首接一首响起,狂欢的人们一圈接一圈地旋转,通宵达旦,所有的人都沉浸在舞蹈的狂热之中。我与小舒一直在各种拍照留影,我们只能像"观光客"一样,因为实在跳不来华尔兹,心想那就喝点东西看他们跳吧!欣赏沸腾了的华尔兹,也不失为一种极其美好的视觉享受!

维也纳的歌剧院新年舞会与霍夫堡皇宫新年舞会以其奢华的魅力吸引着欧美上流社会的视线,从欧洲历史深处承袭而来的巨大荣誉和不尽风流,像磁石一般吸引着王公贵族、首脑要员、富商巨贾和艺术大家们。然而这个世界并不只有上流社会,维也纳普通老百姓对音乐和舞蹈的热爱也绝不亚于名流们,在维也纳的舞会季中,当贵族们在皇宫和上流社会的沙龙里翩翩起舞之时,维也纳的普通百姓们则在自己的家里或城里的小酒馆里尽情舞蹈,享受美好的生活。

在 19 世纪末,维也纳的不同行业纷纷开始创立自己的行业舞会,到如今,几乎没有一个行业不拥有自己的舞会组织,比如餐馆服务员舞会、点心师舞会、卖花姑娘舞会、制帽匠舞会、警察舞会、清洁工舞会、律师舞会、物理学家舞会、私家侦探舞会等，五花八门，应有尽有。从达官贵人到市井百姓，从古典到现代，从高雅到搞笑，从传统到另类，几乎每一个维也纳人都能找到合适自己趣味和符合自己身份的舞会。除了歌剧院新年舞会与霍夫堡皇宫新年舞会外，在国际音乐界享有崇高荣誉的维也纳爱乐交响乐团在维也纳舞会狂潮中也不甘落后，那些世界顶级的音乐家们纷纷放下自己手中的乐器，聚集在爱乐乐团的排演大厅里翩翩起舞，有意思的是这回是由别人为他们伴奏，感觉是世界掉了个个儿。

这一次霍夫堡皇宫的新年舞会之旅让我十分满足与震撼，我见识到了真正的贵族与仪式，感受到了沸腾了的舞池和沸腾了的华尔兹所带来的巨大能量，那种热烈的气氛与友好的相互祝福让人久久不能忘怀！

中国驻奥地利大使馆春节酒会·《芬妮的微笑》

一晃猴年的春节来临了，在中国驻奥地利大使馆文化参赞李克辛先生与夫人的邀请下我前往驻奥使馆参加春节酒会，这是我第一次在外参加由使馆组织的春节酒会，以前在乌克兰那么多年也没能有机会走进使馆内部，毕竟那时候只是一个学生。

这一天我早早地来到使馆，在门口已经有许多华人在寒暄了，不一会儿门打开了，建筑里响起了熟悉的民乐曲《喜洋洋》《步步高》，听到这个音乐只要是华人就会感觉到无比的亲切，尤其是在国外听到它们，会别有一番思乡情，特别感慨——春节来了！七时左右，人们陆陆续续走进使馆，排队接受时任驻奥大使赵彬夫妇握手接见，赵大使见到我问："你是新来的？以前没有见过你嘛！"此时李参赞走过来向赵大使介绍了我此次挂职的概况，赵大使非常地高兴说晚点细聊，李参赞接着又领我去见了使馆的其他参赞。酒会在八点钟准时开始，赵大使发表了热情洋溢的祝词，这是他在任的最后一次新年酒会，他表达了对全体华人华侨的祝福与感谢，并祝中奥友谊地久天长！

酒会的气氛温馨而又热烈，酒会上李参赞带我认识了著名的小号演奏家王世全先生，我与这位优秀的华人演奏家相谈甚欢，他是VBW（维也纳音乐剧公司）旗下的演奏家，也是音乐剧《伊丽莎白》《莫扎特》等经典剧目的主要乐手，我们畅谈着德语系音乐剧。在酒会上也遇见了著名的演出策划人常恺与吴昭苏夫妇，与他们的交谈过程中我了解了更多的中国艺术家在维也纳乃至欧洲的演出境况。不一会儿，大使夫妇过来敬酒，在李参赞的再次介绍下，赵彬大使与我合影留念，赵大使请夫人向我介绍著名的《芬妮的微笑》的故事，这是一个关于浙江东阳和奥地利维也纳之间的凄美故事，他说一定要让我知道，并希望有机会能做成音乐剧。

经过大使夫人与昭苏大姐的介绍，这个《芬妮的微笑》我听进去了，这是一个极为浪漫和凄美的跨国爱情故事，她美丽得让人简直难以置信这是一段曾经真实发生过的爱情。

女主人公名叫格特鲁德·瓦格纳，她17岁离开故乡维也纳来到中国，一直到86岁高龄辞世于浙江东阳，瓦格纳女士因为爱人的一个许诺便毅然决然地离开了奥地利，选择中国作为她的第二故乡。但是在中国，她的生活并非一帆风顺，她一样地经历战争和动荡，贫穷与艰难的生活一直伴随着她，但她从不后悔，她曾说："我的家、我的丈夫、我的孩子、我的爱，都在中国，所以我无法离开！"

回到酒店后，我被这个故事感动许久，于是便上网仔细查阅这个故事，看完之后我更加感动于这个足以让人肃然起敬的近代史爱情印记！网上有篇报道是这样写的："20世纪30年代，奥地利女子格特鲁德·瓦格纳与在奥地利训练的中国警察教官杜承荣相爱后远嫁中国，瓦格纳亲历了中国从30年代至今的变迁，分担着丈夫30年的苦涩，在困境中抚养着5个子女……至2003年，瓦格纳已在中国生活了69年，辞世前她生活在丈夫的老家浙江东阳上卢镇湖沧村，守着丈夫的坟和一个20多口人组成的四世同堂的大家庭。在瓦格纳女士的房间里,一直摆放着一张老人的相片,相片上一个白发、高鼻、琥珀色眼睛的老人正伏在临窗的桌前静读,一头白发用黑色头箍向后梳得纹丝不乱,一袭藏蓝底小碎花的连衣裙、一对肉色丝袜、一双老式搭襻皮凉鞋,她收拾得如此整齐,从没见过如此干净的老人,从没见过如此透明的微笑,以及,如此清亮的眼睛!年轻时期的瓦格纳曾对她的闺蜜们介绍她是如何与杜承荣相爱的:"我每天都能在维也纳警局旁边的滑冰场碰到他,我喜欢滑冰,但是他不会,于是我就教他,每天晚上去滑冰,我们就是这样认识的……"

这个故事与我曾经做过的音乐剧《断桥》有一些相同之处,都是为了爱的信念与誓言坚守一生一世,超越时空,超越国度!这样浪漫的故事总是因一个誓言而起,那个还能够相信誓言的年月,在今天想来是何等的奢侈与美丽啊!

拜别感恩大教堂·不舍维也纳

我非常顺利地完成了中国对外文化交流协会与国家艺术基金交付的全部工作任务,我最后一次离开人民歌剧院的时候,同事们纷纷来告别,并赠送小礼物,我们互道珍重,希望有一天人民歌剧院的作品能够来中国演出!

返程的那天上午,我早早地吃了早餐,沿着熟悉的环城大道走了两小时,再一次将这些美景深深地刻进我的脑海,看着熙熙攘攘的人流与川流不息的车辆,我想,一切都是自然地行进着,我应该带着对维也纳的眷恋,带着在维也纳深深的感动回到国内,更加进一步地做好自己的工作!

我把行李拿下楼,早已熟悉我的酒店工作人员帮助我装车,我与司机商量,请他等我片刻,我要再一次走进感恩大教堂。我慢慢地走向神像前,点燃蜡烛，双手合十，闭上眼睛，心里默念：感恩佑护，感恩维也纳的一切，感恩所有的美好！

距离起飞的时间还早，我让司机放慢速度沿着环城大道又开了一圈，司机感性地说让我再感受一下维也纳，希望我能记住维也纳！一定是这样的，我怎么可能会不记得这一切？！

飞机离开维也纳机场的一瞬间，我仿佛又听到了感恩大教堂的钟声，那洪亮而又深沉的钟声撞击着我的灵魂，他将鼓励我、鞭策我、护佑我更好地前行，因为我清楚地知道，回国之后将要面临如何艰险的境遇。总之，我已满血复活，对于未来我不知道会是一个什么样的形状，但是我会勇敢面对，勇敢前行！

再见，维也纳！不舍！

一定会再见！

初识奥地利维也纳人民歌剧院·工作映像

2015 年底，我很荣幸地受中国对外文化交流协会委派参加由国家艺术基金会资助的"2015 艺术专业与管理人才国际交流项目"赴奥地利维也纳人民歌剧院（Volksoper Wien）挂职实习与工作。在维也纳工作的日子里，我仔细地观察、学习着人民歌剧院剧院里每个部门的运转情况，与剧院的领导们、同事们不断深入交流着有关于奥中两国剧院经营管理的理念和模式，比较着其中的异同，互相交换意见与体会。

在维也纳期间，我先后观看了近 60 场不同种类、不同内容、不同阵容的舞台戏剧演出，从观众、媒体、剧场业到演员、导演、主创层面，我都深刻地感受着所有的人对舞台戏剧作品和演出剧场之间那种"热烈与眷恋"的关系，我真正地感受到了剧场、观众、艺术家们之间彼此"不相辜负"的力量和感动！

在维也纳的学习与工作过程中，有非常多的细节性内容是难以用文字来具体形容和表述的，而正是这些细节性内容与宏观理论一起支撑、筑建了德奥系剧场艺术工作的庞大体系，所以我尽可能用我能够表达出来的方式来表述这些日子以来我对有关于维也纳人民歌剧院运行管理和德奥系音乐剧制作运营的所见、所闻、所思，希望能够从一个横切面来仰视这座百年老剧院，来致敬德奥派剧场艺术工作体系，致敬维也纳这座伟大的音乐、戏剧、艺术之城。

维也纳人民歌剧院的历史

Volksoper Wien——全称"奥地利维也纳人民歌剧院"，坐落于美丽的奥地利首都维也纳 Währinger Strasse 78 号大街上，于 1898 年成立。

维也纳人民歌剧院在成立的初期阶段只上演话剧类项目，经营了五到七年之后，在演出的内容中逐步加入了音乐歌舞类的项目。

维也纳人民歌剧院在营业初期是一座私立性质的剧院，它的剧目表演仅仅是供上层人士及上流贵族们观赏。维也纳人民歌剧院当时的剧目演出都是依靠一些社会上私人财团的资助来支撑运行，而剧院本身则以"自负盈亏、自收自支"的模式进行运营管理。在那个年代，每天晚上演出之前都会在剧院的大门口和舞台台口的显著位置竖立一块牌子，上面标明今晚所演出的剧目是由何家单位或者何人出钱资助的，并在演出开始和演出结束之时也会有专人对今晚演出剧目的邀请者和出资者进行介绍，这是奥地利和欧洲剧场界最早的商业广告雏形。在当年的这些赞助者里，除了一些当时的大企业和有实力的公司、单位之外，也有当时的社会名流、皇家贵族成员等，那个时候的社会名流和贵族们都伴随着历史的车轮而随风飘逝了，但在当时那些曾经资助过维也纳人民歌剧院的公司之中，不乏有一部分已经发展成为成熟的大型公司了，并且在这些公司当中，还有很大一部分直到今天也还在以不同的方式赞助、支持着维也纳人民歌剧院。这种情怀与渊源让人动容与感慨，因为在他们的眼中，商业和艺术是共融的，维也纳人民歌剧院一路而来的荣辱与发展既是他们公司自身的身影，也是他们公司精神的希冀。

维也纳人民歌剧院与世界上其他著名的歌剧院一样，既经历过风光如火的时候，也经历过落寞如霜的时候。在第二次世界大战中，奥地利维也纳国家歌剧院遭到地毯式空袭，剧院的主体被严重炸毁，在国家歌剧院毁后重建的很长一段时间里，维也纳人民歌剧院作为他的"外剧场"进行其演出的持续。直到1955年，维也纳人民歌剧院正式成为州政府的政府性剧院，但在相当长的一段时间里，国家歌剧院与维也纳人民歌剧院是由同一个管理团队进行运营管理的，那时候的维也纳人民歌剧院可以称为是奥地利维也纳国家歌剧院的"子剧院"。

1999年初，维也纳人民歌剧院正式独立，同时明确了维也纳人民歌剧院归属州政府的法律身份与属性，州政府以立法的形式明确了维也纳人民歌剧院的经营范围与运行权限。从此，维也纳人民歌剧院与国家歌剧院这两家曾经关系密切的"母子型"剧院各自独立经营，各自上演剧目，且各有艺术风格特点和题材侧重点：国家歌剧院一般上演欧洲文艺复兴以后经典的浪漫主义"高大上"的严肃歌剧与芭蕾舞剧，而维也纳人民歌剧院则上演非常"接地气"的轻歌剧与音乐剧，即便上演古典歌剧与芭蕾舞剧，维也纳人民歌剧院版本的制作风格也是会相对地现代和轻松，彰显其必须具备的"人民性"，即大众性。然而，无论两家剧院风格如何迥异，他们都一直保持着国际领先的最高艺术水准。

维也纳人民歌剧院的运行机制与管理系统

奥地利国家政府在有关于维也纳人民歌剧院的运行与管理方面有一个明确的、经国会批准颁布的法律白皮书，并释义成工作手册的形式公布于众，剧院开展的所有工作都要以这个册子上明文规定的内容条例为基准和依据。

在 1999 年以前，维也纳人民歌剧院直属于维也纳的市政系统，是一家政府文化部门的直属单位，但在 1999 年 3 月维也纳政府对市政所属的多家品牌剧院进行了体制改革，维也纳人民歌剧院被划分了出来，与国家歌剧院、城堡剧院、剧院服务中心一起成立了"奥地利维也纳 Bundestheater-Holding 有限责任公司"，Bundestheater-Holding 有限责任公司直属于州政府，在州政府里有相应的文化局、教育局这两个职能部门根据业务划分分别以"交替互融"的形式管理着 Bundestheater-Holding 有限责任公司。Bundestheater-Holding 有限责任公司中的"剧院服务中心"，其主要责任就是负责提供三家剧院所需要的舞美、道具、服装、设备等区块的制作与管理服务，也包括提供演出票务系统管理的服务，剧院服务中心的核心职责就是为三个剧院提供全方位的专业服务。2004 年，维也纳人民歌剧院和国家歌剧院、城堡剧院这三家剧院又改制成为独立的有限责任公司，并以"独立股东"身份正式入股 Bundestheater-Holding 公司。

奥地利颁布的相关法律中明文规定，维也纳国家歌剧院、维也纳人民歌剧院、维也纳城堡剧院这三家剧院每年度分别直接从州政府获取固定额度的财政拨款。近十年以来，州政府平均每年拨款给这三家剧院共计一亿三千三百万欧元，2004 年起增加为一亿六千二百万欧元，剧院服务中心则为这三家剧院提供业务服务以获取其自身的运行费用，同时该剧院服务中心也可根据业务发展另行开辟除上述三家剧院之外的服务对象和领域。针对这三家剧院所获得的拨款款项属于政府财政专项预算范畴，来源于国库，来源于纳税人，所以这一点从根本上确立了这三家剧院要"为人民服务"的根本性质。维也纳人民歌剧院平均每年能获得约五千五百余万欧元的专项资金，这笔政府的拨款基本能满足维也纳人民歌剧院 70% 左右的固定运行费用，而其余的 30% 则需要维也纳人民歌剧院通过自身努力从票务或商业赞助上获得收入的补充，这一部分的补充平均每年需要有一千多万欧元。

在这样一个明确的法务和财务体系的支持、保障下，维也纳人民歌剧院开启正常的年度管理运行。剧院的管理运行主要分为"艺术行政管理与运行"及"财政管理与运行"两大板块，分别由两位直管领导负责相关业务的管理运行，他们同是剧院的法人代表，他们有权进行各自分管领域的常规行政管理、法务签约、人事处理等。现任分管"艺术行政管理与运行"的总裁是梅耶尔·罗伯特，他是欧洲戏剧界非常德高望重的一位老艺术家，曾经出演过近百部戏剧作品，直到现年近 70 岁的他仍然坚持着每年上演 45 场话剧或音乐剧的演出频率。舞台上的罗伯特先生是一位激情澎湃的表演艺术家，而在办公室他则是一位"霸道总裁"、一位严肃的管理者，他是于 2007 年底被调入维也纳人民歌剧院主政的。分管"财政管理与运行"的总裁是克里斯托弗·拉德施泰特，他是一位职业的财务管理师，非常年轻，早期毕业于维也纳大学财经系，后于 1997 年入职维也纳人民歌剧院。在具体工作过程当中，如果两位总裁所持意见严重分歧或者存有工作理念上的矛盾，则首先需要经过剧院下属的"管理委员会"和"艺术委员会"进行充分论证，如若辩论后仍持分歧，则以艺术总裁梅耶尔·罗伯特的意见为主导意见向上级部门汇报，最终由上级部门进行最终裁定。

在 Bundestheater-Holding 有限责任公司中，同时作为股东的三家剧院之间进行业务和财务的交叉监控与考核，年底由上级监察部门来执行年终考核测评，监察部门也会定时、定点、定项地监测、分析、评估、审计剧院的财政状况，确认财政专项资金是否使用得合情、合理、合法等事宜。

维也纳人民歌剧院的演出季

维也纳人民歌剧院实行以演出季为抓手的业务运营模式，每一个演出季从当年的9月1日开始持续至下一年的6月30日，七月、八月为暑假期，演职人员休养，剧院停演。剧院在此期间进行全院物业和设施设备的维护、维修，并对上一个演出季进行全面的审计、分析、评估，根据结果再对下一个演出季进行人事及管理条例的调整、重点防范工作及主要核心工作的具体部署等。

在一个演出季中所上演的剧目安排由艺术总裁罗伯特·梅耶尔来主持规划，由他牵头组织剧院的"艺委会"（老中青艺术家代表组成）来遴选并形成基础意见，交由财务总裁克里斯托弗·拉德施奈特团队进行详尽的财务核算之后，再经由"管委会"（主管以上的中层管理者组成）讨论，最终由行政班子（艺术总裁、财政总裁、营销副总裁、舞台技术副总裁等高层管理者组成）投票决定，行文报告上级主管部门批复同意后向全剧院职工公示一周，公示期间若无重大反对意见，这样该演出季的运行方案才算正式获得通过和确立，才可以将演出季方案的具体内容择时对外界公布。维也纳人民歌剧院每年对外公布演出季内容的新闻发布会都十分郑重与隆重，每年的发布会都会引起全世界戏剧爱好者的实时关注。发布会之后，部分"黄金项目"的门票就会被全世界的爱好者或粉丝们一抢而空。维也纳人民歌剧院每个演出季的直接演出运行成本平均预算为五千万欧元，其中70%在政府的专项财政拨款资金中消化，剩余的30%则需要从票房收入或商业赞助中去消化和补充。

在每一个演出季的剧目安排当中，必须有50%量的"经典剧目"，20%量的"高品牌、高影响力剧目"，20%量的"名角参演剧目"，10%量的"新创、新编剧目"。歌剧类、轻歌剧类、音乐剧类、芭蕾舞剧类的演出场次在演出季中必须基本均分，适当配以音乐会类、话剧类、庆典活动类、讲座宣传类的演出，这个部分也占有一定的比例。

就 2015—2016 年度演出季为例来看，歌剧类、轻歌剧类、音乐剧类、芭蕾舞剧类的演出场次各占 22% 左右，基本保持平均水平，其中"经典剧目"中有卡尔曼的轻歌剧《玛丽扎女伯爵》《恰尔达什舞后》，小约翰·施特劳斯的轻歌剧《蝙蝠》《威尼斯之夜》，雷哈尔的轻歌剧《风流寡妇》《微笑王国》，普契尼歌剧《艺术家的生涯》《图兰朵》，威尔第歌剧《茶花女》等；"高品牌、高影响力剧目"有百老汇音乐剧《音乐之声》《理发师陶德》《窈窕淑女》《绿野仙踪》等；"名角参演剧目"有"花腔女王"狄安娜·戴姆绕的歌剧《魔笛》，"歌剧皇后"安吉拉·乔治乌的歌剧《托斯卡》等；"新创、新编剧目"有舞剧《雪公主》，轻歌剧《命运》、歌剧《曼侬·莱斯科》等。

在演出季结束之后，艺委会和财务部门将对每一部作品进行单独评估、核算，统计、分析演出艺术水平情况、各界意见反馈情况及财务收支状况，为下一个演出季是否继续上演该剧目或者是否投入支持其外出巡演提供参考意见及考核依据。

维也纳人民歌剧院版小约翰·施特劳斯的轻歌剧《蝙蝠》（*Die Fledermaus*）是剧院的经典保留剧目，每年的 12 月 31 日夜晚必定上演此剧，演出结束后观众、演员、剧院领导及社会名流等一起共同跨年，这已经形成多年来的惯例了。这部剧的艺术评估数值、各界反馈意见及财务数值从来都是满分，所以每年的外出巡演推介和支持也一定排在第一位，已形成固定的品牌。从上一个演出季的数据来看，轻歌剧《蝙蝠》的上座率是 128%，盈利率是 152.8%，遥遥领先于其他剧目，其他拥有这样优异成绩的还有作曲家卡尔曼、雷哈尔的一些轻歌剧及施特劳斯家族的其他一些轻歌剧，可见世界上的轻歌剧爱好者及维也纳市民们对轻歌剧这种艺术形式的喜爱与追捧已是深入骨子里，轻歌剧成为他们艺术生活不可或缺的内容。我在 2015 年 12 月 31 日晚观看了跨年版的轻歌剧《蝙蝠》，那天在我从住处到剧院的有轨电车上大家都在热议这部剧，有人说，去年是和奶奶一起来看的，今年奶奶不在了，他自己来看，也有人说去年是自己来看的，今年和女朋友一起来看，真是年年看《蝙蝠》，岁岁皆不同啊！有趣的是，时不时有轨电车的电子显示屏上还播放《蝙蝠》演出的片段和预告，时不时大家在车厢里还跟着电子显示屏上的演员一起唱剧中选段，一改往日宁静的车厢气氛。我当天的票是特殊照顾的，在四楼顶层的过道上站立着看，剧院里面人山人海，一片喜迎新年的欢乐气氛。我回国后，维也纳人民歌剧院的领导从东京给我发电子邮件告诉我今年4月这部剧在日本巡演，是全编制运来的，与维也纳的版本一模一样，在日本的票房非常火爆。这样的经典文化品牌在国家与国家之间的互动交流是两国政府十分乐意见到的，既达到了品牌性、艺术性、商业性、传播性等方面的综合成功，又为边缘领域，比如人文教育、观光旅游等打开了一定的局面，起到了非常好的催化作用。

每年剧院还会上演少量比较现代或者比较偏门的作品，这部分作品以"实验性""创新性""公益性"为主，以"试验"的性质开拓观众群与剧目领域，这部分的财务核算数据不纳入剧目运营的考核指标，但一般会在操作层面上将此类演出的风险控制到最低水平线。

维也纳人民歌剧院的人事管理与演出管理

维也纳人民歌剧院在演出季中的每一天都有剧目在演出，几大门类交替互换，有时周六、周日的上午或者下午也要排入演出项目，供学生或特定群体观看。每一个演出季中剧场的使用率是饱和的，是满负荷运转的，所以这就需要一套极其严谨与科学的人事管理体系及人才资源储备才能满足和保障演出季的正常运行。

维也纳人民歌剧院的人事结构由以下几个部分组成：行政管理及营销

人员50名、乐队演奏员95名（只在维也纳人民歌剧院工作）、独唱演员62名、合唱演员64名、芭蕾舞演员105名（与维也纳国家歌剧院共享）、舞台技术人员及后勤保障人员220名，总计在编员工596名，所有在编人员与剧院签订劳动合同，剧院根据其职务与业务能力定级、定职、定薪。一般职员的薪资分为两部分：一部分是固定保底收入，这个部分指的是无论员工是否参加演出，只要签约入编，就一定会保障发放，这个部分的收入无需交税并且受到法律的保护；还有一部分是演出劳务补贴，这个部分根据演职员的专业技术级别、演出的场次、质量和观众反响情况经考核评定后按排练或演出的实际场次为单位来统计，予以统一发放，这个部分的收入受到行业协会的保护，需要依法纳税。

剧院的行政管理人员实行每天坐班制，营销部与项目部按项目性质确定不同的工作方式，以"项目制"对其进行业务指标考核，主要是针对经济效益的指标考核。

剧院的独唱演员在非排练期间不需上班，但要参加季度考核来测评艺术水准，若在排练期间，则遵照剧组统一确定的工作日程表来参加工作；剧院的合唱演员根据指挥的工作安排需要进行每日的常规训练；剧院的乐队演奏员按照指挥的工作安排进行训练和排练；剧院芭蕾舞团的演员则每天都需要常规训练，排练期间则遵照导演组统一确定的工作日程表进行工作。

非新剧目的排练一般安排在该剧目演出前的2~3天进行，一般乐队不参加，只是指挥和钢琴伴奏（艺术指导）与台上演员配合，正常工作时间为周一至周五10点至12点。而新剧目的排练时间为周一至周六10点至14点，17点至20点，周日休息。新剧在首演前有一次彩排（首演的前一夜），三次带妆带景连排，连排之前有四次允许打断式的合成排练，以这样的模式来保证演出的艺术质量。演出质量由剧院艺委会成员及聘请的职业剧评人组成评价小组来进行评定，但最终要以票房的实际状况及观众的观后反馈意见为主导因素来评定是否继续演出该剧目以及日后的演出级别及场次等。剧院的项目评价小组在一个剧目的首演之前要进行估测，如果发生评定小组认为某类小众剧目虽艺术质量高但演出反响不理想的情况，评定小组会向剧院提交建议该剧目上演最低演出场次的鉴定报告，但不会不演，因为针对维也纳人民歌剧院的相关法律与权限上规定，剧院有一定的小众领域剧目探索尝试的责任义务和场次配额，该实验性的剧目运营指标可纳入到不参与指标考核的实验性剧目名额当中。

从历年的演出报表分析看来，在所经营的歌剧、轻歌剧、音乐剧、芭蕾项目中，音乐剧是票房最好的，其次是轻歌剧。维也纳人民歌剧院的演出项目每天更换，故不上演驻场类的演出，以此来保证演出季中演出项目的多样性与丰富性。剧院原则上不对外出租，一方面是因为演出季的档期基本排满，另一方面剧院对在自己舞台上所上演的剧目和所参加演出的演员有严格的标准和要求，对剧院自身的品牌管控非常严格，不允许出现"贴标签"式的项目进入剧院租场演出。据了解，很多年都没有外来剧目来维也纳人民歌剧院演出了，我曾问过罗伯特·梅耶尔总裁，将来优秀的中国原创音乐剧或者其他中国舞台剧作品是否有可能来维也纳人民歌剧院演出，他告诉我，必须提前两年运作，并且他们艺委会要派代表前来中国演出现场审查剧目，如果艺术质量够标准，他们会将受邀剧目纳入他们两年后的演出季，这样无论从宣传还是推广上都与演出季其他剧目一样，所有渠道开放，所有费用纳入剧院演出季的财务支出。"以前曾有过中国的艺术团体来洽谈过，作品本身不错，不过等两年后我们发出演出邀请的时候，该团已经不再演当时推介的那个剧目了，而且当时来洽谈的团长及艺术总监也换人了，新的领导不推介当时我们选中的那个剧目了，所以很遗憾，至今为止没有中国的剧目在维也纳人民歌剧院的演出季里演出过。"这一个情况可以从侧面反映出我国戏剧运行的一个状态，中国作品要想真正进入欧洲主流剧院的主流演出季，而并非靠租场或置换来蜻蜓点水签到式"演出团队观光游表演"的话，其一要艺术质量过关，其二要戏剧作品本身的"寿命"坚持得住，这个"寿命"一方面在其本身的艺术质量，另一方面在于该项目的主管领导和有关上级部门这些决策层的因素。戏剧作品本身不能单一地成为短期功能性或功利性的物品，它一定要有可持续性、常态性，让作品本身逐步打磨成为真正常演的经典之作。

演员及乐手在演出季中的业务测评及职业性测评是在每场演出中由艺委会进行不间断的监督、评价与审查，以形成该名员工"年度工作情况报告"的形式来判定下一年度是否继续聘请该名员工。维也纳人民歌剧院的演员们和乐手们是十分珍惜能在维也纳人民歌剧院工作的时光的，这个工作机会是非常光荣的，代表着艺术水准和行业地位，世界上有许许多多充满艺术梦想的面试者们都在等着这个机会，所以他们非常职业、非常认真地对待每一场演出，能够成为维也纳人民歌剧院的一名演职人员是世界上很多艺术院校学生们和各国艺术家们的梦想。

维也纳人民歌剧院的宣传营销票务体系

在维也纳人民歌剧院，宣传与营销的部门有两位主要负责人，他们每两周与票务人员碰面召开例行工作会议，互相交换工作进度与信息，根据剧目运作情况的异同来进行设计、补充、调整相应的宣传等级、方式与内容。一般常规的宣传途径有：网络、手机、广播、电视、杂志、报纸、道旗、指定位置的广告画、墙贴、网络社交平台、商场、超市、酒店、旅游景点、宣传单页、地铁、有轨电车、出租车、机场、火车站、公交、专业演出信息柱及相关墙体等，除了这些常规的宣传途径外，根据不同剧目的需要还会配合一部分专门设计的有针对性的主题宣传，这样方式多样、多管齐下的宣传手法，其目的就是让观众在维也纳这座城市的任何一个角落都能方便地看到、接收到演出的信息。在维也纳的这些日子里，我可以非常不经意地一下子就很容易地发现有关于各大剧院的演出信息，市民们几乎可以在生活的角角落落方便地看到各类演出的宣传信息，有时候一些新制作的剧目或者有名角参演的剧目在演出之前也会让主演、主创们参加一些有人气的电视栏目或网络栏目，如真人秀节目、新闻类节目、艺术评论访谈类节目、手机 APP 网络现场直播等。这样综合的宣传手段非常有效，对扩大剧目的影响力有非常直接的作用，特别对粉丝群来说是非常直观的，他们下载保存相关视频之后再在各自的社交媒体上传播或者是将统一的推送的信息直接转发，这样的力度是非常大的，所以往往一次视频类、网络类的节目宣传或信息推送就可以在很短的时间里售出去十分可观的票数。

剧院票房的数据由 HOLDING 公司特派会计师小组进行监督、审计，由于现在的财务软件已更新升级，相关领导及上级财务监督部门可以对票务系统进行实时监控与分析。在具体花钱方面，如从财政专项、演出票房及演出赞助中的大额度财务使用，必须由剧院管理委员会的四名领导同时签署意见，再交由财务总监与艺术总监共同签名后才能出账，小额财务使用必须有两位以上主管的签字方能出账。

法律规定，维也纳人民歌剧院是以"服务大众"为宗旨的人民性剧院，所以剧院所演剧目的票价及种类要有多样性，让普通观众能买得起、买得到、方便买，维也纳人民歌剧院为此制定了如下一系列的票务优惠政策：15 周岁以下的观众购买"青少年票"凭相关证件可以享受七五折；学校的团体票价格在 15—12 欧元不等，购买 15 张学生票可以免费提供一名领队的票；一般性团体票买 8 张就可以享受九折优惠，40 张起可以享受八五折；27 周岁及以下的青年票、学生票、失业者票均为 10—12 欧元左右；退休人员及残障人士凭有关证件购票享受七五折；员工内部票均 14 欧元，控制总数，先买先得，卖完为止；在维也纳人民歌剧院指定网站上申请登记可以购买"最后一分钟票"，该票为五折；在维也纳人民歌剧院指定网站上登记后所有购买芭蕾剧目的门票享受八五折，登记后购买有特殊指定的剧目可享受八折；如在"01 俱乐部"登记购票的可以享受九折；等等。

到了春夏季节，一些热门的剧目演出时为了满足买不到票的观众，在剧院大厅和休息厅会进行演出实况的电视转播，观众可以通过大屏幕看到实时的演出状况，观看这个转播只需要在大厅的咖啡部买一杯水或买一杯咖啡就可以找空位坐下观看。总之，在维也纳人民歌剧院看戏是必须花钱买票的，完全没有赠票一说，哪怕是领导或者内部员工亲属，如果要看戏，就都必须要花钱买票，这早已成为一个消费的习惯了，因此在这边没有人会去"讨票"、"蹭票"，更不会逃票，因为剧院的票务体系和价格基本已经照顾到各个层面的观众了，而且在欧洲，尊重艺术、尊重艺术家、尊重剧场被奉为公民的基本素养。

维也纳人民歌剧院买票的途径有票房直接买票、网络订票、邮寄信件申请、电话订票、Facebook 订票、Youtube 订票等，支付方式有现金、信用卡、手机转账等，是十分便捷的。

维也纳人民歌剧院不实行会员制，这也是维也纳这个城市的特殊性决定的，因为市民们都普遍爱看演出，他们有看演出的传统和生活习惯，他们喜欢在剧院里观剧、评剧、社交，因此所有剧院都有着非常庞大的观众人群。维也纳人民歌剧院对经常要来看戏的这部分观众实行年票制，年票可在网上或票房随时申请，申请成功后，可购买一个演出季中的 3～5 部戏享受 20% 的优惠，并在网络订票中优先排队，可免费获得相关演出杂志以及参加剧院举办的一些只有年票制会员才能参与的酒会、小型演出、讲座、交流会等。虽然在购票上没有想象中可以享受那么大的优惠政策，但整个维也纳目前仍然有着 5000 余名观众持有有效的年票，所以任何一部剧的上演，都能满座，这是非常让人惊讶与羡慕的一个现象。每次看到买不到票而失落的观众，我总是想，什么时候我们国内的剧院也能有这么忠实的粉丝和这么火爆的票房啊！

维也纳人民歌剧院的安全消防管理

对于世界上的任何一座剧院来说，安全与消防是压倒一切的根本性基础工作，这是对艺术负责、对艺术家负责，更是对观众负责。在维也纳人民歌剧院，按照国家统一颁发的安全消防条例及管理操作流程，在每场演出之前都会有外单位的专业消防机构对剧院的安全情况进行严格的检查与监测。在每一场演出期间，消防部门会安排一个医生从头到尾候场，以备演职人员在突发状况下的不时之需，同时配备有急救的设施设备。在观众厅中，观众席与舞台之间悬有一道防火墙，一旦发生火灾，防火墙会自动开启并降落，将观众席及舞台隔离，观众与演职人员可以各自分散逃离，以免造成更大的伤亡损失，整座剧院所有的门都可以随时向外单向开启，以便逃生所用。剧院经常定时进行防火灾演练，一旦发生火情，所有人可以在三分钟之内从各个消防通道撤离。如有消防安全事故发生，剧院及公安部门将会严厉查清事故原因，若不是恶意的人为事故，一般个人不会受到严重的惩罚，则会交由保险公司来赔偿、善后，如若是恶意的人为事故，则将追究法律及刑事责任。近年来，欧洲的恐怖势力蔓延，所以维也纳人民歌剧院在上级部门的部署下大大增强了在演出期间的消防、安全与防恐防暴力量，以保障观众与艺术家们的生命财产安全。

近五年来，维也纳人民歌剧院有过两次大的演出事故，其余的都是演出中的小状况，维也纳人民歌剧院的管理总体是严苛的，事故率相对较低，整个维也纳剧场界的事故率都是处于世界剧场界事故的低发生率水平线，这与从业者的严谨与行业的科学专业有关。除恐怖主义的因素外，一般剧院的重大安全事故主要就是火灾，所以剧院一定会在安全消防上下足功夫，设施设备必须根据上级消防部门的要求进行及时的更替，并例行检查与维护，务必保证逃生通道时刻处于畅通的状态，同时必须加强剧院员工的消防安全意识，提高员工的消防安全技能，尤其是灭火器、水阀等设施设备的使用技术，剧院设有专门的消防职责人员，他们将具体负责、保障与部署剧院的消防安全工作。

在演出过程中也会有偶发性的事故，比如有一次在2007年4月演轻歌剧时，演出过程中有一道铁艺的布景被吊杆人员放早了，提前启动了换景程序，台下的配合工作人员没注意到，不慎右脚被卡进地面轨道，因没有穿剧院规定的防卡安全鞋而严重受伤，幸亏剧院为每一位员工都买有意外保险，所以当事人在钱财上损失不大，但半年未下床，造成自身的痛苦，也造成剧院工作的不便。所以演出舞台上无小事，一切都要按照规定流程的标准、要求来操作、执行，安全警钟应当长鸣不止。

在杜绝发生安全事故方面，在演出前除了严苛的安全检测之外，舞台监督也会提醒、提醒、再提醒，强调、强调、再强调，以保证工作人员演出安全。舞台的机械设施设备检测在每部剧装台开始与卸台结束分两次进行，大修则在演出季结束后进行，所有舞台数据均必须达到行业国际标准。

在2001年时，维也纳人民歌剧院对剧院的房顶进行了全面改造，改造后的房顶牢固、耐用、时尚，科学的建筑网络铺设与顶棚金属用材的覆盖从根本上保护了百年老剧院的房顶，现在这个房顶也变成了维也纳人民歌剧院的一个对外参观景观。

维也纳人民歌剧院的管理运行经验

维也纳人民歌剧院的发展现状与管理运行经验是十分宝贵的，笔者分以下四个方面来进行梳理、小结，并与我国剧场界的现状进行对比思考。

1. 高效的行政管理与主营业务管理理念

维也纳人民歌剧院以艺术总裁与财务总裁的"班子搭配"形成两大相

互支持、相互配合、相互监督的顶层管理模式，两大总裁分级、分领域管理：艺术总裁分管"艺委会"和一切与艺术有关的领域，如演职人员聘用、考核，演出季的剧目设定，对外宣传与推广等；财务总裁则根据艺术总裁的考核、定级、定量制定出相对应的薪资标准与聘约法务，分管"管委会"，进行演出季以及剧院运行的财务预算与决算，设置与监督一切财务架构与运行。这样一种互相的配合，既可以扬长避短，又可以保障流程上的规范性、严密性。两位总裁所率领的两个管理体系的团队同样也是互相配合与融合，在工作中互相合作，互相监督，分工不分家，团结协作，大大地提高工作效率，保障管理的科学性与规范性。

在剧院的主营业务上，维也纳人民歌剧院有一套全面的、系统的数据评估体系，根据演出情况实时进行数据统计、分析，可以精准地预测及评估出每一个项目的运行情况，并在年底以"年度报告彩皮书"的形式印刷、出版、发行、留档，同时向欧盟地区剧场界公布数据，以便在欧盟地区进行整体演艺市场的调查研究。

现任艺术总裁罗伯特·梅耶尔从 2007 年上任以来，把维也纳人民歌剧院的经营模式从原有的老模式中"挣脱出来"，开启新的运行理念。梅耶尔决定采取"请进来、走出去"的办法开辟"名角戏剧"的品牌，所以每年都会有相当一部分在欧洲乃至全世界都有影响力的演员来到这里演出，例如俄罗斯的德米特里·赫瓦勒托夫斯基、罗马尼亚的安吉拉·乔治乌、韩国的曹秀梅、中国的和慧等，这样就与时俱进地大大提升了剧院的品牌和影响力，对于观众来说是一个非常丰富的并非常具有吸引力的观演补充；另一方面，本剧院的艺术家继续坚守与提升，轮流制地出访与巡演，提升自我实力与知名度。

虽然目前我们国内的大部分剧院只是一个剧场的物业概念，并没有表演团体，但在将来的发展中，有条件的城市与剧院可以考虑尝试"场团合一"。因为中国的剧院大致与剧团属于同一行政管理体系，所以在政策与条件允许的范围之内以"场团合一"的方式进行剧院剧团管理运行新模式的探索，是一个可以尝试的方向，但那样需要该剧院剧团有足够的优秀剧目与运行人才的支撑。

2. "演出季"艺术性与市场性的高度结合

"演出季"是维也纳人民歌剧院最核心的主营业务，一方面剧院要科学、合理、有效地使用好财政资金，让观众满意；另一方面，加强与保障演出季中的票房、广告、赞助等多种收入是剧院财务口子的重要补充部分，所以"演出季"的运行与管理对于剧院的稳定与发展有着至关重要的作用。

从2008年以来"维也纳人民歌剧院演出季"档案资料来看，每一季都有十分亮眼、令人兴奋的作品、艺术家、剧目、剧种等，比如2013—2014年演出季中，改编自美国百老汇的经典音乐剧《理发师陶德》取得超乎预料的成功，上座率120%，票房率也超100%，成为很长一段时期热议的戏剧话题。《理发师陶德》是一部艺术性与市场性高度融合的舞台戏剧作品，无论在哪个国家，这部作品的上演都是一票难求，场场爆满。再如2014—2015年度的经典音乐剧《绿野仙踪》《唐吉诃德》《窈窕淑女》；2015—2016年度的音乐剧《音乐之声》、轻歌剧《议会舞蹈》等，这些作品的成绩都是非常让人振奋的，它们都能取得"超满分"的票房率与上座率，所以观众们往往在一个演出季的发布之后就开始抢购心仪的戏票，并开始期待下一个演出季了，这样良性的循环是剧院发展最好、最强的动力。

剧院与观众之间通过"演出季"这个纽带，互相不辜负，这一点是我国大部分剧场目前还没能做到的。在很多剧院甚至一些演出都是临时性的，单枪匹马又没有充足的时间和资源来宣传推广项目，所以往往效果不佳，有时等项目演完了，甚至演完很久以后有些观众才知道原来剧院还演了这个剧，想看的没看到，这是很遗憾的。这样的状况一旦时间长了会难以吸引观众群，甚至会流失原有的观众群，所以有关这个问题除了宣传和营销的本身内容之外，剧院主营业务科学、专业、规范的"结构性""全局性"与"顶层性"是值得深思与研究的。

3. 一切以观众为中心的服务理念

维也纳人民歌剧院设有专门的"观众服务中心",无论从演出信息的提供还是票务的服务,或者演出前、演出中、演出后的礼宾服务都十分周到和热情。例如,有很大一部分老年人是不太习惯用网络订票的,所以专门设有老年及学生窗口为他们服务;有一些特殊人群,如残障人士,患病人士等,剧院都为其准备有特殊位子,并且有很好的服务提供,比如摆放轮椅的位子,摆放病床的位子,以及帮助抬放的服务员等,从剧院本身存在这些服务内容上来说,可以看出当地人是多么爱看戏了,连生病了也要看戏,这一点是很难想象的;有一些观众在演出前可能匆匆赶到,没有来得及吃晚饭,剧院则有小咖啡部提供饮料、酒水、食物等;引位、售卖节目册、寄存等这些常规服务更是热情、周到。

所有在前场接待观众的礼宾类员工对待观众都是"尊重微笑式"服务,同样观众对待他们也是回馈以尊重与微笑。服务人员会向观众热情地介绍晚上演出的基本信息以及在演出过程中值得期待和关注之处,我想这种工作人员应该是从心里热爱这份工作的,他们没有觉得这份工作低微或者繁重,反而看成是非常神圣与庄重,因为他们是观众走进剧场观剧能够感知到的第一个信息,会直接影响到观众的观剧心情和体验,所以这种"润物细无声"的细节之处是极其重要的。就这一点而言,我们国内的大部分剧院是没有做到的,或者没有想到过要去做的,无论礼宾也好还是工作服务人员也好,接待的业务素质、剧院业务知识的结构、艺术本体的修养是礼宾类员工业务素养的重要组成部分,需要系统地加强培训和提升,因为真正以观众为中心的服务型剧场理念才能受到观众真正的欢迎与拥护。

我曾看到过一个非常感人的场景,有一天上演轻歌剧《威尼斯之夜》,剧场里来了一位特殊的客人,她是一位癌症晚期的患者,剧场因为她的到来给她腾出了6人位站票位子,这位患者是躺在病床上运来的,到了剧院工作人员把她安排到轮椅上,推到了站票席,这位特殊观众非常满足地看完了演出。在退场的时候,其余观众十分自觉地等候让她先撤,剧场的服务人员非常熟练、专业地配合医护人员把她从轮椅上换到病床上，这位女士和工作人员挥了挥手就被送走了，这时场内的其他观众才陆续散场。这一幕令我十分感动和难忘，首先感动的是剧场工作人员的专业性和热情性，他们非常热忱地为任何一位观众服务；其次感动于现场的其他观众，他们非常爱护与尊重这样一位与他们有共同爱好的特殊的朋友；最后感动于这位病人观众，这也许是她生命中最后一次观剧了，一个晚上的戏剧体验也许缓解了她所承受的来自于身体上的病痛，那么是什么力量让一个人在生命的终点选择戏剧相伴？是什么力量让一座剧院成为一个人的终极期待？又是什么力量让这样的期待和希望可以换化成真的现实？这其中饱含了非常多层、多元的因素，十分值得我们当今剧场界从业人士的感动与深思。

4. 立足本院本地、持续开拓外围的"双轨发展"理念

维也纳人民歌剧院的主要表演者还是以本剧院的签约艺术家为主，所有的艺术家都要经过严格的考试和层层选拔才能获得最终的表演机会，在每一个阶段都有很严格的业务考核，所以长久以来，维也纳人民歌剧院在国际戏剧界享有非常高的口碑和影响力，本土艺术家和国际上获有重大比赛成就的艺术家组合成剧院的主要表演阵容。

维也纳人民歌剧院牢牢把握住艺术人才的培养与使用这一人事发展理念，给予人才们展现自身才华的舞台，让他们不断进步、不断提升，同时剧院也会输送一部分人才去更大的剧院学习、表演和锻炼，让他们掌握更好的技术能力、增强更大的艺术修为和格局来回馈维也纳人民歌剧院。这样的交流一般有两种，一种是通过个体输出，所输出的名额一般每年只有2~3个，所输出的对象必须是处于顶级的表演艺术家，或者是技术顶级但尚未成名的青年才俊，必须是这样的高层次艺术家才能有机会争取到交流的机会，所输出的剧院一般有美国大都会歌剧院、英国科文花园皇家歌剧院、意大利罗马歌剧院等；还有一种交流方式是参加剧院组织的相关剧目的国际巡回演出，维也纳人民歌剧院基本每年都会有前往日本、英国、美国、加拿大等国家的演出计划，这样持续性的外围开拓对形成维也纳人

民歌剧院的国际品牌影响力非常有益。比如在日本，维也纳人民歌剧院的名气是非常大的，尤其是维也纳人民歌剧院每次带来的轻歌剧作品是非常受欢迎的，而且维也纳人民歌剧院乐队演奏的轻歌剧圆舞曲音乐会或轻歌剧经典唱段音乐会更是逢演就一票难求。这样剧院人才与剧目持续的"双轨制"发展，迅速提升了维也纳人民歌剧院的国际形象与品牌影响力。

德奥系原创音乐剧的重要理念

除了在工作单位担任艺术总监之外，我的主要职业身份是中国原创音乐剧的制作人，所以在我此次赴奥项目计划中有一项非常重要的内容就是学习、研究德奥系音乐剧的发展现状与风格体系，所以在维也纳期间，我一有机会就与音乐剧的各界从业人员进行访谈、对话和交流。2015年2月15日，我非常幸运地拜会了匈牙利籍的德奥系著名音乐剧作曲家西尔维斯特·里维先生（音乐剧《伊丽莎白》《莫扎特》《莱拜卡》《绝代艳后》的作曲家），并与他进行了全面、深刻的交流，并在里维大师的伴奏下演唱了选自音乐剧《莫扎特》的唱段《黄金之星》，这个经历成为我一生的"黄金记忆"。在与里维先生以及其他维也纳音乐剧同行们的交流过程中我对有关德奥系音乐剧的以下几个方面感受比较深刻，我想这些方面对我们中国的原创音乐剧发展来说也是有着很好的启发、借鉴作用。

奥地利的原创音乐剧的代表作

奥地利的原创音乐剧,我们习惯性统称为"德奥系音乐剧"或"德语系音乐剧",以原创音乐剧《莫扎特》《伊丽莎白》《莱拜卡》《玛丽·安托伊奈特》《吸血鬼之舞》等经典德语音乐剧为代表,这些经典剧作从来都不是一蹴而就的,而都是经过团队漫长时期的精雕细琢、反反复复地尝试、修改、提升之后的结晶。西尔维斯特·里维先生告诉我,音乐剧《莫扎特》和《伊丽莎白》的文本和音乐的创作周期都超过四年,他与编剧米歇尔·坤泽先生在期间不停地修改,不停地尝试,不停地加工,逐字逐句地品味与润色,不断从宏观与微观的角度来增强作品的艺术感染力,正因为是这样"十年磨一剑"的精神与付出,音乐剧《莫扎特》和《伊丽莎白》才能成为今天的经典之作,才能受到全世界音乐剧爱好者的追捧和音乐剧投资商的热捧。

音乐剧《莫扎特》和《伊丽莎白》是德奥系音乐剧中举足轻重的代表性作品,特别是在亚洲地区,这两部德语音乐剧几乎是德奥系音乐剧的代名词。日本早在20世纪90年代末就已经将这两部音乐剧译配、制作成日语版,并取得极好的票房,培养了一批音乐剧演员。韩国也在近年译配、制作了韩语版,相比较于日语版的保守与传统,韩语版更加国际化、市场化。韩语版的《莫扎特》和《伊丽莎白》均启用韩流明星来出演主角,这对票房的号召力有极大的增进,无论是首尔世宗会馆的明星版《莫扎特》《伊丽莎白》还是《莫扎特——金俊秀和他朋友们的音乐剧演唱会》,其票房成绩都让人"瞠目结舌"。据韩语版《莫扎特》的刘希声导演告诉我,那年《莫扎特》在韩国世宗会馆的演出在开票后2天售完了30场的全部演出票,来自亚洲及其他国家地区的观众买不到戏票而去主办方和媒体上"闹",从而主办方不得不再增演8场,这样的情况不能不称赞作品本身的艺术魅力和因作品本身的优秀而存在的无限可能性。

稳定的核心主创团队

维也纳这些有名的原创音乐剧，他们核心的主创团队基本都是稳定的，由曾经合作过非常多次的艺术家组成，如果出品方不是为了刻意改变或者刻意突破风格，他们一般选择彼此熟悉的艺术家进行搭配和创作。比如《伊丽莎白》《莫扎特》《莱拜卡》《玛丽·安托伊奈特》这四部都是由西尔维斯特·里维担任作曲、米歇尔·坤泽担任编剧及作词、斯特鲁派克担任制作人，他们"维也纳音乐剧铁三角"所呈现出来的那种"文学与音乐融为一体的紧密性"和"艺术综合呈现与商业对接的紧密性"是其他的合作者难以比拟的。

主创团队的稳固对于一部作品的气质保障是非常有益处的，每一位艺术家都有自我的独特风格，能够寻求到"融合、协作、互补"的合作团队是最难能可贵的，这不仅是一种缘分，更需要长期的磨合，团队组合对了，作品就成功了一半。艺术创作有着独特的规律，艺术家作为"异于常人"的个体存有其特殊的个性，长期磨合的艺术家们彼此熟悉，彼此信任，彼此心心相惜，这种默契是一种技术和一种能力，是推动剧目顺利、成功的主因之一。我自己也在演唱选自音乐剧《莫扎特》《伊丽莎白》等剧的唱段，能非常深切地感受到在演唱的过程中旋律与词的融合度和合适度是十分明显的。众所周知，音乐剧演唱中大量的德语词汇连续发音所带来的唇齿力量是比较难以平衡于优美的旋律之中的，但坤泽与里维两位创作者非常好地规避掉了各自的弱点，扩增了各自的长处，形成了一种特殊的韵律美感，让演唱的人爱不释手，具有强烈的演唱欲望，这样的情况必须是词作家和曲作家经过长期的磨合才能形成的一种"润物细无声"的和谐。这是一个有关于音乐剧词曲创作的技术性课题，我们中国音乐剧多少年来一直在探索和研究，所以多研究、感受这些作品是有积极作用的。

坚持以"观众"为中心点的创作根本原则

　　这些优秀的音乐剧作品都坚持以"观众"为中心这个创作根本原则，观众喜欢听什么、喜欢看什么，他们就写什么，一切以观众为创作的原点和起点，当有困惑和争执时，团队就会站在观众的立场上分析、讨论，最后选择、决定，同时在试演之后和每个阶段性演出之后，主创们也会不断地根据观众的反映和建议来进行调整和修改。

　　音乐剧作为音乐戏剧艺术美学综合展现的"集中体"，除了必须具备常规的优秀品质之外还要求在作品中必须有独到的、创新的并具创造性、引领性的"亮点"，这些"亮点"我将其称为音乐剧艺术的"记忆核心点"，它应达到的效果是当观众走出剧场的时候对这个或这些个"记忆核心点"念念不忘、流连忘返，并经过很长一段时间以后还能对此津津乐道。"记忆核心点"可以是剧情上的，可以是视觉上的，可以是听觉上的，也可以是其他感受类的，这个"点"必须被无论专业与否的观众们所接受和认可，在一部剧目中这样的点必须要有几个，起码不少于两个，否则不能称为是一部优秀的音乐剧作品。

　　音乐剧的"记忆核心点"既然能被观众念念不忘、流连忘返和津津乐道，那一定是真正源自于观众的审美情趣与喜好。源自观众的、高级的音乐剧"记忆核心点"一定是自然的、清新的、合理的，而不是哗众取宠的或忸怩作态的。

　　音乐剧《莫扎特》创造性地将音乐神童莫扎特演化成两个不同形象出现在舞台上，一个是现代摇滚明星成年莫扎特，经历着莫扎特成年时期的人生，感慨地演绎着自己的人生；一个是古典的传统形象的幼年莫扎特，他如影随形地跟随着成年莫扎特，伴随着、目睹着自己未来经历的一切。舞台上只要莫扎特出现，就是两个形象的同时出现，这从视觉上、剧情上给了观众很大的想象空间，小莫扎特就像是一个瓷娃娃一样形影不离地伴随着成年莫扎特，他俩时而平行，时而交流，时而成年莫扎特会训斥幼年莫扎特，时而幼年莫扎特会安抚成年莫扎特，这在戏剧上构建出了一个新的空间，形成了一组新的矛盾，对比效果十分强烈。最终，成年莫扎特主要唱段《无法摆脱的阴影》中的主题旋律成为该剧的贯穿旋律，让观众们在听觉上过耳不忘，久久萦绕。在音乐中，幼年莫扎特用钢笔不停地蘸着成年莫扎特血管里的血来谱写作品，最终用钢笔刺向成年莫扎特的心脏，用尽最后一滴血写完最后一个音符，这些我认为是被观众认可、接受和喜爱的来自音乐剧《莫扎特》的"记忆核心点"，每每在灯光、音响、舞美的衬托下，这些"点"都让人感到震撼与头皮发麻，离开剧场后这些形象在脑海里久久不能挥去。

音乐剧《伊丽莎白》同样沿袭了这支主创团队的创意性，将人们熟悉的伊丽莎白女王——茜茜公主的一生解构成一段"三角关系"的旷世奇恋，而这段"三角奇恋"的主角除了茜茜公主与约瑟夫皇帝这个人们熟知的原型故事基础之外，剧中创造性地增加了一个"死神陶德"的形象，创意性地讲述了一段源自茜茜公主与"死神陶德"凄美的爱恨情仇。在这个有关于这位奥地利绝世美艳王后的爱情世界里，舞台上的"死神陶德"不再是阴暗恐怖的形象，他们塑造的死神是一个酷帅俊朗无比的摇滚巨星，他能掌控人的生命与命运，他爱茜茜，他在茜茜最绝望和痛苦的时候给予她安抚，给她真切的鼓励和火热的爱，他控制住自己的激情与欲望，久久不去亲吻茜茜，他知道，只要他的一个香吻坠落，他所钟爱的茜茜公主就将失去人世间的生命。这种戏剧人物及戏剧关系的设置在反映茜茜公主真实生活的一面构造了全新的、浪漫的、诗意的、唯美的戏剧架构和戏剧情境，同时用"死神"这一角色大大增强、丰富了茜茜公主内心世界的刻画，让人们对这位美艳而又高贵的女王有了更加立体的了解，"死神陶德"的那句经典的呼唤——"伊丽莎白"四个音符贯穿全剧，成为主题音乐之一，既是爱情的隐喻，也是命运的哀怨。伊丽莎白与约瑟夫皇帝在相爱时期演唱的二重唱《在云端》和在分手决裂时期演唱的二重唱《暗夜里的舟》旋律是一模一样的，旋律本身动人至极，但是从音乐形象上、气质上和音乐的编配技术上作曲家里维进行了戏剧性的调整，让《在云端》流露出爱情的喜悦与对未来美好生活的憧憬、向往，在旋律的动向上更加流畅和积极，让人感受到一种涌动感；而《暗夜里的舟》，让决裂后的冰冷与残酷显露无遗，让人们感受到历经人生百态的冰冷与无奈，在旋律的动向上凝固而沉重。这两个选段给完全一样的音符、节奏和旋律赋予了完全不一样的内容和风格，形成了丰富的格局和强烈的对比，大大增强了戏剧效果，堪称音乐剧中二重唱的典范选段。酷帅的"死神陶德"和这两段二重唱成为《伊丽莎白》的"核心记忆点"，感动着走进这段奥地利最凄美爱情故事的观众们。

当然在音乐剧《莫扎特》《伊丽莎白》中还有其他许许多多的"点"都十分有创意，每一个观众都可以在剧中的角角落落里感受和捕捉到能刺激到自己的"记忆点"，或是一句唱词，或是一束光，或是演员的一个神态等，而上述的那几个"记忆点"是多年来最被观众津津乐道的部分，成为这两部优秀音乐剧的华彩部分，隽永地烙印在喜爱他们的观众的心中。

诗哲性的实践

主创团队高度强调文学性、哲学性与对比性，将戏剧承载与舞台呈现的"诗化意象"做到极致，这也是德奥系音乐剧所具备的一个重要特点。他们不避讳"深邃"与"深奥"，并且创作部门之间互相诠释与补充："深邃"与"深奥"的唱词那就谱就简洁利索的音乐，而简单意象性的音乐部分，则给予厚重与深刻的美学视觉予以对比。

在音乐剧《莫扎特》中，有一个叫《黄金之星》的唱段让人印象深刻，这个唱段的主要功能是鼓励莫扎特去勇敢地闯荡世界，所以在全剧中非常重要,是莫扎特人生第一次下定决心走向大世界的重要精神支柱,属于"深邃与深奥"的哲理性范畴,在这个戏剧位置应该有一段很规整和很严肃的哲理性唱词,但是编剧米歇尔·坤泽没有选用说教性的词藻来堆砌与表述,而是选择了讲故事的方式,他用一个故事、一个隐喻来"四两拨千斤"地叙述了这样的人生哲理,该唱段译文如下:

在很久很久以前,国王和王子生活在一起,他们住在一座魔法花园中的城堡里,国王上了年纪,对世界失去信心,他筑起了高高的城墙,将城门紧紧锁住,王说:"世上没有比这更好的地方了。"但是王子心底一直有一个声音:"你必须离开!星星上的黄金偶尔会从天上降落,要想找到它,必须前往人迹罕至的地方,去学习、去成长,人生才有意义,若想找到星星撒下的黄金,凶险的世界你要独自去闯荡!"王说:"这个世界充满了陷阱,我会保护着你。"但是王子跳动的心无法静止,他幻想着高高城墙以外的世界,一天夜里,心底的声音再次向他呼唤:"翻越城墙,去旅行,去寻找黄金之星!凶险的世界是生存的理由,如果想了解这一切就要独自闯荡。"爱,并不应该是禁锢,爱,要甘受痛苦,隐含眼泪,这才是真爱,当黄金之星坠落之时,北斗七星闪耀光芒,向着心中的世界,飞翔!

所以,从这个译词上来看,非常积极、浪漫,充满诗意,非常具有鼓舞人的力量,词作家用词生活、生动、浅显、易懂,具有非常清新的画面感与宁静的精神内核,他用最简洁的手法诠释了深奥的戏剧表达。同时,作曲家里维给这一段唱词谱就的旋律更是十分简约和舒展,在 A 段的叙事部分,用口语化的节奏和音高来叙述,在 B 段的舒展部分则用大线条、动听而又深切的旋律来描绘文字呈现的信息,让观众在其中既享受文学的美,又享受音乐的美。

音乐剧《伊丽莎白》中《暗夜里的舟》这一段,伊丽莎白与约瑟夫皇帝绝决的表演和演唱,他们彼此之间不再抱怨、不再责备,用最平实的语言来阐述自己的观点和真实的想法,没有过多的戾气,但全段充斥着无奈、冰冷与感慨生命的无常。这一段从精神层面来说是相当深邃的,是爱情的凝固与终结，所以导演将观众的注意力聚焦在两位演员的演唱和表演上。在这个场景中，舞美设计给了非常静谧的场面，大海之滨，两位演员在旋转的舞台上就着海浪的背景不停地走动，用走动来隐喻奔忙和挣脱，用走动和转盘之间的时间差造成的"原地踏步"来隐喻人生的无奈与无果，一旦爱情消亡了，所有的奔忙都是徒劳的，这样的简约的舞台呈现恰恰赋予了演员巨大表演空间和内心世界，让观众也充满了无限的想象力和感慨。

主创终身负责制

在维也纳的音乐剧领域里，对于制作人、作曲、编剧（作词）这三方的签约是签成终身负责制的，这一条写进所有最起先的聘用合同。这三个职务的主创者要对该作品进行终身负责，这样就很好地保证了作品的延续和发展，根据不同阶段和时期的需要来进行调整和提升。如音乐剧《莫扎特》《伊丽莎白》从首演至今近二十年了，作曲家里维先生告诉我他大大小小修改音乐部分无数回，有的是大改，有的是小改，比如换主演，为保证该主演的最佳艺术效果，这样就可能需要在调性、音乐分句等方面进行调整。进入 21 世纪，随着一些新兴配器手法和录音技术的发展，里维先生又对音乐部分做了品质上的升级和优化，以达到与时俱进的最佳效果。在进入如日本音乐剧演出市场、韩国音乐剧演出市场等国外演出市场时，版权方需要根据当地的实际情况再进行作品细节的调整与升级，相对而言，除了新增的唱段需要重新补充唱词之外，一般剧本与唱词的调整不太多，在调整升级过程中主要还是集中在音乐和舞美灯光等听觉与视觉上的修整，为了达到当时当地的最佳演出效果，就必须时刻保持作品的经典基础与创新空间。

当然，我无法用简单的语言和狭隘的几点意见来全面地概括和表述德奥系音乐剧的业态状况，但上述的这几点感受的确在学习交流过程当中让我本人深切感受到一种源自艺术本体的严谨与科学，这一点在剧院的运行管理中也能同样感同身受，所以派系的风格与要求是贯穿始终的，一定是"链式气质"，存在于该行业的每一个细小环节之中，值得深入研究和思考。

四

回国后的业态思考与阶段性的成果转化

奥地利剧场经营管理模式对于我国剧场界现阶段发展状况的启示

对于奥地利的剧场管理我一直心存敬意，我认为维也纳之所以能够成为世界乐迷和戏迷们集中的"朝圣之地"，一定有着其科学、独特、系统而又难以复制与超越的模式和因素，所以要感受到这种模式和寻找到这些因素是本次出国工作和学习的重要内容。无论是在我所实习和工作的VOLKSOPER WIEN，还是在我曾观摩过演出的国家歌剧院、莱蒙德音乐剧剧院、罗纳赫剧院等，通过深入的接触、学习和工作，逐渐找到我心中预想要寻访的几个问题的答案，我想这几个方面对于我国剧场界现阶段发展状况有重要的启示作用。主要有以下几个方面：

1. 明确剧院的身份与性质，以"立法"的高度来统筹、协调与管理

剧院一定要有一个明确的、经法律确认的独立身份，这个独立的身份将确立剧院的性质和属性，如，是全额拨款的公益性事业单位还是差额拨款的公益性事业单位？是一般的企业单位还是自收自支事业性质的企业单位？是托管出去的企业单位还是半托管半自营的企业单位？是演出公司与

剧场结合的单位还是演出团体与剧场结合的所谓"一套班子，两块牌子"的单位？我国剧院的性质多种多样，应该来说我国的剧院属性是世界上最复杂、最多样的，这样复杂而多样的属性势必会造成责、权、利在一定程度的交错，使得一些条条框框制约着剧院的发展。假如我们的主管职能部门能够在某一层面上让剧院的性质简单、明确，并从立法的角度对剧院的属性、权限、法人责权利、运行范畴等进行明确的规定和划分，这样会减少许多相关工作上关键性质的模糊与重影，也会在进一步促进社会主义文艺事业发展的进程中在剧院这一个关键环节里厘清繁复的关系，找到明确的定位与方向。

如果是全额拨款单位，那么其人事、财务组成架构与企业单位的人事、财务组成架构要区别出来，剧院党委与剧院经营功能机构之间的领导与协调关系应有一定的明确与分工，在"法"的层面来开展剧院的整体工作，在"法"的范畴以里进行剧院主营业务与它营业务工作的运行与操作，法人代表也应在"法"的角度与"法"所赋予的责权以内掌舵剧院的方向。

有了"法"的明确在其开展相关业务时才能够"有法可依"，从而守住底线，不碰红线，既做到红红火火地发展文艺事业，又有效地加强廉洁行政的能力。剧场业的工作是一个相对"高危"的行业，从近年来不断落马的剧场界人士与文艺界人士的状况来看，除了其自身的问题之外，剧场工作"法"的界定不是非常细致和非常明确也是导致他们犯错误的主要原因，这些人破了底线，碰了红线，既给自己带来身败名裂的后果，也给我国剧场业的健康发展带来了不可估算的负能量和严重的不良影响。所以，为了保障剧场业的健康发展，为了引导好、保护好从业人员，应该从根本上进行相关"立法"，明确剧场的性质与运营的责、权、利范畴，以"立法"的高度来统筹、协调和管理行业，并以此法为根本性的依据来统领、指导和引导我国剧场事业的工作。

2.加强剧院管理模式与演出项目运行模式的顶层设计，增强各部门工作的协作性剧院的主要功能就是演出剧目，剧院的一切工作都应是围绕着"剧目演出"这一核心工作而展开的。"加强剧院管理模式和演出项目运行模式的顶层设计"应成为剧院工作的主要内容。好的剧院管理模式是演出项目的根本保障，而好的演出项目运行模式同样也能对剧院管理模式"反哺"。

切实高效的剧院管理模式一定是注重协调与协作的，每一个部门都是剧院管理的重要组成部分，如剧院中的某部门在实际工作中显得没有那么重要，那此部门一定可以被兼并或者被取消。剧院一定要建立一支专业、职业、高效的管理队伍，从行政领导部门到艺术管理部门，再到下属的舞台机械、宣传策划、后勤保障、物业管理、品牌运营等部门，都要通过进行实质性的磨合达到最佳协作状态，而以"演出季"为抓手的演出项目运行模式是久经世界各地剧院长期实践而总结出来的一个业界主要经验，演出季的出彩与否、个性与否将直接影响商业赞助、品牌建设与对观众群体的吸引，所以根据城市的实际情况，建设"年度演出季"的管理模式是十分值得推崇的。

3. 加强财务预算决算管理，开拓策划、宣传、营销能力，力创品牌性

以年度"演出季"为例，该演出季的财务预算应及时尽早地制订出来，要留出足够的时间给艺委会和行政领导部门来充分论证、商议与决策。演出季的财务预算是一门技术，在总额的范围以里，既要照顾到剧目的种类，又要照顾到演出团和演出人员的科学安排及最佳设置，还要照顾到其他社会性的因素，往往名家名团的演出费用普遍较高，但在一个演出季中必须有几个有号召力的名家名团项目，而这样项目的预算又必须控制在可行的范围之内，如从项目市场号召力来划分等级，可以划分为A类项目（此类项目为有极大市场号召力的名家名团）、B类项目（中等影响力的质量上乘的相关获奖作品）、C类项目（一般影响力但质量优异的项目及本土团队、人才项目）、D类项目（实验类演出项目及其他社会性公益演出项目），这样四个类别的财务预算应当分别给相应及确定的比例。尽早确立演出季的内容同时也有助于人事部门确立该年度的人员聘用及人事结构

安排等，人员费用、演出季运行费用、物业管理修购费用应是剧院的财务主要板块，在年度演出季前的预算报告中越科学、越系统、越详尽、越预见性地体现就越能保障演出季的推进与执行。在演出季的财务决算环节，所反映出来的各个类别的真实数据应成为下一个演出季的运行重要参考标准，不断优化与提升演出季的管理条例与模式，不断提升剧院的综合运行能力。

策划、宣传、营销是剧院业务的骨干组成，不论任何性质的剧院，都应加大力度来发展提升自身的策划、宣传、营销能力，在"法"的范围内做到最佳、最饱和，只有好的策划、好的宣传、好的营销才能筑建好、保障好演出季，才能大力度地推进剧院的品牌建设，这既是一个"大吆喝"的工种，同时更是一个"润物细无声"的过程，让市民与观众在重大项目和一般项目中，慢慢了解、熟知剧院的核心品牌与价值理念，从而增强剧院的口碑传播效应。最终走进剧院的是人，所以一定要坚持"以人为本"，以剧院的核心业务发展为本位，以满足观众的需求利益为主导来协调、统筹、开展剧院的业务服务工作。

4. 调整服务理念，升级服务水平

剧院及演出是一个服务性的行业，服务的对象是观众，所以通过各种方式方法加强剧院的服务理念，提升剧院的服务水平是当今我国剧院亟待提升的工作。调整服务理念，就是要更加广、更加多、更加宽地考虑到观众的感受，大到剧目演出信息的得知、演出票的购买方式、进入剧场后的引位讲解服务等，小到停车、餐饮、寄存、检票等细节，都需要加强梳理与强化，服务应是面面俱到的，在服务好观众的同时也应引导好观众，想要提升观众的欣赏艺术的素质首先要提升剧院的服务素质。服务水平的高低是一个剧院是否上规格、上层次的重要标志，在高标准的服务理念之下一定要有一套行之有效并涵盖全面技术水平的标准化服务流程，以此来满足每日不同的八方观众的服务需求，在服务的过程中，不断树立与建设剧院的品牌与形象。

5. 建立符合剧院实际情况的演出秩序和核心价值观

剧院演出秩序，或者称为剧院演出规范流程，主要分为：行政秩序、艺术秩序、管理秩序、运营秩序、信息反馈与评价秩序、战略秩序等，剧院的每一项秩序都应体系化、理论化、标准化、流程化、常态化。好的"秩序"是一家剧院正确评价自身定位、合理运转内部机制、全面分析管理成效、深度提高品牌体系的重要保障。

每一家剧院都应有属于自己的核心价值观，将全体工作人员的思想理念统一到同一个理念水平线上来，这一点对提高剧院管理水平和效率有着关键性的作用。一家剧院的核心价值观，或者称为从业精神，向来都是以决定性的高度鞭策、引导着剧院的发展方向，都是以源动力性地推动、监督着剧院的发展进程，有了核心价值观，剧院才有了灵魂，围绕着从业灵魂，遵循着从业法规，才能将剧院的各项工作落到实处，让观众满意，让员工满意，让社会满意。

德奥系音乐剧业态实情对于我国原创音乐剧现阶段发展状况的启示

德奥系的音乐剧有着独特的气质和魅力，他们的创作、制作与运行的经验对我国原创音乐剧发展的现阶段有着很重要的启示作用。

1. 增强原创力，挖掘本土的文化精髓

原创力，是任何一个国家和民族文化艺术事业发展的生命源泉，没有原创力的文化艺术事业是苍白和空洞的，音乐剧更是如此！在奥地利这块并不是特别广袤的土地上，莫扎特和伊丽莎白应该是其最具有代表性的人物了，奥地利的文化艺术家们、商人们、政治家们将莫扎特和伊丽莎白的品牌做到了极致，让每一个来到奥地利的人都深深铭记这两个奥地利经典文化的品牌符号，这是奥地利国家文化的骄傲。在中国，当然有着更大、更丰富的文化宝藏，有着更多的可以感人至深并给人带来正能量的故事，这些都将是中国原创音乐剧的基础和源泉。所以，中国原创音乐剧的发展一定要建立在中国本土的文化精髓之上，学习与借鉴国外的先进制作理念和运行技术来建造属于中国音乐剧自己的"高原"和"高峰"。用中国人自己的方式讲述属于自己的故事给我们中国人自己以及全世界的人们来听，我认为这是中国原创音乐剧事业的中国梦，也是中国音乐剧事业发展的唯一方向。

2. 增强团队协作能力，激发团队对音乐剧"核心记忆点"的创建

音乐剧必须是一个团队的综合艺术行为，它是团队协作的智慧结晶。我国的音乐剧事业发展应当更进一步地增强团队协作能力，想要打磨出一个风格好、技术好、内涵好、协作好的主创团队，那么那种"制作人或导演召集，各自领回任务埋头苦干，最后拼装"的方式应该逐步淘汰，因为这样"快餐式"的拼装合作模式是难以保证制作出品质优良、隽永流长的作品的。想要制作出一部真正的精品，我想制作人、编剧作词、音乐作曲、导演四个核心成员应当融为一体，将艺术的审美与格调统一到一个新的高度，在这个高度上去创造更高的高度，将作品熔于自己的身体与思想，再幻化成艺术素材，最终建立起全新的艺术形象。当然，这是最理想的合作状态与模式，需要出品方为这样的模式提供强有力的经费保障与环境条件的保障。主创人员应当对作品终身负责，根据需求与变化不断进行调整和修改，真正以"暗香自苦寒、十年磨一剑"的境界来呵护、孕育真正的音乐剧精品。

音乐剧的"核心记忆点"是主创团队的智慧结晶，是一部作品的华彩之处，所以要充分地从艺术审美性、商业大众性、心理学与人文社科等综合因素来"立体式"地理解这个"核心记忆点"的真正内涵所在。"核心记忆点"不能是简单地迎合观众或取悦观众，它必须是高级的，是具有学术理论支撑并经艺术化之后以直接、浅显的方式呈现于观众面前的，它具有"引导力""侵略力"和"感染力"，同时又是一种具有强大生命力的、

经得起推敲论证的、给人以惊喜感及艺术美感的瞬间，让人为之赞叹、惊喜、回味、津津乐道、念念不忘。打造高级的"核心记忆点"应从音乐戏剧的本体与观众的本位出发，从"本体"与"本位"的发展变化中总结与提炼，绝不可以贴牌式的、哗众取宠式的方式来低级地"设计"作品，一定要坚信一个道理：观众一定比主创智慧！从某种意义上来说，主创自己同时也是观众，所以一定要敬畏观众，以观众为本位，以观众为万事考量和决策的原点来进行音乐剧的创作。

3. 加强音乐剧项目的整体设计与系统规划

音乐剧项目的整体设计与系统规划，从大的方面来讲是决定音乐剧项目及音乐剧行业的方向与发展，从小的方面来讲是决定一部音乐剧作品生命力的重要因素。做一部音乐剧，组织好主创团队并经过认真严谨地规划与排演，无论成熟程度如何总归是可以演出的，但是演出之后怎么办？配套的规划怎么实施？怎么落实？这些都是需要在剧目创意之时就设置并想清楚的问题。演员与观众、城市与剧院、排练与巡演，这都是需要有非常切实的、明确的规划的，否则一部剧做出来待首演结束以后便难以继续推进了，有的剧目甚至只能简单地展示一下，在去申报一些相关的奖项之后便草草结束了，这样造成"得奖是最高目的、领导是最后观众，仓库是最后归宿"的尴尬局面对行业的发展是十分不利的。所以，音乐剧的推广与运营往往比做剧本身要难得多，它需要更完善、更系统、更科学的整体规划与扎实有效的切实执行。

音乐剧项目整体设计与系统规划的主要内容包括：财务规划、创作制作规划、人事规划、巡演规划、延伸产品商业运行规划、法务规划、品牌与知识产权运行规划等。

音乐剧的财务规划主要是项目的财务预算设置、操作与管控，这是一部音乐剧制作的生命线，主创费、制作费、行政费、宣传费、运输费、物料费、能耗费、食宿费、场地费、人员费、排练演出费、推广费、税费及不可预计的保障费等科目的设置是非常有学问的，需要反复论证、推演，需慎之又慎。我们很多时候难以找到最科学的设置比例，而任何一个单项的费用出现偏差都将增加项目运行的难度，情况严重的会影响项目进度，从而大大增加成本，久而久之容易导致项目的瘫痪或流产，所以严谨、科学、适当的财务规划是一部音乐剧作品制作的首要工作。纵观音乐剧的制作历程，有一些音乐剧项目的财务状况甚至在首演前或排练期就已经超出预算，制作方为了保证项目进行到底，只能大力缩减相关费用开支，这样的结果导致最终的舞台呈现不理想，有的甚至克扣演职人员的排练费，从而引起团队的内乱，这样的最终结果就是导致投资方不满意，市场不接受，有些真心扶持音乐剧事业的商业力量也因此失去信心。有一些音乐剧项目在运行过程中财务预算设置严重偏科，导致项目体系及资金配备不均衡，在运行过程中漏洞百出，严重制约和影响制作进度，这同样也会引起团队内乱和导致投资方不满意，市场也不接受。我国音乐剧的制作费用主要来源有几种：政府创作经费投入、企业冠名投入、政府与企业股份合作投入等，不管哪种投资方式，按照财务规划的时间节点保证相应资金的到位以及按照规划合理使用是关键，音乐剧的制作运行是一条"链锁"，其中所能脱节、延缓的环节的空间并不大，资金的按时按量到位及按时按量使用是全剧得以完成的根本保障。所以，科学有效的财务规划是极其重要的，有太多好的创意项目最终因财务环节出问题而导致"流产""难产""夭折"或"畸形"。

音乐剧创作制作的规划主要是主创团队的约请规划与内容进展流程的规划，项目邀约的主创艺术家团队如果没有合作或磨合过，那么就需要制作人付出更多的精力来组织协调。艺术的创作区别于工业生产，有灵感的时候进度会快，没灵感的时候则会很慢，所以规划出足够的"一度创作"时间非常重要。"一度创作"的时间应在"二度创作"（排演期）之前三个月为最低限度的基准上划出最大限度的范围，越是保障充分、有效的"一度创作"，越是能降低将来排演期的困难系数。主创团队的创作应是贯穿项目始终的，不能项目一首演，所谓"验收期"一过就散伙，这样无益于项目的成长，主创团队不仅要给足时间来"孕育""待产"，更加需要在项目首演后"背一段""扶一截""送一程"，等项目初期成长之后根据观众及多方的反馈意见再回炉来修改、升级。

　　人事规划是项目推进重要的人才保障，在我国的音乐剧行业往往会有一个习惯——首演期邀请一组相对有名的、成熟的演员来做首轮的"开张"演出，称为A组演员，而包括导演等主创团队也将主要精力投放在A组演员身上，为了赶排练进度，往往B组演员没有太多排练的机会，而A组演员往往只是演头几场，后续的演出一般由B组演员接替，而此时主创人员也已经履行完合约都撤走了，所以B组演员只能靠看首演录像复制或者根据A组排时的记录来进行工作，这样的角色创作一定比由主创团队亲自指导的版本少许多细节和信息。有些时候B组演员的情绪也会有波动，尤其是当B组演员比A组演员的实力强，只是没有A组演员有名气或者其他非艺术水准能力等，B组演员也不一定会有长线的演出意愿，所以准备C组演员就变成主要工作，而C组演员的创作复制工作又将丢失更多的戏剧信息，成了照猫画虎，会走样，与主创们当时设计的戏剧形象相差甚远，而此时再请主创人员来进行执导是成本很高的了，也有可能因大家各自忙碌而无法再聚齐主创班子，如果后备演员梯队的培养出现问题，严重的话会引起剧目的不稳定，影响剧目的运行推广与演出。所以，做好人事规划是团队重要的人事保障，包括主演、基础演员、舞美人员、技术师等，每一个工种的工作人员都应投入精力将人员配置到符合项目标准并能保障实现项目目标的基本水平，建立起人才的层次与梯队，要非常全面并职业地管理好、保障执行好员工们的思想情绪状况、薪金级别待遇、职业提升空间等领域，要尽量做到"言而有信，实而不虚，有法可依、循序渐进"，必须要有充分的"人"的保障，才能建立起一支行之有效、行稳致远的演出队伍，毕竟一部音乐剧的成功远行必须是要依靠团队中每一个成员用心付出和真心努力的，缺一不可。

　　巡演规划（含延伸产品商业运行规划）是一部音乐剧核心的"造血

功能"部分，制作人及出品方应该在立项之前就对项目的演出市场及受众市场进行研判，一定要根据市场分析与研究来具体确立项目的有关细则。音乐剧巡演战线长的话会造成演出成本高、利润小的情况，但是在剧目的品牌尚未建立的初级发展时期，必须依靠"长征精神"，将音乐剧的种子播撒到各个城市、各个角落。从具体操作层面上来说，科学的巡演规划要符合以下两个标准：站与站之间的距离在不影响受众重叠的情况下"越小越好"，站与站之间的演出档期在保障运输和装台的基础上相隔"越短越好"，一般六站起巡。巡演的大部分成本主要消耗在道具车的运输、停放、团队的吃住行等，所以严密计划巡演细节是科学控制巡演成本的主要途径。在巡演过程中应大量发挥宣传的"辐射效应"，在自媒体与网络的影响下将上一站的演出信息以最大范围和力度传播到下一站，为下一站造势。延伸产品的开发一方面是音乐剧本体项目的延续与创新，另一方面也是满足追剧观众的收藏心理，如果在演出结束后能组织主演见面会或者签售活动等，往往延伸产品的销售情况会非常可观，既增加了团队的经济收入，也大大扩大了剧目的影响力，当散场的观众按照秩序"包围"在主创周围，浩浩荡荡的磅礴气势再通过观众及企宣团队的对外扩散，其效果是非常大的。

　　法务规划（含品牌及知识产权运行规划）是一部音乐剧的法律保障，在音乐剧的合作中，应当将艺术家们的"情感合作"升级转化到"法务合作"的层面上来，"先小人、后君子"的做法在音乐剧的合作中有积极的保障性意义，不能因为所谓的"不好意思"而捆住情感。合作过程中，落入法律文书之中明确的权利、义务是参与项目人员的权益保障，音乐剧的领域牵涉面太广，牵涉的艺术家及工作人员众多，经济行为繁复而又冗重，所以必须将约定好的条文清晰明了地写进合同书来保证双方的合法权益。音乐剧合作的法务领域除了要关注合作内容、合作方式、合作时限、薪资标准、发放形式与节点这几个常规事项之外，还应重点关注以下几个方面：（1）音乐剧创作人员的稿费是含一次性买断版权的还是只有使用权？如果只是使用权那么使用年限如何？是否具有改编权？（2）音乐剧创作人员的费用是否含税？若含税缴税方式如何确立？（3）演职人员的合作如何确立排练、合成、试演、正式演、录像、片段演出的标准以及参加首演排练演员的项目服务期？税费与险金如何缴纳？技术层面演职人员的知识产权保密协议与服务期限要单独确立并签订。（4）出品方对于音乐剧版权及音乐剧技术创意知识权益的明确、申报与管理运行。（5）与赞助、团购、植入广告与演出合约（巡演）之间的关系、内容、范围与权限必须严格划分清楚，尤其是涉及宣传与版权的部分。

音乐剧项目的整体与系统规划是互相融合、互相保障、互相影响、互相促进的，要有足够的财务支持才能保障住整个创作制作周期，巡演顺利启动之后才能有回收资金注入并继续运行与人事保障，经过不断演出才能增强品牌性，才能增强知识版权的价值，才能有机会进行商业融资，引入新的资本继续反哺与促进项目的升级推进，这是音乐剧的"运行球体"理论，以项目为球心、为源点来进行全方位的协作与发展，如果音乐剧的制作、运行不能进入这个"运行球体"理论中进行协同发展的话，则该项目多半是昙花一现。当然了，从某种角度来说，这也只是一个理想化的理论，建立建全并得以实际运用的音乐剧"运行球体"理论难度很大，但理论方向总要先于实践，在实践中不断完善、不断升级、不断优化，并在实践中继续实践与提升。

4. 建立加强音乐剧"链式人才"的培养体系

从业以来，通过各音乐剧剧目的招聘与对音乐剧演员进行职业培训，我发现我国的音乐剧人才培养是不全面的。音乐剧是一个复杂的系统化工程链，音乐剧人才的综合培养需要站在更宏观的角度。

首先，目前我国的音乐剧人才培养主要是表演人才的培养，我认为，音乐剧的制作人才、导演人才、编剧人才、作曲人才、舞台美术人才（舞美设计、灯光设计、人物造型设计）、技术人才（音响设计、舞台监督、特效人才）、营销人才、演出管理人才、剧院经营管理人才的音乐剧综合人才培养应当尽快建立相关专业与体系，将其与音乐剧表演人才的培养相结合、融合，建成、强化并发展音乐剧"链式人才"的培养体系，这是新的时代背景和新的行业形势下对音乐剧人才培养提出的新的要求。

其次，目前高校音乐剧表演人才培养的基础技术训练环节亟需不断加强。基本功是演员的从业基本技术，从近年的人才涌现来看，具备合格、过关技术的音乐剧人才并不多见，甚至有一些获得高层次学历的音乐剧专业学生在演唱的音准、节奏、词的表达上，在表演的人物塑造、形体设计、戏剧推进上，在舞蹈的基本控制与运用上都表现出不过关甚至能力弱，更甚至不具备基本表演能力的情况，这是亟待引起重视的。如果高校不将学生的基本功培养到一个应有的标准，那么学生们将错过最佳的技术训练期，严重制约其职业生涯的创造与发展。

最后，高校的音乐剧人才应全面加强音乐剧人才"职业性"的培养。所谓音乐剧人才的"职业性"，第一是为人处世的职业性，第二是音乐剧表演工作技术的职业性，第三是音乐剧从业心理技术的职业性。这三方面的培养将成为音乐剧人才的核心从业支柱，必须从最严肃、最系统、最细节的层面来全面打磨、全面锻造学生的职业性，让他们掌握足够的从业技能与技术从而在中国音乐剧发展的初期阶段进行很好的工作，保障其积极性、安全性与稳定性。

5. 加强音乐剧制作人才的全面素质训练

制作人是音乐剧项目的领军人物与核心人物，制作人除了做好"找来投资、组好团队、花好费用、定好目标、执行好演出、管理好队伍"等常规的工作外，还应特别注重"艺术品位与合作格局""法律素养与标准化工作流程"这两方面的训练。

一部音乐剧最初始的内容选择、风格定位、价值取向应由制作人根据出品方的要求来引导、确立，制作人经过科学论证后将制作意图清清楚楚地表达、交代给主创团队，由主创团队进行二次创意与升级，最终将意见汇总到制作人处，制作人再根据投资状况、运行实际操作性、市场预测性、自身团队实际情况等因素通盘考虑、权衡后形成最终意见。制作人一定要既照顾到每一个合作者的积极性，又要保证好统一行动力，所以这种既"民主"又"集中"的工作能力需要制作人有非常大的合作格局、心胸与决策力、执行力。

标准化的工作流程是根据每个人、每个项目、每个团队的不同情况而制定的，其目的就是为了保证项目在合理、合法、合规的情况下开展运行。在当下的社会发展与行业形势之下，制作人应更加注重法律知识的学习，在各类商业合作协议签订的时候一定要有法律顾问把关，如无条件聘请法律顾问的话则必须在合约里的核心条款中正面、清晰、明确地表述清楚合作细则与责、权、利，并清楚地确定合作时限以及产生矛盾的解决办法。若作品遇到商业行为与政府行为结合的时候，那更加需要清楚地认识到哪些是商业行为的红线与底线，哪些是政府行为的红线与底线，必须要做到"红线不能碰，底线不能破"的原则。建立制作人标准化工作流程就是为了尽最大可能杜绝来自未知的法律与纪律隐患，也为日后如若发生司法调查时留有全面的工作档案、法务文件和原始凭证材料。

阶段性的成果转化

在中国对外文化交流协会公布了"2015艺术专业与管理人才国际交流项目"之后，我之所以选择赴奥地利维也纳人民歌剧院去学习、工作，既源于我对德奥系文化艺术的热爱，更源于我对德奥系音乐剧的热衷与痴迷，我是带着一定的认知、感受和体会来到维也纳，从而在维也纳开始"鱼归大海"般的尽情吸收与感受。

早在2013年，我创意、制作原创音乐剧《简·爱》的时候就大量运用了"德奥系风格"的戏剧架构气质、唱词文学气质、音乐形象气质、舞台美术气质。那时候我已在韩国看过了韩文版的德语音乐剧《莫扎特》和《伊丽莎白》，我被德奥系独特的"解构"与"创意"技术深深地吸引住了，于是我心想不妨在音乐剧《简·爱》的创意制作中尝试借鉴一下德奥系的音乐剧理念。经过严密设计与推演，终于当音乐剧《简·爱》在2014年亮相于韩国世宗文化会馆时被韩国的评论家和媒体形容为"非常具有《伊丽莎白》式气质的中国原创音乐剧""我们在韩国看到了又一部诗哲合一的严肃音乐剧""无论是简·爱还是茜茜公主，他们内心的强大是一样的"，几乎所有的媒体都一致将音乐剧《简·爱》与《伊丽莎白》去作比较。韩文版饰演"伊丽莎白"的女演员申英淑在看完《简·爱》后说她很感动能有这么好的一部走进人物精神与灵魂的音乐剧，如有制作成韩语版她一定要出演。韩文版《伊丽莎白》的导演刘希声则说此版《简·爱》很好地走出了原著小说，又非常有创意地走进了音乐剧的世界，相比较于早年间百老汇版的音乐剧，《简·爱》更贴近亚洲观众心目中对这个经典爱情故事的期待。听着大家对音乐剧《简·爱》的议论，我意识到我只是粗浅地"描摹"了一下德奥系音乐剧的轮廓，我应该要争取机会去深入学习研究德奥系的音乐剧体系，然后转化成适宜中国音乐剧具体情况的概念和技术。就在这个时候，中国对外文化交流协会的境外项目开始了，于是我就努力争取到了这个难得的宝贵机会。

音乐剧《简·爱》的戏剧架构中，我借鉴了德奥音乐剧中以创造新焦点人物角色与传统角色进行"平行蒙太奇"的对比交织手法，在原小说简·爱与罗切斯特的经典爱情故事上增设了名著《简·爱》的作者夏洛蒂·勃朗特一角，以夏洛蒂·勃朗特为线索人物，以她"下笔即命运"的特殊功能性书写着、创造着、掌控着笔下人物的命运。夏洛蒂·勃朗特与简·爱形成"秘密笔友"，在她们书信往来的台词之中既表达了作者的心情与思想，也进一步加强了作者对笔下人物的考量与安排，期间形成的矛盾、对抗、妥协与颠覆成为音乐剧《简·爱》的戏剧精神与戏剧灵魂。

在音乐剧《简·爱》的音乐形象中，我要求作曲更多地倾向于"哥特式"的气质，将"无边荒原寻找爱""罗沃德学校的不平等待遇""红房间的恐怖回忆""疯女人的阴森诡谲""梅森的贪得无厌""挣脱婚礼后在阴冷潮湿荒原之上的狂奔""寻找心路"等片段的气质渲染勾勒出非常有韧劲儿、有思想的理性与感性融合的音乐形象,以这样"哥特式"的音乐形象去对比简·爱与罗切斯特爱情之中的其他部分,如浪漫纯真的"他的眼睛"、汹涌澎湃的"画颜"、抒情而又激烈的"树下告白"、淡然而又收敛的"冷眼",将音乐剧"诗意性的叙事描述"功能实践得比较深入。

　　我想正是在音乐和戏剧上的这种重新设置与定位,才将新的视听感受注入音乐剧《简·爱》当中,这才收获了众多荣誉和超百场演出的市场业绩。我是带着《简·爱》在德奥系音乐剧气质理念课题方面的基础实践成果而飞赴维也纳学习工作的,我希望更进一步和更深一步地感受、发掘现今戏剧文献与著作上没有展现出来的新理念、新体系、新格局。

　　在维也纳幸福而又充实的戏剧时光里,我再一次捕捉到了德奥系音乐剧的内核精神与外在表现,所以我对我于2008年创作的音乐剧《鹊桥》剧本进行了全方位的调整与升级,将更多的故事戏剧性、创意性、叙事性、诗化意象性以中国戏剧文学的方式融入音乐剧《鹊桥》。经过两个月的剧本修整,我以音乐剧《鹊桥》申报了2016年国家艺术基金的编剧项目。同年7月获得喜讯,音乐剧《鹊桥》成功入选2016年国家艺术基金会的资助项目。我想一定是评审专家们在这个剧本中看到了一种不一样的音乐剧气质,虽然只是文字的,但是整体的气质一定是有别于其他常规戏剧理念支撑下所创作出来的形象的。希望将来有机会能够让文字上的《鹊桥》变化成舞台上的《鹊桥》,让音乐、美术、科技、诗哲融为一体,带给观众新的音乐剧感受。

剧院、艺术家、观众彼此"不相辜负"

关于剧院的功能，我认为：首先是让观众能有戏看，能看得起戏，满足观众的艺术精神需求；其次是为优秀的表演艺术家们提供实现自身艺术价值和艺术梦想的舞台；最后是当剧院建设成为品牌之后，能够提升一座城市乃至一个国家、一个民族的整体文化艺术形象，让更多的人来知晓这个国家，了解这个民族。维也纳人民歌剧院也同样秉持这个理念，它牢牢抓住这三点，以剧场为媒介，让人们在戏剧的世界里感知人间冷暖，以剧场为纽带，让人们感受艺术家们倾心带来的艺术能量与感动，以剧场为平台，让全世界的爱戏者与爱乐者不断得到人文精神上的满足。维也纳人民歌剧院将种种对"人"的关怀融化到每一项细致的工作中，以人为本，开拓进取，这是我们要学习的地方。

虽然中国与奥地利的政治背景与文化背景有着明显的差异，两国的人民生活习惯也有很大差异，但是两国人民都热爱戏剧，而且在中国经济高速发展的今天，中国的剧场也如雨后春笋般建立起来。所以我们需要有更科学、更系统、更有效的剧场运行管理模式，让我们的观众有戏看，能看得起戏，能满足他们的精神需求，让我们的艺术家们能有地方演戏，能有人关注他们的发展，关注他们的表演，能实现他们的舞台梦想，让我们的民族、我们的国家能在国际戏剧艺术界占有重要的一席之地。将外国的优秀艺术引进来，将中国的优秀艺术带出去，这是剧场界的工作者必须要去积极完成的工作。

让我们的剧场、观众和艺术家们共同进步，彼此"不相辜负"。我想这应该是我们这个行业的中国梦吧！

我从心底感谢中国对外文化交流协会与国家艺术基金能够给我这样一个宝贵的学习机会，在维也纳的美好工作时光将值得我一生回味与铭记！感恩！！

后 | 记

"遇见宁波"——在流金的青春里,要继续努力奋斗

2016年12月31日,我与杭州剧院的合同到期,几经周折,缘分使然,我来到了美丽的宁波——宁波大学工作,我将在这座充满爱的温暖之城奋斗十年。

而立之年,遇见了宁波,在这流金的青春里,我将继续努力奋斗!